**纪念世界反法西斯战争暨中国人民抗日战争胜利70周年**
**原创长篇小说丛书**

袁雅琴／著

# 陪楼

作家出版社

作者像

**袁雅琴**，中国作家协会会员，曾就读于鲁迅文学院第三届全国中青年作家高研班、中国文联首届全国中青年编剧高研班。笔涉小说、散文、剧本等，著有世界音乐大师评传《如水的声音》，长篇小说《堕落街》《给女人一次机会》，小小说集《隔音玻璃》等。现居厦门。

# 目 录

引 子 ······················· 1
第 1 章 婢女收容院 ············· 5
第 2 章 凤海堂 ················ 32
第 3 章 福音堂 ················ 71
第 4 章 难民营 ················ 100
第 5 章 主楼 ·················· 117
第 6 章 日本警察署 ············· 159
第 7 章 陪楼 ·················· 183
第 8 章 黄家渡码头 ············· 199
第 9 章 裁缝店 ················ 214
第 10 章 密室 ·················· 226
第 11 章 老碉堡 ················ 238
第 12 章 日光岩 ················ 249
第 13 章 人民体育场 ············· 272
第 14 章 骑楼 ·················· 277
第 15 章 空楼 ·················· 288
尾 声 ······················· 295

# 引 子

等那簇拥上来的海浪把轮船护送到岸边，我便挽了外婆移着缓慢的步子进入汽轮舱内，还没坐稳，突然传来一阵呜呜的叫声，长长的防空警报鸣响把外婆吓得身子颤抖了几下，她一脸的惊慌失措，瞪大眼问道，怎么了这是？

阿嬷，您忘了今天是什么日子？我的提醒安抚了外婆的不安，她恍惚地在想些什么，终于喃喃道，哦，5月10号，5月10号，日本人来了，厦门沦陷了啊……

1938年5月10日，侵华日军攻入厦门岛。今天是抗日战争期间厦门沦陷纪念日。在这个特别的日子陪外婆重返鼓浪屿，并非刻意，然而这份不期而遇却让她对往事的怀想更加执着而虔诚。

船在六百米宽的鹭江上行驶了五分钟左右，便到了形如张开的三角钢琴的钢琴码头。坐在码头前面的那棵老榕树下歇息，看见密密麻麻拥堵不堪的游客，外婆皱起了眉念道，啧啧，那年从厦门逃难到鼓浪屿的人啊比这还多。

等我们抛开吵吵嚷嚷的游人，转入中华路里面那条窄窄的巷子里头时，不知从哪家飘出来了一阵钢琴声，安逸悠长的琴声让外婆突然兴奋起来，听听，这才是鼓浪屿。于是外婆不肯走了，她努力地站稳，拽紧我的手，一手握住拐杖，闭上眼聚神聆听，然后胸有成竹地说，呵呵，是她弹的，阿秀弹琴还是跟我学的哩。记得第一次教她，我对她说，坐直，双肩自然放平，开始练习音阶，啊，她学得可真快。

我们明明从那间普通的老宅子里看到了一位驼背的陌生的老太太在弹钢琴，外婆却非要说是阿秀，当然也随了她去，我们无法阻止她对阿秀的怀念。我在想，鼓浪屿的情韵，总是与琴声中倾诉的那些久远的红尘往事连在一起的。

## 陪楼

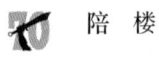

鼓浪屿是个地地道道的步行岛屿，不通机动车和自行车，到处是迷宫一般蛛网密布的巷道，让人深深体会到"结庐在人境，而无车马喧"的意境。我们放慢步子一路晃过去，眼看着"凤海堂"就耸立在眼前，我抢先一步要去推门，却被外婆一把紧紧拉住。只见她右手摸了摸楼墙陈年积蓄的青苔，再抬起头望一望那歇山屋顶，然后抖动着从绣花布包里掏出一个精致小巧的眼镜盒来，好半天才把镶了金边的老花镜架在鼻梁上，定神看了几眼雕刻的门牌，又拉着欧式门楼上的铜环拍了三下，终于如梦一般呢喃出几个字：凤海堂。这时我分明看见了外婆脸上已经绽放出了久违的温柔与光泽。

岛上别墅比比皆是，而这些老建筑的主人百分之九十都是闽南人，他们是甲午战争后在厦门守望家乡的台湾闽南人，以及清末民初、第一次世界大战后发财回乡的厦、漳、泉闽南人。我曾祖父生长于此，"凤海堂"别墅是他从南洋打拼携带巨资回来后修建的，分别取了我曾祖母和曾祖父名字中的一个字，便用夫妻相守的爱意筑就了凤海堂。曾祖父是那种腹中书万卷、身外酒千杯的人，他把年轻的激情投身海外，在国外吸足了洋墨水，赚足了洋人的钱，又回到故乡开创新天地，也把财富与精神挥洒在这洋房里头。因而他所修建的楼鲜明地表达出一种中西文化交融的诗意与豪迈，既渲染闽南特色，又张扬东南亚、欧洲风情，更书写内心主张。

凤海堂在鼓浪屿比比皆是的别墅中可谓气度不凡，红砖围墙圈起了主楼、东楼、西楼包括陪楼在内的建筑，所有的用料都极其考究，又造型别致。那些圆拱回廊、清水红砖、柚木楼板、琉璃瓶花格，各个立面的罗马式大型圆柱可谓姿态万千、精雕细刻，包括那结构造型迥然不同的多坡屋顶，都无不诠释主人富足的家底与见识多广的格调品位，也让人看到那份不肯输给洋人的骨气。

当然，富态优雅的外婆无疑是与凤海堂极其相配的，外婆的身上始终有一种从容的知性与老鼓浪屿人骨血里的贵族气质，她的优雅，也是鼓浪屿贵族气质自然而然的流露。她穿着蕾丝边的鹅黄色丝绸连衣裙，脖子上的玫瑰色丝巾看似随意一搭，却是用心讲究的造型，一对银耳环垂在耳边，好像天生就有。脸上平均分布的皱褶是岁月的符号，涂抹口红的嘴唇提亮了面部色彩，头发当然是烫过的卷，却并没有染黑，任意它白到极致，白到彻底，蓬松得像团棉花，随意而有型。不过，在外婆精致平和的外表下，我似乎也嗅到了她掩隐的一丝寂寞。

## 引　子

　　门开了，守楼的老阿公不在。满院子从南洋弄来的奇花异草让外婆一下子便找回了久违的感觉，她站在那些精神不佳的果树前指指点点说，这是杧果树，那时候我们想吃随时就摘；哦，那个石榴树是来我们家最早的客人；看，这是龙眼树，还有，玉兰花香，你们闻到没有，玉兰花的味道就是鼓浪屿的味道啊。来不及细细琢磨外婆的话，只见她摘下眼镜朝前后左右瞅了又瞅，啧啧，多好的房子，说老也就老了，以前家里什么事阿秀都会做得十分妥帖。

　　这时外婆的目光从北欧落地窗边移到了主楼左后侧的那栋灰色的三层楼房，楼前的木棉藤萝几乎盖住了坪外的园子。外婆就这么站着，双手握住拐杖，半晌不说话地看着那楼。面对二十个石板台阶，我看见外婆的右脚终于缓缓地抬了起来，用恳求的语气对我说，快扶我上去看看，扶我上去，阿秀在里面，这是阿秀住过的楼。

　　这房子被称为陪楼。陪楼不过是别墅的附属建筑，与用人身份吻合，陪楼紧挨着主楼，就像用人站在主人身边一样，敛声敛气的。从外形上看，陪楼与主楼浑然一体，可内部装饰、用料却全然不同。凤海堂里的陪楼简朴、实用，最底层是贮藏室、杂屋和厨房，沿石级而上，便是二楼和三楼的五间房，每层房间并排，走道很宽，三楼还有一个大阳台，与主楼阳台遥相呼应。

　　楼太高，您腿不方便。我站着没动，外婆从来不肯服老，嘀咕道，我腿好得很，那时候我一天上去好几回。我握紧外婆冰凉的手说，那时候是那时候，现在您都快九十了，能比吗？外婆用不依不饶的眼神看着我，又看看陪楼，闭上眼睛想了一会儿，可她突然朝着阿秀住过的房间大声喊起来，秀，你自己打扫吧，我怕她们弄不干净。

　　妈，秀姑早不在了啊。唉，她房里长年不住人，都有霉味了。妈妈正在陪楼里打扫，听见外婆的声音便探出头来朝下喊。外婆发了一阵，幽幽地说，阿秀走了，比我走得快，她怎么可以一个人先走呢？外婆拿出绣花手帕擦了擦已经湿润的眼角，又急切地问，阿秀什么时候走的啊？丽抗，你告诉我，你秀姑什么时候走的啊？啊？

　　都八年多了，秀姑就死在她住的陪楼里。其实妈妈对外婆说这样的话说了无数次，但外婆总是还要问，每次都不肯相信，好像家里人对她说了天大的谎似的。

　　外婆这时自言自语道，知道阿秀死前对我说了什么吗？见我和妈妈都

3

陪　楼

摇头，外婆眼睛微闭，叹口气道，她说死了想埋在鼓浪屿，可惜啊没有如她的愿。对于这些并不新鲜的陈年旧事，零零碎碎地听外婆提起过，却又如抗战时期的鼓浪屿一般，走不出困惑与迷茫。

阿秀一生都待在陪楼里面，关于她的身份我始终不太明白，关于她的故事，也不十分清晰。一个曾经在外婆家做过用人的女人，在外人看来，她们根本就是相处亲密的姐妹，而在外婆的岁月里，阿秀似乎就是她最深切、最温情的记忆了。

# 第1章 婢女收容院

## 1

阿秀跟着大人的渔船漂到了厦门港,这是1925年的冬天。

厦门的冬天似乎感受不到寒冷的意味,但晚上的海风有些像光滑的缎面披在身上凉凉的,光着脚只穿一件单衣的阿秀蜷曲在中山路边的屋檐下,无助地看着如梦境一般的街。

一个长着满口黑牙的男人走了过来,他看着瘦小的阿秀,亲切地问,小阿妹,怎么不回家?阿秀紧张地摇头。黑牙男人弯下身又问,想不想跟我走,去一个好地方?阿秀这才缓缓地从地上站起来,怔怔地看着眼前这个"好心"的叔叔,脑子里有了一个牢牢的念头,不能饿死,要等阿爸回来!于是她使劲地点了点头。黑牙男人一笑,挤挤的黑牙塞满了他的嘴,他说道,走,饿了吧,先去吃碗扁食(馄饨),然后认真对她说,进了何家就有你好吃好喝的了,但要好好听主人的话,老实干活,晓得吗?

第一次到这个叫鼓浪屿的小岛,阿秀根本分不清东南西北,这是哪里,要去谁的家。当所有的陌生扑面而来时,阿秀立刻有了一种前所未有的害怕。她小心地低着头跟在黑牙男人身后走,下了舢板船又七拐八转地便到了台湾珠宝店何老板家。进门后的阿秀怯怯地立在门边,头始终低着,半步也不敢挪。

这时头发像抹了猪油一般亮的何老板躺在宽大的睡椅上抽大烟,黑牙男人笑着上前指着阿秀说,人给带来了。何老板歪着头斜眼看了阿秀一眼,并无表情,便叫唤着,一个叫阿四的人上来给黑牙男人手中扔了几块大洋,接着他问,几岁?

黑牙男人见了钱,点头哈腰地笑着说,哦,十岁。

何老板眼睛朝上,吐着烟圈,又问,哪儿来的?

陪 楼

黑牙男人弯身贴近何老板道，我问了，她家原来是在漳州的东山，阿爸阿姆都是渔民，阿爸下南洋打工没有回来，不知死活，阿姆已经病死掉了，家里就剩下她一个，您放心。

东山那边海盗多哦，不会是海盗的女儿吧？何老板把瘦削的脸转过来问。听到他们说阿爸阿姆，阿秀忍不住抽泣起来。何老板立马欠起身，不耐烦地嚷道，哭什么呀，头一天来就哭，背时哦。

黑牙男人先是板起脸对阿秀训了句，你掉到福窝里了，不笑还哭，有病你。接着他又堆起笑对何老板点头，她是想家，过几天就没事了。

阿秀这时止住了哭，她也明白，从今天起，不用睡大街了，不用在垃圾堆里找东西吃了，主人会管吃管住的，应该高兴才是。阿秀用脏脏的手擦掉脸上的鼻涕和眼泪，但越擦越脏，弄得满脸都糊糊的，何老板见了皱眉道，去，去，脏不拉叽的，洗干净了来见我。

黑牙男人带阿秀洗了脸回来，何老板吸了口大烟对她说，来，过来，今天起，家里的事你都得做，必须做好，做不好得挨打，想偷懒那是门儿都没有，晓得不晓得？

黑牙男人走了之后，阿秀便在院子里看见了一个正在打井水的女孩，她看上去比自己大几岁的样子，个头很高，脸很长，女孩回过头看了看阿秀，又招手让她过去。阿秀慢慢走到女孩跟前时，女孩小声说，你晓不晓得，我们都是何家买来的婢女，我叫小蔓，你呢？阿秀用细细的声音回答说，阿秀。阿秀这才知道自己是那黑牙男人卖到何家来的婢女。这时的厦门养婢成风，一般人家平时都会养几个婢女，大户人家最多养着二十多个婢女。婢女们的命运都很惨，虐婢现象时有发生，不少婢女被折磨而死。

见小蔓吃力地从井里提水上来，阿秀上前要去帮忙，小蔓说要抬到那边的缸里去。等她俩抬着水桶到了水缸边，水荡得只有半桶了。这时候一个大屁股女人扭了过来，她低头看了一眼水桶，嘴里像点了火一样立马燃出一团火苗，指着小蔓骂，你这个背时鬼、死猪婆，一桶水只剩一半，你是存心浪费是不是，想讨打是不是，看老娘不打死你。大屁股女人追着小蔓打，阿秀站在一边急得不知所措，终于她试着上前去劝，大屁股女人一掌把阿秀推开，骂道，你是新来的小贱货是吧，我看你是不懂规矩，好，先给老娘跪着，跪！大屁股女人把屁股扭到左边，左腿用劲地撑着身子，右手叉在腰间，另一只手拧住阿秀的耳朵，阿秀跪在地上痛得不敢喊，连气都不敢出。

何老板回家的时候，阿秀还跪在地上哭，何老板用扇子拍打了下阿秀的头说，起来！不长记性也是白跪。过来，你们两个给我按腿。何老板说完把双腿往椅子上一搁，便闭起眼睛要睡。阿秀和小蔓不敢怠慢地走过去，俩人一人按住一条腿。阿秀看着眼前长着黑毛的腿不敢下手。小蔓道，看我怎么做，跟着学。这时大屁股女人一步跨进来，小蔓对阿秀耳语道，老板娘来了。原来她是老板娘，好凶啊。阿秀怔怔地看着，老板娘这时又把屁股扭到了右边，左手叉在腰间，指着阿秀喊道，你，过来，给我按背。阿秀紧张地走近她，细细的手搁在她的肉背上。她的手没什么劲，老板娘感觉不到她在按摩，便扭头重重地打了阿秀一下，你在干什么？给老娘按背都不会啊，蠢猪婆。

小蔓怕她再打阿秀，便说，一会儿我来按吧。老板娘脸上的横肉这时像煮熟的猪肝，她站起来扯着嗓子叫，按你个头啊，没一个中用的，花钱买你们来，要气我啊。何老板这时睁开眼道，这跟训畜生一个道理，刚来得训，好好训，训不好就拿家伙，你急什么啊？

在何家还只待了半个月的阿秀就被打骂了三次。何老板两公婆的脾气很坏，动不动就发火，阿秀几乎成了他们的发泄桶，老板娘天天对她咬牙切齿地骂，还嚷着要转卖出去。

这天晚上，阿秀提着洗脚水进房间，何老板不耐烦地说，谁要你进来的啊，我没叫你不要随便进来！滚！阿秀怯怯地往后退。阿秀想不明白，明明老板让自己晚上他睡觉前送洗脚水的，便小声地问了一句，你们几点睡？

何老板一听发火了，我几点睡你还要管啊。老板娘也在一边骂，神经病哦，以后十点半送来，早来一分钟晚来一分钟都不行，听见没有？

阿秀不知所措地在门口站了一会儿，然后把洗脚水提到厨房，见时间还早，她怕水凉，便把水倒进另外一只桶里，心想自己先洗，一会儿再提热水过去。没想到被老板娘进来撞见了，气得她大声叫嚷道，气死我了，我们还没洗，你敢先洗，你洗过后再给我们洗是不是，你胆大包天啊你！老板娘说着追着阿秀打，阿秀吓怕了，边跑边躲，老板娘嚷道，敢跑，站住！把洗脚水喝掉，就不打你了。阿秀急得哭起来，死活不肯喝，老板娘便端起洗脚水要往阿秀嘴里倒，阿秀用手拦着。何老板这时听见了吵闹声，跑出来说，干什么？老板娘夸张地说，你看看，这里被她弄成水沟了。何老板脸上青筋鼓起来，顺手拿起灶台上的一个玻璃杯子朝阿秀的头

陪 楼

上扔去。阿秀的额头立马肿了一个包，血慢慢地溢出来。阿秀捂住额头，老板娘趁机把剩下的洗脚水全倒在了阿秀头上，一边倒水一边叫嚷，你自己洗脚的水，自己喝自己用！

阿秀淋得睁不开眼睛，全身都湿了，哭也不敢哭出声。老板娘见她还坐在地上不起来，凶巴巴地吼道，还不走啊，只晓得哭，背时鬼。

倒霉的事总接二连三，珠宝店里丢了项链的事也牵扯到了阿秀身上。这天阿秀上前给何老板端茶水，何老板不接，还一挥手将茶杯打碎在地上。老板娘指着阿秀骂，你这个背时鬼，自从你来了我们家，没有一件顺心事，难怪，昨天我还在想，是不是忘了戴项链回来，原来是你偷的，你承认不承认？

阿秀觉得太冤枉，急忙说，不是我，我没有偷啊。老板娘说，那怎么没在家里呢？阿秀紧张地回道，我不知道，我真的没有。小蔓这时走了过来，她鼓起勇气说了一句，会不会没戴回家呢？

何老板却指责小蔓道，有你说话的份儿吗，站一边去！老板娘这时叫道，这东西放在家里都不安全了。何老板盯了阿秀一眼，阿秀慌忙又喊，我没有，我看都没看见。老板娘又把屁股送到右边翘起来，说，我前天就放在客厅的沙发上的，怎么就不见了呢？没想到你不会做事，偷东西倒会啊。

何老板气得不行，嚷道，不吵了，去她房里搜。他刚跨出门，家里的大黑狗冲了上来，只见大黑狗嘴里叼着一条项链。老板娘见状，红着脸从大黑狗嘴里抢过项链，看看，我们狗都晓得她藏在房里了。大概是何老板看出了老板娘的粗心，这才对老板娘伸出手，拿来！老板娘是怕何老板的，她老老实实把项链扔给了他，又狠狠地瞪了阿秀一眼，便左右扭着大屁股进了房。何老板回过头对阿秀道，狗拿了东西都知道，连狗都不如。

阿秀觉得冤，也不敢作声，便带着大黑狗走开了。大黑狗对她摇着尾巴，阿秀蹲下去，搂着黑狗的头眼泪一窝一窝地涌出来。

这天下午，老板娘在家里和几个太太打麻将，老板娘突然说想吃酱菜，便将赢来的几个铜钱扔给阿秀让她去买。阿秀转身便提个箩筐出了门，当她走到龙头路时，看见了有人在卖麻糍粑粑，香味飘过来，阿秀止住了脚步，她想如果身上多一个铜钱多好，就可以吃上香香甜甜的麻糍了。阿秀站了一会儿，咽了下口水，正准备走，有人突然撞了她一下，

## 第1章 婢女收容院

阿秀跌倒在地，起来时才发现口袋里的铜钱不见了，她四处找也没有，猛然想起一定是刚才撞自己的那个人偷走的。阿秀急得脸上出了汗，这可怎么办，没了钱，酱菜也买不成，没有买到酱菜就不敢回家去，回家等于找打。

阿秀走到了福建路、龙头路，又穿过几条巷子，但折腾了一个下午都没有收获。眼看着到了傍晚，到了做饭的时候，阿秀急得哭出了声，她就这么坐在地上看着空空的箩筐不停地擦眼泪。

鼓浪屿凤海堂别墅的女主人安韵珍正好路过，眼前这个可怜的小女孩让她停下了脚步，安韵珍上前问道，小妹妹，为什么一个人在这里哭啊？为什么不回家呢？

阿秀抬头看了看眼前这位富贵又漂亮可亲的阿姨，边哭边喃喃地说，我家主人给我两个铜钱去买酱菜，我不小心，钱被人抢去了，没钱去买，回家我怕挨打。

安韵珍看见她衣服也破了，心里一软，叹了口气，连忙从小提包里掏出三个铜钱塞进了阿秀的手中，微笑着说，别哭，赶快去买酱菜回家。阿秀这才止住了哭，说了声谢，便提着箩筐走了。

买了酱菜回家，天黑得像罩了块青布，严严实实的，没见一丝光亮，只有到了主人家门口，阿秀才看见隐隐约约的灯光，老板娘还坐在麻将桌旁，正玩在兴头上，阿秀轻手轻脚地进了屋，然后悄悄去了厨房，她想得赶紧做饭。到厨房一看，小蔓已经煮好了饭，只等她回来炒菜。

没过多久，传来老板娘的声音，算了不玩了，今天手气太差。另外一个太太说，刚开始你还赢了哩。老板娘把桌上的麻将乱和一气地说，就是给了那背时鬼钱之后手气就不好了，都这时候了，她人呢，还没回来，啧啧，死在外头了吧。阿秀紧张得心都快跳出来了，小跑回到客厅把酱菜拿出来，低头站在老板娘面前。等几个麻友一走，老板娘双手叉腰，屁股扭到右边，眉毛挑起来，指着阿秀喊道，才拿来啊？饭呢，做了没有啊？我都要饿死了，你买的酱菜呢，干什么去了？!这么晚才回来？阿秀把事情经历老实说了，老板娘不管三七二十一，拿来藤条就往阿秀身上抽，抽得阿秀忍着痛说不要打了不要打了。老板娘打累后喘着气一挥手道，给老娘马上做饭去！再让我生气，就把你卖到妓院去！

深夜，阿秀在床上痛得睡不着，躺在床上边哭边想，待在这里好吓人，真要是被卖到妓院去该怎么办啊？小蔓无奈地说，慢慢熬吧。阿秀越想越害怕，她想宁可去做叫花子讨饭，也不愿在这里受罪了。也许只有离

陪 楼

开才能保命,才不会被送到妓院去。当她把想法说出来时,小蔓惊呆了,你胆真大啊,敢逃啊,不把你打死才怪,听说有一户人家的婢女想逃,后来腿都被打断了。小蔓说,阿秀,如果你想逃走,我可不敢陪你。阿秀叹了口气说,那怎么办,等死吗?

### 2

一等就等了三年,这三年里阿秀一直在找机会,有几次都没逃成,有几次被小蔓拦住,她说阿秀你就死了这条心吧,你不走,我俩做个伴,只要不被打死就行。但是阿秀从来没有放弃过逃走的念头,她对小蔓说要回老家等阿爸。

这天一清早,天刚蒙蒙亮,阿秀悄悄起了床,她清楚保镖阿四昨晚醉了酒,估计现在没醒,便拿了早就备好的布包,溜到了院子里,可是万万没想到,一阵吱吱呀呀的木屐声响在身后,阿秀吓得站住了,不敢回头看,一定是何老板,怎么会是他呢,他从来不起早床的,完了。

干什么去?!是何老板鸭子般的嗓音,阿秀把抖动着的身子转过来时,看见身着西服脚穿木屐的何老板正死死地盯着自己,阿秀轻声回道,我,去洗衣服。何老板见她手里的布包,想着里面一定是衣服,也就晃头晃脑地走了,接着何老板拿了把伞要出门,见阿秀还没走开,又恶声恶气地说,晚上多备点菜,会来客人,听见没有?阿秀使劲点头,好,一会儿我去买菜。她还看见老板娘也伸着懒腰要出门的样子,好机会,今天俩人都不在家。

这时小蔓出来对阿秀劝道,他精得很,你逃不过他的魔掌的。阿秀不吱声,认定了今天打死也要离开的念头,回到房间赶紧在头上围了一块土花布遮住了半张脸,然后低着头出门。外面一直下着的雨这时小了许多,阿秀快步走过了几条湿淋淋的巷子,到了码头边时,小舢板船正好晃过来了,阿秀急得一步跨了上去,站稳后才把头上的花布扯了下来,却不巧花布飘落到了海里,阿秀着急地看着花布漂在海面上不知如何是好。这时船上的一个少年要伸手去捡,他身边的一个鬈头发高鼻子的外国人喊道,威尔,我来,你别动。只见他弯身从海里将花布捡了起来递给了阿秀,阿秀点头说了声"谢谢"。

# 第1章 婢女收容院

这外国人是教堂牧师威约翰,在这个小岛上,叫约翰的男人不少于岛上随处可见的老榕树。威约翰很早来鼓浪屿传教,是岛上传教士、水手和商人这三类洋人中的一种。那少年看上去十五岁左右,个头较高,他的中国名叫二龙,是威约翰的养子,这是二龙和阿秀的第一次见面,谁也不会料想,这一面之缘却注定从此要延伸他们彼此一生的牵挂与眷念。

下船之后阿秀蒙着脸走在沙滩上,突然听见身后有脚步声和笑声,等她悄悄回头一看,几个喝醉了酒的洋水兵正嬉笑着朝自己走来,阿秀吓得疯了似的跑,可没跑多远,又不小心地摔倒在地。

这时,安韵珍的女儿龙维娜来到了码头,她今天是去了厦门同学家玩,正准备去坐船回家,洋水兵见又来了一个漂亮妹,更是起劲,疯狂地扑向维娜。维娜连连躲闪,阿秀本来可以脱身,但见一个跟自己差不多大的女孩子受欺负,连忙从地上爬起来便去抱那几个洋水兵的腿。没想到这下惹火烧身,洋水兵们开始分头对付阿秀和维娜,哈哈大笑着对她们指指点点。一个洋水兵蹲下身来要非礼维娜,维娜惊慌失措地往海边退,洋水兵紧追不放,最后将她逼到了海水里。看着不会游泳的维娜在水里挣扎,那洋水兵觉得很好玩,拍手大笑起来。阿秀抬头一看,只见维娜的头慢慢沉下去了,只有两只手举在水面上,啊,她会淹死的。阿秀大步冲过去扑到了海里,刚游到维娜身边,一个浪打过来又将维娜卷走。阿秀四处找人,急得大喊起来,在哪里啊,快把手给我!当她看见浪花中的一只手时,再奋力游了过去,维娜如同抓住了救命稻草,拼命地抓紧阿秀的手,阿秀费尽了全身力气最后把维娜连拖带拉弄到了岸边。

两个人一起瘫在了沙滩上,维娜正吐着海水,两个洋水兵看见两个女孩全身湿透了,一脸坏笑地走近她们。这时候一个壮汉从人群里挤了过来,他用力扒开了洋水兵,大声吼道,你们想干什么?!

壮汉的责问激怒了这几个洋人,他们哇哇乱叫着向壮汉扑过去。壮汉沉着应对,先是一把将他们拖到一边,然后以攻为守,接着摆出手势,这凤眼拳、柳叶掌手法多变,步法灵活,推掌连劈带砍,又拳打脚踢,一阵狠攻硬打,把他们揍得个个连滚带爬,鼻青脸肿,滚在沙滩上叫骂不停。

有围观的人说,好身手,到底是银行镖师,身怀绝技啊。

壮汉是洋行保镖阿敢,他自小漂泊在外,学得一身武功,眼下在鼓浪屿一家银行做镖师,平时他对岛上这些洋水兵借酒发疯的行为很是不满,刚才路过看到他们又在这里胡作非为,便狠狠地发了一次威。

11

陪 楼

阿秀看得目瞪口呆,这时候,维娜已经缓过气来,阿秀便问,你住哪儿,我送你回家吧。阿敢打完洋水兵后,走到维娜身边说,你们快走。阿秀扶了维娜起来,可维娜站不稳,阿敢不由分说将维娜背在背上,可没走多远,工部局的几个巡捕跑来了,扬言要抓打伤洋人的中国人。一个洋水兵指着阿敢嚷道,就是他!阿秀见状,叫道,叔叔,你快跑吧!阿敢马上将维娜放下来,说,来得正好。接着交代阿秀说,你快送她回家,快走。

阿秀立马将维娜背在背上,吃力地走了几步,这时两个巡捕拦住了她们吼道,都带到工部局去!阿敢挺着胸脯道,这事与她们无关,人是我打的,水兵欺负她们,我不能见死不救。巡捕容不得阿敢啰唆,把他押在了前面。

这时鼓浪屿工部局由英国统治,对鼓浪屿实行的是"法治化的管理",到了工部局里面,维娜才缓过气来。长着一副外国人脸的局长盯着维娜和阿秀问,你们是哪里来的?敢在岛上和我们水兵作对?阿敢挣脱巡捕道,是他们欺负人在先。局长起身呵斥道,按照《鼓浪屿律例》,打架斗殴,必须罚款!阿敢身上没带钱,但他也不想示弱,反问道,他们欺负人怎么处理?这难道不是违反律例?局长语调降了下来说,你不交也可以,关进牢里,或者去当劳工,随你的便。阿秀听了又急又怕,忍不住说,阿妹差点淹死了,叔叔是救她。维娜也怕给这两位素不相识的好心人带来麻烦,便回答说,我是鼓浪屿人,就住在凤海堂。局长却扬扬手说,不管是谁家,是中国人还是外国人,都按律例办。

安韵珍接到维娜打来的电话后,十分火急地赶到了工部局,进门便愁着脸问,怎么回事啊?维娜。见维娜全身湿透了,她心疼地问,怎么湿成这样,伤到哪里没有啊?维娜点点头说,差点淹死了,是他们俩救了我。安韵珍这时才发现维娜身边站着一男一女,忙感激道,二位受累了,多谢相救我女儿。说着便要带他们一起走。

慢着!局长一挥手将阿敢和阿秀拦下,说是要关上几天让他们长长记性。阿敢握紧了拳头,本想动武,安韵珍一把拉住他,二话不说,便从包里掏出钱来说,请高抬贵手。

从工部局出来,维娜将事情经过详细地说给了安韵珍听,安韵珍便问阿敢,这位勇士是从哪里来?阿敢道,我就在岛上洋行做保镖。安韵珍见阿敢一副忠厚勇武的样子,又说,难怪好身手,其实呢,我家里也需要一位看家护院的人,不知道你愿不愿意……阿敢心想,打了洋人,这事让洋行知道肯定待不下去了,但不想马上答应,便说,我打伤了洋人,是您替我交了罚款,日后定还,多谢夫人抬爱,以后用得上我阿敢的时候一定尽力,先告辞了。

等安韵珍回过神来,阿敢已经快步走开了。安韵珍又转身再来问阿秀,这位阿妹,多大了?阿秀回道,十三岁。安韵珍忙说,那正好与我女儿维娜同岁,你家在哪里啊?阿秀摇摇头,我没有家,我要先走了。

见阿秀要走,安韵珍招手道,上我家坐坐啊,给,拿钱去买身衣服换上吧。阿秀不想在这里耽搁太久,说声不用了便跑开了去。维娜看着阿秀走远,感叹道,她水性真好,不是她我早就淹死在海里了。维娜在想,那位阿妹为了救自己,还穿着湿衣服,连衣服都没换. 她说她没有家,那她会上哪里呢?安韵珍这时在心里默念,感谢上帝,愿上帝保佑他们吧。

老太爷和老太太在家里等着,见媳妇安韵珍带着孙女回来了,马上迎了上去。老太爷生气道,胆子也太大了,敢欺负我们龙家的人。安韵珍说,这些洋鬼子才不管你是哪家的,他们就是这种德行。老太爷道,还想敲诈钱,真是在鼓浪屿嚣张惯了。安韵珍回道,说是按《鼓浪屿律例》办事,算了,只要人没事就行。

老太太摸着维娜的头心疼地说,维娜啊,没事吧,真是险啊,万一……哎,以后出门要小心啊,听见没?对了,维娜,那两个救你的人呢,应该好好谢谢他们。维娜皱起眉头,阿嬷,他们早都走了,我还能见到他们吗?老太太说,会的,他们救了你,说明跟你有缘,凡事啊都有因果的。快,去给菩萨磕个头去。维娜在娘肚子里听的便是教堂音乐,出生后就受洗,心里存放的也是上帝。维娜于是看了一眼安韵珍,意思是问信了上帝还能信菩萨吗?安韵珍看在老太太面子上没有吭声。维娜这才顺从老太太的意,便跟着她到佛堂菩萨像前烧了一炷香磕了三个头。

等维娜回来,安韵珍一个眼色又让维娜明白,应该祷告了。默契的母女俩便一起默念:在天之父,上帝求你把我放在你的手中,时刻得到你恩典,今天我能平安回来,都是神的差遣,阿门。

## 3

傍晚时分,阿秀已经转到了厦门中山路,可转了半天也不知道要去

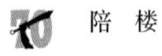

哪里。这条小巷子她以前来过，还继续在这里流浪吗，阿秀突然觉得肚子饿得慌，身上的湿衣服已经被风吹干了，没了力气的阿秀坐在了一户人家的屋门边。又渴又饿的她眼巴巴地看着那家人在吃饭，却不敢上前讨碗水喝。阿秀正要走开，那家小孩朝外面扔出半个馒头，阿秀见了，激动地弯身捡起，像捧宝贝一样欢喜地跑开，接下来边走边啃。

天慢慢暗下来，在一个小马路边，阿秀看见了一堆人围在一起不知在干什么，便走了过去。只见一个六十多岁的老阿公坐在小方桌边，老阿公戴一副圆形眼镜，桌上摆着文房四宝，他面前的两个砚台，一个用来写黑字，一个用来写红字。这类人是专替没有文化的人代书，靠代写书信维持生计。这时候一位老阿姨坐在他面前，面带愁容地说起自己失踪的儿子，她说她儿子有天在永春五里街镇大羽村被人带走了再也没有回来。老头问，你要写信给谁，怎么写？

老阿姨像念经似的唠叨开了，孩子的阿爸每天都在家门口练武，他练的是咏春白鹤拳。3月26日的傍晚，突然来了一个陌生人，要与他比武，孩子他爹不知来客身手如何，答应试试，结果几次都输了。我看出来了，那人打的也是咏春拳。那天，唉，正好我九岁的儿子出来，孩子的阿爸一心想让儿子习武，可儿子不听他教，他让那人教儿子，就拜他为师了。

等等，你长话短说吧，我只问你写信的内容，不是让你说家史。老阿公打断了老阿姨的话。老阿姨流着眼泪继续说，后来，他就把我儿子带去了广东，说学几年就回来。我真后悔啊，儿子走了再也没有回来。老阿公同情地说，唉，不认得的人怎么可以把儿子交给他呢，八成是遇上骗子了，要不就是土匪。老阿姨哭着说，都怪他，练拳都走火入魔了，儿子走后，家里人到广东去找他，根本没有。到处打听一直没有下落。老阿公放下毛笔说，还不知道在不在人世呢，你上哪儿找啊？老阿姨接着说，我每年托人给儿子写信，从永春到厦门，走到哪儿都找人给儿子写信。

老阿公摘下眼镜不解地问，你写信寄到哪里啊？老阿姨说，以前寄到广东，后来听说他不在那里了，就没写地址，只写信。因为我想儿子啊。我儿子左脚背上有一块三角形的蓝色胎记，他到哪里我都认得出来的。

老阿公长长叹了口气说，那这信写了也白写，寄不出去啊，写了我也不收你钱。于是他埋头开始写信，阿秀听了这个故事也在想，是不是也应该给死去的阿姆写一封信呢。于是，等老阿姨拿了信走开，阿秀便坐在了老阿公面前说，我想给我阿姆写信。老阿公又把眼镜戴上，提起了笔。但

## 第1章 婢女收容院

阿秀很久没有开口，老阿公便催道，说啊，写什么？

阿秀还没说便哭了起来，她哽咽道，我阿姆，不在了……

老阿公把笔放下不解地说，我说今天是怎么了，一个是给失踪的儿子写信，一个给死掉的娘写信，这都是收不到的信啊。这不为难我嘛，我这人讲良心，写了不收钱。不过，小阿妹，这人不在世了，写信是没有用的，你阿姆在阴间也帮不了你，除非把这信寄到阎王老爷那里去，看他收不收。

阿秀听了哭得稀里哗啦，伤心得说不出话来了。这时，不远处传来一阵吵闹声，阿秀扭头一看，往这边冲过来的正是何老板家的保镖阿四，他带着几个人好像在四处找人，阿秀吓得蹲着把头低下来，埋在双腿之间，止住了哭。

老阿公叹气道，又不知道是哪里来的混混来捣蛋了，我得马上走。说着他要起身，阿秀不得不也跟着一溜烟跑开去，她躲在了旁边货郎担后面偷偷地看。阿四扔了嘴上的烟，在地上踩了踩，一挥手道，走，到那边看看。阿秀捂住嘴，好险啊。如果被发现，回去肯定活不成了。

天完全黑下来的时候，阿秀走到了私立厦门大学附近的海滩，看到一片茫茫大海，她想起了小时候跟阿爸阿姆在海边打鱼的情景。阿姆跟那些女渔民们一样，戴着尖尖的斗笠，裤腿卷得老高，露着光滑的腿。拉网的时候，她们光着脚在海滩上走来走去。湿润的海滩就是一面镜子，休息的时候她们坐在这面镜子上，美美地享受。

每次，阿姆都要随阿爸的船出海打鱼，阿秀站在岸边看，她看见大人们熟练地跳上船，站着，当海浪把船扔到浪尖口，仍然若无其事地站着，而船几乎要翻过来了，倒立着，船上的人却稳立船头，毫无惊慌，泰然自若。眨眼间，小船便神奇地消失了。傍晚时分，阿秀又来到海边等，她看见渔船在海中闪现，时而被海浪淹没，时而又冒出海面。那种场景是印在她脑海里最初也是最深的印记，也是她一天中最长的等候。现在，阿秀坐在海滩上，没有了任何可以等待的，还不如到海里去。这么想着，无助的阿秀慢慢起了身，向海中央走去。

海水正在退潮，一步一步轻移脚步，阿秀光着脚跟着海水走，感觉到了一种前所未有的冰凉。海面上波光若隐若现，这时有一个人影移过来，人影在说话，小阿妹，晚上的海水太凉，不可以游泳啊。快，上岸吧。当时已是深秋，就是白天也不能游，海水当然很凉，阿秀明白这人是故意这么说，其实他知道自己是想死吧。

阿秀站住了，那人也站着不动，他在说，跟我走吧，来，伸手。

阿秀仍然不动，那人叫起来，你想干什么啊，不能干傻事的，快，过来！阿秀借着微弱灯光看清了，就是白天那个救人的叔叔。阿敢在海边发现阿秀之后，有些不放心，便跟在了她后面。阿敢问，你家在哪里，我送你回家吧。阿秀摇头。阿敢慢慢走近阿秀，一把将她拉上了岸。在岸边，阿敢说，走啊，这里危险。阿秀听话地点头。阿敢又交代道，快回去，不要让家里人担心。

等阿敢走开之后，阿秀坐在了软软的沙滩上，看着黑黑的海面，想着不死的话今天晚上在哪儿过呢，睡在沙滩上吗？想到这儿，阿秀用手在沙子里挖，刚挖出一个坑，身边突然又蹿出几个人影，阿秀紧张地抬头，她看清了其中一个是何老板家的保镖阿四，不由得胆战心惊、双腿发抖，正要起身跑，阿四扑过来一把拽住她，恶声道，你让我们找了一天，居然在这里，带走！

阿秀被押回何老板家的时候，老板娘气得指着阿秀破口大骂，应该死在外头才好，找她回来干吗？何老板鼓起一脸青筋，对她吼道，你给我住嘴！老子花了钱买的，不能这样便宜她。

何老板用绳子将阿秀捆了起来，然后拿了棍子一边骂一边打她，咬牙切齿地问，为什么要跑？活得不耐烦了吗？老子花了钱买的你，才几年，竟敢逃跑。你说，还敢不敢？再跑老子砍了你的腿！阿秀跪在地上，没完没了地哭。一直跪到晚上，何老板也不让她起来，小蔓陪在她身边，压低声音对她说，最近我听说，一家主人勒死了他家的婢女，还有一家主人逼着婢女触电死了。阿秀，我们不要想逃跑的事了，如果死，我俩死在一块吧。阿秀咬了牙道，我不能死的，我要等我阿爸回来。

## 4

这天上午九点，安韵珍刚开门准备去教堂，却看见门口一群人走过，边走边议论道，这鲍会长真是了不得，今天民众大会就是他召集的。

快走，大会快开始了。一群人边走边说。

安韵珍好奇地问一位老者，请问你们说的鲍会长，是不是就是建筑工

## 第1章　婢女收容院

会的会长鲍德厚？老者回答说，是啊，鲍会长成立了中国婢女救拔团。这鲍会长啊，有正义感又有善心，他对奴婢制度早痛恨在心，也早就立下志愿，有朝一日，有了力量，首先就要解放婢女。

安韵珍马上问，请问民众大会在哪里开？行人道，在笔架山。安韵珍一听随即跟在了人群后面向前走去。

笔架山的人越聚越多，安韵珍站在人群里，伸长脖子朝前看，她看到了鲍会长正在观彩石前激动地大声说，现在厦门、鼓浪屿大户人家养婢成风，被收买的婢女们做牛做马，受尽了折磨，她们的命运都很惨。记得我小时候就亲眼看见过一个婢女被主人活活给打死了。前不久，电灯路的一个婢女受虐待之后跳井死了，还有的触电身亡。说到这，鲍会长眼里含着泪花。听众同声饮泣，安韵珍也在抹眼泪。

鲍会长接着说，各位，婢女是社会底层的一群受害者，今天我们在这里召开大会，是要倡议成立中国婢女救拔团，专门收容无家可归或出逃的婢女。这个民间社会团体，经费需要各方的捐资来支撑。

鲍会长的慷慨陈词，感染了群众的情绪。这时有人在回应，解放婢女我赞成！安韵珍挤到了前面，镇定道，我表态，我支持。

鲍会长点头道，好！只要有大家的支持，我相信，我们一定能够把婢女制度废除！一定能改变婢女的命运！

群众的掌声非常热烈。这时候，站在鲍会长身后的阿敢冲到了前面，他举起了右手大声喊起来：解放婢女！解放婢女！一时间，大家跟着喊起了口号，声音越来越大，回响在笔架山上空。

紧接着有人分发中国婢女救拔团宣言，安韵珍拿了一张认真地看了起来。阿敢走到了她跟前说，太太您好。安韵珍抬头一看，是你？你不就是救了我女儿的勇士吗？

阿敢道，正是，我是阿敢。太太今天也参加我们的大会了？安韵珍点头，是啊，早听说了鲍会长的善举，我们应该为解放婢女尽点力。阿敢接着说，为了筹备中国婢女救拔团，他花费了多年积下的家当和房产，现在正是他最为拮据的时候。安韵珍理解地说，是啊，真是难得，可现在厦门的报纸都在国民党控制之下，又没法通过媒体对外募捐。阿敢道，岛上不少富人已经开始行动，他们都在捐款捐物。今天倡议成立救拔团，也是为了让更多人参与进来，一起为解救婢女出力。安韵珍道，会的，一定会得到大家的支持。哦，对了，阿敢，请问你现在有没有考虑到我家来？

17

陪　楼

阿敢实话实说，不瞒您说，上次打伤了洋人，我已经被洋行开除了。中国婢女救拔团才刚刚成立，还有很多事情要做。

是这样，没想到啊，为了救我女儿，真是难为了你。以后需要我的帮助尽管说……安韵珍没说完，阿敢便打断她，不客气，太太，我有事先走了。安韵珍看着阿敢离开，便随人群也离开了笔架山。

这天，安韵珍在准备钱和物品，老太太见她在整理箱子，以为她要出门，便问道，韵珍，你这是要去哪儿？是不是想去看博山了？

说到看龙博山，安韵珍心里有说不出的滋味，这岛上，能熬到可以去南洋与男人相伴的女人并不多，多数默守家中。安韵珍同样如此。不说出国，安韵珍平时连对面的厦门都很少走，这种对岛上生活的依赖和习惯很难改变。于是她只淡然地回道，我清点东西。

老太太叹道，我看你啊这些天忙东忙西的，是不是外面发生了什么事情。安韵珍见老太太这般关心，便将解救婢女的事情跟她说了。老太太道，穷苦人家啊，命苦，没有办法，真是造孽。我那里也有些首饰，拿去当了吧。

正说着，周管家进了门，手里拿着一张请柬说，太太，英国领事馆送来了捐款宴会的请柬。老太爷接过一看，赞许道，捐款宴会，好事，也算是他们为婢女救拔团用了一份心。

没过几天，由周管家陪同安韵珍到了英国领事馆，里面聚集的多数是岛上的侨商，安韵珍见大厅里放着一个红色的箱子，便让周管家将钱放进去，几箱子的物品也随后交给了工作人员。等安韵珍捐完款正要出门，只听领事在说，各位，宴会马上开始了，请大家随后用餐。安韵珍对周管家说，走吧，我们来主要是捐款的，吃不吃饭无所谓。他们安排吃饭的目的是想再做动员。

早上阿秀从外面买菜回来，进门便兴奋地对小蔓说，有救了，有救了，我们可以逃走了。小蔓把泡在水桶里的双手抽出来，忙问，快说呀，怎么回事？阿秀上气不接下气地说，外面都在说，鼓浪屿有一位了不得的大人物，他发起了中国婢女救拔团，要救我们出去哩。小蔓不解地问，中国婢女救拔团？是做什么的？

阿秀接着高兴地说，就是来救我们啊。我自己逃也逃不成，现在有救我们的了，多好啊。小蔓激动得不知所措，惊喜道，真的，是真的吗，那我们可以逃走了？那，什么时候救，怎么个救法啊？

阿秀连忙从身上掏出一张传单递给小蔓，你看看，这是他们发的传

## 第1章　婢女收容院

单。小蔓皱起眉说，我不认字，你听他们说什么了吗？阿秀道，他们说了，上面写的意思是要求养婢人家马上解放婢女，让婢女进正规学校读书，家人不得随便打骂虐待，要享受平等地位；婢女可来救拔团避难，由团里收养，学习文化；受欺负又逃不出牢笼的婢女，救拔团会动武去抢救……不等阿秀说完，小蔓掉下眼泪来。阿秀急忙说，你别哭啊，还有哩，成立婢女收容院，按年龄大小送我们上学，到了结婚年龄的可以自由选择对象。

阿秀慎重地将单子收好后说，外面到处都是，很多人都看到了，大家都说好，不信你到外面看看。小蔓点头道，走，我们现在不用怕了，去看看。俩人正准备出门，何老板不知什么时候站在了她们身后，只听他一声大吼，你们在搞什么鬼？在瞎说什么？！

阿秀吓得脸一下白了，慌乱中把传单塞进嘴里。小蔓忙替她说，没，没说什么，我们想上街转转。何老板敲打着阿秀的脑袋，突然扒开她的嘴，从她嘴里掏出那张来不及咬碎的传单，打开一看，大概明白了是怎么回事，于是阴着脸问，哪来的？阿秀小声回答说，街上捡的。何老板脸上的青筋鼓了起来，训斥道，谁让你捡这些乱七八糟的东西？！谁让你偷偷上街？小蔓担心阿秀会挨打，便说，是我，是我捡回来的，我们只是看了一眼，不晓得写的什么，我们不认字。阿秀忙点头，是啊，我们不认得字。

何老板嚷道，那你放进嘴里干吗，怕我看见？是不是？别想着就会翻天，他姓鲍的能掀起什么风浪，你们是我买来的人，关他何事？你们给老子在家老实点，以后不准出门！何老板说完，又叫来保镖阿四把她们俩绑了起来。

半夜，阿秀和小蔓躲在被子里小声说话，小蔓说，阿秀，我的手痛死了，我们去找救拔团吧，不然，死了都没人知道。阿秀心里涌动彻骨的愤恨，担忧地说，怎么找，我们出不去啊，要不想法子逃出去，要不等救拔团的人来。

这年的"五一"劳动节，鲍会长组织了游行活动，他们一边游行，一边分发简报，还用话筒沿途高喊：不堪虐待的婢女，快来参加游行队伍，争取自由！争取自由！

阿秀和小蔓在家里听到了外面的口号声，激动得不知所措，她俩鼓起勇气打开了大门，看着游行队伍从门口过，阿秀回过头对小蔓说，走，我们跟在他们后面去。小蔓使劲点头,好,我们也去游行。

阿秀和小蔓跟在队伍最后面,阿秀眼尖,那人不就是救过人的镖师吗?阿秀走过去,阿敢认出了阿秀问道,小阿妹,你怎么在这里?小蔓接口说,我们也是婢女啊。阿敢这才知道阿秀的身世与苦衷,便说,你们要争取自由,快跟着喊口号。阿秀和小蔓一边走一边跟着喊口号,声音慢慢地大起来,不堪虐待的婢女,快来参加游行队伍,争取自由!争取自由!争取自由!争取自由!

队伍走过了几条小巷,当走到晃岩路上时,突然,阿秀和小蔓眼前一黑,什么都看不见了。是阿四发现她们出了家门,便带人跟在后面,趁她们不注意时,用布蒙住她们的脸,然后拖回了家。晚上的情景可想而知,何老板家传出了凄惨的哭叫声,阿秀和小蔓的身上烙上了烫伤的伤疤。何老板再次警告说,如果再跑,自己上吊,绳子在这儿。阿秀横着眼望着何老板,牙齿紧紧地咬住嘴唇,心里像着了火一样。小蔓等何老板走开,便拿了绳子要往脖子上套,阿秀见状一把抢过小蔓手中的绳子喊,小蔓姐,你想干什么?!死不得啊!

## 5

第二天天还没亮,阿秀醒来的时候发现小蔓不见了。她跑出房门,到处都找,没见小蔓的身影,阿秀心里一紧,最后她转到了后院的井边,透过朦胧的雾,看见了小蔓正蜷缩在井前哭,阿秀快步跑过去,抱住小蔓问,小蔓姐,你在这里干什么啊?小蔓泣不成声地说,半夜我起床去解手,没想到碰到何老板,他……阿秀,我没脸活了,也活不成了……阿秀开始听不明白,看着小蔓委屈的眼神,忽然明白了什么,她扑闪着泪花说,不要这样想啊,走,回房去,你不能死的,你死了扔下我怎么办?

回到房间,小蔓又哭丧着脸说,姓何的说了他要把我卖到妓院去,还说反正我已经……阿秀使劲摇头说,不行,不要啊。要不,你先去庙里避一避,有好心的人会到那里烧香,他们可能会收留你的。小蔓问,那你呢?阿秀一时也没了主意,但她很快镇定地说,我们一起逃怕被发现,你走,我来盯着,要逃,就现在。

你不走,他又会来欺负你的,一起逃吧,啊?小蔓急得摇动着阿秀

## 第1章 婢女收容院

的肩。阿秀为难地说，不行的，俩人逃肯定走不了。你先走，我肯定能出去，救拔团在，我想早晚会有机会。

俩人耳语了一阵，便轻手轻脚地一起走到了后院侧门，阿秀掏出钥匙，把小门拉开，一把将小蔓推出门外，说声快跑，便随后紧锁了侧门，匆匆往里走，刚走到井边，保镖阿四伸着懒腰出来，他朝阿秀吼道，这么早偷偷摸摸的搞什么鬼？阿秀回道，我打点水去浇花。

谁知道阿四接着跑到后院侧门去拉尿，等他回来，阿秀见他手里拿着一块手帕，心里便慌了，那可是小蔓掉下的。阿四把手帕丢在阿秀面前，阿秀连点头，谢谢，刚才我手帕掉了。

掉你个头啊？！说，你在搞什么鬼？阿四问得阿秀的脸一阵阵红。

等何老板起床后，阿四报告他说，小蔓不见了。何老板鼓起他的鱼眼睛指挥道，把小蔓找回来！把阿秀吊起来！

这？怕那姓鲍的知道，万一吊死了麻烦可就大了。阿四也害怕了。何老板呵斥道，你莫非怕他不成？！他管起老子家里事来了，我还可以告他。

小蔓本想去日光岩的寺院里，在路上有幸遇见了阿敢，阿敢将他带到了婢女收容院。小蔓成为院生后，救拔团立即通知了何家，并在报上刊登了消息，宣告小蔓已受到保护。

何老板这天看到报纸，气急败坏地对管家说，去找姓鲍的谈，把人给老子要回来！阿四为难道，一旦婢女进了收容院，就很难要回来了。何老板不耐烦地吼起来，他算老几，老子偏要跟他斗到底！

这天安韵珍来到了婢女收容院里，她是给婢女来送衣物的。正好遇上鲍会长在，安韵珍急忙问，会长，听说最近你们遇到了些麻烦？鲍会长愤慨道，国民党党政军警及司法当局早已对我们的行动不满，他们这是故意找碴儿，说婢女救拔团没有履行民众团体登记手续，是非法组织，所有军政法机关都有权取消和镇压。

安韵珍着急地说，怎么会这样？你们这是正义行动啊。

他们正说着，阿敢进来了，他急匆匆地对鲍会长说，刚才得知的消息，法院宣布了婢女救拔团的领导人触犯了刑法，犯"破坏家庭罪"，说要受法律处分。

鲍会长一听，拍响桌子起身道，他们这是冲着我来的，真是岂有此理，虐待婢女，逼人自杀，那算不算罪？阿敢还没说完，继续道，厦门海军警备司令部通过鼓浪屿"会审公堂"，要工部局取消我们救拔团。

陪楼

鲍会长再次激动起来,这简直是胡闹!无法无天!取消,我看他们怎么个取消法?好啊,我等着他们来取消。

安韵珍插话道,工部局有时候也是不讲正义的,那还得小心。鲍会长挥起他那只大手道,不用,我等着他们来找我。阿敢附和道,是,不用怕他们,有鲍会长的威望在,他们吓唬不了我们。

接连几天,婢女收容院门口,都有一百多人拿着棍棒等在那里,他们是要武装保护收容院。鲍会长知道何老板有一个亲戚在厦门海军警备司令部。知道他会上门交涉,便早就做好了准备。

这边何老板嚷着要阿四前去交涉他家婢女小蔓的事,扬言要找救拔团放人。等阿四带着人来到收容院,见这等架势,还没走近,便被吓跑了。阿四跑回去向何老板报告说,今天收容院门口有几百人守在那里,根本进不去。何老板也清楚,鼓浪屿是万国租界,海军陆战队未经洋人许可不许进入,他想只能通过会审公堂照会工部局,控告救拔团诱拐囚禁婢女,要求派巡捕起赃。只是他没想到工部局也慑于鲍会长的声誉,推诿说这问题由你们中国人自己去调解。

何老板对此不肯罢休,又重金聘请律师要向法院控告,私下里去贿赂法官。几个月来,法院签发了二十多张传票。鲍会长都拒不应传,直到第三十张传票后,才派代表到庭应讯。

这天在厦门的法院门口,一些学生和几百名建筑工会工友们都到法院旁听,法庭里面挤满了人,阿敢堵在了法院大门口,跟着大家高呼口号,法官见到这阵势,知道已没法正常开庭,只好仓皇离开。

阿秀得知了这个消息,兴奋得一夜没睡,从心里替小蔓高兴,但一想到自己,又不免心事重重。她在想自己什么时候也像小蔓一样逃出去,但现在何老板看管非常严,弄不好惹出麻烦,心想还是等着阿敢他们来救妥当点。

## 6

近些天来,鼓浪屿巷弄里到处可以看见救拔团少壮团员身影,只要听见豪绅住宅里有惨厉的呼喊声,他们便冲进去,及时解救正在被严刑拷打的婢女,然后送到鼓浪屿救世医院抢救。

## 第1章 婢女收容院

这个晚上,毛毛雨一直下着,不肯歇息,鼓浪屿只有些零星的灯光,显得更加凄清。阿敢带着几名救拔团的青年男子拿着棍棒走在小路上,此时他们正要去何老板家。临近门口,便从里面传出阿秀的哭喊声。阿敢忙上前先是敲门,门不开,没有一点反应,阿敢火了,一挥手示意大家从院子外翻墙进去。阿敢纵身跳到何家院子里,便直往大厅冲,见阿秀正在受刑,他大喝一声,住手!何老板听到了不知从哪里传来的声音,一下慌了神,烧红的火钳掉在了地上。抬头一看,家里进来几个汉子。阿敢大步上前,一把抓住了何老板的手。

婢女是我用钱买来的,要打要杀你管不着!何老板鼓起鱼眼睛看着阿敢,把领带朝一边扯了扯,挽了挽袖子。

阿敢神情严厉地说,我们是婢女救拔团的,就是专门管这事的,救拔团就是要把受欺负的婢女解救出来。说完扶起阿秀要往外走。正在这时,保镖阿四带着两个手下急忙跑了过来。阿四二话不说,气势汹汹地动起了手,双方一场搏斗很快展开,阿秀一会儿被压在阿敢手里,一会儿又拖到了阿四面前,几个青年身手不凡,可眼看阿秀要抢到手,却被阿四一条腿扫倒在地,何老板见状马上挟持着阿秀说,你们再过来我就勒死她。

阿敢这时从背后一拳打在何老板的后脑袋上,他痛得松开了手,眼看着阿秀快要脱身,那阿四又掏出了一把刀,正要刺向阿秀,另一个青年上前接招,一个飞腿踢掉阿四手里的刀。几个回合下来,何老板也被踢到了桌子底下,一片混乱之中,阿敢拉了阿秀便往外跑,另一个青年在对付阿四。这时不知谁撞坏了灯,灯泡炸了,屋子里黑黑的一片,而这时候阿敢和几个青年带着阿秀冲了出来。

何老板从地上爬起来后,脸上肿起了几个包,他捂着脸扯破嗓门喊道,他们抢了人跑了,快追啊。阿四这时也跌在地上,手上还在流血。

阿敢随即将阿秀送到了岛上的救世医院。救世医院是1898年4月建立的厦门第一所正规西医院。在医院的门诊部,阿敢付了三分钱买了一支标有号码的竹卡,医生告诉他这样可以免费看病了,并且可以重复使用,药品和包扎物都免费。阿秀向他道谢,阿敢说,看病住院不要钱,谢什么,救你出来,是我们的工作。你好好养伤就是。阿秀点头,敢叔,我再也不要去何家了。阿敢安慰她说,放心,何老板也不敢再找你。阿秀回想被解救的过程,真是胆战心惊,想起来都后怕,看着手臂上的伤,她忍着痛也忍住了眼泪。

过了几天阿敢又来到医院看望阿秀，在医院的护理下，阿秀感觉好多了，俩人在聊天中说起了家里的事。当阿敢说起母亲时，阿秀觉得在哪儿听过，便想起了上次在街头遇到的那个托人写信的老阿姨。阿秀不敢肯定地说，我不知道那是不是你阿姆，但我觉得好像是。阿敢道，不可能，自从我师傅被土匪劫走后，我就一个人流浪了，早几年回去找过家里人，但家里被火烧了，人也不在了，只听说我阿姆出门去找我，也没有音信……阿秀想了想说，记得她那次说她儿子左脚上有块胎记。阿敢叹道，有胎记的人多的是，我也有啊。阿秀忙问，是三角形的吗？

阿敢怔了下，还真是三角形的，难道？说着，阿敢将左脚伸出来，脱下鞋子给阿秀看。阿秀一见，惊喜道，真的是，她说是蓝色的。敢叔，你阿姆还活着，她正在找你哩，你快去找她啊。她说给你每年都写信，都不知寄到哪儿，就放在身边，她太可怜啊。阿敢听得眼睛湿润了，激动地说，如果真是我阿姆，那就是老天开眼了，我一定会去找她。如果能找到我阿姆，我就不再是孤儿了。

阿秀出院这天，接着就被安排进了婢女收容院，收容院在旗尾山上，原为德国领事馆公馆，方方正正的两层楼里已经收留了两百多名婢女。阿秀刚抱着被子到休息室时，姐妹们热情地围过来问这问那。

这位妹妹，叫什么名字啊，家在哪里？

姐姐，你的手还有伤啊？

阿妹，你来这里就好了，鲍会长是我们的大恩人，我们都叫他阿爸。

是啊，他救了我们，他跟阿爸一样亲。

阿秀听她们你一言我一语的，还来不及回答，那边听小蔓在叫自己。小蔓坐在床边上，一只腿刚涂了药。阿秀奔过去叫着，小蔓姐，我正要找你哩，你的腿怎么了？小蔓拉了阿秀坐下，阿秀你来了真好，我俩又在一起了。我的腿伤在何家本来没有好，那天跑出来的时候又摔了跤，唉，现在又开始痛。阿秀道，你先不要乱动，好好养伤。小蔓说，我听这里的姐妹讲，有的还被主人缠了足，我这算好的了，只要出了火坑就会好起来。

晚上，阿秀特意跟小蔓床边的阿姐换了床位，她想好好照顾小蔓。大房间里住了几十个姐妹，小蔓和阿秀怕影响别人睡觉，俩人把头蒙在被子里小声说话，聊到深夜一点多，才慢慢睡着。

次日早上醒过来，阿秀跟着别人去排队打早饭，她打了两份稀饭回来，放在小蔓床前，说，快吃，吃完去上课，听她们说八点就开始了。

快，上课了。这时听见有人在外面喊。阿秀急忙扶着小蔓从房间出来，小蔓一拐一拐地挪到了一楼，草坪上摆着几十台织布机。一位中年妇女亲切地站在婢女们面前，大家后来叫她阿姣姐，阿姣姐今天要教大家学织布。婢女们高兴得你看我我看你，议论着说这织布机是厦门同英布店的老板捐赠给收容院的，让院生们学会织布，还代包销，这样也暂时缓解了院里的压力。阿姣姐一边做示范一边对大家说，经线吊在两个综框上，交替上下两个综框，也就是脚踏，看见没，使经线交错，梭子带着纬线过去，然后压纬。

真是神奇啊，阿秀看着她演示，轮到自己上机时，阿姣姐又过来手把手地教，织布机发出"咔""咔""咔"的声音让阿秀着迷了，她很用功，没过多久，便学会了织布手艺。

收容院的文化课是由一些学校老师上门义务教的，下午的时候，来了一位年轻的姑娘，大家都叫她刘老师。刘老师一笑便露出小酒窝，阿秀认真地听她这样说，各位姐妹以前受了苦，没认得几个字，现在我们要教大家学文化，没有文化不认得字不行，认得了字我们就可以好好念书，进一步成长，你们说是不是啊？一些姐妹不敢作声，只是点头。小蔓问，认了字真有用吗？刘老师回答道，当然有用啊，等学会了认字，你们就明白有用的道理了。下面请大家看黑板，这两个字是"中国"，跟我一起念，中国。大家齐声读完之后，刘老师又要求大家学会写，她给每个院生发了纸和笔。阿秀握住铅笔在纸上写，刘老师走到她身边时，问她，你怎么用左手啊？小蔓替她回答说，她右手还有伤。刘老师拿起阿秀的右手看了看那伤口说，小心感染啊，如果你的手痛，可以回房间休息。阿秀摇头，她不想耽搁在这里学习的每分钟。

## 7

晚上是教会的姊妹来上灵修课，来了两个阿姨，中国阿姨便是安韵珍，那外国阿姨，一头黄色的鬈发，穿着花边长裙，很洋气的样子，大家称她为牧师娘，她来之后与婢女们坐在一起，祷告、教读《圣经》，学习唱诗。

陪　楼

　　阿秀觉得那位中国阿姨很面熟，安韵珍是陪牧师娘一起来的，她脸上友善的笑容让婢女们感到亲切温暖。安韵珍倒是先认出了阿秀，她走到了阿秀面前，说了句，与上帝同在。阿秀怔了下，阿秀在想着眼前这位太太在哪见过，但马上见她又急忙走开了。

　　小蔓晚上脚痛没去上课，阿秀回来后，高兴地对她说，晚上的灵修课可好了，唱诗很好听。我听说院里有的阿姐准备接受救恩，要成为信徒了。

　　什么是信徒啊？面对小蔓的提问，阿秀含糊其词道，大概是相信上帝吧。小蔓又问，上帝，上帝在哪里？长什么样啊？是干什么的？阿秀说不清楚，只记得有一句话说，同情弱者，就是服侍上帝。带着小蔓的疑惑，阿秀接下来认真听了灵修课，那些亲切的笑容，动人的话语，在她看来是一种无法言喻的慰藉，如春风一般拂拭心田，一股莫名的激动慢慢地涌上来，阿秀接受了洗礼。

　　受洗完毕回到房间，阿秀神清气爽地站在小蔓面前，却见小蔓呆呆地坐着，看也不看她，只顾想着自己的心事。阿秀不禁高兴道，小蔓姐，我受洗了。哎，你为什么不去？小蔓慢慢地扭过头，目中无神地问，什么，受什么洗？我，只要不受苦就行了。阿秀坐在她身边说，受洗后就不再受苦了呀，你就可以重生。小蔓不信地摇头，那种麻木让阿秀感到紧张，她不知所措地问道，什么事不高兴啊，你看我们现在多好，上帝把我们从狼窝救到福窝里了。

　　小蔓自言自语地说，阿秀，我比你大，早到了嫁人的年龄，可是，我却没有了机会。小蔓回想何老板那晚欺负自己的情景便想吐，阿秀似乎明白了她的心思，便说，到了这里，就不要想以前的事了，怎么会没机会呢，一切都会改变的。

　　小蔓看着阿秀正儿八经地说，知道吗，听这里的人说，鼓浪屿有三样不能留在家里的。阿秀好奇地问，哪三样啊？小蔓道，死人、大小便和女孩子这三件不能留在家里。阿秀高兴道，所以啊，救拔团早想到了这点，婢女可以选择人结婚啊。团里还先将男方照片给我们挑选，相中了就开始接触。还规定不向男方收聘金，但要求必须用红轿子来迎亲，并在礼拜堂举行婚礼哩。

　　小蔓不相信地说，红轿子迎亲，那是富家千金才有的事啊，我们这些婢女怎么可能有红轿子坐？阿秀说，不信你去问院里的人，规定里就是这么讲的，你就等着红轿子迎亲吧。小蔓还是心结不解，摇头道，我这样的人不

## 第1章 婢女收容院

会有人娶的……阿秀想了想开导说，不管发生什么意外的事，不要生气啊。

只过了两三个月，小蔓的生活发生了天大的改变。这天她认真对阿秀说，阿秀，我要结婚了。小蔓的欣喜让阿秀有些吃惊，原来小蔓和一个卖水果担的中年汉子相亲的事都在悄悄进行。小蔓说，我不敢声张，害怕这不是真的，等到今天才觉得踏实，才告诉你。阿秀兴奋道，这是真的了，祝贺小蔓姐，我真替你高兴。需要我帮什么忙啊？

不需要，收容院都安排好了，我只要坐轿就行。小蔓激动得不知所措，她抱紧阿秀说。

结婚那天，阿秀亲眼看见了小蔓结婚的热闹场景。迎亲的轿子抬到了收容院门口，新郎一脸笑容地进了院里，把小蔓扶着上了红轿子，小蔓坐在轿子上，被轿夫抬起后，在许多参观的群众面前，含笑示意。姐妹们看见她一副扬眉吐气的样子，个个都拍手叫好，阿秀激动地跟在送亲的队伍后面，一直把小蔓送到新郎的家门口。

何老板知道这一切后气得要命，心想，小蔓嫁了人没有回头的可能，但阿秀还可以争取回来，上次的事他一直不甘心，不想这么轻易放过。这天何老板又吩咐阿四说，收容院里还有一个我们家的人，去给我把人要回来啊。阿四清楚这事难办，便劝道，恐怕有点难，现在救拔团影响越来越大了。何老板才不管那么多，愤然道，你还怕姓鲍的不成，他抢了我的人，是他没道理，我何家怕过谁？上次的事算我倒霉，这回他如要不吃敬酒的话，就没好果子给他吃，不过，如果他好说话，我也想做个人情，资助一笔经费。

阿四只好硬着头皮去了收容院，那些青年团员们根本不让他进，他只得掉头去鲍会长家，进门便客气了几句，长老好，我们家老板……鲍会长不等他说完，便打断说，我知道你们家老板让你来是干什么的，总不会是看望我的吧？阿四脸色难看，喃喃说，一是看望你，二是……鲍会长又打断他说，二是来要人的吧？有话就直讲。阿四不好意思地说，是，我们家一共两个佣工，那小蔓嫁了人，还有一个阿秀在你这里，我们还是想接她回去。鲍会长哼了一声，笑道，别说得这么客气，搞得真好像我抢了你家人似的，你家婢女在你们家受尽欺凌，现在被我们救了出来，正在养伤，已经得到了救拔团的保护。阿四回道，哪里话，你不知道，她在我们家可是享了福的，那她伤好了，我们要接她回去，住你这儿也麻烦。

鲍会长一听这话，气不打一处来，高声道，你胡说什么，她身上的伤就能证明，我们去救的时候，正遇上何老板用烧红的钳子烫她，人命关天，你竟然说她在享福？阿四站着，不敢吱声了，鲍会长逼近他说，我们救她出来，就是要让她脱离苦海，怎么会回去再受欺负呢。啊？！想都别想，走吧！

阿四这时想起何老板的话，便提醒说，你知道我们老爷何老板在厦门也有一定的势力的，弄不好，你们也没什么好果子吃。如果你肯给面子的话，我们老板准备向婢女救拔团捐助一笔经费。

鲍会长觉得可笑，冷笑了一声，一本正经道，他想要工部局来抢人，没门。用钱来买通，少来这一套。我如果怕威胁，就不敢宣言解放婢女。我如果被人收买，早就是百万富翁了。

阿四听后心里吃紧，连忙后退了几步。鲍会长再次大声说，回去告诉你们老板，少来这一套！阿四再走上前低声说，鲍会长可要想清楚了，为一个婢女这样不值得啊。

鲍会长一听火了，重重地拍了一下桌子说，非常值！我们不仅仅是救了那些可怜的婢女，更是跟邪恶势力做斗争，我们绝对是赢了。鲍会长不想跟他再啰唆，便走到门口，正色道，请你告诉何老板，休想从我这里带人走！

阿四无奈离开后，回到家传话给何老板说，那姓鲍的实在厉害，根本不吃敬酒。要不，让他尝尝罚酒怎么样？何老板精得很，若有所思道，不行，这事我报告过日本驻厦领事，要求工部局上岛抢人。日本领事知道鲍会长是不好惹的主，所以他们建议我先礼后兵。果然，这人真是块硬骨头，难啃。阿四不解地问，那就这样算了，让阿秀跑了？何老板咬牙道，真便宜了这个小贱人。不可能！

## 8

在收容院里的日子过得飞快，这份自由与充实是阿秀做梦也想不到的。但这时候婢女收容院出现了困境，婢女们的生活吃紧，不过在为难之际，也得到社会各界的资助，工部局、洋行都有捐款，阿秀身处其中，也十分着急，总想着出去做点事来减轻院里的负担。这天她听上门教读《圣经》的教堂姐妹说，教堂威约翰牧师家的小孩没人照看，阿秀便决定去帮这个忙。

## 第1章 婢女收容院

第一次到威约翰牧师家里的时候,阿秀心里一半是好奇一半是紧张。威约翰不在乎阿秀不会说英语,只要会说闽南话就行。可阿秀最害怕的是说话,别说英语,连普通话都说得别扭的阿秀实在犯愁,好在威约翰夫妇来中国几年了,能用简短的中文交流。但威约翰五岁的儿子迈克说的是英语,阿秀听得一头雾水。比如迈克每天要吃香蕉,对着阿秀喊 banana,阿秀听不懂,便猜想着"白拿了"是什么意思。有天迈克看见盘子里的香蕉直接连皮往嘴里送,阿秀这才明白"白拿了"就是指香蕉。她替他把皮剥下来后用心记下这个词,又教他用中文说香蕉。这天迈克不知为何哭了起来,阿秀哄他也没用,正好家里进来一个少年,他用英语跟迈克说了几句,迈克立即笑起来,少年抱起他便要走。阿秀不知他是谁,上前想问。少年沉着地说,我是他哥哥,带他去学校玩。阿秀没有认出少年便是那次在船上碰到的二龙,等威约翰回来,阿秀告诉他说迈克被他哥带去学校了。威约翰道,是威尔回来了,一会儿我去接迈克。

阿秀慢慢地对英语有了些感觉,简单的打招呼也能听和说了。常常地,她会听到威约翰用中文夸鼓浪屿,威约翰这样说过,这是一个让人惊奇的小岛,艺术、教育、医学、建筑都领先中国其他地方。可以说阿秀是从威约翰这里开始真正了解鼓浪屿的,在这个小岛上无忧无虑地生活下去成了她现在最大的心愿。

除了看小孩,阿秀每天下午去英国领事馆当挑水、洗衣的杂工,这份兼职是威约翰介绍的,他告诉她说在英国领事馆做事,不仅薪水高,还有养老金等福利保障。

1843年设立的英国领事馆,在鼓浪屿算是开各国领事馆之先河。鼓浪屿沦为列强的公共租界,厦门成为五口通商口岸后,一些外国人便来到鼓浪屿上占地盘,建教堂、学校和洋行,从政治、经济、文化等各方面进行侵略渗透。在英国领事馆官邸建成之前,这块地原本是鸦片战争中鼓浪屿炮台的所在地,中国战败后,英国人来到鼓浪屿,毁掉炮台在此建筑领事官邸。英国领事馆的范围很宽广,包括码头前的榕树和旁边的街心花园都在其内,办公楼为三层红砖楼,方正正正的,看上去死板严谨,内部装修却十分奢华。

阿秀第一次去英国领事馆时,抬头便见那挂着的米字旗和楼前的一座狮狗墓,没有细看,阿秀小心翼翼地走进去,唯恐那些穿着西装打着领带握着手杖的外国人看见自己。在里面,阿秀埋头做事,极少说话,领事馆里的气氛让她感到有些压抑，这里的外国人不像教堂的牧师会说闽南话，他们只说英语。

这是周二的下午，阿秀挑完水，洗完衣，又抹了落地门窗、壁炉，等忙完都到了傍晚六点多，一看晚上照看小孩的时间快到了，收完工便从领事馆出来，饭也没吃直接去了威约翰牧师家。

刚走到威约翰家门口，却见小蔓迎面走来，阿秀疲惫的眼里迅速有了神采，欣喜道，小蔓姐，你今天怎么来了？好久不见了。小蔓惊讶地看着阿秀，一脸笑容，她拉紧阿秀的手，我想姐妹们啊，来看你们，下午我去了院里，才知道你不在。阿秀问，难得你记得我，你还好吗？小蔓道，还过得去，今天有空，就来看看你，阿秀，听说你出来做事了？阿秀点点头。小蔓不解地又问，待在院里不挨饿不受打，还出来这么辛苦，这是为何？阿秀回道，洗衣、挑水、看小孩，这些事都不累。哦，到时间了，我得到威约翰牧师家照看他的孩子。小蔓看着阿秀进去说，好吧，那你忙，别太累了自己啊，改天再来看你，下回见。

刚进门，阿秀突然感到一阵晕眩，眼前一抹黑，正要出门的威约翰见状，随即扶住了将要倒下的阿秀，他着急地问，你怎么了？

见阿秀没反应，威约翰牧师急了，扶住阿秀在门口喊，黄包车。小蔓还没走开，回过头一看，阿秀被一洋人扶着出了门。小蔓上前紧张地说，阿秀，你醒醒。阿秀还没醒过来。威约翰便回道，不知为什么，她突然晕过去了。

安韵珍这时正好从一辆黄包车上下来，小蔓拦了她坐的车说，等等，要用车。威约翰说上医院。安韵珍看见了威约翰，惊喜地说，啊，是您，威约翰牧师，你好。威约翰认得安韵珍，知道她是唱诗班的姐妹。便点头道，刚才她来我家看小孩，却突然晕倒了。安韵珍看了阿秀一眼，想想应该是在收容院见过的，她关心地问了一句，是生病了吧？小蔓念叨，她是累倒的，唉，做婢女时受罪，不做婢女还要这么辛苦。安韵珍这时已经想起来了上次在工部局见过她，就是救过维娜的那个女孩，还有，在收容院也遇上她，于是安韵珍急忙说，快，送她去看医生，医生是我朋友，就住在前面。

只在黄包车上坐了几分钟，便到了叶医生的家，安韵珍先进去跟叶医生打了招呼。等给阿秀检查完，叶医生说，她贫血，长期营养不良，加上太劳累，休息几天就没事了。小蔓担心地说，阿秀还受过伤，被人打过。

安韵珍这时发现阿秀脖子上还有烫伤的痕迹。威约翰说,我真不知道,要不,让她先回家休息,不要出来干活了。小蔓道,那我送她回收容院。

安韵珍这时在想,跟这女孩打过几次交道了,好像都是上帝的安排,不知为什么,她突然有了一个念头,她想把这个可怜的女孩接到家里去,让她过上好日子,给家里做事也好,给维娜做伴也罢,总之,她想尽快让她摆脱困境。于是安韵珍郑重其事地对威约翰牧师说,等等,这位姑娘做过婢女,被中国婢女救拔团解救出来了,但她身子太弱,我想把她带到我家里去,她现在需要休养,你看,你得另外请人带孩子了。

威约翰点头道,让上帝保佑她吧,阿门。

小蔓惊讶地看着眼前这位面容和善气质高贵的太太,欣慰地说,那谢谢你了,阿秀真有福气。

安韵珍接着说,等她醒来后我们就走。阿秀在打吊针,安韵珍守在她身边,突然她的脑子里回闪几年前在路上遇到的那个掉了几个铜钱的小女孩,是她,眼角的那粒痣很醒目。看着这个跟自己女儿维娜差不多大的女孩子,安韵珍心里有一种说不出的感慨。阿秀和维娜年纪相同,却过着天壤之别的生活。

## 第 2 章　凤海堂

### 1

阿秀醒来的时候，疲乏的身子已经蜷曲在凤海堂别墅客厅的红木雕花沙发上了。这是哪里，好大好气派的房子，阿秀头不敢动，眼睛朝四周转了一下，双手抱紧身子，脑子里回忆不起刚才发生了什么事，不是明明在威约翰牧师家吗，这会怎么睡在了陌生人家里？

这时阿秀听见了说话声，像是有人来了，担心又害怕，正想着如何悄悄走掉，刚起身，安韵珍走到了跟前，她身边还有一个端着茶水的阿妹。安韵珍把茶水送到阿秀手里，说，先喝点热茶，暖暖身，这里是龙家凤海堂，我们见过的。感到意外的阿秀不知要说什么才好，她看着眼前这个面目和善的太太，恍如梦中。阿秀喝完水之后轻声问，我怎么会在这里？我要去给威约翰牧师看孩子的。

安韵珍认真看了阿秀一眼，这女孩神态紧张，举止谨慎，瓜子脸，细长的眼睛里有一丝忧虑，倒也有一分天然的清秀。看着阿秀用怀疑的眼光盯着自己，安韵珍微笑着亲切地说，小阿妹，你刚才在威约翰牧师家门口晕倒了，就先在我家休息吧。阿秀怔怔地看着安韵珍，似乎想起了什么，安韵珍又说，想起来没有，我们见过的，早就认识了，那年你把买酱菜的钱丢了，坐在地上哭，怕回去挨打。还有，你在海水里救过我的女儿，还有，在收容院……

阿秀这时终于点了点头，脑子里闪过种种记忆。她用轻细的声音回答说，是，您当时还给了我铜钱。在工部局，在收容院……安韵珍坐在了她身边说，是神指引我一路保护你。听到神，阿秀心里如同失声的琴弦发出了响声，她在心里念了两个字，阿门。

正说着，维娜放学回来。穿着新潮的维娜出现在阿秀面前，阿秀呆住

## 第2章　凤海堂

了，她似乎认出了维娜，不就是自己在海水里救过的那个女孩嘛，这里原来是她的家啊？这是她阿姆？好漂亮啊，阿秀做梦也不会想到还会来到她家，竟然跟她家这么有缘。

维娜亭亭玉立，气质优雅，应该说是家里用心培养出来的，龙家从小就对维娜进行闺阁教育。小学时就有三名家教分别设课国文、英文、音乐等，还请人施教经书格律，为维娜的古典文学与西洋音乐都打下了很好的基础。

落落大方的维娜进门后便兴奋地说，阿姆，我们学校今天举办了音乐会。安韵珍不以为然道，哦，那是你们毓德女中的老传统了，你表演的什么？维娜把小提琴盒放下说，还不是小提琴，本来我想学风琴，你的嫁妆又不舍得拿出来。安韵珍笑着回道，我那风琴实在太旧了，哪能拿出手。

维娜一边脱衣服一边说，做一个集体生活中的人，而不是只顾自己，要有团队精神，老师天天这样教导我们。

这时维娜一转身突然发现了沙发上坐着的阿秀，阿秀头发有点乱，衣服随便披在身上，头微微低着，但一身布衣也掩饰不住阿秀天生的美丽，维娜猜测道，是不是教堂唱诗班的新成员？

这时阿秀的头低得更低了。安韵珍笑了笑，说，看出来没，她是谁？当维娜走上前时，阿秀抬起了头，维娜惊喜地道，啊，原来是你，你救过我啊。

阿秀激动地点头。

维娜坐下来说，啊，上帝，你叫什么名字呀，上次忘了问你，都没谢你哩，怎么知道我家的？后来我一直在想，我们有没有缘再见面，没想到今天你就来了。安韵珍欣喜地说，她叫阿秀，是上帝让我把她接来的，以后就住在我们家了，就当我多养了一个女儿。维娜看着阿秀说，是呀，这样子真的很好，我两个哥哥都被阿爸带到国外去了，正好你来做伴，欢迎哦。阿秀在想着刚才太太说的话，就住她们家了，就当她多养了一个女儿，这话听起来多么亲切啊，这是真的吗？阿秀似信非信，富人家有这么好心的人？这时她又听安韵珍在说，阿秀刚来，维娜你多关照她些。阿秀激动地起了身，给安韵珍鞠了一躬说，谢谢太太，谢谢小姐。安韵珍摇头说，不要叫她小姐，就叫她维娜，你俩还同岁哩。

这时，一个走路威武八面来风的汉子大步走了进来，直接喊着阿秀的名字，阿秀眼前一亮，脱口叫道，敢叔！她在想，敢叔怎么会在这里？阿

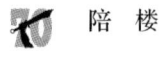

敢笑道，没想到吧，我们又遇着了。阿秀小声问，你不是在收容院吗？阿敢道，我白天去婢女收容院帮忙，现在晚上住这里，还得多谢太太关照。安韵珍忙说，看来，你们两个早晚都得到我们龙家来，这就是上帝的旨意。维娜更是高兴地说，救命恩人都到了家里，以后没人敢欺负我了。

大家正高兴地聊着，龙家的花匠地瓜跳了进来，他中等个头，皮肤较黑，脚还没站稳便盯着阿秀看了几眼，用闽南话问，吓米郎（什么人）？阿敢本来想说什么，却见地瓜眯起眼睛打量了阿秀一番，这十五六岁大的小阿妹看上去蛮清秀的，他堆起笑容说，正好，阿小要走了，又来个漂亮小阿妹煮饭啊。安韵珍盯了地瓜一眼说，由你安排是吧。地瓜还是笑，嘴上说道，我晓得珍婶婶从来心软惯了，不要好心不得好报才是。地瓜想起上次有一回，家里救了一个乞丐的命，结果那个乞丐进屋就偷东西，原来是小偷化装的。

维娜怕地瓜再说出什么难听的话，便说，介绍下吧，这是新来的阿秀，这是我们家花匠地瓜。地瓜朝阿秀伸出手道，欢迎啊。他握住阿秀的手，又扭头小声对维娜道，但愿你阿姆这回救的不是乞丐小偷。

安韵珍再次瞪了地瓜一眼，地瓜，你瞎说什么？！

阿秀其实听见了，她觉得有些委屈，自己虽然穷，但却不是什么小偷，太小看人了吧。这个人说话怎么会这样厉害，好像与家里人都不一样，是不是不欢迎我？

维娜对地瓜认真地说，我告诉你啊，她可是我的救命恩人。地瓜的嘴合成了一个圆，哦，就是上次在海里救你的？哇，了不得，没想到，啧啧，佩服，那一定是好人了，来来，我自我介绍下……

安韵珍走过来打断地瓜说，马上要吃饭了。地瓜只好说，吃完饭我再自我介绍啊。维娜怕他啰唆，便替他介绍道，他是我们家种花能手，很骄傲的花匠，能唱会跳，能说会道……地瓜抢着说，别夸我，我没什么本事的，就只会侍候花花草草，人长得不好看，种的花好看，嘿嘿。

地瓜虽是逗，却让阿秀感觉不自在。这时她脑子里想的是婢女收容院，是威约翰家，是英国领事馆。她有些拘束地小声道，我得走了。维娜不解地问，为什么要走啊，你要去哪里？阿秀难为情地回过头看了安韵珍亲切的脸，其实她是想留下的，但又怕这样太麻烦人家，怕地瓜瞧不起自己。安韵珍看出了她的心思，便说，我们家是真的需要人手。不过呢，如果你想出去做事也可以，晚上就住这里也行。

## 第2章　凤海堂

　　维娜上前跟阿秀说，别走了，说好了要在我们家保护我的，你救了我，不知如何谢你哩，我俩就当姐妹相处吧，给我做个伴怎么样？

　　地瓜这才凑上来说，说是她救了你，我真不敢相信，这样弱弱的样子还能救人？维娜不高兴地瓜这样说话，回道，她样子怎么了，人家水性好得很。地瓜笑了下，呵，看不出，水性好，能跟我比吗？哪天咱们试试，我虽然不是在海边长大的，但我是喝海水长大的。维娜拍了一下地瓜的肩说，去去，你话真多。

　　地瓜站在阿秀面前道，带你去看花怎么样，看见没，这院子里的花花草草都是我养的，好不好看？维娜只好说，走走，我们去看花，地瓜生怕没人表扬他。阿秀便随维娜站到了院子里，满院红红绿绿的花花草草围着她，像置身在大花园里面，维娜道，看见花开得这么好，心情自然就会好。阿秀来不及赞叹，便看见安韵珍带着几个人过来说，阿秀来我们家呢，大家要好好照顾她，她身体现在需要休养……话没说完，地瓜又忍不住插嘴了，珍婶婶，她这么年轻，好好的，为何还要休养啊？

　　对于地瓜的插嘴，维娜表示了不满，她声音细细地说，地瓜哥，你最好在嘴上贴张封条吧。地瓜回道，那样不成了哑巴吗？安韵珍吩咐道，维娜，快去给阿秀收拾房间，就住楼上你隔壁房吧。

　　她住主楼？主楼是主人住的啊，她可以吗？陪楼不是有空房吗？地瓜不解地看着安韵珍，话没说出来，安韵珍便知道他要说什么，她接着说，记住，没有什么事不要到陪楼去。阿秀温顺地点头。在她眼里，根本分不清哪是主楼哪是陪楼，这房子太大，还没来得及细看。地瓜在心里说，没事不上陪楼是什么意思，凭什么让我住陪楼而她住主楼。地瓜的不高兴挂在脸上，安韵珍早已习惯，他要是哪天懂事了，倒不习惯了。

　　这时维娜拿了一件粉红碎花上衣和一条白色的长裤，还有一双红漆木屐递给阿秀说，你试试吧，我没穿过的，看合不合适。看你个子跟我差不多，胖瘦也一样，应该能穿。

　　阿秀不敢相信这家小姐对自己这么好，会真把自己当亲人一样。她看了看维娜清瘦的背影，只见她留着短发，穿着白色的连衣裙，很精神的样子。再看看自己一副土土的模样，头发乱，脸色憔悴，像个叫花子似的，难怪地瓜第一眼就看不起自己。

　　阿秀双手接过衣服和木屐，说了声"谢谢"。地瓜的话仍然带着讽刺，他呵呵笑了几声，小姐穿的衣服她也能穿？维娜说，谁说不能穿，阿秀我

## 陪 楼

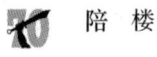

带你去换衣服。阿秀跟着维娜到一楼客房，等她把衣服换好，穿上红木屐出来之后，维娜的眼里透着惊喜，很好看啊，真的很好看哦。地瓜明明看到换了装的阿秀清纯靓丽，却偏偏正话反说，嘴一撇，嘀咕了一句，难看死了。

阿秀的脸一下红到了耳根，被人当面取笑很难为情的，她站着很久不说话。维娜把地瓜拉到一边说，你到底是什么心态啊，没一句好话？地瓜本想解释什么，却见维娜的姑姑和伯父、叔叔、舅舅、大姨小姨们都进来了，他上前分别叫着。安韵珍一一向阿秀作了介绍，眼前的主人和下人还没认全，接着安韵珍和周管家要带她去中楼见老太太和老太爷了。

穿过一个凉亭，绕过一块大石，再到后面一栋两层的红色楼前，楼前一棵松柏树威武挺拔，树边还有一个花形鱼池，上面立着一条飞跃的鱼身石雕。阿秀侧着身子边走边看，上了台阶后，只见回廊幔挂丝绒长帘，在帘外看不到帘内任何东西，帘内却可透视帘外的景物。

几步之远进到客厅，阿秀看见两位老人坐在堂前，贵气又显和气。客厅有一观世音菩萨像正朝自己笑，安韵珍先是给两位老人问了好，接下来又把阿秀介绍给了两位老人。阿秀也学着安韵珍的样子给老太爷老太太弯下身子鞠躬，但心里却有一丝紧张。

老太太一边在转动佛珠一边微笑道，阿弥陀佛，韵珍啊，这是从哪请来的？安韵珍回道，婢女收容院。老太太一听是婢女，话语里又多了一种同情，命苦的人哪。凡事都有前因后果，是缘，是宿命。

安韵珍又说，她就是上回救了维娜的那个小阿妹。老太太"哦"了一声，立即起身走到阿秀面前，拉了她的手说，这么说来，你是我孙女的恩人，这也是她前世所修。放心，现在来到了我们家，你的苦就到头了，不会遇到难事了。好好地在这里生活，以后还可以跟维娜一样学习，一起长大。阿秀心里感动着，老太太说完这句起身引阿秀到菩萨像前，磕头烧香，口中念阿弥陀佛。完毕，老太爷也挥手说，忙去吧，凡事多请教。阿秀这才开口说话，多谢老太爷老太太。

安韵珍再带着阿秀回到自己房间，对阿秀说，来，跟我一起祷告吧。阿秀明白，自己受过洗，便自然大方地双手握在胸前，微闭双眼，低头默默祷告。

出了房间后，刚好遇上地瓜迎面走来，安韵珍于是盼咐地瓜说，带阿秀到院子外面看看。

## 第2章　凤海堂

好嘞。地瓜应着,一边走一边说,喂,是不是觉得家里人多,其实啊,平时没这么多人,今天他们是回来看我姑丈公的。阿秀顺便问道,怎么没看见小姐的阿爸?地瓜耐心地介绍,龙家的男人啊都在国外,做生意的做生意,读书的读书,维娜的两个哥哥很早就送到国外上学了。现在只有维娜的姑姑还住在家里,她在厦门那边的银行上班,平时也很少回来。哎,阿小呢也快要走了。

阿秀忙问,哪个阿小?地瓜说,就是做饭的,她要嫁人了,所以,我想你来应该是接阿小的班,家里事不少,你慢慢学吧。见阿秀老实的样子,地瓜接着又说,还有啊这家里,你要晓得,老太太信佛,太太呢信基督,鼓浪屿还有天主教、道教,什么教都有,我刚来也是,不知拜菩萨还是信上帝,喂,你信什么呢?

还没等阿秀回答,地瓜说开了,我啊,都不信。阿秀这才问,为什么呢?地瓜道,菩萨和上帝都不帮我,我懒得信。阿秀说,可是上帝会帮助你的呀。地瓜摆手道,上帝,上帝在哪里,你看见了?阿秀小声回答说,上帝不帮你说明你有能力吧。地瓜道,我有能力,我有能力还求上帝干吗?阿秀便不再作声,她在想地瓜这个人,到底是怎样的一个人。

在龙家,虽然地瓜话最多,但阿秀最不了解的人却是他,这个人说话比家里其他人都直,甚至有点刻薄,对自己的态度呢,有时热有时冷,还有点欺生的味道。他说话的腔调有些杂,有时候是正宗的闽南语,有时候则扔几句变调的闽南普通话,本来他叫阿昌,因为说闽南普通话,不伦不类的,听起来好笑,有人笑说他就是一口地瓜腔,于是"地瓜"这个名字便叫开了。地瓜之前在鼓浪屿海关税务师家里种花,每天将种养的鲜花送到洋主人房间,虽然识字不多,但也可以说几句简单英语。因为龙家需要人手,老太太便将他接到了家里,一直干老本行。地瓜是老太太的远房亲戚,因为沾亲带故的,他相比一般佣工来说,在龙家最放得开的,在他心里,应该跟主人平起平坐,然而一直没得到重用,所以心里总是不服,现如今都二十八九了,还是单身一个。

地瓜还在念叨着家里的事,阿秀却四处看着,哪都觉得新鲜。

见周管家过来,地瓜招呼道,带她转转,我得上厕所了。

周管家是个沉默少语的人,跟话多的地瓜刚好相反。他带着阿秀转,基本上不怎么吱声,他不说话阿秀也不敢问,只是跟着走。转了一圈还没转完,阿秀这才惊讶地发现,这院子里面原来有这么多楼这么多房子,这

陪　楼

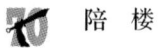

么深，这么大。每到一个地方，阿秀都停下来细看，从主楼绕过去，靠最里边还有一栋东楼和中楼，尽管每栋楼装修风格不一，但那些彩色的雕花、高高的走廊、宽宽的楼梯，花园似的阳台却是相差无几。楼之间的石凳、树木花草、凉亭流水随处可见。阿秀这时看见一只肥肥的花猫蹿到了自己的脚下，她把猫抱了起来，周管家说，这是"花花"。

过来吧。阿秀听见周管家在叫自己，便放下花花跟了上去。周管家指着主楼边一栋灰色的矮楼，介绍说，这是陪楼，佣工们住的，没什么事不要上去。阿秀有些不明白，昨天太太也说不要随便上陪楼，这到底是为什么呢？我不也是用人吗，用人是要住在里面的呀？见周管家不愿多说的样子，阿秀知趣地把话咽了下去。

2

阿秀从来没有见过这样豪华的房子，站在三层高的主楼前，她仰起头朝上看，那屋顶奇形怪状，威武傲然。围着楼的四面走，都是回廊，再看前面，双向步阶，阿秀站在欧式的连廊柱下，用手摸了摸纤细雅致、简洁华贵的连廊柱，觉得自己简直是进了宫殿。

而进了房间，那份阔气又处处可见，各种摆设十分讲究，房子里那些红木家具都是从福建莆田仙游定做运来，紫檀木的衣柜，红酸枝的桌子，黄花梨的床，胡桃木的博古架，端庄厚重。阿秀站在房间，抬头出神地看着头顶上的吊灯，这是一盏造型多样的多头煤油吊灯，彩色的玻璃灯罩张扬着斑斓，吊链上的花草写着华贵，那光透过灯罩的纹理逸散，呈现一缕柔和温馨，这种吊灯既可以使用煤油，也可以安装电灯泡，就连吊链上的金属构件部位都雕刻了好看的图纹。

阿秀的目光这时落在了窗边一堂精巧的红木椅上，她轻着脚步走近，又小心地坐了上去。等她起身走到门边椭圆形的穿衣镜前时，阿秀看见了自己，装扮后的自己确实精神了许多，特别是脚下的红漆木屐上的装饰花很显眼，阿秀低着头看了看脚，然后又把木屐脱下来拿在手里摸了摸，这么好看的鞋子真是舍不得穿，阿秀将木屐轻轻地放在了门边，然后光着脚在光亮干净的木地板上走了几步，当她走到雕花的床前时，阿秀禁不住靠了上去，此刻她在想，这是不是在做梦？

## 第2章 凤海堂

差不多到天亮的时候，阿秀才睡着，也只是小眯一会儿，等她睁开眼时，便见一抹晨光照进来，窗外的花香飘进来，小鸟喳喳叫个不停，阿秀下床站在了窗前，大海就在眼前，湛蓝湛蓝的，一望无边，气势磅礴，那起伏的波浪好像要卷进房间来似的，伸手可及。海对于从小在海边长大的阿秀来说并不陌生，但住在大房子里，睡在海的跟前却是新奇，在阳台上看海，听海涛声，更加温暖与亲近。

下得楼来，阿秀见安韵珍在客厅，心里一激动便扑通一声跪在了她的面前。正好地瓜跑进来，他有些幸灾乐祸地问，干错什么事了？罚跪啊，才来就做错事啊，呵呵。安韵珍忙把阿秀扶起来，起来，阿秀，你这是……阿秀哽咽地说，太太，我阿姆死得早，我就把你当最亲的人，谢谢你收留我。以后，以后我就在你们家，我什么都可以做。安韵珍点头道，谢什么呢，这都是上帝的护佑，你来我们家，就当是龙家的新成员了。

才休息了半天，阿秀便闲不住了。她知道用人吴妈病假回家，阿小也在收拾东西准备回家去，厨房的事正需要人做。阿秀进了厨房后认真地看，厨房大得很，一排排柜子里摆放了整齐的各式各样的酒杯、各种花色的碗和碟子，阿秀想做早餐，禁不住打开一个柜子，拿出一个碗来，可她手没拿稳，结果碗碰到了灶台上，碎了。听到重重的声响，安韵珍闻声进来，看见阿秀一人在厨房吓怕的神情，笑问，阿秀你想做什么啊？

我，我想给你们煮粥吃，不小心把碗摔了，哦，对不起。阿秀的脸开始变红。见她紧张的样子，安韵珍微笑道，没事的没事的，这么早起来也不多睡会儿，快回房休息去。安韵珍的话让阿秀感到非常亲切，也更加愧疚。她在想，如果还是在何老板家，不被打得半死才怪。她松了口气，正要往外走，却与迎面小跑来的地瓜撞了个满怀。

原来是你，我说这么早听到厨房里摔碗的声音，怎么不小心啊？地瓜像个主人似的责怪，让阿秀听起来心里紧张，她点点头，说了句"对不起"。地瓜用埋怨的口气说，碗打碎了？晓不晓得，好贵的碗，从国外带来的啊。唉，什么都不懂，还毛手毛脚的。

阿秀一时语塞。

地瓜，你话多了点啊，阿秀不过是想给我们做早餐，要学会善待人，善待人是一种胸怀懂吗？安韵珍替阿秀说了句公道话。地瓜回过头说，是，我，我就是没有胸怀。我是想，她会做西餐吗？会烤面包，会煮咖啡，会泡牛奶吗？地瓜故意说了一大串让阿秀听不明白的食物。安韵珍瞪

## 陪 楼

了地瓜一眼道，你就是嘴上勤快。地瓜回道，我手脚也勤快啊，要不，今天我来做早点吧，阿秀，看着我，跟着我学。地瓜说着便在厨房忙开了。阿秀站在一边，小心地看着，原来一顿早餐这么复杂，但她又帮不上忙插不上手。

地瓜像变戏法似的把蛋糕、烤面包、牛奶、咖啡、红酒等摆在桌子上的时候，阿秀听见太太在说，这是上帝的血和肉，来，我们开始祈祷。地瓜却故意退到一边。维娜边吃边对地瓜说，怎么了，你不吃？

我在做示范，用人不可以与主人同上桌吃饭的。地瓜这话是说给阿秀听的。安韵珍招手道，来来来，你们都过来吃啊，谁说不同桌吃饭，平时你是怎么做的，地瓜，今天你装什么啊？我们家从来没这规矩。地瓜上了桌之后，吃得比谁都快，阿秀却盯着刀和叉，不敢动，她实在不懂得用这些东西。地瓜又开始充能了，他用一种教导的口气说，这样，看见没，吃西餐是左手拿刀，右手拿叉，坐直，要吃得大方斯文。维娜偷偷在笑，地瓜这才意识到自己说反了，忙纠正说，是左手拿叉，右手拿刀。见阿秀不敢动手，维娜给她递来一双筷子，阿秀这才放开吃。

下午的时候，阿秀看见地瓜在院子里砖坪上的深水井边打水，便走了过去，她想帮忙，地瓜摇着头说，你先看，学会了再做。晓得不，厨房、浴缸和抽水马桶里的水，都是用水泵将水抽到蓄水池里，再通过水管输送的。阿秀便问，那你浇花呢？地瓜蹲在井边做着手势，浇花啊洗衣什么的也在这井里取水，你晓得吧，鼓浪屿这个小岛，四周都是海，岛上无溪无源，海水又咸，吃不得，岛上的人基本上吃井里的水。见阿秀认真地在听，她想威约翰家里是有自来水的，便问，没有自来水吗？地瓜道，你不懂，这里地势高，上不来，有自来水的人家很少的。说着地瓜一只手搭在了阿秀的肩上，井里映出他俩的影子，阿秀赶紧缩到一边，地瓜神神秘秘地说，一会儿我带你上陪楼去看看。

陪楼？太太说了的，没事不要上陪楼。阿秀老实地回答。地瓜指点着阿秀说，你一个下人，你不上陪楼你上哪，我问你？陪楼里住的都是什么人，全是下人。见阿秀很为难的样子，地瓜又说，我也不太清楚，我珍婶婶为什么不喜欢陪楼，好像有什么原因，弄得很神秘。听说以前有个用人带维娜在楼上玩，还被骂得半死。我问过家里人，都不知道，真是奇了怪了。阿秀小声说，是这样啊，我还是听太太的话吧。

地瓜想了想说，龙家很抬举你啊，看来对维娜的救命恩人还是不一

## 第2章 凤海堂

样的。阿秀听了想想自己应该自觉，安排自己跟主人住主楼，是抬高了自己，自己无论如何不能与主人平起平坐。便问，要不我也搬到陪楼来？地瓜从井口跳下来说，好啊。

于是阿秀在楼上住了两个晚上，便自作主张搬进了陪楼里。安韵珍这天问阿秀住主楼是不是不习惯，阿秀说住陪楼方便些，安韵珍本想说，你不会是害怕？话没出口，便转身走开去。安韵珍的心结其实也在慢慢解开，陪楼里那些酸痛的往事随着时间的消逝也在淡化。

谁知第二天早上，阿秀起床后便说头晕，身子软。地瓜想，不会一来便装病吧，维娜给阿秀吃了感冒药，仍不见好，接连好几天都这样，还不停地做噩梦。地瓜听说阿秀做噩梦，便来了兴趣地问，梦见了什么？阿秀说她在梦里看见一个女人找她说话。吓得地瓜跑去问周管家，周管家在龙家时间最长，但他嘴严，知道什么也不会说的，不过经过一番软磨硬泡之后，地瓜终于用酒撬开了周管家的嘴。

地瓜把周管家拉到西楼的凉亭里面坐下，又把酒送到周管家嘴边，周管家喝了一口道，唉，都是传说，不要当真了。地瓜摆手道，不当真，就听了好玩，今晚就我们俩，没有别人知道的，说吧说吧。

周管家脱下人字拖鞋，将双脚搁在石凳上，开始讲鬼故事：话说那房间住过一个叫阿枝的姑娘，生下孩子之后，老公跟别人成婚，后又去了南洋，枝姑娘不知何因便死了，这里面就开始闹鬼。据说有一个赌棍，输得到处躲债，有一天，讨债的人对他说，如果敢住进枝姑娘的房间，就不再逼债。这赌棍答应下来，天没黑，喝了酒便偷偷进了陪楼，进房便蒙头大睡，到了半夜，突然阴风四起，他被惊醒，看见一个女鬼走来，问他，怎么睡在我的床上？赌棍吓得求饶道，枝姑娘你饶了我吧。这枝姑娘啊动了恻隐之心，便说，你替我去办一件事情。明天早上，你去楼下花盆，里面有白银，然后去买两张到南洋的票，我和你同去。一路上，你得喊着我的名字。

说到这，地瓜打断说，天，好吓人哦。后来呢？周管家不紧不慢地说，后来赌棍真的找到了银子，买了两张去菲律宾的票，到了那边，枝姑娘找到地址，见到了她老公，后来，听说她老公大病了一场。地瓜忙问，是不是枝姑娘把她老公的魂勾走了？陪楼真住过这枝姑娘，她当真是死了？周管家叹了口气道，我来的时候，陪楼二楼房间没有住人，整天锁着门。地瓜又问，你不害怕？有没有见到鬼？周管家道，我住三楼，还好。

41

## 陪 楼

不过，有一件事很怪，听卖鱼丸的人说啊，有天夜里他挑着担子走过凤海堂，一个女人从他手里买了鱼丸走开，他接过钱一看，竟然是阴间的纸钱。

地瓜听了叫起来，你别吓我了，怎么有这样的事，我都不知道啊？我不敢住陪楼了，不敢了。周管家一本正经道，你不住陪楼，还能住哪里？我住在里面，也没事啊。地瓜道，这新来的阿秀天天做噩梦，肯定是梦见那枝姑娘了，我得告诉她去。周管家又喝了一口酒，神情严肃起来，说好了的，不许乱传，这话就到此。说完便起身走开。

这时，地瓜听见外面摇碗的声音，他知道是卖扁食的来了，吓得他连忙跑开，但又不敢回陪楼去。怎么办，地瓜第一次在院子里感到了害怕，他小心地上楼，看见阿秀房里的灯光，隔着窗问，阿秀，睡了没？阿秀紧张地回道，谁呀？地瓜压低声音说，你怕吗？怕就说一声。阿秀听出是地瓜的声音，不知如何回答才好。地瓜安静了一会儿，朝左右张望，便神不知鬼不觉地回了自己房间，回房后大气都不敢出，忙将门紧紧地闩上，蒙着被子睡下，一丝不敢动弹，尿憋了一通晚，最后都湿了一床。

阿秀早上起来，头已经不晕了，她走到西窗前，窗外的木棉树昂着高大的头，仿佛朝着自己微笑，阿秀伸出手去摸树叶，心情自然比前几晚好许多。阿秀简单地铺好了床之后，又打扫了房间，却见地瓜站在门外自言自语地说，以前的吴嫂很少打扫卫生，只知道做饭。你看，她住的屋子就是不干净。阿秀回了一句，我看很好。地瓜又说，你晚上怕不怕啊？阿秀摇摇头。地瓜再问，那鬼呢，怕吗？阿秀还是摇头，地瓜神秘道，晓不晓得，我告诉你啊，这房里真闹过鬼。

阿秀不肯相信地说，前几天我失枕了，所以总做噩梦，这么好的房子哪有鬼啊？见她无所谓的样子，地瓜只好转了话题说，我问你，你是不是看我住在陪楼才搬过来的啊？阿秀觉得可笑，便解释道，我不配住主楼的，在陪楼做事方便啊。地瓜便说，什么配不配，人家让你住你还不领情，我想住还不让哩，我来龙家都好几年了，从来没人提过让我住主楼。

阿秀一边抹窗子一边说，住哪儿都一样吧，不过主楼肯定比这里好，但我不是来享福的，能被收留我就很满足了。

地瓜靠在门边说，你倒也懂味，这样才对，你是厨子，我是花匠，我俩是一个层次的人，就应该住陪楼。可我不甘心，住在哪里其实就我三姑婆一句话，但她不说，什么鬼规矩，珍婶婶也是个死板的人，也不晓得灵活一下。阿秀打断他道，别想了，以后你得多帮助我，在这里我什么都不懂的。

地瓜啧了两声，帮你？我算老几？我看太太对你就比对我好，以后说不定我还得倚仗你，你得帮我才是。阿秀实在不想听地瓜说这些埋怨话，便要下楼。地瓜嘴闲不住，又跑到阿敢房间去了。

## 3

阿敢此时正从婢女收容院回来往家里走，走着走着他突然发现身后有两个人影跟着，又一时甩不掉，便猛一回头，只见两个男人连忙闪开，阿敢立住了，威严地问道，有种的请明的来！躲在暗处算什么？阿四这才慢腾腾地走到阿敢面前，歪着脑袋说，我们何老板从来不玩阴的。

那好，想干什么？阿敢挺起胸，双手朝后背着。

阿四问，别明知故问，我问你，阿秀去哪里了？

阿敢反问道，阿秀去哪里，还用得着你们操心吗？她现在是婢女收容院的人。阿四挤出一丝笑，可她人不在收容院。阿敢火了，你们找她干吗?！难道还想抓人？阿四双手叉在胸前道，物归原主，天经地义。

呸！休想，让开！阿敢吼了起来。

阿四朝另一个人使了眼色，三个人开始交手，阿敢击掌踢腿，几个回合，把那一个带刀的家伙打倒在地，叫娘喊爹，阿四见机想逃跑，阿敢揪住他的衣领，凶着脸说，给你们老板捎句话，如果再来找人，我先打断你的腿。

阿敢气冲冲地回到家时，地瓜一看他脸色不对，忙跑去向安韵珍告状，太太，阿敢不知是不是在外面惹了祸……

安韵珍急忙奔出来，问阿敢发生了什么事，阿敢把路上遇着的事说了，安韵珍道，看来，何家对阿秀还不肯罢休。阿敢回道，别怕，他们不敢把阿秀怎么样。地瓜皱起眉说，你不怕，我们怕啊，万一你不在家的时候，他们上门了怎么办？阿敢认为地瓜的话总是不顺耳，本不想理他，却还是回了一句，料他不敢！

还真被地瓜说中了，三天后，何老板便带着阿四来到了凤海堂，还真的阿敢不在家里。是周管家去开的门，他不认得何老板，见客人来，便去告诉安韵珍，太太，有客人来了。安韵珍应声出来，一看是何老板，心里紧张了下，明白了七八分。何老板双手作揖道，龙家各位，打搅了。

这时，正在主楼客厅泡茶的老太爷也站在了门口，说，这是何老板吧，你们何家与我们龙家平时素不往来，今天怎么有空登门来？何老板一笑说，无事不登三宝殿，我直话直说吧。老太爷您应该知道，阿秀是我买来的婢女，听说到了你们家，今天我想把她接回去。

地瓜见是何家人来了，跑到院子里把阿秀叫过来，阿秀连连后退，害怕地说，我，我不回去。地瓜道，那你还不躲起来？阿秀说，躲也没用的。地瓜拉了她一把说，那你就站在何家人面前去，怕什么？

阿秀走到院子里时，看见安韵珍神情严肃地说，这不可能！阿秀早就被中国婢女救拔团救出来，不再是你们家的婢女了。何老板故意不理安韵珍，在他看来，当家做主的应该是老太爷，便转身对老太爷说，老太爷，你们龙家您应该是当家做主的人，我用钱再买呢，老太爷您开个价吧，多少？

老太太这时听见有人在说话，也从里屋出来了，问道，什么事啊，谁要开价，这位老板你是做什么买卖的啊？地瓜搭腔道，听说要把阿秀卖掉，这个价钱嘛，我看最少得二百大洋吧。

老太爷一听，气愤道，谁说卖阿秀了？你闭嘴。阿秀是人，不是谁家的私有财产！安韵珍想了想说，就是我们同意，鲍会长也不会答应！何况，阿秀早就自由了，你们怎么还要纠缠不休？何老板语气缓和下来说，我就想跟你们打个商量，你们家请谁不是请，非得要找阿秀呢。阿秀我用习惯了，就请你们放她一马。老太爷更来气，你话说反了，应该是你们放阿秀一马。老太太不明白了，问道，韵珍啊，这事怎么这么复杂啊，我们也问问阿秀，看她愿不愿意吧。

阿秀这时使劲摇头。

老太爷走近何老板说，一个人从虎口里出来，怎么可能还想回到虎穴里去?！见场面气氛不对，何老板想，先要到人再说，于是压低声音说，阿秀回去的话，我们一定会好好对她的，你们尽管放心。安韵珍这时走到了大门口说，二位请回吧。鲍会长不同意，我们不会轻易放人的。

何老板一听又是鲍会长，便又起了高调，关他何事，你们龙家的事还要他管吗？老太爷也高声回道，当然要他管，他不管我们也得管，送客！

## 第2章　凤海堂

阿四这时凶着脸想动武，却被何老板压住，他起了身，走到门口，哼了一声便掉头走了。

刚走开，地瓜话又说开了，唉，这真是，阿秀待得不安静啊，看样子他们还会来找我们麻烦的，怎么办啊？老太爷瞪了地瓜一眼，你是不是希望别人来找麻烦？啊？地瓜觉得冤，便说，这，怎么可能，我是担心。老太爷道，担心，你担心个屁。你晓得担心就好了。地瓜还在嘀咕道，我还担心，阿敢不在家，他这个看家护院的不在，谁打得过那些人？安韵珍知道地瓜的意思，就是想背后说阿敢几句不是，他这人看谁都不顺眼。便回道，阿敢一会儿就回，你不用操心。

第二天下午，凤海堂别墅前停了一乘轿子，轿夫对开门的周管家说，我们是来接阿秀的，今天婢女收容院给鲍会长庆生。周管家想，还用轿子吗？那轿夫说，鲍会长说了，他不能亲自来，就得用轿子接，是想让婢女有地位。周管家半信半疑地进屋对阿秀说了，阿秀有些不解地问，用轿子接啊？哪敢。地瓜凑到门口看见轿子后，回头对阿秀说，你一个婢女，还有坐轿子的命？是不是哪家看上你了？去做小老婆？

阿秀没有理他，快步走到门口，那轿夫道，小姐请，收容院鲍会长说接你回去聚聚。阿秀问，鲍会长？今天？轿夫道，是啊，今天他过生日，收容院给他庆生。阿秀想了想说，是吗，阿爸生日，哦，我得去。周管家听阿秀这么说，便附和道，鲍会长想得真周到，还抬轿子来接人。阿秀对轿夫说，要不，我走路去吧，我坐不习惯轿子。轿夫做了个请的姿势，阿秀奈何不得，便上了轿，回头对周管家挥手道，告诉太太我去收容院了，一会儿就回来。

轿子七拐八拐地摇晃着，阿秀一看不对，叫起来，不对啊，这不是去收容院的路。两个轿夫故意将轿子晃得厉害，威胁她说，不许叫。阿秀想跳下来，没想到两个轿夫立马用绳子捆了阿秀，往她嘴里塞了布，然后抬起她送到了何老板家里。等松开绳子，阿秀下得轿来，一看，到了何老板家，惊恐万分地问，我怎么到了这里？何老板出来迎接她，笑道，不到这里你要去哪里？接你回家，算是抬举你了。老板娘则大笑，还真的以为去收容院，哈哈，真的以为那姓鲍的过生日，你想得美啊。是老娘今天过生日，快给老娘磕头。阿四也押着阿秀说，快给老板娘拜寿！这时阿四将阿秀的头按在了地上。

一天没回家，到了晚上，周管家开始急了，阿秀说了一会儿就回。可现在都到晚上了，来接她的人说鲍会长过生日。地瓜挥手道，可能是喝多了酒吧，难得聚嘛。安韵珍听到他们的对话，说，什么，鲍会长过生日？阿敢，你知道吗？阿敢道，昨天我不在收容院，没听说这事。我这就去一趟收容院。等阿敢一走，安韵珍开始打电话。她觉得奇怪，鲍会长过生日，怎么连阿敢都不知道呢？

阿敢速去速回，进来便说，太太，收容院根本没安排人来接阿秀，鲍会长也没过生日。安韵珍心里一紧，说，坏了，阿秀出事了。老太爷说，定是那姓何的搞的鬼。周管家开始埋怨自己，这怪我，没有弄清楚，就让阿秀走了。地瓜则说，哎呀，这阿秀一来家里就不清静了，事也多了。老太爷没好气地回道，我看是你多嘴！阿敢边走边说，我这就去何家！他姓何的不罢休，我们救拔团同样不会罢休，跟他斗到底。

阿敢叫了救拔团几位壮汉站在何家门口，他们敲着门，喊着开门。等那老板娘开门后，阿敢一掌推开她，把阿秀给我交出来！

老板娘拍拍屁股说，你凶什么呀，阿秀不是早被你们抢走了吗？阿敢不理她，和几位壮汉直接冲进了何老板房里，何老板正在床上摸眼镜。

阿敢逼视着他，是你交出来，还是我们搜？何老板下了床说，你们凭什么说阿秀在我们家？阿敢吼道，凭你这副德行，搜！老板娘跑进来叫道，打乱了我家的东西，你们赔不起，别乱动啊……

这时阿敢听到了一阵狗叫声。阿敢闻声而去，在后院狗屋，他看见了被捆绑着的阿秀。阿敢用刀割断阿秀身子的绳子，取掉她嘴上的布。

见阿秀被阿敢带回来，安韵珍迎上去，阿秀没事吧？阿秀摇头道，没事，都怪我。阿敢直接说，太太，今天我打了那姓何的。没等安韵珍回话，地瓜张大嘴说，又打人了？敢叔，你又惹祸了啊，上次打伤洋人，不是被开除了吗，这回……

安韵珍用眼神让地瓜闭上嘴，说道，阿敢，救人要紧，但也不能弄出麻烦，万一……老太爷说，万一什么，这种人不能对他客气，我看就得给他教训。阿秀这时喃喃地说，不好意思，给你们添麻烦了。地瓜忍不住哼了一声，都已经添不少麻烦了，还不晓得以后会不会有更大的麻烦。

## 第2章　凤海堂

4

今天安韵珍在教堂唱诗班的姐妹们来到了家里做客，她们一来，整个凤海堂便萦绕着天籁般的歌声，阿秀是第一次听到《闽南圣诗》，被这宁静的教堂音乐吸引，她竟然忘了泡茶。周管家主动去烧水，地瓜则盯着阿秀，以瞧不起的眼光问她，你傻了？真没见过世面。

阿秀先是脸红，这才想起去忙自己的事。当她走到后院时，阿敢正在打拳，阿秀从他身边走过，阿敢也没反应。不过，突然之间，阿敢停下来，警惕地看着墙的四周。阿秀听见了响声，她正东张西望时，阿敢早已发现院子里的树上有人影闪过，阿秀这时抬头看见阿敢纵身跃起，翻出了墙外。这是怎么了，敢叔发现了什么？阿秀这么想着，便到了主楼客厅，而此时歌声突然停止了，好像歌没唱完吧，这就要走？阿秀看着太太和她的姐妹们正要起身，安韵珍闻到了什么说，什么气味？好臭啊。地瓜这时跑过来捂住鼻子道，难闻死了。

阿秀反应过来，哪来的臭味呢，她四处寻找着。安韵珍对那些姐妹们说，不好意思啊，不知是不是外面窜进来的气味，今天就到这里吧。等姐妹们扫兴走了之后，安韵珍这才大声叫道，阿敢，阿敢呢？

地瓜马上接话道，刚才还在院子里练拳哩，关键时候人影都不见，还看家护院，自己都看不好。安韵珍正视着地瓜说，你只说前面一句行不行，后面多余的话不要说！地瓜点头道，嘿嘿，是，我，我这就去看看。

这时阿秀气喘吁吁地跑来说，太太，我刚才看见了后院有很多死鱼，都发臭了。安韵珍不解地问，有死鱼？哪儿来的啊？真是怪了。

老太太闻到气味走过来说，先把死鱼弄出去。

阿秀和地瓜忙着捡死鱼，安韵珍正坐在那里纳闷。不一会儿阿敢带着一个陌生人进来了。安韵珍怔怔地问，这是谁？阿敢踢了那人一脚说，让他说，快，告诉太太怎么回事。只见那陌生人抬起头，紧张地说，我，我只是一个渔民，我每天打鱼，什么都不知道。阿敢大声道，谁让你来丢死鱼的？说！那人说了实话，我，真的不认得，那人要买我的鱼，可是他不把鱼拿走，说等鱼臭了让我扔到这家院子里，就给我出大价钱。

阿敢听到这，禁不住吼道，你就见钱眼开，这样黑良心的事也去做？

那人求情道，怪我，一时糊涂。这鱼我弄走，求太太放我走。安韵珍正思忖着是不是与何家有关。阿秀和地瓜停止捡鱼，他俩走到那人面前，阿秀生气地看着他，地瓜手里拿着一条死鱼朝那人身上摔，阿敢制止道，让他把鱼扔出去！

老太太着急地说，这是谁跟我们家有仇啊，我们龙家男人都在国外，女人守在家里，从来没有过什么冤家啊，也没有仇人。岛上大家都是和和气气的，怎么会出这种无聊的事？老太爷想了想说，那还有谁，肯定还是姓何的！听说他以前就是个台湾浪人。老太太回过头问，你是说阿秀以前的主人家？唉，不清静了。现在是小打小闹，不知道以后还会出什么事啊。

这时候，阿秀突然发现太太不见了，正四处张望，周管家跑过来无奈地说，哎呀我劝不住，太太刚才说要去一趟何家。阿敢忙问，她去何家干吗？周管家道，按太太的性格，八成是去讲和。阿敢急了，跟这种人讲什么和啊，只有硬对硬，我去下。老太爷说，去看看也好，免得人家说我们龙家人是软骨头，好欺负。老太太则拦住阿敢说，阿敢啊，你不要去，再闹起来就没完没了，太太一会儿就回了。周管家补充道，我看见太太带了些钱和物去他家。阿敢更是着急，这是无底洞啊。太太怎么可以这样做……唉……阿秀也急起来，何家不会为难太太吧。周管家说，太太做事一向稳重大度。唉，现在也顾不得什么面子了。地瓜还是盯着阿秀小声说，都怪你，就是因为你惹来的事。

让阿敢去！人家做了坏事，还去给人家赔罪？这个韵珍，心太软，会坏事的。老太爷这时一声吼，大家都安静下来。阿敢接着跑出了门外。

这边何老板家里，老板娘正捧着安韵珍送去的银元和首饰、衣服爱不释手。何老板用瞧不起的口气说，你看够没有，家里不是没有，没有回台湾买啊，没志气。老板娘仍然欢喜道，这些都是国外寄来的洋货，质量好得很，啧啧，龙家到底是侨商，就是不一样，我看啊，既然龙太太这么客气，大家都算了，都住在岛上，低头不见抬头见的。

何老板恨铁不成钢，想说什么说不出口，便直直地问道，说吧，龙太太，今天来送这么贵重的东西打什么主意？

安韵珍笑脸相赔，说，我就是没有主意才上门讨教何老板的，阿秀是我管教无方，她竟然让家里进来死鱼，也不知道她搞什么名堂，怕是待在我们家不耐烦了吧。老板娘一听连连摆手，那不是的，你们家那么好，阿秀肯定是享福了。那些死鱼呢……说到这，老板娘看看何老板没把话说下去便打住了，她的心都放在那些礼品上，见何老板面呈为难之色，老板娘起身说，我去试新衣去了啊。

俗话说，伸手不打笑脸人，何老板想这龙家如此放下身段，也算是想言和了，便换了口气说，这也怪不得阿秀，本来呢，阿四是想送点鱼给你们吃，没想到，他不会办事。鱼都死了，你说还送什么送，搞什么鬼哟。安韵珍一听有戏，这弯是转了，忙回道，何老板，那真是谢谢了，我们领了情。海里的鱼贵，让你们破费了，不管是活鱼还是死鱼，我们都收下了啊。何老板不好意思起来，点燃一根烟说，这个，那阿秀，你们家就拿去使唤吧。安韵珍这才起身道，希望以后大家相安无事。如果你们想阿秀了，我可以让她回来。老板娘穿着新衣出来，听到这话，忙说，哦不不不，不用回。你们家多好啊。如果回，多带些洋货来，也算是她给我尽尽孝嘛。何老板一边忍着气，一边应付着安韵珍，龙太太慢走。

安韵珍刚走到门口，阿敢冲上来，见太太平静的脸，心想没事了。安韵珍拉了阿敢朝外走。阿敢道，太太，家里都不放心，让我过来。安韵珍道，放心，我没事。阿敢不放心地说，何家肯定是表面和好。

等安韵珍和阿敢回到家，周管家上前问，太太，事情办好了吧？老太太不解地问，什么事啊？安韵珍道，估计何家应该不会再来搅乱了。老太太叹了口气道，我就知道是阿秀引起的，家里为了她真是操了不少心。安韵珍认真地说，如果不是阿秀救维娜，维娜早没命了。老太太便说，说得也是。韵珍你刚才是去了何家？安韵珍回道，是的，人家送了鱼来，我得付钱啊，去表示谢意啊。老太爷哼了一声，软骨头，你以为姓何的真放手了？阿敢接口道，我也是这样想，恐怕没这么简单。安韵珍想了想说，我只知道，复杂的事情简单地想。

阿秀站在一边听着，她在想，太太待我这样好，怎么感谢呢？好好干活，好好待着，不离开龙家！

## 5

这天傍晚，地瓜在后院的凉亭找到了阿敢，地瓜蹲在了地上，看他打拳，便问，你这是打的什么拳？阿敢打完一套停下来说，咏春拳。地瓜道，你真有两下子，歇会儿吧，陪我喝两杯？阿敢说，我去喝水。地瓜起

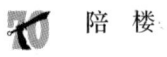

身道,等下,我去给你拿水,还有酒,等着啊。地瓜说完跑开去,眨眼便拿来了酒。

地瓜把酒端到阿敢面前说,来,陪我喝几碗。阿敢推托不喝。地瓜自己喝了一口后说,你这人,也是没劲,你怕什么啊,周管家都不怕,上次他还陪我喝的。阿敢道,不怕什么,只是不想喝酒。

地瓜不明白地问,不喝总得有一个理由,就像你为什么不在银行干了,跑到龙家来混。阿敢应了一句,与龙家有缘嘛。地瓜笑道,唉,你也真是,当镖师多威风啊,在龙家,一个看院子的,差多了,整天闲得无聊,这不是英雄无用武之地吗?你这气势,我看如果在外面混,肯定得当大官。阿敢心里反感地瓜,但碍于主人情面,也只是摇头道,我哪是当官的料,在这里很好,我喜欢这里的生活。地瓜又问,难道你愿意一辈子守在这个院子里?阿敢觉得与地瓜说不清楚,便随口问他,那你想怎么样?地瓜想了想说,至少嘛,要住进主楼里,得有身份啊。住在陪楼,永远都是下人。

阿敢笑了,那我愿意做下人,本来我就是下人,下人怎么了?你别自己看不起自己。地瓜有些生气,不平地说,我就看不起自己,在龙家这么多年了,什么都不是,龙家人看不起我,觉得我没本事,可他们给我机会了吗?

阿敢不想掺和别人家里的事,何况也不了解情况,便起身要走开,地瓜叫住他,不要走,这酒好啊,来,尝尝。地瓜喝得晕头转向了,把酒送到阿敢嘴边逼他喝下去说,我看你其实是在银行混不下去了吧?阿敢干脆说,是,混不下去了。说着阿敢大步走开了。

这时阿秀来找阿敢,地瓜见到阿秀便一本正经地对她说,阿秀,你信不信,总有一天,我会住进主楼的,不用请,是自然而然的。阿秀回道,你又喝多了吧?地瓜大声道,我是老太太的远房孙子,是龙家的人!哼,主楼有什么了不起,不就是楼高一点房子大一点装修好一点好东西多一点吗?你不要跟他们一样看不起我啊,你得有眼光。阿秀,别走,别看我现在是个花匠,听我说,听我说啊……

阿秀头也没回,觉得他的话有些不正常,便扭头走开了。

阿敢这时回头提醒了一句,地瓜,该忙你的了。

地瓜这时突然想起来什么,拍着大腿说,是啊,我应该忙我自己的事了。这段时间,地瓜偷偷把在龙家种的花卖给别人,就是想赚点小钱。虽

## 第2章　凤海堂

然这点小钱他也瞧不起，但顺手捞的也能满足一下虚荣。地瓜家境很一般，兄弟姐妹又多，父母在老家做点小生意维持生计，本想投亲靠友能改变一下命运，没想到待在富亲戚家里也只不过是个穷花匠。老太太有时也会在过节时悄悄塞给他一点银两，地瓜表面高兴，心里还是嫌少，关键是没让他干点别的。连管家都当不上，其实这家里又没经营什么生意，要周管家做什么，不是吃白饭的吗？在地瓜看来，这些人都是多余的，老太爷当年赚回的钱都养了这些闲人。

这天晚上，地瓜拿了卖花的钱回来，手里捧着一束红玫瑰花，见阿秀房门没关，便大摇大摆地走了进去。一看阿秀不在，他将花插在一个空杯子里，还放了水。等阿秀一回来，地瓜便表扬自己说，怎么样，浪漫吧，送你的花，好不好看？

阿秀很喜欢花，她走到花前，看了几眼，心里不爽，但嘴上说了一句，花是好看。心里想着以后千万别这样了。地瓜道，好看我天天送你，反正这花是我种的。阿秀认真地说，不要摘花，太可惜了。地瓜顺手把花拿在手里，要给阿秀戴在头上，阿秀急了，不要这样子。地瓜道，怎么了，这花配你啊，你不戴才可惜。这是玫瑰，懂吗？

阿秀急忙将地瓜推开，玫瑰花散了一地，地瓜不高兴了，说道，阿秀，你不要不知足啊，把自己当小姐。喂，你可是住陪楼的用人，送你花还是看在主人面子上，你还不要？

阿秀很委屈，不想再理他，刚一走，迎面碰上阿敢，阿敢看出了什么，便说了地瓜一句，对阿秀尊重点。地瓜一听火了，指着阿敢骂起来，你是老几啊，你有什么资格说我，告诉你们，你们都得对我尊重点。不然，我让主人让你们走。阿敢回道，走可以，也不是你说了算，你虽然是比我们先来，但你近来做的事我也很清楚……

地瓜反问他，我什么事？阿敢压低声音说，偷偷将家里的花拿到外面去——卖。地瓜一怔，忙指点着阿敢道，别胡说啊，这种玩笑开不得。地瓜想这事阿敢怎么会知道，一定是多事的阿秀告诉了他，便对阿秀吼道，你多嘴是吧，你乱说什么，送花给别人，是龙家的意思，你们懂个屁。

我们是不懂，不过，这样做并不好。说完阿敢和阿秀转身离开，地瓜一生气，将一把浇水的壶重重地扔在了地上。嘴里骂道，两个外人，还管起老子了？！

其实这事安韵珍心里也清楚，她只是想，岛上哪户人家的佣工不是规规矩矩的，没一人像地瓜这样，但他可是老太太的远房亲戚啊，有些事便装作不知道搁在心里了，就是烂到肚子里也不会说出来。

## 6

阿敢这天进门便急急地对安韵珍说，太太，工部局死人了！正在院子里读《圣经》的安韵珍一脸惊讶地问道，怎么了？谁？阿敢喘着气说，是局长开枪自杀，刚才我路过，听到了枪声。地瓜和阿秀这时也围过来。地瓜好奇地问，什么事要自杀啊，好吓人哦。阿敢道，听说英国领事馆的人把他给告了，揭发他在承包工程时贪了钱，局长觉得没面子，便在局里办公室开枪自杀。阿秀想一定是上次在工部局见过的那个外国人吧。地瓜却叹着气插话道，这又何必去死呢，把钱交出来不就得了？阿敢反驳道，这可是搬起石头砸自己的脚，他作为英国人，真是出了英国人的丑。安韵珍想了想说，工部局实行的是法治管理，管理其实是公正规范的，想到自杀也说明他感到内疚与不安。阿秀想起工部局还给婢女收容院捐过钱。不由得叹道，出了这种事，唉，也真是……地瓜摇着头说，这面子不值钱啊，把命都还上了。阿敢却说，也算是有骨气，以死谢罪。

安韵珍说要出去看看，阿敢陪了她出门，等他们一走，地瓜便放心地进了厨房，阿秀以为他要帮着做饭，却见他拿了酒瓶出来，说，好多天没沾酒了。阿秀想着这算不算是偷酒喝呢。这时只听地瓜在说，珍婶婶又不让我喝酒，怕我喝醉误事。其实就醉过两回。一回醉了睡在卫生间，第二回呢，醉酒后将家里的狗放了出去，后来发现狗被人拐走了，唉，维娜因为喜欢那狗都哭了好几天。酒呢，只是我答应过他们戒的。阿秀不解地说，答应过就要说话算数啊。地瓜道，忍不住啊，反正家里酒多也没人喝，太浪费了，我保证不喝醉就是。

阿秀正在煮咖啡，她已经学会了用磨咖啡机，她把盖子打开，将咖啡豆放进去，像磨豆腐一样转动摇柄，最后打开机身上的抽屉，把咖啡粉和水装进煮咖啡专用的小壶中，然后放在煮咖啡炉上。阿秀细心地煮了三次，那咖啡味溢出来浓郁香醇。

地瓜闻到了香味，跑到阿秀跟前，嬉笑道，真好啊，给我煮咖啡喝。阿秀道，是给维娜的，她马上就要回来了。地瓜摇着头，我才不喜欢喝咖啡，我只喜欢酒。地瓜说着提了装着葡萄酒的酒架要走，阿秀问，提到哪里去？地瓜不回头地说，跟我来。阿秀跟在他后面，只见地瓜到了院子里的井边，用根绳子吊着酒架慢慢地往井里送。阿秀不解地问，你这是干什么？把酒扔掉。地瓜笑阿秀土，便介绍说，这叫冰酒，这井水凉得很，把酒放下去冰一会儿特别好喝。看见没，这酒架还是外国货。阿秀觉得酒架好看放井里冰酒也有意思。

等地瓜喝冰酒时，阿秀还是劝道，太太说了，让你少喝酒。地瓜惊讶地看着阿秀，真是怪了，谁让你管我的啊？平时我都这样，没想到你来了，多了一个管闲事的人。啧啧。我还是龙家亲戚，听说我二叔公还曾经救过我三姑婆，你说我喝点酒算什么，我不喝谁又喝，我姑丈公现在喝得少了。这酒就是他们留给我喝的。你当我真是下人啊，我不过是先住在陪楼里，平时种种花花草草的方便。我以前在洋人家种花，都住一层楼的。

是龙家的亲戚，难怪不一样。阿秀低下头，不再吱声，便拿起扫把去扫院子。地瓜喝了几口酒走出来，摇头晃脑地往阿秀身上贴。你干吗啊？阿秀慌乱地往后退。地瓜一把抱住阿秀，嘻嘻地笑了几声，那天送你花还不要，傻不傻，我以后每天给你房间送花，我种花很地道的，知道吗？阿秀努力挣脱他，急转身拿起扫把对着地瓜打，地瓜跳起来四处乱跑，一边跳一边笑。

阿秀不耐烦地想转移话题，不要喝了，去浇花吧。地瓜笑了，这你就不懂了，昨天浇的，不能天天浇，浇多了水花会死的，花的习性我来跟你说说啊，我可是专家。

阿秀一脸不相信的样子，地瓜更起劲了，他像背书一样地说，你看，比如，牡丹花喜阳光充足、干燥温凉、夏无高温、冬不寒冷的地方。种胚一般需经两到三个月1℃至10℃的低温阶段方可发芽。幼苗生长缓慢，经过四五年栽培始可开花。这玫瑰花呢，喜欢阳光充足、耐寒、耐旱。宜栽植在通风良好、离墙壁较远的地方，以防日光反射，灼伤花苞，影响开花。对了，还有山茶花，这山茶花耐受的最高温度为35℃，超过35℃就会出现日灼。

阿秀指着一盆盆栽问，这是什么？地瓜得意道，这叫"黑法师"，没听说过吧？你看这黑紫色的叶片油光水亮的，像不像莲花座，"黑法师"来自沙漠，它会慢慢长成一棵树。还有，岛上的相思树啊最多了，你去看看……

相思树？在哪儿？阿秀转身问他时，地瓜说着说着身子就开始东倒西歪了，一头倒在石阶上，很快就睡着了。花花这时过来抓他，地瓜却睡死了，还打起了鼾。

维娜放学回家后，看见睡在亭子里的地瓜，便埋怨道，又喝多了酒吧？真是的，都多大年纪了，还不懂事。维娜即便生气骂人，也是一副温文尔雅的样子。阿秀把咖啡端给维娜，顺便说了地瓜喝酒的事。

地瓜这时醒来了，看见维娜生气的样子说，维娜妹妹无论怎么骂都行，只要不告诉我珍婶婶。维娜便责怪起地瓜来，板着脸对地瓜说，先问你还欺负阿秀不？地瓜想她们俩人联合起来就不好对付了，于是赔笑道，自然是不敢了，这不，下午阿秀还在打我，都把我打晕了。阿秀忍不住反驳道，你喝酒喝得发酒疯，还怪别人。

晚饭阿秀准备了一只姜母鸭，这鸭的做法还是跟小蔓学的，做出来香香的馋了地瓜的嘴，他说这是道下酒菜，逼着问阿秀是如何做的，阿秀应付道，配料多，做法复杂，你学不会。地瓜取笑道，你以为我当真不知，我没吃过猪肉还见过猪走路啊。不就是老姜、芝麻油、米酒、冰糖、酱油，还有干辣椒粉等一些乱七八糟的调料搞成的吗？你在我面前卖关子还嫩了点吧？

晚上吃饭的人多些，维娜的姑姑博绵也回来了，她连尝了几口姜母鸭，夸道，外面卖的也没我们家做的好吃，这是怎么回事？安韵珍笑道，问阿秀吧。博绵偏着头问安韵珍，大嫂，以前我们家也请过几个厨子，菜可没阿秀做的好吃啊。

安韵珍这时吩咐周管家给阿秀工钱，阿秀急忙摆手道，我不要的。安韵珍拉着阿秀的手说，必须拿着，这是你的工钱。阿秀的双手放在了背后，还是不肯要。地瓜本来在旁边的椅子上没精打采，听到说钱，立马来了精神，凑过来厚着脸皮说道，阿秀不要工钱，不如给我涨工资，花匠比厨子工钱高才是啊。博绵看看地瓜又看看阿秀说，谁做得好就奖谁，奖勤罚懒，这是常理。地瓜是我们家的老人了，自然也不能亏待。

对于地瓜的要求，安韵珍听得多了，心想还亏得了他嘛。安韵珍不是小气之人，特别是在下人面前她更是出手大方。地瓜总是想不通，安韵珍偏偏对自己不冷不热的，并没有什么特别关照。

晚上地瓜教导阿秀说，你傻不傻，给你工钱都不要，你这不叫傻，是蠢。阿秀回道，有吃有住不饿死就行了。地瓜道，你要求也太低了，不饿死,去讨饭也饿不死啊。哼,太太对我可没这样,给钱都不情愿的样子,对了,她这人简直是吃里爬外。喂,阿秀,如果这钱你不要的话,我可拿了啊。阿秀真心说,你拿吧,反正我不要。

那我不客气了,不过我会请你客。地瓜拿着钱盯着阿秀的脸怪笑。

7

晚上,维娜说要带阿秀去看电影,说戏院就在鼓浪屿市场上面。她俩上街的时候,看见几个人肩上扛着一块大牌子,上面写着《火烧红莲寺》的字样。一群人敲锣打鼓,有几个在发传单,上面有剧情介绍,维娜拿了一张。发传单的人马上对她说,五个铜板就可以看一场电影。有人接着吆喝道,各位好啊,今天公演《火烧红莲寺》,金罗汉会坐鹰飞天,红姑会放雷心掌,要看快来看啊,楼顶二角,楼脚一角,孩子半价……

俩人进了戏院,维娜看得入迷,而阿秀想着楼下是卖菜的地方,这地方是记住了。从戏院出来,维娜问,好不好看?阿秀先是点头后又摇头,我,没看明白。维娜笑说,讲的是清廷借口少林寺造反,派铁甲兵火烧寺院,俗家弟子方世玉救出师叔仓促逃亡,遇上乡妓豆豆,为保护受伤师叔及豆豆被追踪而至的血滴子所擒,押至红莲寺囚禁……正说着,一阵"麻糍"的叫卖声传来,只见一中年男子挑着担子,一头是麻糍,一头是井水,边喊"麻糍"边走街串巷。维娜高兴地走上前说,我买六个,家里人都爱吃。阿秀从没吃过这东西,看着像老鼠,吃起来松软、香甜。

俩人回到家时,已是晚上十一点,阿秀进屋就忙到洗衣槽里洗衣服。维娜哼着歌准备上楼,走了一半又折回来问,阿秀,你什么时候能洗完啊?阿秀边搓衣边回答说,很快的,你去睡吧。维娜便上楼去看书。阿秀在灯影交错的院子里洗衣服,洗得很认真很仔细,洗得满头大汗。维娜看完书睡不着,满脑子还想着电影,便轻手轻脚下了楼和阿秀聊天。维娜走到阿秀身边时,她吓了一跳。维娜坐在石凳上问,来我们家习惯不习惯?阿秀扭过头说,当然习惯啊,这是我做梦都没想过的,我,我这是掉进福窝里了。

哈,还不睡。地瓜这时从后院窜过来,跳到了她俩跟前。维娜扭头问,地瓜,你白天干吗去了呀?

陪 楼

　　我不是陪三姑婆去寺庙里了嘛，我也烧了香，保佑我早些娶个老婆。地瓜说着朝阿秀瞄了几眼。维娜笑道，我看你打一辈子单身倒可以。地瓜双手叉在腰间问，什么意思啊？这不有阿秀吗？

　　阿秀怕地瓜说到自己，准备起身走开，地瓜一把拉住她说，别走啊，我拿了你的工钱，明天，明天带你出去玩，把钱花掉如何？阿秀摇着头。地瓜又说，今天维娜带你看了电影，明天，我带你去一个好地方。维娜道，去哪里啊？地瓜摇头晃脑地说，洋人俱乐部，你没去过吧？维娜道，去那干吗，那是外国人玩的地方。地瓜不以为然地说，看看那些外国佬的日子怎么过的啊，长长见识。维娜努起嘴说，根本进不去。阿秀抬起头说，不要去了，我不去，哪里都不要去。地瓜笑道，哪里都不去，那你来鼓浪屿干吗啊，这里是洋人的天堂，得去开开眼界，天天待在家里做事啊，傻不傻你。看我的，明天我有办法进去的。维娜盯了地瓜一眼，嘀咕了一句，不守规矩。

　　第二天晚饭后，阿秀洗完碗，地瓜便来邀她出门，神神秘秘地说，万国俱乐部，就是洋人玩的地方，就是不玩什么，看看洋人也好啊。正说着，阿敢走了过来，见阿秀还在摇头，阿敢道，这样，我陪你们去。地瓜本想单独和阿秀出去，没想到阿敢插进来当灯泡，见阿秀正在为难，地瓜只好说，去吧，敢叔去可以保护我们，这样你就不怕了。

　　于是地瓜进屋换了一身长衫，头顶礼帽，戴上墨镜，却忘了换鞋子，当他拖着木屐走到阿秀面前时，阿秀禁不住掩嘴笑了，便问为何要穿成这样。地瓜双手背在后面说，这你就不晓得了，那洋人俱乐部不是随便能进的，不会英语、衣衫不整的人都不能进去。阿敢也问，那你也不会英语啊。地瓜道，谁说我不会啊，我在洋人家里种花的时候，还教过他们认汉字，唉，不跟你们说了，跟在我后面牵着我衣角，进去就是了，走吧。

　　喂，快快快，前面就到了。地瓜正大摇大摆地往前面走，阿秀这时看见一些外国人三五成群地从身边走过，他们说着她听不懂的外国话。阿敢低声笑说，我看地瓜肯定进不去。

　　岛上这家规模最大、设备最完善的洋人俱乐部，是专供各国领事馆官员、外国洋行老板和高级职员沟通联系和娱乐享受的场所。内有舞厅、酒吧、台球室和交际厅等，并附有露天板球场、网球场，功能齐全。只见地瓜走到俱乐部门口，朝门口的外国人点头哈腰，取帽微笑。人家却还是拦住了他。地瓜马上用英语说了声 Why？那洋人还是摇头，还说了一通英语，地瓜听不明白了，在那里一个劲地解释什么。阿秀远远地站在一边看着，这时阿敢走了过去，只见地瓜不耐烦地跟那洋人争了起来，阿敢拉了拉地瓜衣角，示意他走。地瓜嘀咕道，还不让我进去？这可是我们中国的地方。这时地瓜眼前又一亮，他看见了海关税务师查理正要进去，地瓜叫起来，查理。查理回过头，微笑着朝地瓜招手。

我想进去。地瓜的神情很谦卑。

你要进去做什么？打球还是跳舞？查理耸耸肩问。

打球和跳舞我都不会，只是，嘿，想进去看看。地瓜眯起眼笑。

见查理跟那洋人在说什么，地瓜忙朝阿秀和阿敢招手，示意他们过去。洋人还真放行让他们三个进去了，可把地瓜高兴得手舞足蹈，阿秀问，刚才那个洋人你认得？地瓜便吹起牛来，岂止是认得，我在他家干过活儿，我们是要好的朋友。阿敢也暗自发笑，拿你当朋友，真是怪了。

地瓜一边走一边看，见阿敢和阿秀一声不吭地跟在后面，地瓜便开始埋怨起他们，你们两个穿得这样土，一看就是个渔民……阿秀道，你还穿着拖鞋哩。地瓜这才朝脚上一看，拍拍脑袋说，哎呀，怎么就忘了换鞋子，难怪刚才不让我进，原来问题出在鞋子上。

阿敢笑道，我看主要是你不会说外国话吧？

谁说我不会，我会说问候的话，你们呢，字母都不认得吧？地瓜这么一说，阿秀想笑，问候的话我也会啊，二十六个字母我早就会了。地瓜继续损阿敢和阿秀道，别搞得像个土包子样，你们得精神点。

在酒吧那边，地瓜看着那些洋人们聚在一起品酒聊天，便叹道，洋鬼子们真会享受，他们喝的一定是洋酒吧？阿敢见地瓜嘴馋，故意推了推他说，想喝就上去要啊。地瓜耸了耸肩，让我去讨？我才不会！

那走吧，这有什么好看的？阿敢在催他。阿秀也说，回去吧，太太快回来了。

我出来玩她还管吗，不晓得你怕什么。地瓜瞪了阿秀一眼。

阿敢故意问，那就请我们喝喝酒？

地瓜摸摸口袋说，请不起啊，钱不够，这洋酒贵得要死。阿敢道，是你请我们来的，贵也得请啊。地瓜怕丢面子，只好答应去买酒，结果钱不够，让人笑话，地瓜见那卖酒的洋人在笑，又忍不住跟人家吵了起来。笑我没钱是吧，老子的钱放在家里。那洋人仍然在笑，地瓜气不过，上前推了那洋人一把，阿敢还没来得及上前拦住他，地瓜便挨了一拳。阿秀怕事情闹大，急忙上前劝道，不要打了，走吧，小心你会被抓起来，我们回去好了。地瓜狠狠地瞪了阿秀一眼，你就是个胆小鬼，我们好不容易进来，就想回去，要回去你走吧。阿秀便要走，阿敢不放心，便拉着地瓜一同回到了家。

地瓜很不情愿地回到家的时候，安韵珍已经坐在壁炉前了，正和维娜、周管家说着话。见地瓜这身打扮进来，安韵珍问了句，你这是……地瓜没好气地说，到那个什么万国俱乐部看了看，还是第一次进去。

那是洋人去的地方，你去做什么？安韵珍语气淡淡的。阿敢这时回道，哦，太太，本来没让我们进，后来有个外国人帮助才进去的，我们就在里面转了下。周管家在旁边插话道，以后上哪里最好说一声，免得家里担心啊。阿秀点头道，是啊是啊，他们还差点打起架来了。

地瓜摸了摸肩上打疼的地方，不高兴了，心里想，出个门，挨打不算，回来还被说，她真是管得太宽了。正要起身，又听安韵珍在说，阿秀工钱你还给她。

什么？地瓜红了脸站住想，她怎么知道我拿了阿秀的钱，说，这个不用你操心，我没拿。安韵珍也不高兴了，口气坚定地说道，你还给她，我再给你补上。

这话地瓜倒爱听，他转过身来，问，什么时候补，补多少？

安韵珍起了身上楼，地瓜不晓得她这是什么意思，莫非现在就去拿钱，不会吧。这时他听见阿秀在说，不早了，我去睡觉了。钱你先用吧。地瓜眼睛盯着安韵珍的背影，嘴上对阿秀说，等我拿了钱再带你去个好地方玩。地瓜说的好地方，其实就是赌场，他一直想去没能去成，心想拉了阿秀去对家里说就有交代了。

## 8

在鼓浪屿这个音乐世家众多的小岛上，似乎什么都可以化成音符。凤海堂别墅不仅洋溢着贵气，还盛满了音乐。

因为音乐的存在，维娜跟其他鼓浪屿人一样也培养成了一种远离中心、内敛淡泊的性情，每天弹琴成了她生活的主要内容。听多了维娜的琴声，阿秀对音乐也充满了向往。她大胆地想象，如果自己哪天也学会弹琴那该是件多么美好的事情。她住的陪楼房间紧挨主楼,窗子正好靠近维娜的房间。有时候,维娜弹琴弹累了,便靠在窗前看风景。阿秀便会跟她打招呼。

这天,维娜刚弹完一曲,站在了窗前,阿秀在阳台上晒衣服,便对维娜说,真好听。维娜回道,喜欢听你就过来吧。阿秀到了维娜房间之后,她看见维娜坐在钢琴前,两只手指在琴键上优美地跳舞,那声音像流水一般,清澈婉转,真是神奇。再来看维娜,一身奶白色旗袍,显得身材修长,神态自信,大方自然,阿秀站在一边,静静地听着。一曲完毕,阿秀问,这是什么曲子,听你经常弹?维娜认真地说,这是肖邦的夜曲。肖邦我跟你说过吧,他是波兰的作曲家、钢琴家,也是浪漫主义的钢琴诗人,夜曲是肖邦自己创新的一种钢琴独奏体裁,它冲淡平和,轻缓中透着沉思。

见阿秀痴迷的样子,维娜问,想不想跟我学琴?阿秀不敢相信维娜说的是真的,忙问,真的吗,我可以吗?维娜合上琴盖说,有什么不可以呢,肖邦说过,聪明的人绝不等待机会,而是攫取机会,运用机会,征服机会,以机会为仆役。阿秀点点头,看着眼前的钢琴出神地在想着什么。维娜介绍说,知道吗,这是德国名贵钢琴斯坦威,是我曾祖父当年花了一百万买下的,也是我们家的传家宝。阿秀情不自禁地起身走到钢琴前,用手摸了摸了钢琴光亮的外身。她说,这么贵重的琴,我不敢弹,怕弹坏啊,弄坏了怎么办?维娜笑了,打开琴盖,又弹了一曲《少女的祈祷》。维娜弹完这曲,得意又陶醉地说,知道吗,音乐是鼓浪屿三大宝之一。阿秀好奇地问,三大宝,哪三大?

维娜介绍道,一是音乐,二是英语,三是足球。

眼下对于阿秀的每一天来说,除了做事外,心思便放在了跟维娜学琴上面。有一天早上,阿秀刚推开窗子,便看见了维娜站在窗前拉小提琴,啊,她怎么样样都会啊,阿秀简直着迷了,她望着身着白色连衣裙的维娜,感觉她是一位下凡的仙女。维娜放下琴,高兴地对阿秀说,今天晚上家里要举办音乐会了。

阿秀对家庭音乐会充满了期待,早早地,她就在院子里等,走到门口张望,等着客人们光临。家里的留声机在放着《夜上海》的音乐,阿秀感觉心也在荡漾。安韵珍身着紧身绣花旗袍出来,她看了一下客厅里的立式大钟后,说,七点半大家都会到的。阿秀问,太太,要不要准备些点心？安韵珍说，不用，只要备些茶水就行了。阿秀不知道家庭音乐会其实很严肃的，不摆点心，没有小孩参加，每位参加者，都礼貌地打招呼，音乐会开始前可以小声交谈，开始后，都静静地聆听，谁也不随便说话。

院子里已经聚了二十多个人，男人们黑领带扛着大提琴来了，女的身着长裙提着小提琴来了，不管是谁都各自带来了自己的乐器，他们全是龙家和安家的人。最先是安韵珍作为操办者的开场白，她对着立式麦克风简单说了几句，然后，各位表演者按节目单安排一个接一个表演。安韵珍和她的大妹分别演唱了两首教堂里的歌曲，阿秀觉得听太太唱歌是种享受，她的声音响亮动听。龙维娜演奏了柴可夫斯基的《天鹅湖》，她演奏得很沉醉，阿秀入神地在听，她看见维娜一副自信的样子，禁不住拍起手来。地瓜手指压在嘴边上，小声道，没弹完不要鼓掌，懂吗？阿秀红了脸低下头。地瓜又问，你听得懂吗？阿秀摇头起身走开，站在离地瓜远的地方观看，等音乐会结束后她走到维娜跟前，高兴地说，维娜，祝贺你。

这时候，安韵珍看见一个穿国民党军服的中年男人来了，先是有些紧张，之后明白了，她笑着迎上去，是，左，左营长吧。来，坐坐。

太太你好，龙先生一定跟你提起过我，看你都认出了我。对，我是左千，左营长。左千说着便坐下了。安韵珍交代阿秀倒茶。又说，我先生在信中多次提到你，还让我看过你的相片，他说你会到家里来。左千道，我和龙先生很有缘分，自从我来到厦门后就有人介绍了他，虽然没有见过面，但通过很多信。放心，他在国外，你们家我会关照的。家里有什么事，尽管说。

左千这时听见维娜叹着气对阿秀说，我退步了，今天演奏没有发挥好，倒是我妈歌唱得越来越好了。唱诗班的个个都是天籁之声啊。

左千看了几眼维娜道，今天家里好热闹啊，琴声飞扬。安韵珍点点头，刚才是我女儿维娜在演奏。左千赞叹道，令千金气质出众啊。琴也弹得动听。左千抽着烟，喝着茶在欣赏音乐会。维娜和阿秀在说话，她没有注意到左千。阿秀问，家里来了客人。维娜道，哪里，没看见？阿秀说，就是和太太坐在一起的，穿军服的，是个军官哩。维娜道，家里的客人很少有穿军服的，不认得。

阿秀见维娜没兴趣，便转移话题说，太太唱歌真好听。维娜夸道，她是教堂里的女高音。对了，我发现，你应该也会唱歌吧。阿秀不解地问，

## 第2章 凤海堂

我会唱歌？我哪会啊。维娜笑了，我听你唱过，那天在院子里，你小声哼唱的是闽南歌《望春风》对不对？我也喜欢这首歌。

阿秀激动地点头，她是从家里留声机里学会的。这首歌是台湾音乐人李临秋以根植于《西厢记》中"隔墙花影动，疑是玉人来"的中国古典情怀诗句意境写出来的，歌词唱道：独夜无伴守灯下，冷风对面吹。十七八岁未出嫁，见著少年家。果然标致面肉白，谁家人子弟？想要问伊惊呆势，心内弹琵琶。想要郎君作尪婿，意爱在心里。等待何时君来采，青春花当开。听见外面有人来，开门该看觅。月娘笑阮憨大呆，被风骗不知。

维娜告诉阿秀说，《望春风》以含蓄的方式表达少女复杂的情感，是一首词曲很美的经典作品。维娜说着情不自禁用闽南语哼唱起来，阿秀在维娜的带动下也开始轻声伴唱。

这天，维娜在教阿秀学琴，维娜先拿出一个盒子，握着铜把手摇动起来，阿秀听到了像泉水一样叮咚的响声。便好奇地问，这是什么？维娜告诉她说这是八音盒，也叫自鸣盒。它比留声机先问世。是可以记录，又可以播放音乐的仪器。地瓜听见乐声直接进来，靠在门口说，这是富人家才有的东西，她哪里见过。

见维娜耐心地教阿秀，地瓜又忍不住说，维娜你也真有耐心，这阿秀你哪天能教会她我就真服了你，学音乐没天赋能学好吗？维娜没好气地说，谁天生会弹琴啊，是我教又不是你教，你别管闲事好不好。别总挖苦别人。阿秀心里反感地瓜，他一来让人扫兴，只得起身说，维娜，我怕耽搁你的时间，要不，我不学了。维娜拉住阿秀，别走，你要有自信啊，我保证你能弹好，到时候家庭音乐会你也露一手，怎么样？地瓜捂嘴在笑，维娜说，别理他，来，开始吧，坐这里。你先看懂五线谱，我把高音部和低音部记号写在这张纸片上。阿秀认真地看着，听着。维娜见地瓜走开了，立马起身去关门。

地瓜在门外哼了一声，这乌鸦也想变凤凰。维娜从门缝里丢了一句话，你就是张乌鸦嘴。这晚，地瓜闷闷不乐，悄悄地出了门，溜进了赌场，虽说没赌，但也看了别人怎样赌钱，深更半夜才回家。

## 9

端午临近，地瓜这天到老太太房间说起家里让他回石狮过节相亲的事。见地瓜皱起眉头，老太太不解地问道，要你去相亲，这是好事，为何不高兴啊？你年纪不小啊，按理说你阿姆早应该抱孙子了。可你还连一个阿妹的影子都没有，你这样不把你阿姆急死才怪。地瓜头偏向一边说，就不想回去相亲。老太太盯着他问，那你说，看上谁了？地瓜壮起胆说，看上阿秀啊。老太太不以为然道，我当是谁啊，阿秀？你不是一天到晚损她，跟她过不去吗？地瓜头摇得像拨浪鼓似的，不不不，说实话，起初我是瞧不起她，一个婢女，就因为救了维娜，家里把她当成神一样。不过久了也觉得她挺招人喜欢的。

老太太叹着气道，我看啊你跟阿秀像是冤家，这冤家虽说是聚头了，但不在一条道上啊。地瓜急了，您这是给我算命还是看相啊。为何不在一条道上呢？老太太心里明白阿秀没那心思，便说了直话，只怕她不肯。地瓜又来劲了，她不肯？她跟我应该癞蛤蟆吃天鹅肉了吧。

老太太道，就怕人家偏不吃天鹅肉啊。

地瓜道，怕什么啊，您去问，她敢不答应。

老太太拍打了地瓜一下说，你呀，这不是敢不敢的事，我呢也不能强人所难，我看得出阿秀对你……

地瓜弯下身在老太太面前说，三姑婆，她对我怎么了？有意思是吧。您眼光还是厉害。这样，这次回去，我把阿秀带去，您也去，怎么样，您就跟我家里说我跟阿秀成了亲。

什么话你这是？老太太瞪了一眼地瓜，地瓜忙笑道，没别的意思，就是想让您这次一起回去看看。您不是很久时间没去了吗？老太太想了想，把经书一放，说，这倒是，我也好些年没回老家了，这正好过端午，石狮的端午节热闹得很，嗯，去。

当真吗？地瓜不相信地问。老太太笑道，就当真吧。地瓜见她心动了，用力拍了下大腿道，端午节我们蚶江热闹得很，海上泼水节、猜灯谜、看矮子摔跤……老太太打断说，我晓得我晓得，我是那里长大的，就在我们家不远。还有火鼎公火鼎婆、拍胸舞什么的，多着哩。地瓜站在老太太身后，给她边捶背边说，三姑婆，就这样定了吧。老太太回道，定了。你去告诉你珍婶婶，让家里人都去走一走，人多热闹些，正好维本也回来了。

我这就去。地瓜跳起来要走，老太太又叫住他，回来，你还得听你阿姆一回，说不定缘分就在那里。

地瓜贴近老太太的脸说，您回去最好别跟我阿姆提相亲的事，就跟她说我已经有人了。老太太摇头道，这可不能开玩笑，如果人家不愿意，我得提醒你，到时候不要弄得人家阿秀难堪，听见没有？地瓜又坐下喃喃道，我倒希望你们包办，就把我和阿秀的事包办得了。老太太再次挥手道，走吧，走吧，这事我们做不了主。

地瓜从老太太房间出来，嘴上嘀咕了一句，做不了主，就我的事不想做主，哼。拿我当外人看！

下午维娜给阿秀试旗袍，安韵珍给她俩一人做了一件，大小、面料都一样，只是在花色上略有区别。维娜喜欢淡黄，偏素雅，阿秀爱深色，偏朴素。俩人正站在穿衣镜前后照看，身段匀称，高矮适中，不过维娜肤色比阿秀白些，腿细些，这新旗袍穿在维娜身上，腰、臀、腿便充分展示出优势，雅韵与妖娆也尽在其中。

阿秀夸了几句维娜之后便自嘲起来，我不适合穿旗袍的，好看的衣服穿在我身上是糟蹋了。维娜道，哪里会，你身材这么好，主要是没太打扮。穿上，别不好意思。阿秀为难说，走路不方便，还有这腿露了这么多出来，也不太好吧？

维娜在身上比画着说，好看，这样更显得腿长，习惯了就好。哦，对了，后天我们要去乡下，我们就穿这件啊。阿秀"啊"了一声，这，穿上我不会走路的。维娜道，带上，去看表演，挺好的。阿秀想去乡下走亲戚也不必这样正式，暗地里还是带了平时穿的衣服。

阿秀回到陪楼，穿着新旗袍在阳台上练习走路，地瓜正好上楼来，看见阿秀有模有样地在走路，便上下打量着夸道，呵，今天这么好看，是为了后天上我们家吧。阿秀回过头，脸一红马上进了房间，她还是觉得不习惯，犹豫着要不要穿这身旗袍去。便听着楼下周管家在喊，阿秀下来帮忙。

想着是要去做事，阿秀便要脱下旗袍，可费了半天的劲才脱下，还急得出了一身汗，换上平时的衣着，一边应着一边下了楼。

在院子里的草坪上，摆了几个竹箱子，还有些礼包，见阿秀过来，周

陪　楼

　　管家吩咐道，你把这些酒、馅饼、茶叶放到箱子里去，轻点放，别弄散了，老太太说都要带到石狮去的。阿秀点头道，晓得了。

　　这时地瓜从楼上跑了下来，蹲在阿秀身边堆满一脸笑意，你看，这三姑婆也是，去走走就行了，还送这么多的礼，对了，我还没给家里备礼哩，阿秀，你说我送什么给我阿姆啊？阿秀没抬头，我说不好，你自己定吧。见阿秀在忙，地瓜也不插手，只顾自己感叹，其实，也没什么好送的，这几年我又挣不到什么钱，你说一个花匠能有什么钱，不就是养活自己罢了，我阿姆晓得我没钱，虽然我三姑婆家有钱，可那也不是我的啊。唉，我平时就怕回去，回去乡里乡亲的就看着我，以为我在城里发了财。

　　阿秀道，有钱没钱都得尽孝道吧。地瓜竖起了大拇指道，不错啊，我阿姆有你这样的儿媳真是她前世修的福啊。阿秀起身瞪了地瓜一眼，别想歪了啊！

　　龙家大小一路先是坐船到安海，然后坐车到了石狮，在石狮北郊，老太太说是要先去观音庵，朝拜观音菩萨回来，才转到蚶江镇。蚶江镇在泉州湾南岸，是著名的侨乡，在宋元时期，蚶江便是"光明之城""东方第一大港"——刺桐（泉州）的门户，是海上丝绸之路的起点。

　　正是端午这天，还没到五王府戏台，远远地便听见喧天的锣鼓声，小街、古渡挤满了人。地瓜站在前边介绍道，这些人都是要去参加泼水节的。阿敢问，何时开始啊？我可要跟你开战的。老太太眯着眼笑，还没有哩，要等海水涨潮，先到戏台看看，我记得当年那里有很多表演。

　　小街两边人流不息，摆摊设点的也不少，维娜嘴馋，博绵挽着安韵珍的手东看西望，不断地停下来吃这吃那。在一个卖茯苓糕的担子面前，维娜停住了，笑问博绵道，博绵姑姑要不要吃啊？安韵珍接口说，想吃就买。维娜来了兴趣说，这茯苓糕，有来历的，又叫"复明糕"，是闽南民间传统手工食品。安韵珍接口说，茯苓糕的来源还有一段传说。

　　据说清兵入关建立清王朝后，对人民实行"留发不留头"的压迫。顺治五年，清兵攻陷同安，屠城三天，三万多无辜百姓惨遭杀害。同安一带百姓，在郑成功"抗清复明"的旗帜下，奋起反抗，和清兵展开长期的"拉锯战"。为了便于大规模展开有组织的抗清活动，城内有位姓李的商人，就蒸了一种糕叫"复明糕"，意在恢复明朝，每片糕里藏有一片纸条，上面写着联合行动的时间、地点和讯号。这样，属于"抗清复明"组织的

## 第2章 凤海堂

基本群众买到"复明糕"后，便自觉地参加到抗清行列。当时有一条规定，即小孩不准吃"复明糕"，主要是怕小孩吃复明糕容易泄露字条的机密。因"复明"与"茯苓"的方言语音相近。从此以后便把"复明糕"叫成"茯苓糕"了。

博绵让周管家人人买一份，大家都要尝尝。维娜开玩笑说，不会吃出纸条吧。阿秀从来没有吃过，觉得这糕真甜。她给老太太撑着伞，一边用绣花扇子扇着风。老太太说，这天怎么这么热，连一丝风都没有。博绵的帽子都湿了，她把帽子拿在手上说，这里的太阳太凶，忘了带伞来。阿秀说，我这里有花布，博绵姑姑先用上吧。博绵把花布系在头上，地瓜见了说，我当是惠安女呢。

地瓜在前面带路，还不停地跟人打着招呼。周管家这时买了些土笋冻过来，要让大家尝尝。维娜看见高兴得伸出双手接过去，飞快地把它吃完了，连夸味道不错。地瓜回过头说，不急啊，我阿姆还准备了好吃的，大家得留着点肚子。安韵珍道，多买些带回去。周管家说，买多了吃不完也浪费。安韵珍则说，有些钱是要让别人挣的，不要计较这些。

走近戏台，见那里围了不少人，地瓜挤进去后回头招手说，开始了，三姑婆，快来看，在演"火鼎公火鼎婆"。阿敢大步向前先是拨开一些人群，然后把老太太请过去，安韵珍说，阿敢去找把椅子来。老太太忙摆手道，不用不用，站着看好。这时只见那"火鼎公"上身反穿羊羔黑裘，下着宽筒黑裤，裤管下端紧束绷带，脚穿圆口软底男布鞋，腰束长绸巾，手执竹质长烟管在前；"火鼎婆"身穿镶边大襟红衫，下着镶边宽筒大红裤，头顶盘起高高的发髻，脚穿高底绣花软底布鞋（闽南俗称"大公鸡鞋"），手执大圆蒲扇在后；一口内燃木柴的火鼎（即铁锅），架在两根竹竿中间绑着的"四脚架"上面，两人用绑在竹竿两端的长绸巾抬起火鼎；"女儿"身穿青色镶边大襟衣和镶边宽筒裤，脚穿绣花软底布鞋，一根软竹扁担两头挑着装有一小捆木柴的小竹篮，紧随两老之后。这一家三口人踏着民间小调《十花串》，悠闲自得，"火鼎公"一步一撅臀，"火鼎婆"一步一摆腰，那滑稽、幽默的情态戏把现场人都逗乐了，阿秀看得很入神，地瓜站在她身边小声问，好玩吧，看见没，后面跟着的是他们的女儿，她要向"火鼎"添木柴，要使火焰不灭。

博绵问，这个表演是什么意思？老太太边看边说道，这是民族宗教的仪式，为了驱除疾疫、祛邪镇恶。

65

接下来的表演更有趣,地瓜听见唢呐吹响,全身痒痒的,只见一个人同时扮演公与婆,上半身扮作婆,下半身扮作公,而身后绑一竹编纸扎穿着服饰的公上半身和穿着服饰婆的下半身,婆双脚踮起,公双手绕到身后背着婆,上坡,下坡,涉水,过桥,照镜。老太太看得笑呵呵又禁不住介绍道,这戏啊是根据木偶戏《目连救母》一段戏改来的,也叫《哑背疯》,哑巴老公背着癞痢头的妻子满街乞讨,唱出《劝世歌》。

等一曲完,地瓜的二叔公干脆把地瓜推到中间说,老公在这,老婆快出来,再来《公背婆》,开始吧。地瓜从小看着这些演出长大,所有情节都记得,随时演都没问题。平时在龙家,只要老太太有兴致,他就会露一两手,给大家逗乐。

这时一阵掌声响起,地瓜本想拖阿秀上场,却见一个女子扮的老婆走过来了,拉着地瓜就让他背她。地瓜很快进入了角色,将那女子背在背上,便唱了起来:丈夫哑,妾又疯(指脚疯),无男无女家又空。说起眼泪滴,思量也苦痛。背出门来乜样惊恐。见说长者,赈济贫困。接下来俩人一起合唱:担的近前哀求,赈济饥寒共饿冻。

看,地瓜那丑样,表演好夸张啊。博绵笑得捂住了嘴。维娜眨着眼睛问,地瓜什么时候上场的,我怎么没看见啊?龙维本道,地瓜在家就演过。维娜道,哥,你敢上去演吗?安韵珍笑道,等你哥找到媳妇就敢演了。维娜又问博绵,小姑你呢?博绵道,我可没有表演天赋。

好,老公背老婆。大家欢呼着,老太太还笑出了眼泪,等散了场,地瓜二叔公笑着说,阿昌,把你媳妇请过来啊。地瓜问,什么媳妇?这时候地瓜阿姆拉着那演老婆的姑娘站在了地瓜面前说,人都背了,她就交给你,你娶不娶?

阿姆!这什么意思啊?地瓜不解地叫道。老太太这才告诉地瓜说,你阿姆给你相的亲就是她,刚才演你媳妇的。只见那姑娘笑了下便低下了头。所有人都有些吃惊,地瓜慌忙中把阿秀推在前面说,她才是我媳妇。

当着大家的面,阿秀羞得脸绯红,她忙躲到一边。维娜明白阿秀的心思,怕这事弄假成真,便替她说了话,地瓜哥就爱开玩笑,阿秀是许了人家的。

啊?老太太也不知道这阿秀许了谁,在来的路上,她也有意无意地问过阿秀和地瓜的事,阿秀不好直言拒绝,老太太误会她是不好意思。于是,她问阿秀道,阿秀,你真许了人家?

## 第2章　凤海堂

阿秀摇着头，不知说什么好。老太太便说，没许就好，我们家地瓜就是看上你了。

不可能！地瓜他……维娜急得话都没说完，便拉了阿秀走开。

维娜真是操空心。老太太看她们走开，嘀咕了这句便转了话题，行了，这事先不说，我们先看送王船吧。地瓜道，是啊，看看看，都要开始了。

这时候只见身着红上衣、头戴黑礼帽的长者手里举着一炷点燃的香出场了，这是王爷巡境之前要举行的"进香"仪式。这些村里面德高望重的耆老，将王爷请入神轿，启程进香，进香之后回来巡境。接下来是送王船仪式。地瓜介绍说，"送王船"将瘟神送出境外，我们蚶江的王船是"巡海"，巡视海上的商船、渔船，超济海上遇难者，预示自此一年内有"海神爷"的保护。

送王船之后，接下来开始的便是海上泼水。地瓜喊起来，走走走，敢叔，维本，我们上船去。

这时的海边已是人山人海，老太太由安韵珍和博绵陪着坐在石阶上，维娜把阿秀拉到身边站着，说，我们几个女孩子就不要凑热闹了。这时地瓜他们几个乘上小船，驶向了海面，刚行不久，便拿出戽斗水桶，盛起海水泼向对方船上的人，互相嬉戏，一时间水花四溅，分不清哪是人，哪是船。维娜道，看我哥，都成了落汤鸡。阿秀心里还想着刚才的事，恨地瓜这样放肆，真后悔这次来。维娜见阿秀没作声，便顺着她的心思说，不要当真啊，地瓜就爱闹，不明白他怎么不愿意回来，其实这地方也不错，就跟那姑娘成家在这里待着多好。阿秀这时突然特别想下海去，泼水也好，游泳也罢，就是不想这么坐着光看不动。

而这时候，维娜看见了前面一个熟悉的面孔，这不是向子豪吗？他什么时候回国的，住在隔壁都不知道。他正要和一些人上船，维娜也坐不住了，便对阿秀说，敢不敢下海去？阿秀早已起了身，我是敢，就怕你不敢，在海里泼水全身都会湿的。

你们小心点啊。老太太声音亮得很，维娜和阿秀把她的声音抛在脑后，欢快地跑向海边。她们跟别人拼了小船在海边行驶，慢慢地跟上了向子豪坐的船，一场泼水之战不请自来，阿秀使劲提水，维娜故意对着向子豪泼，向子豪没有防备，没想到这边来了新的对手，他满脸水珠，招架不住地喊着，干吗啊？大概是没认出维娜，维娜故意再加油，阿秀也来帮忙。向子豪这下看清了原来是邻居龙维娜，便嬉笑着朝维娜泼起水来，弄得维娜睁不开眼，阿秀却来了精神，一桶桶水朝对方船上泼去。

维娜正在嬉笑，突然听到一声响，原来是向子豪掉到了海里，维娜傻了眼，眼看着向子豪扑腾着没了力气，阿秀准备跳海，这时地瓜和阿敢的船靠了过来，阿敢纵身跳了下去，却四处不见向子豪的人影。维娜禁不住大声喊起来，向子豪，向子豪。阿秀这时扭过身发现向子豪游到了她们的后面。只见他举起手笑道，我在这里哩。

原来你会游泳啊。维娜说道。向子豪上船后又提了水桶，突然将一桶水朝维娜泼来。面对这突然袭击，维娜睁不开眼了，笑着喊，停下，停下。阿秀看得想笑，大家闹了一阵，船慢慢向岸边行驶，向子豪招手对维娜喊话，一会儿见啊。

等维娜和阿秀换好衣服出来，向子豪却没了人影。这边地瓜招呼上他家去。龙家大小一路人马便步行到地瓜家，到家门时，晚霞已照在天边，地瓜阿姆在做饭，在一缕炊烟里，维娜却在想向子豪刚才掉进海里的狼狈与可爱，忍不住想笑。

老太太怕麻烦地瓜家里人，说要到石狮去住。地瓜阿姆说，姑婆你们全家一直在照顾我们阿昌，我们过意不去，来到这里，就得多住几晚。安韵珍道，麻烦说不上，都是自家人。地瓜阿姆又说，他不肯在这里待，我们看上的人他又不要，不晓得怎么办。老太太道，看缘分吧，不急。

阿秀害怕他们又说到自己，便同维娜吃饭后到了外面。她们随意地走在一条破旧的小街上，见维娜闷闷不乐，阿秀敏感地问，刚才泼你水的阿哥是谁啊？维娜道，鼓浪屿来的，也许他们走了。阿秀说，明天一早我们要去泉州。维娜倒想早些回去，没有心思再玩。维娜有些不明白自己了，都是住在岛上多年的邻居，相互看着长大的，熟视无睹的感觉怎么就一下变成了相见恨晚了呢，真是奇妙。

石狮离泉州不过几十公里路，老太太说这回出去就得好好看好好玩，地瓜最了解她的心思，便说，我陪您去看"拍胸舞"怎么样？老太爷指点着地瓜说，就知道你会讨好你三姑婆。老太太笑道，说错了，地瓜是自己爱跳"拍胸舞"，走走走，去看看这个，大家一定会喜欢。

在街中央，一群棕色皮肤肚子圆圆的男人们光着上身，赤着脚，头戴草圈拍着胸跳舞。一会儿蹲裆步，一会儿双手拍击胸、胁、腿、掌，两只脚反复顿地，双手使劲拍胸、胁，时而抚胸翻掌，时而扭腰摆臀，动作圆柔而诙谐，活泼而妙趣横生。阿秀挤在人群里看见他们胸口拍得通红，也兴奋地拍起手来。地瓜一边看一边忍不住也扭动身子，拍打胸部，阿敢见他动作娴熟，说道，地瓜，上去跳啊，你比他们跳得更好。老太太笑着搭话，他呀身上肉太少，跳不出那个味道。我跟你们讲哦，跳拍胸舞得是胖子。

地瓜忙把阿敢拖上去说，敢叔肉结实，经得起拍打，走，一起跳去。来，维本，过来，来啊。这时跳舞的男人们分别在拉一些男观众上去跳，阿敢、维本也被拉到中间了，地瓜在他们前面做示范，阿敢和维本也慢慢放松开来，跟着音乐动起来。老太爷老太太笑得合不拢嘴。安韵珍笑道，地瓜跳得最好，阿敢也还行，维本算是凑数了。维娜说，你看我哥那样子，笑死人，像个木头。

阿秀眼尖，一下认出混在队伍里跳舞的还有那泼水的阿哥。忙对维娜说，看，他，也在这儿哩。维娜盯着那人看，果然是向子豪，啊，他也来泉州了？向子豪左右摇摆，动作协调，还加了自创的动作。维娜心里一阵激动，却又不动声色地站着，只看不说话。阿秀拍着手说，好玩，要是他们也脱了衣服跳更好。说得维娜竟然脸微微发红。

等表演完毕，向子豪满头大汗地走过来，他也看见了维娜，欣喜道，没想到你也来泉州了？好巧啊，我还在蚶江找你哩。

维娜便笑，你不是说一会儿见吗，这不就跟着来了？俩人说着话，竟忘了时间。大家等了许久不见维娜来，老太太便问，人到齐没有？周管家回答说，我去找维娜。阿秀便说，不用找，维娜遇见同学了。安韵珍这时远远地看见向子豪正与维娜道别，便说，是子豪啊，他们不是同学，是邻居。

回家的路上，维娜的话少了许多，基本上不怎么说话，阿秀猜想她的心事与向子豪有关。自己呢，则想着如何拒绝老太太说的地瓜的事。等维娜缓过神来，看见阿秀脸上挂着无奈，便说，我晓得，你不愿意。阿秀回道，维娜，谢谢你帮我。

端午节一家人过得很开心，回到鼓浪屿，老太太把阿秀和地瓜叫到了跟前，阿秀紧张极了，这回肯定得与地瓜绑在一起。怎么办啊？这时听老太太说开了，阿秀啊，当初你一个人孤苦伶仃地来到我们家，转眼也几年了，一切都还习惯吧？

早习惯了，我在这里很好，谢谢老太太。阿秀低着头说。

你是个有福的人，没承想我们家地瓜看上了你，这样我应该成全你

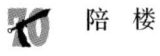

们，你说是吧？老太太的话让阿秀听起来感到了莫名的紧张，她语无伦次地回答说，可是，地瓜，他在乡下有人的吧，我也……

你也怎么了？莫非真许了人家？老太太小心地问。地瓜则说，怎么可能，她原来待在婢女收容院，可怜巴巴的……

别说，婢女收容院有人出嫁，阿秀也有可能啊。老太太猜想着。

地瓜摇着头说，不可能，她来我们家的时候，都是个快要死的样子，谁会看上她？

那你怎么会看上她？老太太的问话让地瓜一时语塞，不过他接着说，阿秀不是进我们家后，学这学那的嘛，变了不少，现在看上去基本上像个人了。

老太太笑了笑说，如果你俩同意，我就让韵珍去办。

谢谢三姑婆。阿秀，你也得谢了。地瓜拉了阿秀一把。阿秀慢慢走到老太太跟前，鞠了一躬，便走开了。

这孩子，懂事，谢什么哩。老太太夸阿秀的时候，地瓜飞毛腿迈开了去。

走到外面，见阿秀低头走路不理他，地瓜心里的火气一下提上来了，等阿秀走进陪楼后，地瓜在楼下嚷了起来，别以为你救了维娜，你就是佛就是神了，我还仰仗你是吧？

## 第3章 福音堂

1

安韵珍和老太太正站在教堂门外等人。老太太有些着急地问，怎么还不出来。我们进去看看吧。安韵珍镇静地说，威约翰牧师说让我们在门外等，再等等吧。

不一会儿，威约翰牧师出来了，安韵珍上前交给他一包东西，威约翰牧师心领神会地点点头，放心，我转交给他。老太太则问，牧师啊，我们想看看威尔。威约翰牧师为难地说，他不在我这里，我都几个月没见到他了。我有事先走了，他回来我会告诉你们的。

看着威约翰牧师离开的背影，老太太感叹道，你说威尔去了哪里，这孩子怎么不着家呢？安韵珍思绪万千地回道，本来，这里也不是他真正的家，也许没有归宿感吧。老太太着急地说，韵珍啊，我有时候想把威尔接到家里来，你说成不成？安韵珍不知道如何回答，只是轻声应了一句，都可以的。

老太太知道这样不妥，便不再纠结这事，只是口口声声地说感谢菩萨保佑，阿弥陀佛，威尔已长大成人。

经常地，婆媳俩悄悄地来教堂看望威尔，这件事一直是藏在她们心里的秘密。安韵珍凭着仁爱、道义，严守着一个人的身世之谜，其中的苦涩与欣慰、辛酸与坦然，她一一品尝并且承受着。

而中秋节对于安韵珍来说，有时候就是一种隐痛。又到中秋了，这年龙博山要回来与家人团聚。有好些年龙博山没有回来了，回来大概也怕勾起安韵珍伤心的回忆。这种伤心，是藏在安韵珍心底里的秘密，这些年，她为龙博山保守秘密，成了习惯，一些事慢慢变得不那么在意了，都淡了，她作为基督教徒，她信上帝，她认为一切都是上帝安排好的，安然接

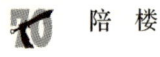

受也许能够宽慰自己。

　　那年中秋夜,凤海堂主楼正厅香烟氤氲,用人垂手而立,老太爷、老太太跪拜菩萨祈福;安韵珍则在房间手捧《圣经》,闭目默诵。婆媳俩一个是佛教徒,一个是基督教徒。龙家可谓东西神仙聚会,南北信仰交集。而陪楼二层房门却紧锁,房内昏暗无光。龙家大小没人愿意走近一步,安韵珍早已立下家规:不许小孩子上陪楼!陪楼因此显得十分神秘诡异。趁大人忙着过节,这天六岁的维娜一人悄悄溜出主楼,好奇心驱使她攀着扶手拾级上了陪楼,想看看妈妈三令五申不准进入的房子里到底有什么东西。见房门紧锁,维娜晃悠悠站在小凳上,战战兢兢地从窗台上往黑洞洞的室内观看。背后突然一双大手抱住维娜,维娜吓得失声尖叫,众人跑出来察看,原来是用人阿香怀抱维娜急忙忙跑下陪楼。

　　维娜惊魂未定、哭闹不止,阿香跪地求饶道,太太,怪我没有看管好小姐,让她上了陪楼,请求太太不要责罚我,我认错了,下次不敢了。安韵珍无奈地说,交代过多次,还是犯错,不责怪可以,但是你还是得离开啊。老太太一听,心里急了,嘴里不停地念着阿弥陀佛,然后对安韵珍说,韵珍啊,原谅她一次,我们家一直以慈悲为怀,为人要行善积德。安韵珍回道,您说得是有理,可是,陪楼里发生的事,我一时忘不了。

　　老太太提醒道,我当然记得,博山是有错。阿彩都不在了,你还在意什么呢?凡事都有因果,你就原谅了她吧。安韵珍心里清楚阿香没有太多过错,只怪维娜贪玩,于是点头说是,阿香忙给她磕头道谢。然而安韵珍听见阿彩的名字,心里还是搅翻了五味瓶不是滋味。阿彩是中秋节那天难产死的,安韵珍不禁悲从中来,泪眼婆婆中似乎看到了自己坎坷尴尬的境地。

　　那年,鼓浪屿声名显赫的龙家与厦门安府联姻,一时成为社会上门当户对的美谈。但新派大学生、少爷龙博山虽然与安韵珍在父母的包办下完婚,却早已与温和贤淑的下人阿彩相好,珠胎暗结,不久事情败露,新婚才几天的安韵珍感到了委屈。好在公公婆婆主持公道,坚决不允许龙博山给阿彩名分,还要打发阿彩离开龙家。

　　那个夜晚,风雨交加,阿彩羞愧难当,带着有孕的身子哭泣着和龙博山告别,一路上艰难地在狂风暴雨中蹒跚,不慎从陡坡跌落。龙博山得知后,又将摔伤的阿彩背回了陪楼,龙博山一边悄悄照顾阿彩,一边陪伴新婚的安韵珍,心挂两头,弄得焦头烂额。庆幸的是安韵珍虽是富家千金,

## 第3章 福音堂

性格却不骄横，相反知书达理，加上是基督徒，更显大度宽容。她平静地与龙家人相处，慎重地与龙博山说话。有时候还站在陪楼下看几眼，想知道阿彩的情况，但她从来没有到陪楼去过，她什么时候生孩子，什么时候能走，本来安韵珍应该是最清楚的人，阿彩也应该是她最恨的人，但是安韵珍却安静得如院子里的玉兰花，无声无息地开与落。老太爷早有交代，人可以在龙家生，但孩子不能留。这样的决定对安韵珍来说似乎没多大意义，哪怕孩子放在龙家养，她好像也能够接受。

阿彩不久生下了儿子，而自己却血崩死在陪楼。安韵珍实在没想到事情会发展成这样。听说阿彩生孩子难产，安韵珍带着同情的心去看望了她。这是她第一次上陪楼，阿彩看到坐在面前的安韵珍，觉得她面目可亲，便信任地拉住她的手，哭着喊着，姐姐，我儿子托付你了，多谢大恩大德啊。安韵珍眼里一下湿润了，阿彩身上的鲜血和柔弱期盼的目光，让她深感罪孽深重，终于说了三个字，你放心。听到这三个字，阿彩这才安心地闭上了眼。看到龙博山六神无主的样子，安韵珍自作主张地抱起孩子出了家门。

龙博山不明白她的意思，跟在后面喊，韵珍，你要干什么，我的儿子，你不要跟他过不去啊，他妈才死。

安韵珍回过头笑了一下，我答应过她，你放心。说完坐上了黄包车，让车夫送到了医院。龙博山还是不放心，坐上后面的黄包车，紧紧跟着。见安韵珍把孩子送到医生手里才松了口气，安韵珍接着又去了教堂，龙博山看见她跟威约翰牧师说了些什么，估计孩子有着落了，这才放心回家。

这边，老太爷和老太太还在为孩子的事商量，老太太小心地问，孩子生下来，这如何安排啊，好歹也是龙家的根吧，是条命啊。老太爷唉声叹气，没了主意。老太太舍不得孩子，试图劝说老爷子，说，阿彩也不在了，这孩子可怜，就收下吧，外人也不知道。求求你了。

老爷子想了想说，我们家出了这种事，你说我还有脸吗，岛上这么小，哪家有何事谁人不知，实在是荒唐！老太太知道老爷子的脾气惹不起，便不敢再开口，暗地里也想给孙子找条出路。当她得知安韵珍将孩子送到了教堂后，不禁松了口气。

二龙随后被威约翰牧师送到毓德女校，学校里的那些姑娘们因献身教会终身不嫁，但她们没有育婴经验，只得请了一个奶妈来照顾二龙。

龙博山婚后在家待了三年，便说要去闯南洋，老太爷说早应该出去了，一大男人待在家里有什么出息。老太太还是舍不得儿子出远门,她清楚男人一离开家里就剩下孤单的女人,不知要等到什么时候才能把他们盼回来。她对龙博山说,韵珍人很好,你要善待她。龙博山也觉得对不起安韵珍,暗想出去后发愤努力用物质来弥补。

安韵珍望着龙博山离去的背影,心里空虚,她明白,他这一走,留给自己的便是无尽的落寞与没完没了的寂清。

龙博山后来在马来西亚种橡胶、做买卖,迅速发迹,还娶了当地女人为妻,生下了孩子,后来又把安韵珍生的两个儿子龙维德和龙维本带去了国外。陪伴安韵珍的便是这座凤海堂、公公婆婆、女儿维娜和几个下人。她跟鼓浪屿上多数侨眷一样,虽然养尊处优,但内心寂寞,便用男人源源不断寄来的外汇填充富裕的日子。安韵珍恪守妇道,清白做人,贤良温顺。内心寂寞的时候,便去教堂默诵《圣经》。每次收到龙博山寄来的外汇,就假借到教堂祷告,送给威约翰牧师,作为二龙的学习生活费用。

老太太其实也对孙子牵挂有加,时不时让安韵珍带她去看二龙。但每次都瞒着老太爷。有一回,婆媳俩刚要出门,被老太爷叫了回来,婆媳俩吓白了脸,老太爷突然说要去教堂,安韵珍以为他发现了什么,忙说,您去教堂做什么?老太爷瞪了安韵珍一眼说,去教堂你说能干什么,平时你们是去干什么,明知故问。老太太也急了,说,韵珍平时去教堂是去做礼拜,唱圣歌。老太爷一听,回说,她能我就不能吗?我虽然既不信基督教,也不信佛,但我想去看看教堂,看望威约翰牧师。他人好,听说还能给人看病。

三人便同去了教堂。二龙这时正往教堂外跑,威约翰招呼道,威尔,去哪儿?别乱跑。老太太一看见孙子,心里疼爱不已,欢喜道,牧师可以带他上我们家玩。

一天,二龙被威约翰牧师带到了龙家,老太太抱着他亲,问长问短的,她还让二龙坐在钢琴前,让他弹琴。小小的二龙,有时还唱几句圣歌。老太太则让二龙唱观世音,二龙不懂,老太太便说,你是菩萨送到我们家的,是救苦救难的观世音救了你的命,知道吗?

二龙天真地问,观世音是上帝吗?老太太便说,观世音跟上帝一样,会解除人间的苦难,会帮助你。二龙想了想又问,观世音会弹钢琴吗?会唱圣歌吗?这一下把老太太逗乐了,直说二龙调皮得很。来的次数多了,没想到老太爷竟然有些不舍,二龙跟他说再见的时候,他还补了一句,有空再来玩。安韵珍是看出来了,老太爷也好像慢慢喜欢上了这个蒙在鼓里

## 第3章 福音堂

没有相认的孙子。这种血缘真是不可言喻。

很长一段时间,安韵珍不敢上陪楼,害怕走近那间房,也不想让其他人接近。然而时间长了,她会有事没事地站在楼下想,阿彩在天之灵会知道,她儿子生活得很好,她会安心地保佑龙家所有人。慢慢地,她会上楼去,打开房门,让下人打扫一下房间,后来还花钱重新装修了一番。阿香住过,后来阿香走了,接着吴嫂和阿小住,如今便是阿秀住在里面了。

### 2

龙博山说要回家过中秋,安韵珍喜出望外,早早地做了准备。

一大早,老太太便过来叫她,韵珍啊,博山几时到啊?安韵珍回道,快了,我们这就到码头去接,阿敢还备好了轿子哩。

安韵珍带着维娜站在码头,船到了,却久久没有看见龙博山的身影,维娜问,如果爸爸这次没回来呢?安韵珍肯定道,怎么可能,他不回来我们就在这里等着。等了好半天,在最后下船的客人中,龙博山终于来了,只见他一身西服,头戴礼帽,手里提着大皮箱,他身边的女人衣着富丽,神态文静。安韵珍忙接过他手里的箱子,龙博山开口说,让你们等久了。安韵珍拉着维娜的手对龙博山说,维娜快叫爸。

龙博山这才回过头打量维娜,这个如花似玉的女儿让他眼里充满欣慰,长高了,都快认不出了。维娜平时都是通过书信和相片了解她阿爸的,她站在龙博山面前,久久没有出声。这时,阿敢把轿子叫了过来,要让龙博山坐上去。安韵珍忙介绍说,这是阿敢,是家里的保镖。龙博山笑道,看样子就像。阿敢说,老爷好,您请上轿吧。龙博山摆手道,回了家,还是走在地上踏实,我跟你们走路回去。安韵珍说,轿子都请来了,何必呢?龙博山将安韵珍拉到轿子边,想让她坐上去。安韵珍说,那二奶奶坐吧。龙博山回头对他身后的老婆说,你来吧。二奶奶微笑着上前,安韵珍忙把她请到轿子里,她自己则陪龙博山在后面跟着。

走到龙头路时,龙博山看见了黄金香肉松小店,便要上前买,说这是祖传的秘制,小时候吃过一直忘不了。安韵珍替他付了钱,龙博山吃了一口直夸好吃。

阿秀这时站在门边张望着,见轿子过来了,忙喊道,来了来了。老太太听见阿秀的喊声赶紧从客厅出来，刚走到院子里，龙博山一脚就跨了进来，含着眼泪叫了声阿姆，便跪在了地上。老太太连忙去扶他，说，博山，你这是，唉，又盼了好几年，终于回来了，回来就好啊。

等坐下来，阿秀端来了洗脸水和一壶茶。龙博山看了阿秀一眼，说，家里加了不少人啊，好，热闹。维娜说，她叫阿秀，还救过我哩。龙博山问，有这事啊，一会儿说给我听听。说完从箱子里拿出几条项链、衣服、化妆品什么的分别给了维娜和阿秀，然后又给老太太和安韵珍戴上了金手镯。

老太太这时想起了地瓜，问，地瓜呢，上午怎么不见人影？龙博山便问，地瓜是谁？

正说着，地瓜就到了，他跳了进来，手里提着一个桶，笑嘻嘻地说，我来晚了，没有去接山叔啊，听说山叔爱吃鱼，上午我去捞鱼了。这不，有几条小的，能吃一餐。老太太笑起来，你看，地瓜有心哪，阿秀快去煮鱼去。龙博山一看是阿昌，笑问，阿昌怎么改叫地瓜了？还红薯呢。说得全家人都笑了起来。地瓜道，他们都取笑我说的话不标准，说是地瓜腔，就起了这么个外号，外号还是维娜取的哩，山叔你还是叫我阿昌吧，不然我真忘了本名。

龙博山想了想从箱子拿出一根皮带和一双皮鞋给了地瓜，地瓜接过皮带摸了摸说，外国货吧，肯定好。我，还没用过哩。哦，等下，山叔，我也有东西送您，看，这是我养的海棠花，很香的。龙博山看了看，高兴地说，真看不出来，你手艺不错啊。地瓜道，都老花匠了啊，没变过，一直干这活儿。

安韵珍知道地瓜接下来想说什么，无非是诉苦啊想换事做啊，她马上转了话题，问龙博山，二奶奶还没介绍吧。龙博山这才回过头让西娅过去，安韵珍大度地笑脸相迎，二奶奶问候大家之后，便说要回房休息。老太太说，好吧，路上累了，去睡会儿。

客厅里其他人都忙去了，剩下龙博山、安韵珍跟老太爷老太太在边吃茶点边品茶，安韵珍叫来阿秀为他们泡茶，阿秀原先不太会泡工夫茶，现在学会了，泡茶泡得还很地道。龙博山说，在国外喝多了咖啡，回到家还是觉得茶好喝。安韵珍却说，你寄来的咖啡也很香啊，我倒更爱喝咖啡。老太太说，不是我生日你还不回来啊，唉，博山，我们就是盼着你回来。老太爷说，人家在那边有家有事业。你以为回来一趟容易吗，路途这么远，要坐好几天的船。

老太太皱起眉说，他路上辛苦，我们在家等得也辛苦，韵珍也不容易啊。这话说得安韵珍眼睛微微湿润了些，她的清苦是没办法说出来的，她似乎都习惯了这样的生活。阿秀这时倒忍不住插了句嘴，维娜也想念老爷。龙博山点点头叹了口气说，有时候就是身不由己。我也想念家里啊。这次回来，我是想给阿姆好好祝寿，办得热闹点。老太太欣慰地说，好啊，我就想看看戏。龙博山道，我早想好了，去厦门请高甲戏和歌仔戏班在家里唱他三天两晚，阿姆你说怎么样？

　　老太爷和老太太都不停地点头，老太太说，好啊，那可就热闹了，到时候把所有的亲戚都请过来，在家好好玩几天。

　　维娜从厨房过来说，我都饿了，什么时候开饭呢，刚才在厨房闻到了菜香。安韵珍便问，谁在做饭啊？维娜道，地瓜。他今天见阿爸回来，要露下手艺。老太太说，地瓜哪会做饭啊，他只会养花，肯定不好吃，阿秀你去帮帮他。

　　阿秀起身走开，维娜接着给大家泡茶。龙博山想了想说，我这次回来还有一件事。老太爷问道，是生意上的事吧？龙博山摇摇头，不是，我是想见一个人，他是国民党的一个军官。老太爷一怔，用眼神问他。龙博山接着说，哦，就我一个朋友，我想支持他，一起合作吧。老太爷说，你要介入政治吗？博山，咱们家祖祖辈辈都是经商的，没有一个与政治有关的人，你得想好，不要冲动行事。老太太也说，是啊，你人在国外……龙博山笑了，没事，放心，我在国外赚了钱也得为国家着想啊。安韵珍附和道，我觉得这很好，如果国家需要，我们就得出力。维娜这时听阿秀在喊吃饭，维娜应道，好，马上就来。

　　龙博山这时伸长脖子问，有红薯粥没？


## 3

　　龙博山这些日子住在凤海堂别墅里，悠闲自在，特别是站在别墅廊下，厦门湾全景尽揽于胸，住在这里，他感觉透过九龙江出海口的小海能看到变色的大海。从小海逐浪，到把握大海的搏动，以此筹划事业的发展，他想会更有远见。这里的风水地理是上等的，让回国后的龙博山十分舒畅，也更佩服当年父亲的胆识与能力。

## 陪楼

老太太生日这天,凤海堂门外挂起了红灯笼,院子里摆好了桌椅,搭好了戏台,就连花草树木上也点缀了些彩带,一共是六十根,家里的留声机不停地放着一些钢琴曲,每个人脸上都喜气洋洋的,都换上了新衣服,特别是老太太还化了淡妆,戴上了新项链,一大早便在菩萨像前点香念经。她从房间走出来的时候,大家眼前一亮,阿秀夸她道,老太太真显年轻,好福气啊。阿秀忙把大早给老太太做的长寿面和鸡蛋端了过来,见老太太在吃面,地瓜更是嘴巴甜得像抹了蜜,说,三姑婆您生来就是富贵相,今天更是光彩,祝您身体健康长寿,活到一百岁。我送您的礼物就是这一盆花中王牡丹花,祝您像牡丹花一样富贵万万年。老太太乐呵呵地笑,还赏了地瓜些钱。安韵珍和维娜都送了老太太金首饰。

阿敢按照龙博山的吩咐在进门口摆了一个木桶,里面放了红红的银元。阿秀不懂为何银元是红色的,阿敢也摇头说不知。地瓜过来说,问我啊,三姑婆说过,这是喜钱,逢喜事要散财施舍,这桶里的银元,是要分给大家的。银元上涂红色呢,是为了做个记号,一人一块。所有来宾每人拿一块银元做喜钱,凡拿了银元的人手上都沾有红,一是"沾喜",二是一人只能拿一块,以防止多拿。阿秀说,沾喜,有意思。地瓜盯着阿秀,要不,我俩也沾沾喜吧,你拿一块,我拿一块,先沾红沾喜,反正早晚我们得办喜事的。阿秀怕地瓜没个正经,瞪了他一眼,立刻走开了。

这时候,亲朋好友们陆陆续续地来了,一些乡下来的人看见木桶里的银元,都排队去拿了放进袋里。地瓜的嫂子陪着他阿姆,还有二叔公、五叔伯也来了,地瓜将他们带到老太太跟前问安,阿敢触景生情地想到了母亲,心想如果她老人家在的话该有多好。

龙博山和安韵珍站在院子中间迎接客人,来宾们进来都先到客厅给老太太作揖,说些祝贺大寿的客套话。等客人差不多到齐了,戏班开始唱戏。台上唱的是歌仔戏《山伯英台》,老太太看得入迷,还时不时跟着哼唱几句,阿秀忙前忙后,端茶送水,没有工夫看戏,只是耳朵里听着,心里想着戏里的人物。

安韵珍陪着龙博山在看戏,在戏演到一半时,龙博山突然不见了,他什么时候走的安韵珍不知道,只知道现在他的座位是空的。歌仔戏实在好听,安韵珍舍不得离开,心想这么好的戏他居然不看完就走,干什么去了呢?

此时的龙博山悄悄地进了陪楼,直接到了阿敢的房间,阿敢和左千在

## 第3章　福音堂

里面，这时的左千已升职为团长。见龙博山进来，二位马上起身。阿敢介绍说，这位是左团长，这位就是龙博山先生。龙博山对左千道，久仰！左团长，我们早有联系，神交已久，却没有见过面，今天真是幸会。左千出生在北方，早年就读于黄埔军校，随部队来到厦门，早闻龙博山为人慷慨大方，今日一见，果然大气，便拱手笑道，龙先生客气了，我早知道，您在国外已经是革命志士，在南洋动员商界出资援助革命党，今天又携资归来，让人钦佩啊。

龙博山道，哪里，我只是尽绵薄之力。左千道，有了您的支持，我们更有信心将来一起联手抗日。日本人现在处心积虑地想抢先占领厦门，不断进行军事骚扰。驻台湾的日军参谋长、日本水雷舰队司令等都相继率舰窜入厦门港内。

阿敢接口说，是啊，厦门也快到危急的时候了，我们得做好迎战的准备。不知这次带来的抗日物资是……龙博山举起右手，压低声音说，除了现金，还有黄金和粮食。阿敢激动地说，这太好了。左千想了想说，都放在哪？安全吗？龙博山说，其实我们家就很安全。

阿敢和左千面面相觑。左千昂起头说，对了，侨商之家嘛，谁敢在这里威风。阿敢想了想说，富人家不问政治，一般人查不到这里来吧。龙博山笑道，这安全点知道在哪里吗？他指了指地下道，其实啊就在陪楼里。

陪楼？左千阿敢几乎同时在问。龙博山说，对，陪楼里面有一个密室，可直接通到海边。

左千惊喜道，是吗，龙先生想得真周到。阿敢不由得走近窗台，想象着密室是怎样的模样。正说着，阿秀突然在外面喊着敢叔。阿敢连忙开门，阿秀一看里面坐了龙博山，很是吃惊，老爷怎么会到陪楼里来呢，还有一个不认识的长官。阿秀说，太太在找你们，说你怎么不看戏了。龙博山道，我们说说话，戏演完了吗？阿秀着急地说，本来是演完了，有人要加演，他们说要加钱才演，这不，都吵起来了，我是来告诉敢叔去劝架的。

阿敢二话不说就往楼下跑，龙博山跟在后面说，真是的，加演给钱就是了，又不是大不了的事。等他们来到戏台前，阿敢见一片吵架声，闹哄哄的，便大声说，听好了，老太太生日，高兴，加演一场。加演加钱。安韵珍见龙博山来了，便上前问他，上哪去了，都在问你哩。龙博山小声说，客人来了，刚才去陪了他一下。安韵珍问，人在哪？龙博山回头看，左千正在一边等他。

龙博山把安韵珍带到他面前说,这是我太太安韵珍,这是左团长。安韵珍笑道,左团长来过家里,见过的,左团长不看戏吗?左千看看龙博山说,龙先生如果有空,那我就陪陪他。安韵珍道,好啊,加演的是高甲戏中的"绣房戏"——《孟姜女哭长城》。

老太太见儿子回来了,便抓住他的手说,不许你走开,这戏唱得多好啊,陪你阿姆看。

维娜这时招呼阿秀和阿敢坐下来看戏,阿秀真是迫不及待了,戏还没开始就鼓起掌来。阿敢跟龙博山一样,没心思看戏。左千坐在龙博山身边,倒是认真看着戏,脸上露出陶醉的神情。龙博山侧脸问他,左团长,你不是本地人,听得懂吗?左千道,闽南话听不懂,更不用说这地方戏了,虽然不太懂,但是这音调这唱腔我喜欢。龙博山便来了兴趣,把高甲戏介绍了一番,说,这高甲戏最初是闽南民间装扮《水浒传》的化装游行,随后出现专演宋江故事的业余戏班,时称"宋江戏"。高甲戏的剧目大都来自史书、小说、传奇和民间故事,当然也吸收傀儡戏和外剧种的优秀剧目。见左千看得认真,龙博山便打住了。

戏唱到十点多才完,客人们走了,亲戚们有的留了下来。龙博山对老太太说,阿姆,戏明天接着唱,您今天也累了,早些休息吧。老太太说,你呢?龙博山说,我还有点事,一会儿就去睡。

龙博山接着把阿敢和阿秀叫过来,三个人神神秘秘往陪楼走。之前,他听安韵珍讲了阿秀救维娜的事,觉得这女孩勇敢机智,应该可靠,再说她也住在陪楼里,密室就在她房间,应该让她知道。其实,龙博山不知道阿秀早已经发现了密室,那还是上个月的事情。那天阿秀在找安韵珍送她的镯子时无意中发现的。阿秀心想这里隐蔽,肯定是安全之地,是主人特意设置的,但她装着没有发现,没有对任何人说。

进了阿秀房间,龙博山指着地板说,这下面有一个密室,还有一个通道。阿秀心领神会地点点头。阿敢说下去看看。龙博山示意阿敢揭地板,阿敢刚把地板弄开,却听地瓜在下面喊,今晚的戏好看,山叔,山叔,你不回来,我们没戏看啊。阿敢清楚,安韵珍对他说过,家里秘密的事最好不让地瓜知道,他嘴不稳。于是便示意阿秀下去应付他。阿秀下楼后,地瓜便问,山叔叫你和阿敢干什么啊,他怎么会上陪楼呢,珍婶婶不是不让家里人进陪楼的吗?阿秀道,那是以前,现在谁都可以啊。都是主人的房

## 第3章 福音堂

子，他们想到哪儿就到哪儿。地瓜不相信，总觉得他们在搞什么名堂，便故意说要回陪楼拿东西。

龙博山和阿敢刚走出阿秀房间，地瓜就上来了，一见面他就嚷起来，山叔，以后多请戏班来家里演啊，三姑婆爱看，我也爱看。龙博山笑道，有喜事才请的。地瓜拉住了龙博山的手笑说，山叔，喜事嘛经常会有的，哦对了，我和阿秀如果结婚不就是喜事嘛，您看呢？呵呵。

阿秀心想，地瓜这张嘴真是的。本想解释，却听龙博山说，我不管你跟谁结婚，总之结婚就是喜事，喜事就可请戏班来，这没问题。地瓜一听乐了，我得快点办。龙博山问，定好日子了吗？地瓜一想，八字还没一撇哩，想起来都觉得窝囊。

自上次端午节从蚶江回来，地瓜便把阿秀当作没过门的媳妇，催着老太太给他办喜酒。老太太奈何不得便让安韵珍来操办。安韵珍早在阿秀面前探过底，这根本就是强人所难，阿秀不肯答应，弄得安韵珍和老太太之间还有了误会。老太太说她没帮自己人想办法，只是一味依了阿秀。还是老太爷出来说了公道话，他们下人之间的事，我们不能替他们做主。还说，地瓜配不上阿秀，等等。地瓜因此也恨起老太爷来，凭什么拿自家人跟外人比，我哪里差，她配不上我才是。

安韵珍真是左右为难。说实话，即便阿秀同意，她也不认同这门婚事，她始终不看好地瓜，地瓜认为自从来到龙家，安韵珍就将自己视为眼中钉，处处看不惯自己。他便在老太太面前说些挑拨离间的话，说是安韵珍搅黄了他的好事，说阿秀没有什么主张，全听太太的，如果太太真心撮合，哪有不成的道理？老太太也有意无意地责怪了安韵珍，本想自己替地瓜操办，但老太爷不让，地瓜暗地里骂老太爷吃里爬外。更让地瓜生气的是，安韵珍竟然一声不吭，一副看热闹的态度，地瓜心里也从对她的怨慢慢积成了恨。

安韵珍过生日那天，地瓜把一盆水仙花送到了她的房间，还恭敬地说，珍婶婶，您对我的关照我都记在心里头，我哪里有不对的地方，也请您原谅。今天是您生日，我想了很久不知送什么礼物才能表达我的心意。我是个种花的人，送花也许最合适，像您这样高贵的人，我想这水仙花最配您。它美丽雅洁，放在您房间，每天我会来换，让香气不断。安韵珍头一回听地瓜说话这么动听，虽然有些虚假，便回道，这院子里、楼道到处都是花，我房间就不用了。地瓜收住笑容说，其实岛上一些洋人家房里都放有鲜花的，房间里摆花可以帮助睡眠，净化空气，好处多了去了。地瓜说着便将水仙花放在了安韵珍床头。安韵珍心软，见地瓜这般有心，不想回绝让他为难，便道了谢。可等他一走，她又将花放到了露台上，她当然明白鲜花放进房间并没什么好处。

　　这之后，地瓜隔一两天便去换花，嘴甜腿勤，地瓜发现了安韵珍并没有将花放在房里，便想了主意让阿秀放在她床头柜下面，说这样可以治太太的失眠。

　　几个月下来，安韵珍开始经常头晕、呕吐、腹痛，吃药也不管用，老太太也在菩萨面前求了符，但好了一阵又不行了。直到有一天，阿秀觉得地瓜扔掉的水仙花可惜，便捡起来要放到自己房间去，地瓜见了却要阻止，阿秀问这是为何，地瓜不小心说漏了一句嘴，阿秀便起了疑心，直问道，那你为什么把花放在太太房间？是存心的吗？地瓜来气了，嚷道，她身体不好关花什么事啊？我好心好意有错吗，你不要胡说八道！阿秀后来去问人证实，结果才知，这水仙花的头内含拉可丁，是有毒物质，花、叶、枝都有毒。水仙花香气虽然袭人，但闻久了会让神经系统产生不适，时间一长，特别是睡觉时吸入香气，便会头晕。难怪这样。

　　这天清早五点，安韵珍便带了阿秀去笔架山山顶祈祷，祈祷完，在回来的路上，阿秀忍不住把地瓜的事告诉了安韵珍，安韵珍听了心里堵得慌，地瓜让她感到了害怕。但她什么也没说，只是沉默地走着。难道自己多嘴了？阿秀不解地问，太太，您会怪罪地瓜吗？安韵珍想，如果挑明，地瓜肯定会责怪阿秀，把责任推到她身上，于是叹道，让上帝说服他吧。什么事都交给上帝？阿秀出神地想，真是这样吗？

　　地瓜却在老太太面前说自己对安韵珍如何好，老太太便夸他道，这样才是，你是懂事了，尊敬别人就是尊敬自己。

　　老太太生日宴会，因为地瓜缠着龙博山张罗自己的婚事，弄得老太爷很不高兴，戏散之后，老太爷见地瓜不去帮忙，还在缠着阿秀说婚事，老太爷看不顺眼了，把地瓜叫到了跟前。

　　什么事？地瓜有些怕老太爷的，他不敢看老太爷那张威严的脸。

　　什么事？你的婚事！老太爷的声音扬起来，把地瓜吓了一跳。

　　我的婚事，还让姑丈公操心，实在不好意思。地瓜嬉笑着低下了头。

　　老太爷双手背在身后，挺挺地站在地瓜面前，大声道，你还有不好意思的时候？真是奇了怪了。地瓜，你懂点规矩成不成？谁说要跟你结婚，

## 第3章　福音堂

谁说要给你办婚事啊？

我？不是跟阿秀吗？都跟她说好了，山叔也同意。地瓜心里恨着，嘴上却显得软。

我说你啊，脑子有病！老太爷说完转身要离开，这时老太太出来了，吵什么啊？家里还有客人哪，我过个生日还要吵架啊。地瓜见三姑婆来了，像见了救星似的，三姑婆，你得给我做主，我在这家里办点事怎么这么难，我要成个家还不行吗？姑丈公他刚才骂我……

老太太也在生老太爷的气，便说，他是管宽了，根本不管我的存在。要不，你自己找阿秀结婚去，就两个人，不用大办，总可以吧。钱我给你出！看谁阻止你完婚。

这家里，只有三姑婆您疼我，要不是您在，我早走了，待在这里受什么窝囊气。有了三姑婆撑腰，地瓜心想抢都要把阿秀抢到手里。

半夜里，陪楼里传出"救命啊"的喊声。全家大小披衣出来一看，阿秀哭着要冲出家门，阿敢追出来，把头发凌乱的阿秀拦住，安韵珍这时看见了缩头的地瓜，心里明白了七八分。

地瓜，你给我站住！老太爷的吼声止住了地瓜的脚步。老太爷继续骂道，我就晓得，只有你才做得出来，怎么搞得像土匪一样！？抢亲啊？老太爷的声音传过来，威力极大，所有人不敢吱声了。只有老太太声音弱弱地说，谁抢啊，值得抢吗，又没要你命，喊什么救命，丢人啊。家里的保镖是干什么的啊，要出人命了也不管？

阿敢刚才听到动静，从三楼下来一看，地瓜跟阿秀已经扭成了一团。只听地瓜不停地在说，今晚就成亲，今晚就成亲。阿敢见状一把拉开他们，阿秀才从地上起来冲出了门外。

先管好自己人再说！都是你宠的！大家回房去。老太爷瞪了一眼老太太，率性走开。老太太觉得冤，声音大了起来，是我宠的，平时你们怎么对地瓜的，啊？能怪人家吗？

怎么办，阿秀和地瓜同住在陪楼里，这样下去早晚会出事。安韵珍把阿秀叫进了主楼，让她今晚跟维娜住一起。

## 4

安韵珍最愿意到主楼顶楼上去,因为这里是看风景的最佳位置。看海听琴赏花,能让人心旷神怡。这天,阿秀把茶点端了上来,安韵珍便对阿秀说,阿秀,地瓜最近是不是老实些了?早让他跟敢叔换房间就好了。老太爷骂了他,谅他再也不敢了,但你还是提防点。阿秀点头不语。

安韵珍叹了口气说,你和维娜都不小了,早些成家也好免去我们的担心。阿秀忙说,太太,我不嫁人,我要侍候你们。

安韵珍笑了,这哪行,阿秀,去把维娜叫上来,这几天对面的向家好热闹,好像是向公子从国外回来了。阿秀心领神会地去叫维娜,维娜其实知道向子豪回来几天了,俩人昨天还见过一面。不过是在路上,向子豪和同学在一起,见维娜迎面走来,便热情地打了招呼。

回来了?维娜问。

回来了!向子豪答。

就这么简单,之后向子豪又说了与上次同样的话,一会儿见啊。

维娜正想着一会儿见这几个字,向子豪便在他家的阳台上出现了,他手里拿着长笛出来,他也看见了维娜,他向她招了招手。维娜真想说,一会儿见啊。

向家也算是鼓浪屿的富裕人家。向子豪是混血儿,当年,他父亲在马来西亚念书的时候,与一个混血女子相好,成婚后,夫妻双双定居鼓浪屿,生有六个儿女。向子豪排行老六,是家里最小的孩子。他原先是在鼓浪屿英华书院念书,后来到国外深造。英华书院的学生多为南洋华侨生、厦鼓富家子弟、内地侨属,还有日本和中国台湾的学生。这些学生大多英文很好,又品德优良,所以可免考直接进入英属殖民地的大学二年级读书,也可以直接进入海关、银行、邮政等机构工作。向子豪毕业之后便选择去了英国。向家和龙家虽说住得近,只隔一条小巷,但交往不多,见面多是礼节性问候,不过倒是知根知底的。

安韵珍叹道,真快啊,转眼间孩子们都长大成人了。

向子豪这时吹响了长笛,安韵珍听着这感人的曲子,看见维娜脸上陶醉的神情。维娜明明对向子豪有好感,却清高得要命。等曲子一完,安

## 第3章 福音堂

韵珍开口说道，维娜，你现在也到了适婚的年龄，你看……安韵珍话没说完，维娜以微笑作答，是同意还是不同意，安韵珍也不懂她的心思了。便要起身，说，你好好想想，这个我不替你做主。维娜突然也站起身说，妈，你要是替我做主就好了。这时阿秀上来给她们泡茶，她看看安韵珍，又看看维娜，不知这母女俩在商量什么。安韵珍想了想说，按我的理解，你就是愿意了。

是啊是啊，太太做主是对的。阿秀突然反应过来，她知道，维娜对向子豪是一种说不清的感觉，那天还悄悄在窗台前朝向家张望。这向子豪也不主动，不知道俩人在想些什么，又各自在忙些什么。

从阳台上下来，维娜这才认真地回忆起向子豪小时候的样子，那个瘦瘦的邻家小男孩不见了，一年前泼水节上的偶遇似乎激活了维娜内心潜在的情愫。他说过一会儿见，一会儿是多久，不觉已是一年。维娜没把握地想着向子豪的近况，她在等着一份感觉的降临。

鼓浪屿有一家黑猫舞场，维娜倒是没有去过，她想那样的场合并不适合自己去。但这天的傍晚，向子豪发出了邀请，请维娜去跳舞，维娜本不太想去，但是是向子豪邀请她的，她心里感到十分欣慰。听说黑猫舞场很有名，去看看也好。梳妆打扮了一番，便提着小包出了门。安韵珍见维娜出门，故意装着不知，也不问。

舞厅里一支又一支舞曲自手摇唱机的针尖下，淙淙流淌。旗袍窈窕、口红娇艳、高跟鞋在旋转。向子豪带着维娜伴随着绵绵的音乐轻轻移步，向子豪一边跳一边介绍黑猫舞场的由来，舞场原来是同安一位商人在1920年间开设的，在当时的鼓浪屿可谓名噪一时。维娜两腮布满红晕，脚步轻盈，似听又没在听。她想起那次在泉州看向子豪跳拍胸舞的情形。

音乐这时停了下来，他俩还站在舞厅中间，手拉着手，好半天才回过神回到座位上。向子豪给维娜端来一杯红酒，俩人慢慢地喝着聊着。正在这时，没想到左千走了过来，他身着国民党军服，举着酒杯对维娜笑，维娜没表情地看着他。左千盯着维娜笑道，龙小姐不记得了，我去过你家，跟你爸是朋友。

是吗？维娜说，我爸的朋友太多，我，记不太清楚了。维娜心里明白他是谁，就是不想理他。这时左千做了个手势，请吧，赏个脸跳一曲。向子豪退到一边，维娜正犹豫着，左千已经握住了维娜的手。舞曲还没响起来，他便带着维娜开始转。维娜有些不自在，左千却在夸她，听令尊大

85

人常夸你，大家闺秀啊，鼓浪屿名媛谁人不知呢？他说的每句话每个动作都让维娜觉得不舒服。便停下来说了声对不起，我踏你脚了。左千说，没事，没事，来，继续，我很乐意哩，不过没人敢踏我的脚。正聊着，有人在叫左团长。左千等舞曲一完，便小声说，你人长得好舞也跳得好，哪天我请你喝咖啡，再见。

等左千一离开，向子豪走了过来，将一杯红酒放在维娜手上，俩人坐下来慢慢喝，维娜觉得奇怪，向子豪为什么不问左千是谁，子豪不介意吗？向子豪不问反而让维娜想说，于是从舞厅出来，维娜主动说，我反感这种人。

我可看出来了，他对你有意。向子豪竟然有些吃醋地说。这却让维娜暗自欣喜，她不知道这是自己对向子豪真正动了心思还是让左千刺激下的反应。

从舞厅出来，向子豪提议到海边走走，维娜觉得正合她想法，于是俩人便一前一后地走到了港仔后海滩。向子豪眼睛看着风平浪静的海面说，宋人欧阳修说得好：把酒花前欲问公。对花何事诉金钟。为问去年春甚处。虚度。

维娜敏感地接口道，莺声撩乱一场空。今岁春来须爱惜。难得。须知花面不长红。待得酒醒君不见。千片。不随流水即随风。

"不随流水即随风"，这也许是鼓浪屿的迷人之处吧。向子豪的话让维娜很有同感。维娜停下脚步说，但是眼下的风平浪静是暂时的。向子豪不免有些伤感地说，时局动荡不安，也不知什么时候会有暴风雨。

俩人分手的时候，向子豪认真地说，我知道你的琴弹得越来越好，每次听到你的琴声，我都觉得惭愧。对了，下个星期六晚，邀请你参加我家的音乐会，如何？维娜想原来自己在家练琴，他都用心听过的？不管怎么说，他的邀请让她莫名其妙地激动。

回到家很晚了，维娜见阿秀还在院子里等她，便对她说，还记得在这个花园里我们组织的家庭音乐会吗？阿秀点头，当然记得啊，多好啊。维娜在想象子豪家举办的音乐会将会是什么样子，自己去演奏什么曲子。阿秀说，不知什么时候再能听音乐会啊。维娜回答说马上有。我要跟向子豪商量，他家的音乐会搬到我家来举行。

没想到向子豪很爽快地答应了，他说让他的家人都来凤海堂。安韵珍知道他们在为音乐会的事忙，心里很高兴，她还想要唱一曲呢。还有她实在为维娜和向子豪在走近感到高兴。

这天晚上，安韵珍情不自禁地跟龙博山提了这事，让她没想到的是龙博山竟然没有反应，好像不怎么乐意。安韵珍问，我们家跟向家门当户对，知根知底，两个孩子又都喜欢对方，多好的事。龙博山想了半天才说，不急，不急啊。安韵珍不解地问，什么叫不急？龙博山却转了话题说，听维娜说晚上有音乐聚会，到时候让她表现表现，我得听听她的琴练得如何了。

晚上，向家的人和龙家的人聚在凤海堂的院子里，向子豪大方地表演了小提琴独奏。安韵珍对龙博山说，子豪这孩子很有才。龙博山侧过头说，你的意思是跟我们家女儿很般配是吧？安韵珍道，这还用说吗？维娜开始弹琴了，她的琴声刚响，这时候，左千突然一步跨了进来，龙博山眼睛一亮，立马起身做欢迎状。左千带着手下的一个兵到凤海堂里来，没想到这里琴声飞扬，他拍了拍手后说，好，热闹，精彩。龙博山忙说了几个请，让座倒茶。左千坐下来之后说，今晚能在这里欣赏音乐真是件爽事。我是个军人，也是个粗人，不懂音乐，但我懂得欣赏人，欣赏爱音乐的人。

维娜一听这话明显是冲着她来的，只想音乐会到此结束，但又不能失礼。弹完琴维娜便坐到角落里去了。阿秀这时陪坐在她身边。维娜交代阿秀说，一会儿我上楼去，就说我不舒服。

这时只听左千对龙博山说，感谢龙先生邀请，这么高雅的聚会，我是最愿意参加的，各位继续。向子豪正好从左千身边走过，他看见了左千腰上的枪，心想来参加音乐会带着枪干什么。左千望了向子豪一眼问，这位是……龙博山笑道，哦，这位是我们的近邻向家公子向子豪。安韵珍也附和说，他和我女儿从小一起长大，是玩过来的朋友。

左千点头之后继续听音乐，这些国外的曲子听得他云里雾里，还得做出装懂的样子，与龙博山交头接耳。音乐会结束之后，左千左右张望地问，令千金呢，我倒再想听听她弹琴。龙博山忙叫了维娜过来，维娜不情愿地走到左千面前说，刚才有些不舒服。阿秀也配合地说，是的，子豪帮她买药去了。安韵珍分不清是真是假，便问，维娜你哪里不舒服啊？龙博山一挥手，看你样子舒服得很，弹吧，左团长想听一听。维娜为难地说，阿秀，去把子豪叫来，药不买了。阿秀心知肚明地跑出去又跑回来，说，子豪来了，药店关了门。向子豪站在大家面前，看了看维娜的表情，大约猜出了七八分，维娜道，这是我男朋友，留洋博士向子豪。龙博山接口道,后一句是对的,前一句不对。左千大笑起来,哈哈,留过洋的博士,不错。我相信,不过,是你男朋友我就不信了。你爸说得是,前一句不对。

安韵珍一看这情形,觉得有些不对头,见维娜不高兴的样子,笑说,维娜啊,你们出去下,我们在说事哩。龙博山却板了脸说,说什么事,我们今天就说婚姻大事。安韵珍以为他要说维娜和子豪的事,便欣喜道,是啊,维娜和子豪的事是应该提了,哪天向家得上门提亲啊。

左千一听有些不自在地松了衣服第一粒扣子。龙博山知道左千的心思,这也正合他的意思,将维娜许配给左千,当然也是好事。便说,我是说维娜和左团长的大事。维娜就怕他说破,现在说破了让人脸往哪里放。她知道,爸是提过这事,但她不可能答应。她也知道,恋爱不可能自由,但她想破一回例。维娜终于开口道,我爸就爱开玩笑,不要当真。

龙博山一本正经道,我可不是开玩笑,左团长今天亲自上门……左千接口说,上门提亲嘛。安韵珍这才慌乱起来,怎么这样子?当着左千的面,她又不敢生气。见大家都不作声了,左千无趣地开始抽烟。一支烟抽完了也没有人吭声。维娜这才说,子豪我送你。

向子豪想走,但又不放心维娜。龙博山想了想解围道,你们都走,我和左团长还要说事。

送走向子豪,维娜回到房间,安韵珍进来了,她着急地说,看样子你爸真的有这意思,这怎么可能呢?一个当兵的,还是北方人,根本扯不到一块,你们是两条道上的人,我们鼓浪屿上的人,嫁人都不想出岛的,真不知你爸是怎么想的。

维娜气不过,嘀咕道,怕是弄晕了头脑,就偏服那个人。这时,阿秀走了进来,安韵珍说,刚才我就看出来你和阿秀在搞鬼,这事弄得……唉!维娜紧锁眉头说,阿秀,你说怎么办?我阿爸的脾气,唉。阿秀想了想说,要不,下次他再来,也让子豪来,看他怎么办。维娜道,这不让子豪为难吗?阿秀说,至少让子豪知道你对他是真心的,你不想顺应父亲的意思。要不,不如早些成婚?维娜怔了下,成婚,不显得过于急了些吗?但回头一想这主意倒也行得通。便说,也是啊,这样就断了那人的念想。安韵珍慎重地说,那向子豪的意思呢?阿秀忙说,向少爷对维娜很好的。安韵珍只提醒了一句,左千这个人你也得罪不起啊。得跟你爸商量商量,从心里讲,我是喜欢子豪的,但你爸欣赏的是左团长。

维娜着急起来说，你们都得帮我啊。

第二天中午，龙博山把维娜叫到面前，直接说，你的婚事得由我做主，我替你相了一门亲。维娜冷冷地坐着，心情复杂地想些什么。安韵珍忙替她说，向家与我们是门当户对，维娜和子豪都在鼓浪屿长大，俩人关系一直很好，就成全他们吧。龙博山晓之以理地说，成全是没错，他们也是般配，但是……

安韵珍马上接口道，但是什么呢，既然般配，这不就成了嘛，你何必制止呢？龙博山想了想说，左团长人不错，我了解，我们有很好的合作，如果他成为我的女婿，将对我大有帮助的，岂不是件好事？安韵珍打断他说，你们好，也扯不上维娜的婚事啊？龙博山道，为什么不可以呢？安韵珍终于生气了，你就只想到你自己，当兵的人对维娜来说不合适，他们成天不着家，再说，维娜不乐意呢。龙博山反问了一句，你怎么知道她不愿意？

这时维娜抬起头细声细气地说，我真的不愿意。

龙博山怔了一下，这话从维娜嘴里说出来他觉得不可思议，维娜从小就是听话的孩子，怎么可能自作主张。龙博山继而坚定地说，过几天左团长还会来。维娜只好去求老太爷老太太帮忙。好在二位老人观点一致，嫁人就嫁鼓浪屿的人家。

5

没过几日，左千带着他的一个手下进了凤海堂。龙博山拱手相迎，极其热情。左千嘴上喊着龙老板，眼睛却朝屋子里四处转，他在找维娜的身影。阿秀送上茶，龙博山让她把维娜叫过来，维娜一心在房间弹琴，明明知道，却假装没听见。这时，门响了，阿秀明白一定是子豪，便欢快地去开门，将他迎了进来。

安韵珍笑着说，子豪来了。阿秀也接口说，维娜在楼上等你哩。左千见向子豪进来，脸上表情开始变化，摘下帽子，问道，这是怎么回事？子豪点了下头说，我们见过的，是左团长吧。便上了楼。龙博山又让阿秀把维娜叫下来，子豪见维娜坐着不动，便劝道，维娜，你别这样。维娜脸上布满不快，答非所问地说，楼下的客人你见到了吧？子豪点头道，见了，不是说是你父亲的朋友吗？不过，说是来看你的。阿秀插话道，维娜，我知道你不愿意见他，可是你还是得下楼去，老爷在叫你哩。维娜不知道要如何对子豪说明，她为难地说，子豪，你陪我下去吧。说着挽着子豪的手往楼下走。龙博山一见他俩的亲热劲，很是不悦，正色道，维娜啊，见过左团长没有？

安韵珍坐在一边不吭声，无奈地喝着咖啡。维娜问了一声好，便要与子豪出门。左千站起身，龙博山高声叫了一声，维娜，你要去哪里？

阿秀担心龙博山生气，悄悄拉住维娜。子豪这时转过身来说，龙叔叔，我和维娜去海边走走。安韵珍也怕他们惹出事来，便圆场说，外面风大，不去了吧。家里有客人。

左千脸色不太好，也没说话，只是把腰上的枪掏出来，轻轻地放在了桌上，然后埋头喝茶。这个动作，龙博山看在眼里，装作没看见。维娜心里气不过，但不便表现出来，只拉着子豪的手不放。安韵珍看都不看，淡定得很，仍然品着咖啡。阿秀真的很紧张，不知所措，她很后悔出主意让子豪来家里。子豪觉得自己是多余的人，来得也不是时候，便松开了维娜的手，小声说，那我先走了。说完便出了门。

维娜想追出去，左千这时开了腔，我去追吧。安韵珍知道他言下之意，便笑着说，不用劳驾左团长，阿秀去送送他吧，维娜便站住了。

维娜这时候看着威严的父亲，不情愿地坐下了。左千看着维娜，心里想着，我看好的人哪有不到手的道理。不过他也知道这需要时间，这事还真急不得。

维娜这几天心里烦着，想跟子豪解释却不见他来。晚上，阿秀跑到子豪家让他出来与维娜见面。向子豪拿了本钢琴曲册子出来，与维娜走到了鼓浪石边，听着海涛声，向子豪对维娜说，你的钢琴技巧真是别出心裁，十分娴熟，弹出了你的心情。

维娜道，我没有心情。子豪说，没有心情正是你的心情。你那天弹的柴可夫斯基的《悲怆交响曲》，我觉得他是在诉说一种永远相守的别离。当柴可夫斯基准备启程前往美国演出之前，上天给他来了一个突然的打击。梅克夫人用了她从未用过的语气给他写了一封信，信中说"我要破产了，从此以后，我无法供给你任何的款项，也许，我们之间的亲密关系必须结束了。"这使柴可夫斯基感到非常突然，没有一点心理准备。

维娜来了兴趣说，柴可夫斯基反复问自己，她是不是对我和我的音乐厌烦了，没有兴趣了？他感到心烦意乱，一时不知所措。向子豪起身走到窗前说，但柴可夫斯基在美国纽约受到了热烈的欢迎，他很快成为了人们的偶像。维娜不以为然道，但这些都是表面的虚荣。他宁愿将所有这一切换得梅克夫人的只言片语。

这时维娜突然问，你是喜欢听我弹琴，还是喜欢……向子豪拉维娜坐在石头上，你说呢，毫无疑问都喜欢，我更喜欢……不等向子豪说完，维娜打断他说，我家这几天都有客人，你知道的。向子豪叹了口气说，你爸都跟我说过了……维娜没想到爸爸已经跟子豪谈过了，便问，我爸跟你说什么了？子豪摇头道，说实话，我斗不过他。维娜一听，又急又慌，说道，你就这么没信心？谁要你和他斗啊。我们真心相处就行了。子豪想了想反问维娜，莫非你有信心斗得过？

这把维娜给问住了，说实话，其实她也没有把握。在家里温顺惯了，也许只能做个听话的女儿，何况是鼓浪屿的大家闺秀，特别讲究知书达理、温柔敦厚。为了不让维娜为难，向子豪终于说，维娜，我马上要出国了。维娜扭过头不信地问，出国，你，不是才从国外回来吗，这个时候还出国做什么呀？子豪道，出国要做的事很多，还可念书、教书、经商，其实我已经习惯国外的生活了。维娜在想，这是什么意思，这不是在退却婉拒吗？这不是显得没有勇气与主见吗？维娜有些拿不准子豪的真心想法了，便试探地问，那，我们一起走？

向子豪想了想终于大胆地说，不如……

不如什么？维娜着急起来，生怕他说出泄气的话来，当她听到向子豪说不如我们结了婚再走。这句话让维娜突然激动得掉下了眼泪，有什么比这样的安排更好更妥当更让人欣慰。子豪看着泪流满面的维娜，掏出手帕轻轻地替她擦掉了泪水。

维娜和向子豪加快了步伐，连续几天，他们都在约会。这天阿秀见维娜又要出门，便说，向公子对你很真心。说得维娜一脸幸福，她说要出去一趟。阿秀明白她要去见向子豪，马上拿出披肩来给维娜披上，说海边风大。维娜道，今天去一个私人花园走走。阿秀忙问，是菽庄花园吧？维娜急着要出门，眨眼便不见了人影。

维娜站在向子豪家门口等他，向子豪却从她背后撑开了一把油纸伞。维娜问他带伞做什么，向子豪先是笑而不语，继而答道，天变得快，遮阳挡雨都行，给你备的。维娜想他心细，却不夸赞，故意说，鼓浪屿这么小的地方，既晒不到也淋不到，几分钟便到家。

向子豪不答话了，拉着维娜往里走，平时这花园不能进人，今天俩人算是跑到人家里游玩了。进入园内，并不立即见海，一堵高而密实的墙挡在面前，向子豪于是感叹道，这墙压得人喘不过气来啊。维娜明白他话里有话，便回说，虽说挡住人的视线，但也起到障景作用。再说我们可以朝左侧进入圆拱门，走到树下，便可见万顷碧波，海不就奔到眼底，涌到脚下来了吗？向子豪马上接口念诗：世外桃源君小隐，袖中东海我来游。眉寿堂原来的楹联是这样写的。维娜心情复杂地说，这里本是世外桃源。

其实没有雨，向子豪却撑开了伞拉了维娜进来，维娜会意到他带伞的意图原是如此，便自然地轻轻地靠过去，俩人紧挨着再往里走，向子豪边走边感叹，这菽庄花园就像放在海滨的一座盆景，占地不大，却风光万千啊！维娜停下来问他，知道它的奥妙在哪里吗？就在于"藏""借""巧"三个字上。向子豪点点头，有道理。不知不觉间，俩人到了真率亭，此亭背山临水，仁者乐山，智者乐水，见仁见智，各有己见。向子豪说，来这里，可以达到"真诚坦率，胸无芥蒂"的境界，所以便命名"真率亭"。维娜接口道，率性之人。向子豪问，说谁？

这天维娜认真地跟龙博山、安韵珍谈了婚事。安韵珍认为这样很好，双方家长好好议一议就可定下来。龙博山却说还得跟老太爷老太太商量，他总觉得女儿还应该有挑选的余地。于是一家人便坐下来，老太爷老太太对孙女的婚事抱开明态度，毕竟她有父母做主。老太爷说，我没有其他意见，只要是嫁鼓浪屿上的人家就行。老太太也附和，是啊是啊，就这么巴掌大的地方，谁家都了解，再说这岛上的人都很好，不会有错。安韵珍道，向家为人厚道，儿女们也争气，最重要的是两个孩子又相互喜欢，我看这事就这么定了。老太太问，那向家的意思呢？安韵珍说，向家说会来提亲。

维娜内心好不欢喜，便说了心里话，我和子豪结了婚，我们想出国念书。

维娜万万没有想到的是老太爷反应强烈，他最看好的是女孩子闺秀教育，便皱眉道，男人在国外打拼那是应该的，你一个女孩子家就不要有这样的想法了，维娜用不解的眼光看着她阿公。老太爷说，接受西方教育是不错，但不要忘了闽南本土文化是我们的命根子，女孩子更应该在国内读在家里学，你小时候的闺秀教育不是很好吗，你不是在学校学过家政课吗？女校培养女生的目标就是培养有教养的贤妻良母。

## 第3章　福音堂

龙博山倒不完全同意父亲的观点，他接话了，走出去长见识也是好事，维娜如果有这个想法我觉得很好，我支持。老太太怕维娜离开，担心地说，维娜留在家里好，不要想出国的事啊，你阿公、阿爸，还有兄长都在国外，你就在家陪陪我们。

轮到安韵珍说话了，她似乎没想好维娜要不要出国的事，她也从来没想过女儿会离开厦门，连离开鼓浪屿也不曾想过。就在小岛上安安稳稳过日子最好。不等她说出口，维娜却先说了，阿公，您当年下南洋，闯荡世界，思想应该最开明的。没想到……龙博山立即打断她说，怎么说话的啊？你不能这样说你阿公！维娜低下头不说话了。安韵珍便打圆场道，先定婚事吧，这是眼下的大事。老太太说，韵珍说得没错，女大不能留，我还等着抱重孙哩。

龙博山心里想着左千，只怕他失望，如果独断专行阻止女儿的婚事，恐怕父亲母亲也不肯。鼓浪屿人家嫁人最好不出岛，这似乎是约定俗成的。于是，龙博山不太情愿地默许了。婚事很快定下来了，向家上门提了亲，维娜和向子豪一边筹划婚礼，一边谋划出国的事。她想，如果父亲不反对，陪子豪出国念书就能大功告成。

让安韵珍高兴的是，龙博山终于肯开始给女儿张罗婚事了。他的意思是，婚礼也要中西结合。对于维娜来说，形式不重要，只要能跟自己相爱的人在一起就好。

向家这天送来了聘礼，按照厦门婚俗，一共送来喜糖、面线、猪脚、香蕉、红炮、冬瓜，还有聘金和金饰等十二件聘礼。安韵珍让阿秀收好，地瓜跟在阿秀后面，就想看聘金是多少，阿秀不让他看，地瓜笑说，下次我俩结婚就知道要给你家送多少了。阿秀瞪了他一眼说，我没有家，你不用劳心，也别想……地瓜道，别想？当新娘你也不想？

说到新娘，阿秀想起了小蔓结婚的热闹情景，收容院的姐妹们也不知去了哪里，应该都结婚生子了吧。正想着，阿敢从阿秀身边走过，看样子是要出门，阿秀问敢叔去哪儿。阿敢回过头说，我要出去买东西，太太跟向家商量好了，就在我们这里办喜宴。

哦，那就热闹了。阿秀想，是不是新房也在家里呢，这样的话，维娜等于没嫁出去，还能天天看到她。

龙家和向家比起来，当然是龙家房子大而阔绰，但不能把新房设在娘家，好在维娜出嫁的地方就在岛上，新房也就在隔壁，一切都方便得很。

## 陪楼

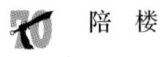

结婚前两天,老太太特意交代阿秀说,新娘出嫁要吃八碗,你们得好好准备。阿秀便问,哪八碗?老太太便介绍道,鸡、汤圆、香菇肉,还有苹果和包子。阿秀你都得准备好。地瓜则在一边咽口水,笑道,八碗啊?会撑破肚皮吧。老太太说,这是规矩,一种装成两碗也行,反正得凑到八碗。安韵珍也附和道,进洞房前还得准备十二碗哩,这个就由向家去做了。

婚礼这天,凤海堂里唢呐吹起来,外面轿子抬起来,维娜穿着一身红坐在轿子里围着鼓浪屿晃了一圈,之后再抬到教堂里完婚。在教堂,她又换上了白色的婚纱,不少亲朋好友都来赴宴恭喜,男人西装革履,一派绅士风度,女士长裙曳地,风姿绰约。在众人的目光下,向子豪大方地挽住了维娜的手,微笑着对牧师点头,等牧师问完,向子豪说,我,愿意和龙维娜结为夫妻,让她成为我的妻子,无论富有还是贫穷,无论健康还是生病,永远守护她,珍惜她,直到死亡将我们分开。

阿秀穿了件白底印小碎花西洋布做的旗袍,宽宽大大、干干净净的。她不想错过观看维娜的婚礼,忙完就来到了教堂。地瓜见她来了,本想靠近她,却又故意离她远远的,等阿秀走过来,地瓜又挖苦地问,你不在家做事,跑到这里做什么?

不关你的事。阿秀回答完扭头走开,迎面看见左千来了,他手里捧着一束花,随后将花放在了服务生手里,他是想让服务生送给新郎。阿秀看清楚了,那束花是黄菊花,喜事怎么能送菊花呢?这不吉利啊,寓意别离。左千不怀好意吧?

阿秀想着便起身走到那服务生面前,微笑着说,刚才那位先生说要换束花,这花先给我,一会儿就送花来。阿秀转身将花扔到了外面,然后从家里花园摘了玫瑰和百合花,地瓜见她捧了花来,嚷道,你摘我种的花干什么,送礼不晓得自己买啊?小气鬼。

阿秀不理他,直接把花交给那服务生,左千这时起了身,阿秀紧张地退到一边,看他在与人干杯喝酒,阿秀松了口气。

等仪式结束后,客人们回到凤海堂,院子里、客厅都摆好了餐桌。请来的厨子早已做好了饭菜。阿秀、阿敢、地瓜全成了跑堂儿的。老太太叮嘱过,第一道菜和最后一道菜要上甜食,叫头尾甜。要等鸡汤上了之后,新人才开始敬酒。左千坐在贵宾席上,吃到一半还不见新郎新娘来敬酒,心里不爽,重重地放下筷子大呼小叫起来,怎么搞的,这么慢,再不出来敬酒我走了。

龙博山和安韵珍也正在招呼客人，左千觉得自己受了冷落，不免有些失意，有些恼火，阿秀忙着上菜，发现左团长吃得不高兴，便走过去解释说，鸡汤马上就来了，鸡汤上了新郎新娘就会来敬酒的。左千抬头道，鸡汤什么时候上啊？阿秀忙说，我这就去催，快了。

等鸡汤上来，左千却不见了人影。阿秀四处看了看，原来他主动去给维娜敬酒了，却把向子豪晾在了一边，向子豪怕维娜喝多，上前抢过她的杯子喝起来，维娜叫道，子豪你不能喝。左千来劲了，嚷道，为什么不能喝，他比你强，得他，他喝。来，新郎，我敬你……维娜在一边着急，对阿秀说，子豪哪能喝得过他，便要拦住子豪不让他再喝，左千却嫌维娜多事，说，人家今天高兴，娶了新娘，一定得醉，不能只喝洋墨水，得喝酒，能喝酒的男人才算真男人。

这时阿秀悄悄地将装了白开水的杯子递给维娜，维娜再将水倒在了酒杯里。等龙博山过来时，向子豪拉了维娜去给客人敬酒，龙博山拉着醉了几分的左千，他说，抱歉啊，没能好好陪团长大人，招待不周，敬望见谅。

左千大概是喝多了，一拳打在窗台的玻璃上，只听玻璃碎的响声，众人一望，不知发生了什么，维娜心里收紧了下，心想他快点离开才好。龙博山便站出来说，没事没事，快给左团长包扎下。安韵珍心里跳得慌，轻声问，左团长不会闹出事来吧？龙博山挥手道，不会，人家可是军官，你以为是土匪啊？安韵珍则想怕他就是土匪一个。龙博山扶了左千进房休息。阿秀见左千走了，总算替维娜松了口气。

左千的手划破了皮，但他因为醉了，不知道痛，还沉沉地睡着了，一会儿便在梦里喊着维娜的名字。安韵珍急了，让龙博山打电话给左千手下，把左千接回去。可是左千死活不肯走，还嚷着说自己没醉，老太爷知道了，不高兴地说，这像什么话，成何体统，这让子豪有何面子？他这分明是在搅局。地瓜出了个主意，说把左千睡的房间锁起来。也只有这样了，左千睡在里面，直到闹新房结束，左千都没有醒来。第二天他醒来后气呼呼地离开了，老太太暗自谢天谢地。

维娜的新房虽然就在隔壁，但阿秀也觉得她走了很远，眨眼间，便成了向家的人。更让她觉得失落的是，维娜决定要跟向子豪一起出国念书。本来她都可以当音乐老师了，却还要去念书。这天阿秀不理解地问维娜，非得要去吗？维娜点点头道，因为他要去。阿秀又问，算我多嘴，你自己愿不愿意？维娜反问她，你说呢？出国念书也是我的梦想，鼓浪屿人出国跟家常便饭一样，何况向子豪在身边，就算去陪他也要去，跟爱的人在一起再苦也是幸福的。阿秀看着维娜，觉得此时的她一脸的幸福，便道，祝福你，只是太太会舍不得你的。维娜想了想说，我不想过父母那样的生活，俩人长年不在一起，多难受啊。

　　不过维娜没有想到，她同样经历了安韵珍的生活模式。婚后出国成了她的奢望，因为恰巧这时老太太生了一场大病，看着瘦了一圈的阿婆躺在床上呻吟，维娜不得不放弃了出国的念想。就连龙博山也暂时没有走，但向子豪的开学时间已到，为不影响他的学业，维娜让他先行离开。向子豪带着新婚的幸福以及与新娘分别的惆怅再次远渡重洋去了。

　　后来维娜接到向子豪源源不断的来信，阿秀看见维娜流了不知多少思念的泪水。本想等阿婆身体好转起来便只身出国，却又发现怀上了向子豪的孩子。

　　阿秀天天听维娜弹着同样的曲子，她听出来是《四季》。一年有四季，四季有思念。维娜弹着自己的思念，弹着向子豪的归期，却是遥遥无期。这天见阿秀坐在自己身边，便问，阿秀你想不想弹琴？阿秀道，我总是弹不好。维娜说，没关系啊，慢慢来，过来，我教你。阿秀小心地坐在钢琴前，轻轻按响琴键，维娜一边听一边想着向子豪这时候在哪儿，他又在想什么，等阿秀弹完问维娜，我弹得如何？维娜这才回过神说，晓镜但愁云鬓改，夜吟应觉月光寒。蓬山此去无多路，青鸟殷勤为探看。

　　阿秀忙问，这是谁的诗？维娜道，李商隐的《相见时难别亦难》。阿秀，记住，弹琴要把感情融进去，琴声才会活起来。

## 6

　　龙博山这次回来办了两件大事，给母亲做寿，给女儿办婚礼，都算顺利。这几天他打算走，返回南洋去。

　　临行前的晚上，夜很深了，安韵珍说，你也要走了，维娜没能出国，其实倒也是件好事。龙博山道，她都有了孩子，就安心在家待着。安韵珍不由得又想起两个儿子来，便说，维本和维德怎样？龙博山高兴地说，老大维德做生意有头脑，老二维本读书是块料，各有所长，现在我让他们帮我，算是我的帮手。安韵珍点头道，那就好，他们兄弟俩从小就跟你下南洋，在家时间少，你就多操心些。说到这，安韵珍又想到了二龙，禁不住问了一句，你想不想去看看你儿子？

儿子？龙博山一脸惊讶，心里却十分激动，这些天事太多，都差点忘了。安韵珍想，他在国外多年，那里也有妻子儿女，对于二龙这个只见过一面的儿子，或许早已经忘了，加上没有生活在一起，并没多少感情，这也可以理解，但回到家，最起码得见上一面吧，何况二龙都长大成人了。

龙博山心里是很想的，但这次事多又不便，便说，儿子应该还好吧。哎，多亏你的照顾，但是这次我事太多，也没有一点准备，下回吧。

俩人正说着，门外突然一声响动，龙博山紧张地走到窗前，他看见了一个黑影翻墙跳进了院子里。他当然不知道，来人正是自己的儿子二龙，二龙是来和阿敢接头的。二龙在教堂很早就接触到很多革命志士，长大后到厦门大学上学，认识了一些抗日分子，随后便参加了抗日活动。

谁？龙博山四处张望。安韵珍起身站在龙博山身边，说，没看见什么啊。

龙博山说，快把阿敢叫起来，好像进人了，家里不安全啊。

阿敢早已经站在了院子里，和那黑影交头接耳的。安韵珍忙叫，阿敢，你在干什么？阿敢抬头一望，主人正看着自己和二龙，便应着，没事，是我们的人，我来介绍下。

安韵珍和龙博山披上外衣下楼，那黑影脱下头巾，在灯光下，安韵珍一看，不禁惊讶万分，怎么是二龙？对于安韵珍来说，她也有好几年没见着二龙了，听威约翰牧师说，二龙上了中学后，很少回来，他小的时候，安韵珍偶尔会带上老太太悄悄去教堂看他。每次去看二龙，安韵珍的心情很是复杂，有些恨又有些同情，不知不觉中慢慢地把二龙当作亲生儿子了。她发现二龙素质不错为人也好，也算是跟自己有缘份吧，没想到二龙这次与他父亲不期而遇。安韵珍正想着要告诉龙博山，却听阿敢说，我来介绍下，这是二龙同志。

二龙上前与龙博山、安韵珍一一握手。龙博山挥手道，我们到里面坐下来谈。四个人坐下来后，二龙说，日本人攻占厦门的企图越来越强烈，我们也要组织抗日救亡活动。阿敢接口说，龙先生作为爱国华侨，已经给我们做出了榜样。龙博山道，我只是从物资和经费上支持，抵抗日本人要多靠你们。

安韵珍不便说什么，要起身回房，阿敢对二龙道，二龙今晚来，算是为龙先生送行了。二龙问，龙先生这就要走？龙博山道，是啊，那边还有很多事，这里也不便久留，明天一早我就得离开。二龙便问，路上可要小心，那龙先生什么时候再回来？龙博山说，这可说不定。几个人压低声音说了一阵后，二龙起身道，时间不早，我得走了。敢叔，什么时候教我几招功夫啊？

阿敢双手握拳道，行，没问题，随时找我，及时联络。

龙博山拍拍二龙的肩，小心。便送他到了门口。

第二天一早，地瓜便上主楼要为龙博山送行，见地瓜久久不离开，龙博山问，阿昌，你还有事？

地瓜摇头说，山叔，说实话吧，我知道你这次回来肯定还有生意上的事，你是生意人，我听说你想在鼓浪屿盖房子？

龙博山心想，他消息真灵通，便说，是有这个想法，现在来鼓浪屿住的人越来越多了，做房子生意应该有赚头，这是新项目，是想尝试一下。

地瓜高兴道，太好了，我就知道山叔有眼光有本事，我也想跟您学学做生意长本事，你看，我行吗？要不，你带带我吧。我做花匠很久了，也想改改行。龙博山想了想笑说，我看可以，不过，做生意没那么简单。再说眼下大家都在想如何抗日的事，你却跟我谈盖房子的事。

地瓜不明白地问，日本鬼子现在没来厦门，就是来了，这鼓浪屿是外国佬管，日本人也不敢放肆啊。再说了，支持抗日给钱就是了。龙博山在想，难怪安韵珍对他有看法，接触多了就了解了，龙博山也不想得罪他，便说，家里的事我也管不了，你去问问太太。地瓜一听这话可以灵活理解，笑道，山叔你真好。你在国外，家里的事我可以帮忙打理，毕竟不是外人，我不懂就问。盖房子我不会，但我会监督，看管钱物什么的。不管你安排我做什么事，我都愿意。

龙博山走之前，还试着把这事跟安韵珍说了，安韵珍心里烦，反感地说，我看不行，这事不能就这样轻易答应他。这些年你不在家，你不了解地瓜，他做人做事靠不住。

龙博山说，其实我通过几次聊天也大概了解了他是什么人，不过呢他也毕竟是家里的亲戚，能关照就关照吧，交给别人做也是做，何必不多照顾家里人呢，最起码放心些吧？

安韵珍坚持道，可他偏不让人放心。这不是关照不关照的事，他在家做花匠就是很照顾的了，他哪能做生意，大事他绝对不行。地瓜嘴上说得好，但心态不正，自私自利，就知道抱怨，大事做不来，小事又瞧不上。

龙博山想想也是，但仍然说，也不绝对吧，没有试怎么知道呢，也许给他机会，他就行了呢，就让他先打打杂。

安韵珍摇头道，人的本性也许是难改的，是什么人做什么事，他可不是只想打打杂，他野心大得很，扬人长避人短，这我懂，不然害了我们也误了他。生意上的事，让维本和维德回来后接手吧。还有，我倒觉得阿敢忠厚真诚可靠，他应该可以帮得上忙。还有，二龙，都比他强。

龙博山觉得安韵珍说得不是没有道理，便想了想，说，要不你跟阿爸商量下，下次我回来再具体安排。另外，儿子的事……

安韵珍故意问，哪个儿子，你儿子有好几个哩，国内国外都有。

龙博山带着愧疚说，我对不起阿彩，也对不起她生的儿子，也让你受累，我和阿彩的儿子就托你关照了，下次，得见见。

安韵珍想，见都见了，只是没有相认罢了。便说，这些话就不必要说了，反正你就放心吧。其实……安韵珍还是没说出二龙的身世。龙博山问她其实什么，安韵珍拐了个弯说，其实见与不见没有关系，只要他好就行。

当天龙博山上了船。这一走，又给安韵珍带来了习惯性的寂寞。送走龙博山，安韵珍一人独坐窗前，暗自落泪。阿秀半夜起床，看见安韵珍房里的灯光，便轻轻下了楼。正巧，安韵珍也从房间走了出来，遇上阿秀，俩人都不作声地坐在院子里，好半天，安韵珍才说话，他这一走又不知什么时候才能回来，我是人不是神啊。

阿秀也不知道如何回答才好，只是小声地问，维娜的哥哥什么时候回来呢？

安韵珍摇头，不知道。他们离开了家，回来的时间我都不知道。习惯就好，我早就习惯了，没有什么不好，鼓浪屿像我们这样的华侨女眷多的是。

阿秀安慰她说，是啊，家里还有我们，你不会寂寞的，有老太爷老太太，有维娜，有我，有敢叔。安韵珍问，你为什么不提还有地瓜？

阿秀面显为难之色，安韵珍自言道，地瓜要知足啊。

在阿秀看来，安韵珍话里有话，地瓜为什么不知足，他到底想干什么？

## 第4章　难民营

1

　　阿秀不仅学会了做西餐、煮咖啡、唱圣歌，也能拨弄一下钢琴，她已经把《望春风》这支曲子弹得有些熟了。

　　这天夜里，阿秀在陪楼阳台边晒衣边哼歌，地瓜听到歌声便从房里跑出来，说，阿秀，什么事这样高兴啊？见阿秀不理他，地瓜又问，你哼的什么曲调啊？阿秀还是不理他，晒完衣，直接回了房，然后关上门。地瓜生气了，猛地去推门，门开了，阿秀继续关门，地瓜大声嚷，干吗不理人，你神气什么啊？阿秀觉得他跟流氓差不多，心里烦得很，便拼命要去关门，地瓜用力推，阿秀跌倒在地，地瓜趁机凑上去，阿秀叫起来，走开！地瓜急了，你小声点，他们听见还以为我又在欺负你。阿秀奋力挣脱，地瓜捂住阿秀的嘴，俩人正扭来扭去，从外面回来的阿敢听见了楼上的响声，跑上来一看，一把将地瓜拉开，然后把他拧到一边，小声问，晓不晓得你在干什么？没长记性啊？

　　地瓜觉得阿敢太管闲事，便回道，干什么，关你什么事？每次都是你讨嫌！

　　阿敢握紧拳头说，你敢再欺负阿秀，信不信，我会揍你。

　　地瓜忙问，你要揍我？凭什么？你算老几？

　　阿敢也是个服软不服硬的人，见地瓜不知事理，火气便上来了，他把声音抬高说，知道我以前是干什么的吗？地瓜嘴硬，不就是一个小保镖吗，有什么了不起，这是龙家，你还想打人不成？阿敢回道，我还真是想打人。就凭你在这里胡闹，不管你是龙家什么人，人家不愿意，你就不得胡来！

　　地瓜觉得阿敢一个外人还这样大胆，并不服他，用瞧不起的口气说，

## 第4章 难民营

哼，我胡来，我胡来还是这个样子，你少管我家的事。阿敢也不示弱，我就管你。地瓜道，你管得着吗，你一个外人。我就要跟阿秀好你又能怎么样？我情她愿的，你管得着吗？

阿秀这时跑了出来，她不再叫喊，怕再惊扰龙家人，便悄悄地躲进了楼下的杂屋。这一晚阿秀根本没睡，她紧张地坐着，生怕地瓜再来。敢叔在门外说，阿秀，别怕，有我，你回房去睡。

这时阿秀听见地瓜房里有摔东西的声音，又听见他和敢叔吵架的声音，她无奈地打开了房门，看见了阿敢拦在地瓜面前，给了他一拳。地瓜捂着脸骂了一句脏话，便要上前与阿敢拼。阿秀怕事情弄大，拉住地瓜说，算了，别打了。地瓜瞪大眼说，算了？他妈的打人就算了？阿秀又上前拉开阿敢。地瓜还在嚷，请你来看家护院，却管起家里人闲事来了，神经病，早点走。

阿秀劝了一阵阿敢之后，阿敢想了想，也明白在龙家自己不能与其他人特别是地瓜这种人发生冲突，便把气忍了下来，一声没吭地回房去了。

重重的关门声传来，阿秀吓了一跳，但见他们都回了房间，心里总算松了口气，这时她也不想睡了，想到维娜那里去坐坐。

当她走到维娜房门口时，看见维娜还趴在桌子边写着什么，维娜这时看见了阿秀站在门口便问，阿秀，还没睡呢？我在抄钢琴曲哩。

阿秀走进去，坐了下来说，维娜，你现在得注意身体，早些休息。维娜想到向子豪和肚子里的孩子，一脸的幸福，便说，子豪说他现在也要开始给孩子写信了，说要用中文和英文分别写。阿秀道，那你得念给肚子里的孩子听听。哦对了，子豪什么时候能回来？维娜摇头道，现在说不好，应该不会太久吧，孩子要生的时候他说要回来的。见维娜沉浸在喜悦里，阿秀没再想提地瓜的事，怕扫她的兴。

第二天中午，阿秀做好了中午的菜，海蛎煎、花蛤豆腐汤，还有酱油水煮黄鱼刚端上桌，维娜闻到了菜香便想吐，阿秀说，你有反应吧，我去给你炒个素菜来。地瓜见维娜在吐，便端了饭碗坐到了院子里的石凳上去吃。阿秀见他这样不懂事，又想起昨晚的事，真是烦心。

这时候外面突然一阵炮声传来，阿敢耳尖，他慌里慌张要出门，阿秀忙问，敢叔，不吃饭了吗？安韵珍见阿敢神色不对，问道，饭都不吃这么急你要去干什么？刚才是什么声音？

阿敢回过头说，开炮了，日军已经在厦门登陆了！

陪楼

地瓜一听气得"啪"的一声重重地放下碗，嚷道，这日本鬼子胆真大！还真敢到厦门来！阿秀也明白他是在借机发火，是在生昨晚的气。

日本人来厦门了？！阿秀不相信地看着阿敢，心里怦怦直跳。

维娜吐完之后，饭也没吃便上了楼。安韵珍着急地说，阿敢，你出去看看。阿秀这时站在阿敢身边说，我也去，太太，你们先吃吧。说完俩人出了门。

一桌饭菜没几个人吃，老太爷叹道，怎么都跑了呢，日本人又没有到鼓浪屿来，怕什么啊，就是来了饭也得吃啊。老太太扒了口饭在嘴里，说，唉，这饭也咽不下去，弄得人心惶惶的。

## 2

5月11日上午十点左右，维娜正在给学生上课，突然有老师过来宣布说，各位同学，现在我们停课，同学们到路上去召集逃难的妇女孩子到学校住宿。同学们开始议论，厦门沦陷了，学校要成为避难所了。这时老师还在说，同学们回家后要向家人劝捐旧衣服和食品。

维娜听后着急地回了家，安韵珍正在祷告，维娜慌里慌张地走到安韵珍身边，开口就说，我们学校停课了……安韵珍回过头打断她说，知道了，毓德女中、英华中学和所有的小学都要成为收容所，八卦楼还有教堂、私人楼屋，都要腾出地方供难民居住。

老太太念叨着，这到底怎么回事啊？日本人真的来了？安韵珍着急地说，日本人已经攻陷了厦门，要烧光抢光吃光啊。老太太手里握着佛珠，叹了口气，闭上眼睛说，真是造孽啊，阿弥陀佛。安韵珍立马吩咐大家收拾西楼和后院给难民们住。阿秀道，陪楼也可以让出来。安韵珍说，还有，旧衣服和吃的得拿出来都送到难民营去。只要帮得上忙，危难面前，我们一定要伸出援助之手。

鼓浪屿因为是公共租界，很快，厦门的难民们像潮水一样涌上了这个小岛，接踵而来的是不可想象的混乱和动荡。街头人群挤挤，肩摩踵接，不论住家和店面，全部都挤得满满的。而对面的厦门却成了空岛，日本人很担心居民再出逃，便将住在厦门的居民列为日本人、朝鲜人之下的下等民，为收买人心，还举办一些如施粥、送寒衣、救济贫民之类的活动，但

## 第4章 难民营

居民还是想法往鼓浪屿上逃。这时候日军对鼓浪屿实行了严厉封锁。

这天上午,维娜、阿敢、阿秀、地瓜几个出门,他们先是到了毓德女中。地瓜远远地看见操场黑烟滚滚,不禁喊道,不好了,起火了!阿秀过去一看,原来是难民们在烧饭。维娜说,我们学校师生现在是轮流半天上课,半天服务难民。这里有一千多名难民,上午,我得在这里帮忙。阿秀担心维娜的身体劝她回去,维娜说,过了反应期没事,我留在这里,你们走。阿敢说,好,维娜你多加小心,那我们上街去接难民回家住。

地瓜这时捂住嘴,他刚从厕所回来,摆手道,臭死了,厕所里外都是屎和尿。唉,如果难民们进了家不知道会脏成什么样……阿秀打断他说,进了家就得好好照顾他们。地瓜回道,那你去照顾,你去扫厕所。阿敢神情严肃地说,不要说了!我们快走。地瓜心里不服,也不想去,便说,我在家收拾等你们回来。

安静人少的鼓浪屿一下子变得喧嚷不堪了,每条街都塞满了人,空气里充满了各种难闻的杂味。阿秀和阿敢在路上被人群挤来挤去,在半路中他俩便走散了,阿敢没找着阿秀,干脆接了几个老年、妇女儿童难民回家。阿秀看见几个小学生在给难民们带路,自己好不容易从人群里挤出来,又被人流推到了黄家渡码头。这里是难民集中的地方,已经搭盖了三十多座简易竹棚,难民们待在里头,天天等着淘化大同和兆和罐头制造厂送来的两餐免费稀饭。这一切都因为"鼓浪屿国际难民救济会"的号召,让南洋华侨为落难乡亲捐助了大量的金钱、粮食和药物。

阿秀轻手轻脚地走了过去,挤在棚里的难民们一脸愁容,没精打采。阿秀想象着他们从厦门逃难过来的情景,心里好不难过。当她走到一个五岁左右的男孩面前时,那男孩正在舔空空的饭碗,阿秀蹲下来忍不住说,等等,小弟弟,没吃饱吧?我回家给你装饭来,你等着。这时,男孩子身后的大人说话了,不用麻烦了,谢谢。

不用谢,我家不远,我这就去。阿秀准备起身,只见男孩身边的大人正怔怔地看着自己,阿秀认真看了那年轻人一眼,这个帅气的年轻人是在哪儿见过的,实在是有些面熟。她终于想起来了,是他,厦大的学生,但她不知道他叫什么名字,他怎么会在这里呢?二龙这时似乎也认出了阿秀,他站起身来,对阿秀微笑着点头。

厦门沦陷的前一年冬天,二龙和阿秀在福建长汀县见过。那时,私立厦门大学内迁山城长汀办学,在长汀,厦大投身于抗日救亡运动的洪流

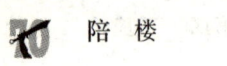

中。二龙的胸中跟其他同学一样激荡着民族义愤和爱国热情，也积极参加了抗日活动，他们从厦门长途跋涉了二十多天到达山城长汀，放下行装后二龙随同学们走进了百姓的家中，挨家挨户进行宣传，喊着抗日救国的口号控诉日寇的侵华罪行，号召人民起来抗日。

阿秀也在长汀，她是陪阿敢找他母亲去的，阿敢听人说在长汀见过他母亲，便来这里碰碰运气。那天俩人正在街上转，这时一群青年在前面游行高喊口号，分发传单，阿秀出神地看着，突然被一个人绊倒了。

对不起啊。二龙抱着一摞传单回头说。

阿敢看见这位学生模样的青年，问道，你们是从哪里来的？二龙回答说，我们是厦大的学生，来宣传抗日的。这时的阿秀根本不知道眼前的二龙正是几年前在船上遇见的那位少年，二龙当然是变了不少，况且还是一面之缘，俩人根本没有什么印象。

这位同学，你也是厦大来的？二龙看着阿秀问。阿秀害羞地摇摇头。阿敢回道，我们是从厦门来的。二龙见那边有同学在叫他，便急着走开了。阿敢远远地看见他在街上贴标语，不由得走了过去，对阿秀说，我们去帮帮他。

阿敢和阿秀弯下身便开始在传单上刷糨糊。二龙见他们在帮忙，道了声谢。阿敢说，谢什么，抗日救国人人有责。二龙看见阿秀把传单贴在电线杆上，小声说，你贴倒了。阿秀一听红了半边脸，心里想着认字不多丢人啊。二龙笑道，没关系，这些字太难认，字又小。阿敢走过去说，其实啊我也认不得几个字，以后我们得向你们这些大学生学习。二龙叹口气说，虽说是在大学，其实学习时间也不多，现在要抗日了，哪有条件和心思念书，都在宣传抗日上了。

这时候，突然传来一阵轰炸声，由远及近，二龙抬头一看紧张地说，不好了，日本人的战机来轰炸了。阿敢随即大喊一声，快跑。阿秀吓得把标语抱在怀里趴下了，二龙挥手道，快，我们躲到山洞去。阿秀从地上爬起来一看，街上很多人这时往山洞里奔跑着，阿敢拉起她也随人群跑进了山洞。

窄小的山洞里挤满了人。阿秀紧张得不敢说话，不敢喘气。阿敢和二龙却在不停地说话。阿敢说，恨不得出去揍鬼子，我的拳头厉害着呢。二龙问，叔叔有功夫？阿敢点点头，我小时候就习武，学的咏春拳。二龙一听来了兴趣，我也想学武，这年头有点真功夫才行。阿敢回道，这不难，

## 第4章　难民营

认识是缘分，有机会我教你。阿秀这时插话说，敢叔收不收徒弟啊？阿敢道，当然收啊。这位同学，你叫什么名字？什么时候回厦门，可来鼓浪屿找我。

鼓浪屿？我就是在那里长大的。二龙高兴地说。

阿敢道，那很方便，叫我敢叔，这是阿秀，我们都住在凤海堂。

二龙听到凤海堂别墅，想起小时候威约翰牧师带他去过，只知道龙家主人是基督徒，便点头道，好，这师我拜定了，敢叔一定得收下我这个徒弟。

阿敢拍拍二龙的肩说，一言为定，后会有期。

这时有人大喊起来，飞机走了，我们出去吧。阿秀正要走，二龙拉住她说，等一下，听听外面有没有动静。阿敢道，行了，走吧。等他们出了山洞，这时的街道一片浓烟，二龙看着眼前的惨景，沉着脸叹道，长汀那条最繁华的街被烧毁了。

阿秀从回忆中回过神来，问道，还记得吧，在长汀。二龙正想说，听阿秀这么问，便回道，对对，记得，还有敢叔，他好吗？阿秀说，敢叔也出来接难民了，你怎么在这里，不是在长汀吗？二龙苦笑着摇头道，本来，我老师和师母准备逃到鼓浪屿的，可没来得及，就被日本人杀害了，孟孟那天不在家，免于一难，现在，我只好带他来这里避难。

阿秀忙说，真是不幸，孩子太小了，饿成这样，要不住到我家里去吧。太太就是让我出来接难民的。见二龙没有作声，阿秀怕他为难，又问道，记得你好像说过，你家在鼓浪屿？怎么不回家呢？

二龙不想威约翰牧师知道自己参与抗日的事，也不想给他增加麻烦。便回答说，家里，不方便，先待在这里吧。阿秀想，跟这位青年也算是打过交道的了，现在他有难，阿秀实在是想帮他，于是说，一些难民都投亲靠友了，如果你不便回家，就到我家里去吧，我家主人是好人，家里房子大，你尽管放心。二龙看看孟孟，孟孟抬起头说，二龙叔叔，我饿，还想吃东西。

走吧。阿秀似乎不容他们再考虑，拉起孟孟便要走。

等等。二龙叫住了他们，又从口袋里掏出几块银元交给阿秀说，这个，带上，孟孟给你们增加麻烦了。

不用，快收回去。阿秀使劲推开二龙的手。

二龙扶住孟孟的肩对他说，孟孟听话，叔叔有空会去看你。接着又对阿秀说，真是不好意思，麻烦你了。

怎么？你不去？阿秀不解地看着二龙那张英气中透露着忧郁的脸问。

孟孟这时却说，二龙叔叔，我想跟你在一起。你不去我也不去。

正说着，外面有人在大声喊，码头封锁了。二龙知道自己暂时不能到厦门去了，心急地看着棚里的难民，阿秀也不知如何是好，最后她大胆地说，你看，码头都封锁了，你哪里也走不了，孟孟要跟你在一起，还是跟我走吧。

二龙一时也没了主意，回头看了一眼身后的难民，便跟在了阿秀后面，走出了难民营。

路上，孟孟一手牵着二龙的手，一手牵着阿秀的手，慢慢地挤在巷子里，孟孟问，二龙叔叔，我们要去哪儿？二龙只顾看着身边挤来挤去的难民，说，唉，厦门沦陷，没想到小小的鼓浪屿挤来了这么多人。

啊，孟孟呢，孟孟。阿秀明明手里牵着孟孟，却突然被人流挤开了，她惊慌失措地叫喊。二龙飞快地去找人，他们俩分头去找孟孟的时候，孟孟却挤坐在地上抹着眼泪在哭，嘴里喊着爸爸妈妈。

还是阿秀先发现了孟孟，她一把扶起他，这时，人群又拥了上来，阿秀也快被挤倒了，她起身后又牵着孟孟去找二龙，等二龙上气不接下气地跑到阿秀跟前时，孟孟伸开双手说，二龙叔叔抱我，我怕。

我来，阿姨抱你。阿秀见二龙在喘气，便抱起了孟孟。

他太沉了，你抱不动的，我来背他。二龙让孟孟下来。

3

二龙背着孟孟，阿秀走在旁边，当他们走进凤海堂时，地瓜正在打扫院子，见阿秀领着一对大人小孩进门，便说，敢叔带回的难民安置在了西楼，快，过去吧，那边我都打扫过了。阿敢没想到阿秀这么晚才回来，便说，阿秀，你到哪里去了？家里担心，我正要去找你呢。阿秀回道，没事，我今天还是去了黄家渡码头难民营，这不，大人和孩子也接来了。

阿敢这时看见二龙，惊喜地上前握住了二龙的手。二龙对阿敢鞠了一躬道，我来登门拜师了，师傅好。阿敢笑道，还真是有缘哪，没想到徒弟真的来了。

## 第4章 难民营

突然，孟孟喊起肚子痛，地瓜见状，跑过去问二龙，你儿子怎么了？阿秀道，这是他老师的孩子。孟孟这时蹲到地上痛得直不起身。二龙说，孟孟可能是吃坏了肚子。阿秀忙说要去拿药，转身便走开。地瓜却埋怨起二龙来，大人要会照顾小孩，病了多麻烦啊。你老师的儿子交给你，得用点儿心。二龙点头，是，都怪我。

等阿秀拿来药给孟孟吃了之后，阿敢说，我看小孩子生病了不要住西楼，西楼人多。阿秀也附和说，是，我看就住陪楼，这样我们也好有个照应。地瓜一听不高兴了，嘴一歪说道，陪楼住不得，就西楼，难民都住那里。

阿敢不管他念叨什么，背起孟孟便走。小孟仍然喊着，二龙叔叔我要和你在一起啊。二龙迎上去，对孟孟说，别怕，叔叔会和你在一起的。阿敢侧过身对二龙说，二龙，你也住陪楼吧，我教你练功方便啊。地瓜在后面叫着，什么乱七八糟的人都往陪楼里塞，我得跟三姑婆说去。

几个人经过主楼院子里的时候，安韵珍正好出来，阿秀说，太太，这是我和敢叔的熟人，我把他们从难民营接来了。

当安韵珍看见二龙时，心里不由得一紧，怎么他来了？他也成了难民？老太太不是想见他吗，要不要告诉她这就是她的孙子威尔。安韵珍想着，还没开口说话，二龙先打起招呼，太太好，打扰您了。安韵珍装着不认识二龙，脸上浮起一丝淡淡的微笑，这得体周到的表情，让阿秀心里有了谱。安韵珍问，你们原来认识？阿秀点点头说，是的，太太，他们厦大在长汀宣传抗日时我们就见过。

安韵珍这时候看见了孟孟便问，这孩子是……二龙回说，这是我老师的儿子孟孟，他父母都被日本人杀害了。阿秀补充道，他是为了救他老师的儿子才逃难到鼓浪屿的。安韵珍不由得感叹起来，日本人真是惨无人道，这孩子太不幸了。快，阿秀，把他们安排好。二龙向安韵珍鞠了一躬，谢谢您太太。阿秀催着二龙说，快，我们到陪楼去。

陪楼？哦，为什么去陪楼啊，还是，最好换个地方吧。安韵珍条件反射地嘀咕了这句，阿秀回过头不解地看着她，安韵珍说，阿秀，在主楼里给二龙安排一间房。

阿秀一听是主楼，实在觉得好意外，二龙现在是难民，让难民住主楼，这好像不太合适吧。怎么太太对二龙有这样特别的照顾，是看在自己的面子上，还是因为他是阿敢的徒弟呢？地瓜更是不解，他脸上挂着不

107

快，心里涌起莫名其妙的妒忌，他很不高兴地看看大家，酸酸地说，都上主楼吧，主楼安全，日本人不会打到主楼去。安韵珍盯着地瓜说，你说什么？地瓜忙摆摆手说，没说什么，当我什么也没说。我不知道哪里安全，这年头，自己的命都保不住。

安韵珍停住说，上帝教我们要有仁爱之心，懂吗？！

二龙听出什么了，说，不要太麻烦，住哪儿都行。阿敢道，还是住陪楼吧，我们正好住一起，我也好教他练武。阿秀用恳求的眼光看着安韵珍，安韵珍看看他们三个人，觉得他们之间十分默契，便只好点头默许。

二龙上了陪楼之后，阿敢拍拍二龙的肩说，二龙，真没想到我们师徒能在这里见面。二龙道，是啊，没想到阿秀把我们接到家里来了。阿敢走到阳台上说，现在日本人已经来了，灾难开始了。二龙指着远处说，那天在笔架山，我跟我同学亲眼看见日本军舰在厦门港向厦门开炮，插太阳旗的小汽艇载着日本兵在太古码头登陆，乱枪扫射之后，市区到处冒烟，火焰燃烧。阿敢气愤地回道，可恨的是还有内奸，竟然用镜子给日本飞机发信号。二龙愤懑地说，当时我们听到有人喊打，许多人围着那个汉奸，把他给打死了。阿秀听他们说，也附和了一句，死得好，罪有应得！

二龙这时从口袋里拿出一张传单，说，敢叔，你听说过厦门血魂团吗，血魂团的总联络点就在黄家渡收容所，这是他们散发的传单。阿敢接过传单看着，点头说，血魂团是一支民间组织，很了不起的。好，二龙，从今天晚上起，我开始教你习武。二龙也激动起来，我早盼着这一天了，不用刀枪也能打死鬼子。阿秀接口说，练武可不容易。阿敢笑道，只要有信心有耐心，学起来也不难，阿秀，想不想一起学啊？阿秀招呼道，来，房间收拾好了，两位进屋坐，一边给他们倒水一边说，我很笨的。二龙也笑起来，笨，笨鸟先飞嘛，你先学。阿敢便夸起阿秀来，阿秀可不笨，以前不会的事情在龙家都学会了，聪明，很有天赋，接受能力强。说得阿秀怪不好意思的，脸又红了许多。

这时候，地瓜听见他们说话，走过来靠在门边说，其实啊，阿秀在家里很多东西都是跟我学的，比如做西餐、吃西餐的礼仪，还有修剪花草……

二龙笑道，那你就是她师傅，难怪名师出高徒。

地瓜哼了一声，就一样她学不会。

哪一样？二龙和阿敢同时问。

地瓜对阿秀心里明明是有那么一点喜欢,却在表面上瞧不起她,反感她,打击她,想想自己瞧不起的人还不怎么搭理自己,就恨就觉得窝囊。地瓜只好说,跟我好好相处她不会。

阿秀一听真是哭笑不得。

阿敢讽刺地瓜说,师傅本身要有这方面的长处,才能言传身教给徒弟啊。

地瓜开始吹牛,我这人跟谁都合得来,只有别人跟我合不来的,那是因为她怪。

阿秀不想跟他理论,便说,好了,不早了,都去睡吧。

阿秀从二龙房间出来后,地瓜跟在她身后,阿秀回过头问,干吗,回你房去吧。地瓜拍了阿秀一下,不回我房,难道回你房?你想通了?阿秀气得躲进房间,重重地关上了门,将地瓜挡在了门外。

已经是深夜了,阿敢和二龙却睡不着,俩人说了一阵话,又悄悄下了楼,二龙迫不及待地问,师傅,敢叔,这咏春拳是……阿敢打断他一本正经地说,我先给你介绍一下咏春拳,咏春拳主要手形为凤眼拳、柳叶掌,拳术套路主要有小念头、寻桥和标指三套拳及木人桩。基本手法以三傍手为主,还有挫手、撩手、破排手、沉桥、粘打。主要步形有四平马、三字马、追马、跪马、独立步等。咏春拳注重"力从地起""腰马合一"……二龙认真在听,很有套路,真是了得。

阿秀半夜醒来,听见风声响动,起床一看,发现楼下有两个黑影在晃动,她提了煤油灯下楼,原来是二龙和敢叔。阿敢停下来说,阿秀,怎么还没睡啊?阿秀回道,你们不也没睡吗?二龙仍然在打拳,阿秀见他有气无力的样子,想笑。二龙突然回过头来,一拳对着阿秀说,看我的拳头。阿秀捂住手轻声叫喊,啊,原来这么有劲,好痛。

二龙得意了,怎么样,你还想笑我。真痛啊?

阿敢这时抹了脸上的汗说,今晚就到这里了,明天早上接着练。

明天,不就是今天了嘛,已经转钟了。阿秀提醒道。

## 4

这几天,维娜犯了感冒,全身发冷,头痛得厉害。阿秀去了维娜房间,关心地问,维娜,好些了吗?阿秀坐在她床边,摸了摸她的额头,啊,在发烧,我这就去叫医生。

维娜拉住她说,去请李医生了,马上就会来。李医生是安韵珍的好友,同是基督教堂的姐妹,安韵珍刚才打了电话给她,只十几分钟,李医生便提着药箱来了,她进来给维娜开了药方后,说,身子有孕,不要感冒了,小心感染到孩子,药也最好少吃,多喝开水就好。说完便急着要走。安韵珍要留她,说,谢谢你李医生,不多坐会儿吗,在家里喝杯茶再走吧。

李医生摇头,唉,现在哪有工夫喝茶,我得马上回去,家里都没米了。安韵珍说,没米我家还有,拿一点去吧。李医生摆手道,不用,我这就去买,你家住了不少难民,不够吃的,唉,现在米价飞涨,大家都很困难,听说有的侨眷都饿死了。安韵珍道,是啊,侨汇寄不出啊。阿秀这时突然想起了藏在陪楼密室里的大米,要不要提出来分给大家呢,她把握不好主人的想法,也不知龙博山藏米的用途,所以没开口说出来。

安韵珍叹了口气说,厦门沦陷给鼓浪屿伤害很大,现在气氛恐怖,对外交通断绝,物资缺乏,商业又萧条,唉,曾经的繁华都没了。

没过几天,凤海堂里一下子来了十几位当地的商人。维娜问阿秀家里来了什么客人,阿秀说不知道。维娜便让阿秀陪自己下楼看看。

这时安韵珍在对商人们做动员,她激动地说,各位朋友,今天请大家来,不是泡茶,也不是聊天,而是请大家帮帮忙。我想大家都知道现在的形势,难民们生活艰难,鼓浪屿国际救济已经向国内外发出了救援电报,一些爱国华侨都捐款购米,运到鼓浪屿上。南洋华侨紧急动员起来,为落难乡亲也捐助了大量的金钱、粮食和药物。我想,我们这些华侨子弟也应该站出来支援,各位没意见吧?

同意,没意见,应该的,救济难民,理所应当。

我们已经捐了。

有人随即附和。

安韵珍接着从房间拿出一个精致的小盒子,说,这是我的一份,表示一下心意。

一位姓康的老板点头道,凤海堂带了头,捐了黄金,我们也应该表示,我先捐十万两。

对,我们也得表示表示,我先报个数,八万两。

我把我所有的珠宝拿出来。

大家你一言我一语地表达了资助的心意。

## 第4章　难民营

阿秀看着眼前的一切，对维娜说，救济难民，应该也有我的一份，多少也是个心意。维娜说，我会捐出我存的钱，你呢服务好难民就行了。阿秀想无论如何多少也得表示下，于是到了晚上，她把攒下来的工钱交到了安韵珍手里。安韵珍不肯收，阿秀难为情地说，实在拿不出手，太少了。阿秀想着龙博山上次回来将米存了些在陪楼，也不知道说出来合不合适，看着大家焦急的神情，阿秀还是忍不住说了，太太，陪楼里还有些米。安韵珍欣喜道，啊，我都忘了，不早说，快去快去拿出来。你不晓得哦，一些侨属侨眷还拿出自己珍贵的珠宝首饰，还有的华侨捐出好几栋房子呢，我们这些米算什么啊。

晚上，阿敢和阿秀在陪楼里搬米，二龙也过来帮忙。二龙这时知道了陪楼有密室，就在阿秀房间地下。他心里想着，这倒是个藏人的好地方。二龙下到地下密室后，将米一袋袋托上来，阿秀和阿敢在上面接。阿敢见米搬了不少，便说，够了吧，家里得留一点。阿秀说，太太说全部都分给难民。二龙想，太太真是好心人，有钱人用钱用物支持抗日，我呢，却躲在这里当难民。

喂，上来啊，你在干吗，二龙，二龙。阿敢叫了几声二龙，二龙回过神出了密室，阿秀见他满头大汗，递了毛巾给他，问道，累了吧？二龙笑说，不累，练了功夫的，有劲多了。

这时地瓜一溜烟地跑上来，一看楼梯口堆了几袋米，啧啧几声，心想自己都不知道这些秘密，便有些不爽，酸酸地说，这楼里能变戏法了啊，都长出大米了，什么时候种的啊？原先以为有鬼，现在看来，陪楼是个宝地啊。这话说得阿敢特烦，又想跟他吵，阿秀示意他别吱声，住一起还是别伤了和气。

地瓜藏不住事，猴急地跑到老太太房间，把这些事夸大地说了，三姑婆，你不知道啊，陪楼里藏了米哩，全被阿秀和阿敢他们弄出来了，说要拿出去送人。

老太太一怔，有些莫名其妙，问道，什么啊，陪楼里藏了米？我不晓得，有这回事？谁藏的？

地瓜摇着头，老太太又问，怎么，阿秀阿敢要做主送人？

是啊，有珍婶婶支持，这事他们都瞒着您。现在大家都没饭吃，他们还敢把米分给别人。地瓜围着老太太身边嚷得起劲。老太爷走过来，看不惯地瓜这个样子，什么事都来嘀咕，便板起脸说，家里贮存米是正常的事，拿去分给难民有什么错？老太太见老太爷这么一说，把气压了下去说，也是，给难民吃没得话说，只是得给我通声气。老太爷提高嗓门说，先给你通气你会同意吗？

我怎么会不同意呢，做好事是积善行德，难道我反对过？老太太也不示弱。老太爷见老太太不高兴了，便把气撒到地瓜身上，地瓜，你爱管闲事挑拨是非的毛病怎么就不改？

我，我这是为家里好啊。地瓜觉得冤。安韵珍这时要出门，听见屋子里在争吵，便转过身，老太太语气缓和地问，韵珍啊，陪楼里的米是怎么回事？安韵珍回道，哦，是博山放的，现在正好有了用场，我准备分给难民。

分给难民是对的，可家里也得留一些。见老太太说得也有道理，老太爷发起了指示，那就留一点吧，不会饿死的。安韵珍一边走一边说，好的，我这就去办。

第二天一早，阿秀烧了些茶水，说要送到难民所去。二龙见了过来问，需要我帮什么忙吗？阿秀摇着头说，不用的，谢谢。阿秀不明白自己为何嘴上这么说，其实心里还是希望二龙一起去。她挑起担子走了几步又回过头来看了二龙一眼，站在院子门口的阿敢看着阿秀的表情明白了几分，便对二龙说，二龙你跟着去吧，路上也好有个照应。阿秀激动地点头，二龙跑过去一把接过阿秀肩上的担子，阿秀不让，别，我来挑，你哪能挑得动。二龙见阿秀笑话自己，便说，我是练过武功的人，你忘了，双肩挑都行。阿敢笑道，二龙进步很快，这功夫没白练。二龙回头讪讪一笑，师傅不笑徒弟啊。

看着他俩离开的背影，阿敢心里突然有几分期许，二龙为人正直，阿秀朴实善良，如果能彼此照顾，倒是件好事。

二龙刚出门，阿秀见他走的方向不对，便指着一条上坡路说，往这边，难民所在八卦楼里。这八卦楼建在鼓浪屿笔架山东北麓的一块台地上，隔江与厦门本岛遥相互望，四周坡地低伏，绿丛深深。主体建筑吸收了西方古典建筑元素，呈现纯粹的阳刚之美。路上，二龙饶有兴趣地对阿秀说起了八卦楼的历史，这八卦楼，1920年的时候日本人就占有了它。阿秀好奇地问，这么早日本人就来了啊？

等他们来到八卦楼前，二龙放下担子，阿秀好奇地看着那个屋顶，八边形的红色圆周顶十分显眼，阿秀想，好怪的屋顶。二龙解释道，这个屋

## 第4章 难民营

顶拥有八边形平台与八边形圆顶，形状像中国易经中的八卦图形，所以啊就叫八卦楼，建筑面积有三千多平方米。

进了八卦楼，阿秀看着难民们个个饥饿困乏，回想自己在何家的悲惨日子，不由得泪眼婆娑。二龙想的是什么时候这些难民们能平安回家，日本人什么时候能打跑。

两桶茶水根本不管用，有的喝到一小口，有的嘴巴都没沾湿，只能眼巴巴地看着空空的水桶发呆。俩人出来后，二龙想着如何方便给难民水喝，他说，我们不如在八卦楼门口烧水，这样难民们都能喝到水，也方便些。阿秀为难地回答，好是好，可谁有空来烧水呢？二龙双手叉在腰间，兴奋地说，我，敢叔，你，地瓜，我们几个轮着来怎么样？

只怕你不安全，也怕地瓜不肯。阿秀的想法，二龙也猜到了，便说，地瓜就算了。我呢，目前是安全的吧。

等他们回到家，地瓜果然又唠叨开了，家里这么多人要照顾，饭都没人做，你们跑哪儿去了啊？阿敢刚从西楼给难民送水过来，把水桶往地上一放，说了直话，你也可以做啊。

地瓜看了看他们挑回的空桶，说，这是送米还是送水去啊？先管好家里的难民，再去管外面的。阿敢没好气地回道，你先管好自己再去管别人。地瓜瞪眼道，你？我？我又不是烧饭的，凭什么让我烧饭？

眼看着他们又要吵起来，阿秀道，好了，我就去做饭，还来得及。安韵珍瞪了地瓜一眼，对阿秀说，一会儿维娜帮你，一块做饭。阿秀连忙摆手，这哪行啊，维娜不要做这些。

我去吧，我会。听二龙这么说，安韵珍转过身来，她实在不相信在教堂长大的二龙能做饭。便问，你行吗？二龙道，行啊，不过是西餐，小时候在教堂在家里看大人们做过，我也帮过忙，做家务是常事，没什么难的。安韵珍不想问下去，她怕阿秀知道二龙的身世，便微笑道，那好吧，不过，中西餐都要做的，难民主要是吃米饭。

阿秀见二龙热情高，便说，我做中餐，二龙做西餐，这样可以吧。说着便和二龙进了厨房。阿秀小声问，你真会做啊？我不信。二龙挽起了袖子说，看我的，吃了我做的面包就知道了。阿秀不好意思地说，难为了你，还让你帮忙，你是读书人，哪能做这些啊。

二龙一边调面粉一边说，做家务是基本的能力，学会没坏处啊。阿秀说，我从十岁开始做饭。二龙道，那应该是老厨师了。阿秀红了脸回道，

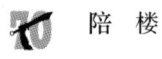

哪敢，做得好不好吃，反正龙家的人都不说。二龙停下手里的活问，我有些不明白，这龙家的人，个个说话细声细语，客客气气，对人彬彬有礼，怎么地瓜却不一样呢？阿秀摇头说，不知道，地瓜可是龙家的亲戚，他的性格就这样，如果在意他说的话，天天都得生气，好在，我习惯了。

二龙这时抬头从窗口看见威约翰牧师进来了，心想他怎么会来这儿？难道发现了自己？二龙闪身站在一边，看着他跟安韵珍说话。不一会儿，威约翰便走了，安韵珍接着走到二龙和阿秀跟前说，刚才威约翰牧师来告诉我们，说他们要建难童学校了，家里难民中有小孩的可以送过去。安韵珍注意到二龙的表情，既欣喜又担忧，他现在的境况他养父肯定不知道。二龙对安韵珍说，这样的话，孟孟可以去难童学校了。阿秀说，其实在家里我们也可以照顾他的。

第二天，地瓜看见二龙和阿秀出了门，心想他俩干什么去了呢，这二龙一来，阿秀便跟他分不开了似的，搞什么鬼？于是他跟在了他们后面，等到了八卦楼门口，才知道原来他俩是来给难民们烧水的，地瓜怕被发现让他做事，于是迅速溜跑了。心里想着，他这算什么抗日，不是躲在家里，就是送个水什么的，阿秀还把他当英雄，笑死了。

## 5

对于二龙的到来，安韵珍并不想让龙家其他人知道，特别是老太爷和老太太，如果他们认出孙子，她有些担心，也许会对二龙不利。她无法把握，所以只好先隐瞒二龙的身世。

好在，老太太已认不出二龙了，即便二龙住进家里，她也认不得。

有次老太太问起这事，安韵珍搪塞地说，威尔早已离开了厦门，也不知去了哪里。老太太不相信，便让安韵珍带她去教堂问，威约翰牧师早和安韵珍商量好，口径一致。老太太心里急，威尔毕竟是龙家血脉，老太太还嚷着要去找他，念道，威尔去了哪里，怎么就找不着呢，厦门有多大，找不到吗，怕是不愿找吧？安韵珍不愿多说，似乎她就想这样，暗地里坚持自己的想法。

老太爷从来没有提起过，似乎根本就不记得有二龙这个孙子的存在。

二龙在龙家住得并不安心，他一直在想，厦门各抗日团体先后从厦门

## 第4章 难民营

搬到了鼓浪屿，他正需要大干一番，住在外面方便些。所以在凤海堂住了几天，他就开始到外面找房子了。

怎么，要走？住在这里不好吗？安韵珍这天问二龙。二龙想了想说了实话，太太，谢谢您的好意，我想我待在这里也不是长久之计，现在我书也没法读了，一心想着参加抗日活动，待在这里当难民，我心不安。安韵珍诚心回道，客气话就不要说了，你是阿秀的朋友，也就是我们家的朋友，何况现在是非常时期，但如果你是为了抗日，我理解你。

在阿敢的帮助下，二龙很快在鼓浪屿内厝澳那边租了十平方米大的一间民房，走之前，他对孟孟说，叔叔有事要办，你想不想去难童学校？孟孟摇头，不想，只想跟二龙叔叔在一起。阿秀听说二龙真的要走，只好拉住孟孟说，要不，孟孟留在家里，我来照顾。没想到孟孟拉住二龙的手不放，非要跟他走。二龙只好将孟孟抱了起来，走到了门口，阿秀跟在了后面，心想他带着孩子肯定不方便，但也不知道能帮上什么忙。这时她听见安韵珍诚恳地说了一句，需要帮什么忙尽管说。二龙回道，哦，不用，谢谢太太。

这天，阿秀刚收拾完家里，安韵珍无意中问了她，阿秀，你那个朋友在外面怎样了？阿秀边擦手边说，哦，还不晓得哩，要不，我这就去看看吧。在安韵珍眼神的鼓励下，阿秀随即出了门，她只听阿敢说民房的大概位置，并不知道具体是哪间房。阿秀耐心地找，终于找到了二龙住的地方。

此时是傍晚，从房间窗子里透出一丝微弱的光亮，阿秀看见了二龙的身影。阿秀站在窗前，然后轻轻地敲门。

谁？二龙在里面警惕地问，他正在里面刻蜡版，油印传单，突然听见外面有动静，便警觉地收起了传单。是我，阿秀。孟孟把门打开之后，二龙一看是阿秀，松了口气道，你怎么来了？阿秀拿出她刚做的几个馅饼给了孟孟，说道，太太不放心，让我来看看你们。二龙笑了，还好啦，谢谢了。阿秀道，其实你住这里很不方便吧。二龙道，方便方便。孟孟这时抬起头对阿秀说，阿姨你要当心，二龙叔叔说了，我们要躲日本兵，还得防警察。

阿秀弯下身子问，是吗，警察？孟孟点头道，是啊，二龙叔叔说的，鼓浪屿警官是高鼻子白人；巡逻警也有红头阿三，头扎红头巾，满面络腮大胡子。阿秀道，那我们都得小心。

陪　楼

　　二龙这时候急急地说有事要出门，想让阿秀先走。说着在头上戴上一顶破草帽，换上破旧的衣服，手里挽一个篮子要出门。阿秀脱口道，你当心啊。孟孟笑道，二龙叔叔每次出门都不一样，上次还扮一个阿婆哩，今天是不是一个叫花子老头？二龙点头之后对阿秀说，日本人在码头设了岗。昨天我从厦门来，还是一个汉奸带着我过来的。阿秀担心地说，我看孟孟在这里不方便，你出门了，他怎么办，要不我还是带他回凤海堂吧。阿秀怕孟孟不肯跟二龙分开，便对孟孟说，二龙叔叔有事要做，阿姨接你回大别墅里去住，好不好？孟孟问，那二龙叔叔呢，他不去吗？阿秀又说，二龙叔叔有时间会来看你的。二龙见阿秀执意要带孟孟走，便说，这样也行，孟孟跟着我也不安全，过几天还是送他去难童学校吧。

　　阿秀接走了小孟，二龙更加频繁地在厦门与鼓浪屿之间往返，有时潜水到海沧，有时化装过渡，冒着生命危险进行地下抗日活动。阿敢这天悄悄来到民房门口，二龙给他开门后，阿敢便急切地问，有没有新的任务？二龙拉阿敢坐下，认真地说，我正要跟你商量新任务的事，听说中秋节日本人要搞一次庆祝活动，这个活动给我们提供了行动的机会，团里决定就在他们庆祝会上下手。

　　阿敢问，具体要怎么做？二龙想了想说，我们作为厦门血魂团的新成员，要跟他们尽快接上头，具体他们会安排。可能就在中秋节的晚上。时间很紧，我们得做些准备。

　　正说着，阿秀来了，见他们好像在商量什么，便禁不住问，敢叔，二龙，不知道我能不能帮上你们什么忙，我也想尽一点力。二龙和阿敢会意一笑，二龙道，你把孟孟照看好了，就是对我们工作的帮助。阿秀着急起来，我知道你们在忙抗日的事……阿敢打断说，知道了，阿秀，有事一定会找你的，记住，这个地点千万要保密。

# 第5章 主楼

## 1

1938年的中秋节，尽管形势严峻，但凤海堂似乎仍然是平静的港湾。老太爷收到儿子龙博山寄来的侨汇后，心里一直惦记着中秋节的事。中秋节还没到，便对老太太说，博山早寄来了钱，今年中秋怎么过为好？

老太太担心地说，怎么过得问韵珍和周管家。

对于日本人，安韵珍憎恨却并不惧怕，她是一个遇事镇定的女人。她安抚二老说，外面虽然形势紧，我们家过节还得照常过，博饼照样博，把亲戚都请来，还是像往年一样过得热热闹闹的。我都让周管家安排好了。

老太爷叹着气道，恐怕今年请不来了，厦门沦陷，鼓浪屿难民又多。

老太太说，就家里的人，也有一两桌吧，博绵、博传两家子都能来。

过了几天，龙家两桌人吃完午饭之后，安韵珍让阿秀收拾好餐桌上的碗筷，把博饼的奖品拿出来。阿秀和地瓜在分那些大大小小的饼，饼就是奖品。

没开始前，安韵珍在心里对龙博山默念着：让我送上香甜的月饼，连同一颗祝福的心，成为第一个祝愿你的人！愿你的生活就像十五的月亮一样，圆圆满满，明明亮亮。

厦门的中秋节比春节都要热闹得多，因为有一个全民皆乐人人参与的传统习俗——博饼。博饼的好玩在于，快乐来得快，传播广，又具公平性，大家在一起不分老少，不分男女，不分身份，不分贵贱，一视同仁，命运全掌握在你自己手里。博饼无疑也是鼓浪屿文化品性的一个经典体现。鼓浪屿开放、中和、唯美、仁爱的文化品性，也充体现在博饼上了。按照鼓浪屿传统的博饼规则，状元饼是要请大家分食共享的，因而"博饼"这一民俗游戏，体现了郑成功"有福同享，惠及众生"的仁义大爱。

## 陪　楼

对于博饼习俗的由来，阿秀听老太太提起过。博饼就是在一个碗里扔骰子，分状元、对堂、三红、四进、二举、一秀几个等级，一般是奖品。这里面有一个民间传说——郑成功"战场犒兵"。说是三百多年前，郑成功以厦门为根据地，驱逐荷夷收复台湾。到中秋节前后，士兵们倍思亲人。郑成功的部将洪旭为了宽慰士兵思乡之情，经过一番筹谋，巧设"中秋会饼"，让士兵们一边赏月，一边"博状元饼"。郑成功收复台湾之后，"博饼"活动便在厦门和台湾流传开来，成为福建闽南一带独具特色的民间习俗。

刚博了几轮，阿秀耳尖，听到楼下有人在急促地敲门，便飞快地往楼下奔。而这时，维娜在叫她，阿秀啊，轮到你博了，瞧我这手气多好，开局就是三红哩，快来啊。

阿秀一边应着一边开门，突然，二龙神色慌张地冲了进来，脸上全是汗，他上气不接下气地说，日本鬼子在我身后，我在你家躲一躲。

阿秀惊慌地说，啊，什么？快，进屋来。阿秀把铁门猛地拉开了，让二龙进了门。可这时，偏偏地瓜也跑下了楼，他盯着二龙看，歪着脑袋问，呵，又来了，我们家真是避难所了。

阿秀咬紧牙说，快来帮忙啊。地瓜一动不动地回道，我能帮什么忙啊，我又没有力气，阿敢不在家，这时候他怎么能请假走呢。二龙清楚，阿敢这晚跟他一起，为保护自己，阿敢引开了日本鬼子，才让自己脱身跑到鼓浪屿来的。

这时花花不知从哪里窜出来，对着门口有意无意地叫了几声，阿秀慌了，抱住花花的头，说，花花啊，听话，别叫。

阿秀对二龙说，快，躲到陪楼去。

地瓜嘀咕了一句，陪楼，要躲就躲到主楼去。

阿秀，阿秀，在干吗啊，怎么还不上来？安韵珍也在喊。

维娜说，刚才花花在叫，可能她去给花花喂食了。

来了来了。阿秀应着，快步跑上楼的时候，还喘着气。

维娜问，花花吃了没？它就是刁，一般的东西都不吃。

地瓜说，花花就是惯的，人都没猫吃得好。

维娜大喊一声花花，紧接着，花花迈着优雅的步子上了楼，蹲到了维娜怀里，维娜一手抱着花花，一手扔骰子。阿秀不知如何回答才好，将就回答说是。哦，吃吃了。刚才花花全吃了，它真是饿了。地瓜接话说，博

## 第5章 主楼

饼的时候你去喂猫，不怕坏了手气吗？

安韵珍笑道，没事，快，阿秀，扔骰子吧。阿秀胡乱抓起碗里的六个骰子，边说边重重一扔，啊，什么都没有。结果有一个骰子还掉在了碗外面。呵，骰子掉在了外面，得停一次。地瓜拍手笑道。

阿秀心不在骰子上，而在二龙身上，他到底有什么危险，躲在家里有没有麻烦，万一被日本鬼子搜出来怎么办？会不会连累龙家，她一时感到了害怕。

地瓜这时在她身边咬着牙小声说，看你怎么收场，偷偷藏人。阿秀瞪了他一眼道，不用你管，我来负责。

啊，不行。阿秀突然大声叫道。

什么不行啊，这可是规矩。阿秀你是知道的，骰子掉在碗外面要停一次。地瓜摇头晃脑地说。

哎呀，算了，再博一回吧。博绵开口说了这话。安韵珍便说，博绵姑姑说了，阿秀你就再博一回吧。阿秀没有在意听，她的意思是想二龙藏在家里可能不行，想到这，她转身往楼下飞跑，全家人都愣了，怎么回事，维娜不解地说，阿秀今天怎么了，心思不在博饼上，我去看看。

地瓜这时小声说，你们不晓得吧，阿秀藏了一个人在家里。

老太太问，怎么回事啊？

维娜道，我去看看，她跟在阿秀后面，在陪楼里便发现了二龙。

维娜浅浅地笑，露出好看的酒窝，她的目光扫了一眼阿秀，但并不是责怪，只是一种疑问。

哦，二龙他，他是来躲日本鬼子的。阿秀紧张地急忙解释。他刚才敲我们家的门，我怕他……阿秀老实地回答。维娜点点头，仿佛明白了一切。马上对二龙说，跟我来，这里不方便。

维娜从容地把二龙领上了楼，阿秀不解地看着维娜，不明白她要做什么。安韵珍见了二龙，正要说什么，二龙马上说，不好意思，又来打搅了。安韵珍说，当时就不让你走，说了住在家里安全些。

老太太脸色凝重地说，是不是外面发生什么事了，我们哪还有心思在这里博饼。老太爷正色道，就你胆小。

二龙这次在中秋节晚上参加了一次特别行动。他早知道厦门有一个民间秘密抗日团体——厦门青年复土血魂团，被称之为孤岛游击队，日本人称为吓魂团。其中大部分成员是船工、建筑工、印刷工、小贩等，也有极

119

陪　楼

少数的知识青年。他们曾组织过放火焚烧占据双十学校校址的日军警察总部、夺走日军的枪支弹药的抗日行动。刚成立时，所有活动开支都是团员们自己掏钱。后来他们搞到了一条帆船，从内地运载蔬菜、柴炭等生活必需品到鼓浪屿贩卖以维持团内开支。但是不久船只被日寇没收，他们只好从鼓浪屿偷渡到嵩屿，找到国民党，要求支援船只继续运输，还希望得到武器和经费，全被拒绝了，二龙得知他们的境况，既敬佩又感到揪心，想尽力帮点忙，但他也无能为力，最后决定加入血魂团，以示同仇敌忾的决心。二龙作为新加入的知识青年成员，很高兴参加了血魂团的一个重要任务，便是破坏日本人的中秋庆典活动。

中秋节这天晚上，日寇、汉奸的庆祝活动在厦门中山公园进行，因为有南乐、南音等游艺目，吸引了不少市民观看。台上日军正发表演说中日亲善共荣时，血魂团的人扔了两颗手榴弹，台上片刻血肉一片，台下观众吓得惊恐万状，纷纷逃散，眼看一大批人伤亡了，血魂团的人见机逃跑，日寇立马宣布在厦门大肆搜捕并戒严。二龙和阿敢分头逃跑。

老太爷听二龙说完，既佩服他的勇敢，又替他担忧，便说，血魂团了不起啊。这位是叫，什么龙的同志，既然你又一次进了我们家，我们会保证你的安全。安韵珍也说，你就安心待在这里。阿秀，去安顿下二龙先生。

维娜并不着急地说，我看，二龙不用藏起来，就跟我们一起博饼，今天是中秋节嘛。二龙这时点头弯腰道，谢谢你们了。阿秀在心里却很着急，万一鬼子进门搜怎么办，二龙哪有心情博饼啊？安韵珍明白维娜的意思，便接着又吩咐阿秀，快去拿维本那套西服给他换上。

地瓜不解了，问，为什么要换西服啊，博饼要这么正规吗？维娜说，他衣服都湿了。阿秀让二龙换好衣服，大家立马眼前一亮，维娜说，穿上很精神，像我们家少爷。地瓜嘲笑道，衣袖都短半截哩，像要饭的。

换好衣服的二龙站在大家面前，安韵珍招呼道，来吧，一起热闹下。二龙不好意思地坐在桌前，阿秀坐在他身边，告诉他如何博饼。心里还是着急，担心有人上门抓他。

二龙擦掉脸上的汗，伸出一只手，维娜却惊讶地发现他的手指上的血，忙说，你手上有血啊。二龙这才发现手指头的血，阿秀立马端了水过来让他洗，地瓜不知实情，说，博饼还换洋装、洗手，这是哪门子规矩啊？

## 第5章　主楼

阿秀迅速将血水倒掉了，示意二龙开始博饼，二龙站着不知所措，他听说过厦门中秋博饼习俗，但从来没有参与过。第一回博，他只得学着大家的样子抓起骰子轻轻一扔，结果是五子带二，没想到轻而易举地就博了一个状元。

地瓜的眼睛这时放出了绿光，他嚷了起来，真是奇了怪了，我们一家人博了半天没博到一个状元，你一个外人，就抢去了我们的好运气。老太爷说，这是人家的手气，是博到的，怎么说是抢？说话不刺人你会死啊。

过节的，别说死不死的。老太太瞪了老太爷一眼。

阿秀的脸上这时浮起了一丝欣慰，好像自己博到状元一样。地瓜又趁机说，状元可不是白得的，要请客，是不是？维娜接话道，人家是客人，还让人家请，你也好意思。二龙心里想着阿敢，心里着急，一脸愁容。地瓜起身拍了二龙的肩，兄弟，别那么小气，状元请客是正常，如果我得了状元，我就请大家去吃海鲜。记着，在你离开前我可要喝你的状元酒哦。阿秀从心里烦地瓜，小声嘀咕了一句，真是的！

这时候，老太爷站起身没好气地说，地瓜，我看就得你请客！

我？我只博了一秀二举，手气差得要命，我不请。地瓜回道。

哼，要他请客，就像拔掉他的牙一样痛。老太爷这么一说，地瓜又赔了笑脸，好好，我请我请，给你们做咸干饭。

### 2

博饼活动还没结束，门外已经传来了一阵急促的敲门声，接着就是大叫大喊声，开门！开门快开门！

啊，怎么办？阿秀急得脸上出了汗。老太太不紧不慢地问，谁啊，这么凶。二龙警觉道，肯定是日本人。老太爷连叫道，赶紧的，藏起来！安韵珍对阿秀说，快带他到陪楼里去。

阿秀站着想了想说，我去看看，先别急。地瓜也跟着她下了楼，阿秀从容地把门打开，门口有四个男人。三个穿军装的日本宪兵，一个戴黑礼帽的中国人，阿秀先是一怔，之后，很沉着地问，请问几位找谁，我们全家人都在。

伍保长，搜啊。那叫木村的鬼子用别扭的中国话对那个戴黑礼帽的中国人吼道。地瓜讨好上前，点头哈腰地说，各位要不进屋坐坐？

伍保长的眼睛马上像刀一样刮了阿秀一眼大声说，皇军要搜查，鼓浪屿租界潜藏抗日分子、中国游击队、支那特务机关，我们要进去搜查看有没有抗日积极分子藏在这里，听见没有！

各位长官，今天是中秋节，谁来我们家啊？阿秀壮起胆子说。

是啊，我们全家都在博饼，几位要不要上楼博几轮？地瓜尽量压着紧张。伍保长和木村哼了一声，推开阿秀直接上了楼，几个人围着餐桌转了几圈。安韵珍见状镇定地坐着，手里正抓着骰子，马上又轻轻放下。木村盯着维娜的叔叔伯伯看了很久，还对穿着不合身西服的二龙扫了几眼。

地瓜这时笑问，几位要不博一把？伍保长瞪大眼吼道，有人交人，别啰唆！

你们的，是干什么的？木村突然对几个男人大声道。这时，安韵珍发话了，她起身道，他们几个啊都是我家里的人，一个拉大提琴，一个拉小提琴，一个吹号的，都是从事音乐的。地瓜笑着插话说，还有我，一个修花草的，嘿嘿。

木村听了伍保长的翻译后，眼里却满是怀疑。他怀疑的目光加重了所有人的紧张，木村看了几眼二龙，突然想让二龙吹号给他听。阿秀紧张得有些发抖，却见维娜急中生智说，我来给各位拉首曲子吧，我拉的比他吹的好。维娜转身在琴房拿了把小提琴出来，轻曼的音乐响起来，她拉的是日本歌曲，木村眯起眼听了一阵便哼哼几声下了楼。

不知什么时候，他们走了，而维娜的琴还没有拉完。在琴声中，阿秀站在二龙面前，紧张地说，好险啊。二龙松了口气，我得走了，麻烦各位，谢谢你们全家救了我。说着脱下了西装。

这位老弟家在哪里，好像跟我们家很有缘似的。地瓜抓了一个骰子在手里又抛起来问二龙。

就在，在厦门，我得马上离开，不连累大家了，多谢。二龙说着就往楼下走。

阿秀正要给二龙开门，突然又听到门外重重的敲门声。

快，藏起来，到我屋子里去，来不及了。阿秀想他们可能发现了什么，便快步领着二龙往陪楼跑。

维娜接着去开门，开门一看，还是伍保长，不过这时他的礼帽不见了，他是个光头，亮亮的刺眼。他说他帽子掉在这里了。看他狡黠的样子，安韵珍猜他有鬼，便说，阿秀快把这位长官的帽子拿来。伍保长说要自己在屋子里找。阿秀这时慌忙地从陪楼里出来，伍保长见她便问，我的帽子呢？阿秀吓得满脸大汗，我去找。伍保长说着要去陪楼里找，阿秀忙拦住他说，那是我住的杂屋，很脏很乱的，马桶都没倒哩。

这时只见安韵珍把帽子从楼上用劲扔了下来，伍保长从地上捡了帽子，出门时嘴里还骂了一句，你们小心，谁要是藏了抗日分子他就得送死，狗日的跑哪去了？

随后，阿秀对二龙说，外面还很紧张，你现在还不能离开。阿秀想，实在不行，让二龙藏到密室里去。正说着，阿敢跑进来，慌张地问，家里出事了？

阿秀道，刚才鬼子来了。阿敢说，唉，我就知道，我还没到码头，就听到风声，所以赶过来，二龙没事吧？

维娜问，你知道二龙会来？

阿敢看见二龙道，是。还好，没被发现。二龙，你的手？

二龙看了看包扎的手说，没事，鬼子进门没看见。

老太爷这时叮嘱说，二位，你们打鬼子抗日，首先得保命，注意安全，我看，我们家日本人还会来……

不等老太爷说完，地瓜抢话说，对对对，肯定还会来，他们盯上这里了，你们扔了炸弹，这下不得了，你们这是找死啊。如果日本人发现了，哪天我们这楼都会被炸掉……

不要胡说八道！老太爷几乎在咬着牙说。

## 3

陪楼的阳台上放了几只大缸，是阿秀特意留着腌渍酸菜、酱瓜的，平时这缸里的菜倒并不见得有多好吃，可眼下这种时候，便成了宝贝了。

阿秀把给二龙的饭里面放了些她腌渍的酸菜和酱瓜，这种下饭菜让二龙吃得大开胃口，边吃边夸道，好吃，我很少吃到这些开胃口的菜。地瓜也端了饭过来说，你家里是干什么的，这些菜都不会做？二龙不想说实话，便应付道，我一直在学校住的。阿秀说，好吃多吃点，放心，孟孟昨

陪 楼

天我送到难童学校了，维娜也在那里上课。二龙道，这样好，让他学点东西。阿秀站在一边看着他吃完，欣慰的神情没想到让地瓜吃了醋。

地瓜心想怎么搞得像一家三口似的，心里不满，便敲响饭碗进了老太太的房间。进门便嚷嚷，三姑婆，这个二龙，原先以为他是个一般的难民，没想到正是日本人要抓的那种人。

老太太站在厅堂那个长镜子面前说，家里收留难民，这都是在行善事，日本人要抓他，也得看他的命和运。地瓜站在长镜前看见了自己，不解地回道，这阿秀像中了魔一样，她把那个抗日分子二龙当成神了，上回她把他带到家里来，这次，人家主动上门了，这一来二往的，我看早晚要出事，我是担心这个。

老太太转动手里的佛珠问，能出什么事，阿秀对谁好，也不关你的事啊，你担心有什么用？这时候老太太脑子里想着孙子，觉得二龙有些像她孙子，便说，二龙嘛，长得很像一个人，唉，好像在哪见过的。地瓜道，肯定像一个人，难道像一个鬼。老太太没心思跟地瓜聊，她闭上眼开始念经。地瓜只好知趣地走开。

这时阿秀和二龙在陪楼里说话，俩人聊到了长汀，阿秀说，记得在长汀时，那天我们在汀江看见你们坐船了。二龙点头道，是，我们去河田村搞宣传。在长汀，除了宣传，我们抢救过灾民，还发动过募捐活动。阿秀很想知道关于二龙的一切，便又问，后来你们又去了哪里？二龙说，书没读完，我就加入抗日组织了。听见"抗日"二字，阿秀便想到自己，不知道能不能帮上忙，又问，我能做点什么吗？

二龙还没回答，这时在门口偷听的地瓜插上一句，需要你就得去送死。阿秀听地瓜在说风凉话，不禁生气道，你能不能积点口德？二龙笑说，打鬼子肯定得有牺牲，这话没错。阿秀脱口而出，就是死也值得。

正说着，阿敢跌跌撞撞地进来，二龙一见，忙上前扶他坐下，紧张地问，敢叔，怎么了，你怎么腿上有血？阿敢上气不接下气地说，血魂团的人，很多人，都死了。

啊?! 阿秀叫出声。二龙如雷轰顶，半天说不出话来，他红着眼圈说，怎么会这样？阿敢这时候泪如雨下。

二龙想着这次行动的全过程，虽然不成功，但也打击了日本人的气焰，虽然自己和阿敢逃了出来，但面临更大的危险。阿秀在给阿敢包扎，担忧地说，没想到敢叔你也加入了血魂团，原来你们都在抗日。

## 第5章 主楼

地瓜担心的是家里有两个抗日的，万一日本人查上门来，家里所有人都得遭殃，于是他嚷道，你们在家避难就安心待着，不要乱跑好不好，弄得全家人也跟着提心吊胆的。阿秀狠狠地盯了他一眼，二龙难为情地坐着。等地瓜走开，阿敢直话直说，一个花工却不知道守本分，懂规矩，还爱管闲事、爱搅事。阿秀愤然道，他这人一点良心都没有。二龙听他们议论地瓜，担心哪天会出事，觉得待在这里毕竟不是长久之计，心里便有了别的打算。

第二天，二龙便不见了人影。阿秀中午吃饭的时候才发现锁在杂屋的二龙，原来地瓜把二龙骗进杂屋后将他反锁在了里面，说是为保护他不让他出去惹事。

阿秀气不过去找了安韵珍。不等阿秀说完，安韵珍便问，他怎么了，又干坏事了？如果地瓜干了坏事你直接跟老太太说吧，我真是管不了他。阿秀也知道地瓜是老太太的远房亲戚，她肯定不会说地瓜的。倒是在安韵珍面前，地瓜有些拘束。没等阿秀把话说出来，安韵珍说起了地瓜告状的事。阿秀急得要哭，心想他是恶人先告状。阿秀委屈道，他把二龙捆起来藏在杂屋里了。

安韵珍摇头叹道，唉，我真不知如何说他才好。地瓜却在安韵珍面前一副可怜的样子，地瓜道，他来我们家，我们家就不安全了。我不知道他到底是来躲鬼子还是来看阿秀的，真是搞不懂。安韵珍板起脸对地瓜说，即便这样，也不关你的事啊。

阿敢听了也打抱不平地说，你要知道你的身份，你是花匠，养好你的花就行了。地瓜不服地回道，你是护院的，看好院子就行了，管我干吗？

阿秀见他们快要吵起来，便直接说，二龙就不走了。

地瓜指着阿秀大声道，他不走行吗？今天没查出来，明天他们还会来的，趁早让他走，不要再给家里找事。

地瓜还想说什么，安韵珍严肃地说，地瓜，你还有完没完？

地瓜认定安韵珍始终跟自己过不去，以前表面还和气，自从阿秀进了门，态度生硬多了。安韵珍真是没办法，气得只好吓唬地瓜说，你不要以为老太太护着你我不会把你怎么样。地瓜听这话也来了气，你还真不能把我怎么样！安韵珍提高嗓门说，那你走啊，没人留你。地瓜压低声音说，我就是不走！

地瓜没走，倒把安韵珍气走了。安韵珍准备去找老太爷说说地瓜的事。走到院子里，见二龙穿着那套不合身的西装，西装在他身上有点紧，袖子也短半截，显得有些滑稽可笑。二龙见安韵珍来了，还在为自己的事生气，便劝道，太太，地瓜可能爱开玩笑，不必在意的。我来真是给您添麻烦了，不好意思。安韵珍道，外面风声紧，你安心待着。阿秀走到安韵珍面前，想让她换换心情，便对二龙开玩笑说，你既然冒充了会吹号的，就应该吹一吹给我们听听。

二龙笑红了脸，说，对不起，吹号真不会。不如，我给你们唱一首抗击"红毛番"的歌吧。阿秀说，好啊，我也想学。二龙便先念了起来：红毛番，纸老虎，竹来扎，纸来糊，腹内空，外表恶，一阵大风雨，淋得烂糊糊。

阿秀听完之后说，红毛番是荷兰人吧，是强盗。

二龙拍手道，台湾有首民歌，也是抗日的。你们听啊。日本仔占咱金台，强奸妇女抢钱财。老人儿童被杀害，爱国同胞被活埋。兄弟同胞站起来，战战战。阿敢也来了兴致，接口一起念：宰宰宰，有钱出钱，有力出力，把日本赶出金台。

地瓜则在一边嘀咕，宰你个头啊。

### 4

这夜，好动的地瓜竟然从主楼雕花的护栏上滑了下来，跌落在院子里的假山后面，他跟小孩子一般调皮，起身后双脚跳到杂屋门前，把那把用作培土、松土、除草的花铲拿了出来细致地清洗，还有枝剪和花壶，也一一清洗干净后收藏。

地瓜做完这些，见二龙房里还有微弱的灯光，便蹲在门前听动静，这几天，据地瓜观察，二龙每天都神出鬼没的，行踪神秘，还和阿敢秘密商量着什么，不知干什么勾当。地瓜轻轻地敲了窗户。二龙应了，谁啊？地瓜回道，是我。二龙开了门，问，有事吗？地瓜站在门边笑说，睡不着，和你聊聊天。二龙不知道他要跟自己聊什么，总感觉他有些不对头，心里虽然警惕，但表面还是客气地让地瓜进了房，地瓜在屋子里看了看说，今天阿敢没来你这儿？二龙道，敢叔早就睡了吧。地瓜不解地又问，这几天你和阿敢是不是有事？二龙回答说，我们在一起就是练拳。

## 第5章 主楼

地瓜"哦"了一声,又问,听说你大学都没念完就出来抗日,为什么要抗日冒这个险?

不是我要抗日,现在大家都在抗日,是全中国在抗日,日本人侵略中国,是中国人就会站出来抗日。二龙认真地说。地瓜不爱听这些道理,便说了直话,你不怕死吗,这抗日抓起来可是要砍头的?二龙道,怕砍头那还抗什么日?

正说着,这时地瓜听见了响声,二龙知道是敢叔来了。地瓜忙开门一看,只见一黑影从楼下闪过,等他追到楼下便不见了影子。地瓜不甘心地下了楼,在院子里盯了一阵,却没有发现什么,突然他眼前飞起一个身影,那身影从院子里墙角一跃而下,地瓜警觉地走到门前,他轻轻地打开了大门。刚把头伸向门外,那身影回头一望又把地瓜的脑袋吓了回去。

二龙这时走到了院子里,地瓜见他若无其事的样子,便问,刚才是谁啊,我好像看到了一个黑影,吓死我了。二龙镇定地躲到大门口,吩咐地瓜上楼去。地瓜抖动着腿问,你,你要干什么?等地瓜转身上楼,二龙开门溜了出去。地瓜既害怕又想知道实情,不甘心的他又跑下了楼,等地瓜跑出门外,却不见了二龙的人影,搞什么鬼啊?地瓜今晚是豁出去,他想去跟踪看个究竟。

在一个护坡的拐角处,地瓜终于看到了令他惊恐万状的一幕。两个身着白衣的人堵住了一个黑衣男子,只见那白衣对着黑衣的胸口就是一刀。地瓜吓得往后退了一步,两个白衣见黑衣倒下,正准备逃,却不料地上的黑衣没有死,他一手捂住伤口,一手抖动着把枪掏了出来,朝白衣男子的背后开了一枪。另一个白衣男子这时上前一脚踢掉了黑衣男子手里的枪,地瓜吓得心跳加快,转身就拼命地跑开。

地瓜回到家,心还在跳个不停。此时他急切想看看二龙是否回来了。当他猫在二龙房间门口时,背后突然有人拍了他的肩,地瓜,干吗啊?地瓜紧张地回头一看,果然是二龙!

妈啊,你刚才干什么去了,是不是杀人去了?啊?地瓜盯着二龙问。二龙看着地瓜没说话,地瓜有些猜测不透了,他把二龙拉进自己房间,压低声音说,我刚才也出了门,我看见有人杀人了!

什么?二龙张大嘴。地瓜慌张地说,是啊,一个穿白衣的人杀了那穿黑衣的人,好像那个人没死,后来我听到了枪声,我的妈啊,那人死没死啊,到底发生了什么啊?是不是你干的?

陪楼

二龙摇着头叹气说，暗杀汉奸失败。地瓜怔住了，啊，是杀汉奸？真是你干的？你敢杀人？那人没死？啊，你衣服上还有血，真是你啊？二龙急切地对地瓜说，汉奸可恶，非杀不可！

二龙这时急忙敲开阿秀的房间，阿秀明白发生了事情，看着二龙的表情，阿秀跟着他下了楼，阿秀问，敢叔在哪儿？二龙走到花园树下，扶起阿敢，阿秀看见满身是血的敢叔，心疼地叫起来，敢叔，你没事吧，快，上楼去，我去拿药。说着，二龙和阿秀俩人费力地将阿敢弄到了房间。

地瓜在门边瞪大眼问，是，是不是那个挨了一枪的人，啊，你弄到家里来了。啧啧，你把死人弄到家里来了……地瓜连连后退。二龙忙问，家里有没有药？阿秀一边给阿敢包扎伤口一边说，药我这里没有，太太可能睡了。怎么办，不过我听说过一个方子，煮铁水喝可以消炎。

二龙半信半疑，阿敢点头道，试试吧。地瓜没想到阿敢是以在龙家看家护院做掩护，原来他跟二龙是一路人，他们在秘密地进行抗日活动。他苦着脸地说，阿敢也干这事啊，不要命了这是。

阿秀马上下楼找了些废铁煮了水端到阿敢面前，阿敢刚放在嘴边，地瓜跑过来叫道，阿秀你要毒死他啊？这铁水怎么能喝呢，你真是蠢到了家啊？阿敢示意阿秀把铁水喂给他喝，二龙却犹豫了说，慢，万一喝坏了肚子也麻烦，算了，倒掉。阿秀你去问问维娜，看家里有没有药。维娜被阿秀叫醒之后，来到阿敢面前，看着阿敢情况严重，慌乱地说，不好，敢叔流血太多，我去叫医生。说着飞快地跑下楼。

二龙这时走近阿敢，摸了他的脸，感觉气息极弱，地瓜这时惨白着脸开始喊叫，他要死了！阿敢快要死了。阿秀这时哭着叫喊，敢叔你醒醒，醒醒啊。阿敢没有反应，阿秀慌了神，又跑去求安韵珍，安韵珍一听阿敢受了重伤，二话没说便披衣下楼，说送到救世医院抢救。

二龙将阿敢背在背上，地瓜见状想到了家里的推车，便说，等下，用推车省力些。阿秀接过推车的时候对地瓜说了声谢谢。地瓜在心里说光道谢没用啊。

昏迷的阿敢蜷曲在推车里，二龙推着他在小巷子里走，阿秀和安韵珍、维娜跟在旁边。阿秀回头一看，地瓜并没有跟上来，心想这人做好事都不做到底，让人失望。

突然，安韵珍看见前面来了人，便低下头说，可能是日本人，快躲起来。二龙忙闪身将车子推到一间大厝内，安韵珍和阿秀也侧身退后站立，几个日本兵从他们眼前走过。阿秀又怕又急，看着敢叔惨白着脸，心想完了，在心里祈祷上帝保佑他平安无事。等日本兵走远，二龙一挥手，几个人马上上路。

安韵珍迅速找到熟悉的值班医生，阿敢很快进入了抢救室。二龙对安韵珍说，太太，辛苦您了，您回家休息吧，这里有我们。

安韵珍本想陪着，但阿秀也在劝，太太您还是和维娜回家吧，等敢叔醒来我马上告诉你。安韵珍见维娜打着哈欠，便说，好吧，医生我都交代过了，不过再晚些可能误事，你们保重。二龙道，谢谢，你们路上小心。

等安韵珍一走，二龙和阿秀候在抢救室门外，二龙微闭着眼睛一言不发。阿秀看着疲乏的二龙，心想他也许太累了，不敢说话吵醒他，只是默默地坐在他身边。好半天，二龙睁开了眼睛，见阿秀眼睛盯着抢救室的门，便说，哎，我怎么睡着了。二龙不敢再睡觉，也不知在想些什么，阿秀不敢问他们的行动，只是小心地试探了一句，敢叔是怎么受伤的啊？他功夫那么高。二龙长长地叹了口气，说，真没想到，除奸行动被内鬼告密，他们早有防备。阿秀侧着脸看着二龙说，你怎么不通知我？

通知你？你去能做什么？二龙手撑着额头，回想着扶着受伤的敢叔回家的情景。阿秀也叹了口气道，真是险，敢叔受伤，还不知情况如何……

几乎是一个通宵，快天亮的时候，医生出来了，阿秀急忙上前问，怎么样了？医生回答说醒过来了，已经脱险。阿秀喜得眼泪掉下来，二龙握住医生的手说，太好了，谢谢你医生。

一大早，阿秀跑回家告诉安韵珍，说敢叔抢救过来了。安韵珍嘴上念着上帝，说，在医院度过危险期就把阿敢接回来。阿秀应着，拿了吃的又往医院跑。正在院子里浇花的地瓜顺便问了句，没事了吧？阿秀头也没回地说，敢叔命大。地瓜心想，这家里真成了避难所、医院，进进出出的人不是伤员就是难民，堂堂的龙家犯得着惹这些闲事吗？而在安韵珍看来，这些人太值得帮助了，为了抗日，他们不惜付出生命。

5

这天下午，地瓜正把几盆玫瑰花搬到天台吸露水，他却看到了可怕的一幕，日本兵正用枪对着凤海堂别墅正门，地瓜吓得大喊大叫起来，日本人的枪对着我们家了,他们要开枪了……

喊什么啊?!鬼叫似的。老太爷正坐在楠木摇椅上慢慢地摇,突然听到了地瓜的叫喊声。地瓜飞奔下楼跑到老太爷面前说,我刚才在天台上看见了,看见了两个日本兵拿着带刺刀的枪,在对面的围墙边,他们把机枪架在了围墙上,枪口正对着我们家啊。

老太爷脸色大变,问,什么啊?要开枪吗?!

地瓜愁着脸说,是啊,他们做好了开枪的准备,还不停地拉枪栓,我听见了枪"咔嚓咔嚓"地响,好像让子弹上膛一样。

家里人都出来了,二龙说要到阳台上去看看,阿秀拉住他说,不要,你不要暴露,快藏到陪楼去。二龙不肯走,说要保护大家,安韵珍担心他和全家的安全,便说,二龙你如果为我们好,你得听阿秀的安排。二龙只好上了陪楼。

安韵珍一边念着上帝,一边对大家说,不要慌,快进屋里去躲起来。老太太吓得站不稳,嘴里念着菩萨保佑菩萨保佑啊。

还没来得及躲进房里,日本人便拿着刺刀进门来了,把龙家大小一起朝外面赶。老太爷板着脸大声问道,你们这是要干什么?日本兵不理他,谁也不敢再吭声,只是老实地跟着走。阿秀在想,这是要去哪里?是去枪决吗?地瓜紧张地问身边的阿秀,会集中枪毙吗?阿秀摇头,地瓜小声道,要死我们也死在一起啊,听见没?

走了一段路,安韵珍才知道是要去博爱医院,等到了医院顶楼,才发现押来的不仅是他们,还有些英国领事馆和美国领事馆的工作人员,也有教会的人,好几百人都站在了天台上。地瓜这时想溜,心想死在这里不划算,他刚准备蹲下来,一个日本兵把刺刀拦在了他面前,地瓜抱紧身子站起来不敢再动。

站好!排好队!日本兵用生硬的中国话喊着,地瓜在想,还要排队,要一排排打死啊,我的妈。他马上站到了最后一排,想着死也是最后一个死。阿秀这时扶着维娜,维娜捂住肚子,说有些不舒服。安韵珍小声道,维娜坚持下,别出声。老太爷一脸英雄气概,他挺起胸站着,眼睛直直地看着前方,老太太则在抹眼泪。这时候,日本兵又说话了,我们现在排队去登记,办理良民证。

大家一听这才放松下来,地瓜感觉如同搁在脖子上的刀掉了下来,唉声叹气道,我的妈,吓死人了,不打死我们了?原来是去办证,唉,把老子吓得。

因为人太多，排队登记好半天都没完，中午也没得饭吃，一些小孩子饿得坐在地上哭，日本人突然拿来了几个镀锌的铁箱子，只见他们用刺刀"嚓嚓"地划开，把里面的压缩饼干拿了出来，分给孩子们吃，阿秀见维娜饿得不行，便上前找日本人说，给我一片吧，有人怀了孩子。阿秀接过一片饼干，她闻到了一股子味，维娜吃下了，又觉得口干。地瓜见状也上前找日本人要，日本人说没有了，大人不要吃，饼干是给小孩的。

直到太阳下山时，良民证才办完，龙家大小回到家里，老太爷老太太累得连饭也不想吃便倒头睡下了，安韵珍也觉得腿麻坐在那里喘气。阿秀这时喊地瓜一起去做饭。地瓜却说，我也饿了一天，哪有劲做饭，再说做饭也不是我的事，还有，陪楼里还有个大男人啊。他没有去受累，还想吃白饭啊？

你！阿秀有口难言。这时，二龙突然从外面进来，安韵珍惊讶地问，二龙你没在陪楼里？阿秀说，你在外面跑，不怕日本人抓你啊。二龙道，我不放心，就跟在了你们后面，后来才知道是办良民证，让你们受累受惊了，唉，我真是无能为力保护你们。地瓜一听，火气上来了，嚷道，哼，保护？你不害死我们就得了，还保护，你自身都难保，拿什么保护我们？

我可以拿命保护。二龙的声音铿锵有力，安韵珍和阿秀听了好不感动。只有地瓜满脸嘲笑，心里想着这个人多么不知趣，而阿秀却那么在意他。地瓜哼了一声，扭头走开。

二龙这时想，如果我有了良民证进出就方便多了。见阿秀去了厨房，也便走了进去，他挽起了衣袖，准备帮着阿秀洗菜切菜。阿秀见了，忙拦住他说，不行，你不要做这些。二龙没有回答她，手已经伸到了水里，他认真地说，阿秀，你能不能想办法也给我弄张良民证。阿秀想了想说，是啊，有了这证，就能证明你是鼓浪屿的居民，他们也不会怀疑你了，我想想办法吧。

等吃了晚饭，二龙和阿秀到东楼看了阿敢，阿敢躺在床上，见二龙和阿秀进来，挣扎着要坐起来，阿秀将饭菜端到他床前说，敢叔今天饿了吧，日本人押我们去办良民证了，下午才回来，都没吃饭。阿敢问，良民证？二龙说，他们是想给鼓浪屿居民的身份进行管理，这样一来，老百姓就没有了人身自由和尊严，这是殖民统治的侮辱啊。阿敢叹了口气说，没办良民证，可能出不了岛，唉，怪我没用，刺杀汉奸没成，自己却

### 陪　楼

受了伤，躺在这里，实在过意不去。阿秀安慰他说，敢叔你安心养伤就是，不要想多了。

这天，阿秀在维娜房间给她熨衣服，地瓜跑上来，手里拿着良民证，笑着说，看，我的证件，还贴了相片。维娜接过地瓜的证件看了一眼，只见证件上写着姓名、年龄、职业等，右页注明持证人在鼓浪屿居住的地点。维娜道，这上面还写着因事前往厦门地方申请给证，只是往返厦鼓，本地居民也要带良民外出证才能出入鼓浪屿，真是不可思议。阿秀正想着如何把地瓜的证件弄到手借给二龙用。

我的证件呢？阿秀问道，地瓜说在周管家那里，都领回来了。阿秀便说，地瓜，看看你的相片。地瓜觉得阿秀是第一次这样热情地对自己说话，便欣喜地笑道，这相片拍得还行，你看，是不是比人显年轻些，我这人可能上相，你说是吧？阿秀看了看相片上的地瓜，宽脸、厚嘴、单眼皮，皮肤黑，脸上似笑非笑。阿秀想着，这真是相由心生，地瓜长得就给人没安全感，不像二龙诚挚善良的样子，但为了把良民证骗到手，阿秀还是说了几声照得好，地瓜当然是得意起来说，那是人长得好。阿秀便说要拿到房间去好好看看。地瓜想，站在面前的人不好好看，非得看相片，莫非她还难为情？地瓜想着去了花园，一边浇水一边哼小调。安韵珍走过来时他还没有发现，安韵珍道，昨天不是浇过吗，这花草会浇死的。地瓜猛然想起昨天浇过水的，连拍脑袋说，忘了忘了。

阿秀拿了证件后便跑到陪楼交给了二龙，二龙问，这，行吗？阿秀道，试试看吧，先借用几天，你马上走吧。

二龙便戴着破草帽，挑着装满水果的货郎担去了码头。日本兵示意他站住，二龙放下担子从口袋里掏出良民证，日本兵看了几眼，有些怀疑地又在二龙身上搜了搜，再对着证件看了看后才放行。二龙想幸好阿秀帮着贴了自己的相片，刚才有些险。

可二龙出去了好几天也没见回来，阿秀在家焦急地等着他的消息。地瓜问她要良民证，阿秀道，外面管得严，你出去做什么？地瓜问，那你拿我的证做什么，相片都看几天了，还没看够吗，没看够就看我人啊？阿秀笑起来故意说，天天都得放到枕边看嘛。地瓜不由得激动起来，上前要去拉阿秀的手，阿秀躲开，地瓜又跟上去。阿秀有些急了，心想这样真会让地瓜误会的，忙说，证件我得找找。地瓜不高兴地问，什么？你丢了？阿秀忙说没有没有，找到就还你。

院子里的玉兰花开了，满树的花香让阿秀更加挂念不知去向的二龙。这天地瓜见阿秀若有所思的样子，不解地看着她，伸出手问，你在想什么，我的证还来啊。阿秀回过神来说，行，过两天就给你。

你拿到哪里去了？对了，这几天没看见那个人啊。是不是你拿给他了？阿秀紧张地回答，没有没有，你的证件别人怎么可以用呢，上面有你的相片啊。阿秀接着转了话题说，你种的玉兰树真好，好香。

地瓜拍了阿秀一下笑问，香吗？真香？

见阿秀没有反应。地瓜自言自语地说了一句文绉绉的话，屋雅何必大，不等他说下句，阿秀接口，花香不在多。地瓜惊讶地笑，你也会？阿秀道，听维娜说过的，你不也是吗？地瓜又问，可你懂这里面的意思吗？阿秀反问他，你懂吗？

这时候，教堂里的钟声响了两下，阿秀突然想起要陪维娜去教堂的，便说，我得去教堂了，先走了。地瓜见阿秀要走，便在后面叫喊，你快点把我的良民证拿来，我要用的。

大肚子的维娜这时行走有些艰难了，阿秀一边扶着她一边说，小心点，别急。好在离教堂不远，她俩慢慢走过去，进入教堂悄悄坐在了最后一排。

从教堂出来，维娜和阿秀看见安韵珍，便迎了上去。阿秀道，太太，我们来晚了。安韵珍还沉醉在《圣经》里，说，《闽南圣诗》真是好听好记。传教士为收到好的宣教效果，把圣诗方言化，用本地歌谣做歌词，套用西洋音乐小调演唱，既有异国情调，又与本地文化背景相配合，这样给我们一种乡土感，亲切感。维娜摸着圆鼓鼓的肚子附和道，《闽南圣诗》，用字浅白，富有灵意，词曲交融，节节押韵，内容又很生动，歌唱起来很有力。

安韵珍听维娜说得头头是道，满脸得意。便说，是啊，许多人在教堂学会了欣赏音乐，让西方文化与闽南文化进行了对接与融合。维娜，你生完孩子后也得多带孩子来教堂。阿秀接口笑说，维娜的孩子在肚子里早就学会唱《闽南圣诗》了。

安韵珍这时看见威约翰牧师从教堂出来，他高大的身子向安韵珍走过来，脸色凝重地说，夫人，对不起，我无能为力。安韵珍明白他是在说二龙，便会意地点头，我明白，多谢，一切顺其自然吧。维娜听不懂他们之间的对话，阿秀更是不懂，也插不上话。

陪 楼

这时候，阿秀的眼睛盯住了一个地方，前面的一辆黄包车下来一位青年男子，她仔细看清楚了，是二龙。他怎么还在鼓浪屿，在忙些什么呢？他安全吗？正想着，阿秀突然发现二龙身后还有盯梢的人，便快步跑了过去，上前拉了二龙一把。

二龙回头一看，小声道，是你？阿秀，你怎么在这？阿秀急急地说，有人在你身后，小心。二龙急中生智笑起来，走吧，我送送你。说着一只手搭在阿秀肩上。二龙这举动让阿秀一怔，心里一热，眼睛却不敢看他。

维娜这时发现阿秀不见了，回头一看阿秀和二龙亲热地站在一起。便拉了拉安韵珍的衣袖，用手一指。安韵珍顺着维娜指的方向一看，没想到竟然是二龙，威约翰牧师还碰不上他的面，这不就来了。

二龙这时小声对阿秀说，情况有变我得走了，这证件还你。阿秀问，没有证件那你怎么办？二龙说他已经搞到了一本良民证。见有人过来，二龙急急地说，快上车。阿秀会意地点头，便跟着二龙上了一辆黄包车，二龙对车夫说，到泉州路。

等安韵珍过来，二龙和阿秀已经坐着车走开了，车夫拉着他们转到泉州路，阿秀扭头一看身后仍然有跟踪的人，便推了推二龙，你悄悄下车。当车子转到一个拐弯处时，二龙从车上跳了下去，闪身躲开。阿秀坐在车里面再转了几个巷子。

二龙这时躲进了一家裁缝店。这店老板姓陈，年近四十，中等身材。陈庄见二龙在看布料忙问，先生想做什么衣服？

那几个跟踪的人继续跟着阿秀坐的车，阿秀紧张地坐着，心里想着如何摆脱他们。悄悄回头往后瞅了几眼，心里着实有些害怕，她忙吩咐让车夫把她拉到福音堂去。

阿秀下车后，匆匆忙忙走到了教堂门口。跟踪的黑衣男子这时发现下车的只有一个女的，上前一把拉住阿秀问，那人呢？阿秀紧张地摇头，谁，我不知道啊。黑衣男子把阿秀推倒在地，凶了一句，你找死，跟你一起上车的男的哪儿去了？阿秀胆怯地回答说，我一个人上的车，没看见。黑衣男子踢了阿秀一脚，吼道，滚开！

二龙这时和陈庄上了二楼，他们已对上了暗号，二龙欣喜地说，陈老板，今天真是阴差阳错，没想到你这里正是我要找的地方。

陈庄告诉二龙，以后就在二楼见我。二龙道，我每周二的下午三点会来取衣服。陈庄泡了茶之后又拿来一张报纸给二龙看，说，唉，厦门沦陷，实在是，你看看，这报上写着：厦门之失，失于敌人者少，失于自己者多。这意思是说，如果指挥得当，应付适宜，绝对不至于被敌人一举攻入厦门市区。二龙想了想，点头道，厦门在抗战中平稳度过了十个月，时间应该是够的。粗粗计算，厦门有将近五万名壮丁，有超过五百以上的警察，有一个旅以上的正规军。陈庄喝了一口茶后说，如果指挥得法，配备得宜，应该可以坚持一段时间吧，可没有想到……而如今准备的结果仅仅敷衍了两天。

二龙早已听说这事，虽有同感，但不管怎么说，现在不是埋怨的时候，他心情复杂地说，眼下最要紧的是对付日本人。陈庄担心地问，刚才我看见你和一个女子同坐一辆车，她是不是我们的人？二龙明白他说的是阿秀，便想了想说，哦，没事，她是凤海堂别墅的用人，叫阿秀，我避难到她们家，之前我们见过。陈庄长长地哦了一声，凤海堂，知道了，是龙博山家，我跟龙家太太做衣服打过交道。不过，现在一切都要小心，你的行动千万要保密，不能让任何人知道。二龙会意道，我明白。

俩人正说着，阿秀气喘吁吁地跑了进来。陈庄警觉地下楼问，请问找谁？

阿秀上气不接下气地说，请问刚才进来了一位年轻人吗？

二龙朝下看，马上下了楼，吃惊地问，阿秀，你怎么来了？他不敢相信这么快她便摆脱了跟踪的人。阿秀担心二龙的安全，说，他们还会回头找你，你最好马上离开这里。

陈庄见二龙马上要走，便递给他一顶礼帽，让他换了一身长衫，简单地化完装，二龙正准备走。突然听见门口吵闹声。阿秀忙说，不好了，他们来了。陈庄急中生智地拿出一件红旗袍让阿秀换上，然后在二龙耳边嘀咕了几句。正聊着，两个黑衣男子进来了，进门就要搜，二龙正看着阿秀换上新衣，陈庄故意夸道，看看，新娘子穿上红衣就是喜庆，新郎的衣服过两天就好。二龙回说，行，过两天来取。一个长着小胡子的男子站在二龙面前，眼睛盯着他看了很久，陈庄心想他一定是日本特务，便忙上前对小胡子说，长官，这位是我客户，他们是一对新人，马上要办喜事了，改天请你喝喜酒，今天他们是来取新衣的。二龙这时牵了阿秀的手，俩人朝门口走去。不一会儿另一个拿着枪的人跑下楼，大声喊，跑了，快。

二龙和阿秀并没有走远，刚出门便折回布店后门。陈庄早已给他们打开了后门,那里直通花园。花园里,二龙见阿秀受到惊吓,便说,你先离开,这里不安全。

你怎么办?这样躲不是办法啊。阿秀有些急。

快走,我有办法。二龙说完推开阿秀,自己转身从花园侧门离开,小胡子听见了动静,冲到二龙身后,正要朝他后背扔小刀,阿秀这时还没走开,她急忙大叫,有刀,二龙。二龙一闪身,那刀刚好在他耳边飞过,落在了地上。小胡子试着上前,与二龙交手,二龙抡起柳叶掌,小胡子看样子武功高强,应对自如,让二龙有些力不从心,根本没有机会去摸枪。阿秀急了,这时她看见了地上的那把小刀,趁他们打成一团时,把刀捡了起来准备扔给二龙,没想到小胡子用脚一挡,正好刀回落在二龙的肩上,削掉了他左肩上的一块肉,而就在关键时候传来了一声枪响,小胡子眼珠子转了下,突然见机跑了。阿秀急忙上前扶住二龙,压住他肩上的血,这时候,陈庄突然打开了后门,站在他们面前,大声喊道,快!进屋来!

陈庄找来一块纱布,说,刚才我是急得没办法,开了一枪,没想到真吓跑了那小胡子。阿秀惊讶地看着陈庄说,是你啊,好险,唉,我扔那刀没想到被他一脚踢到了二龙的肩上。陈庄道,小胡子是日本特务,武功当然好。阿秀一边替二龙包扎一边说,很疼吧,那块肉掉了,怪我。二龙忍受着痛,笑道,不就掉了一块肉嘛,你去捡起来给我缝上啊。阿秀真的要起身,二龙问,干吗去?阿秀回过头说,去找你肩上的那块肉。

回来!二龙招手道。等阿秀坐下,二龙笑她傻。陈庄也笑说,用缝衣的针缝试试看。二龙,你得在我这里待几天,我会找医生来。

阿秀心里想说我来照顾你,话到嘴边又说成了,你先休息,我回家去拿药。

二龙摇头,哪里都不能待久。阿秀心里放心不下,走了几步又回过头说,你这样出去很危险,千万不要……

不要什么?走吧,这里有老陈。二龙嫌阿秀啰唆,语气硬了起来。

阿秀回到家,心里替二龙感到疼,神色有些慌乱。地瓜忙问,干什么去了?不在家里做事,跑到外面搞什么鬼?阿秀没有吭声,只是把地瓜的良民证还给了他。周管家见阿秀回来,忙告诉她说,维娜上医院了。阿秀瞪大眼问,是吗,这么快?是不是要生了?说完又拔腿往医院跑。

## 6

等阿秀赶到救世医院的病房时,维娜和她的一对儿女在睡觉,安韵珍一脸兴奋地说,阿秀,维娜生了一对龙凤胎,姐姐比弟弟早半分钟出来。阿秀激动地说,龙凤胎,一儿一女啊,真是太好了,我来晚了,对不起。安韵珍便说,没想到提前了六天生,上午去教堂时都没事,回到家就发作了。对了,阿秀,你后来去了哪里,我看见你跟二龙在一起?阿秀皱起眉头说,是的,我遇见了二龙,他却遇到了麻烦,他被人盯上,肩上还受了伤。安韵珍便急着问,他人现在在哪里?阿秀回道,在裁缝店陈老板家里,我要送药给他去,怕他来医院不安全。

他受伤了?要不要接到家里来养伤?安韵珍脱口而出这句话,让阿秀十分感动。不过安韵珍接着又说,如果二龙来,家里就有两个伤病员了。阿秀接口道,我照顾得过来。

这时候孩子醒了在哭,维娜也醒了,看见阿秀,微笑着让她过去,阿秀伏在床边细细地看维娜生的一双儿女,高兴地说,女儿像你,儿子像向子豪,眼睛还是内双哩。维娜道,像谁都不难看吧?阿秀说,都是好看得要命。安韵珍接着说,这姐弟俩这种时候出生,连他爸都回不来。维娜安慰自己说,现在的时局,保命要紧,回来也不安全。阿秀点头说,放心,这两个孩子肯定是我来带,真高兴,我当姨了。安韵珍说,就叫秀姑吧,秀姑好听。

因为要照顾维娜,阿秀这天没空去看二龙,等到第二天去裁缝店时,二龙却不见了人影,阿秀呆呆地站着,有些后悔没当天来,便问陈庄二龙去了哪里。陈庄摇着头,示意门口有客人来了,阿秀回头一看,只见两个洋人进来,让陈庄给他们量身做西服。阿秀怕待在这里惹麻烦,便掉头走了。

维娜在医院住了几天,接回家的时候,家里的难民基本上都走了,有的去了难民学校,有的离开鼓浪屿取道去了别的地方。

老太爷和老太太见到重孙子重孙女,高兴得拿出本子,记下了重孙子重孙女的生辰八字,老太爷还把名字取好了,老太爷本是饱读诗书的人,在这种特殊时候取的名也是俗到了家,孙女叫丽抗,孙子叫丽战,大概想正是抗战时期吧。老太太高兴之余又叹着气说,真是生不逢时,抗战时生的,名字都抗战了。这兵荒马乱的,吃都成问题。安韵珍道,不要紧,陪楼里的粮食还存了一些。只是这菜实在紧张。阿秀说,听说鲨鱼肝便宜,我明天去买些鲨鱼肝来,榨点油渣也可以充饥。

维娜的孩子一出生,家里人变得手忙脚乱,阿秀更是忙得不可开交,除了做饭,还得带孩子,好在向子豪的父母也时常过来帮着照顾孙子,维娜才有空隙弹琴。不管多忙,维娜是不会把弹琴的事搁一边的。维娜本想还去请个佣工来,阿秀不让,说是家里有她用不着了。其实,她心里没底,现在要给维娜看孩子,敢叔的伤没全好,尽管阿秀不说,安韵珍心里是有数的,她怕阿秀忙不过来,便吩咐地瓜去买菜。

这天地瓜跑到了厦门去买,结果菜没买到,却看了一场话剧《放下你的鞭子》,黄昏时的鹭江戏院,门口早早地站满了人,地瓜站在最前面,等门一开,他一看里面座位全满了,只好站在走道里,可惜几条走道也全是人,地瓜站在后面,认真地看着,话剧因为真实地揭露了敌人的凶险和沦陷区人民的苦难,这时,观众不由得愤慨地站了起来,握着拳头高喊,打倒日本帝国主义,打倒汉奸卖国贼!

这时,地瓜发现站在前几排的戴鸭舌帽的二龙,二龙只在陈庄家住了两天便走了。地瓜好不容易等到散场后挤到了门口,他重重地拍了二龙的肩,痛得二龙捂住肩膀,地瓜见他痛苦的样子问,怎么了这是?身子这样贵气啊。二龙忙说没事没事。地瓜又问,老弟最近在忙些什么?这时孟孟被一个男人带着走过来跟二龙打招呼,二龙叔叔,我走了,再见。

那不是你老师的孩子吗?地瓜问。二龙望着孟孟的背影道,是,他舅舅回来了,接他走。

地瓜哦了一声,你带着孩子不方便,还要搞什么抗日,你现在住哪儿?对于地瓜的提问,二龙不想说实话。便说,到处跑,居无定所。地瓜提醒道,可得小心,被日本人抓起来是要砍头的。

地瓜回到码头时,天色已晚,站岗的日本人搜他身,却没有搜到良民证,地瓜急了说,啊,我掉了,可能掉在戏院了。长官行行好,让我上船吧,我来的时候还带着哩。日本人说他混上船的,不肯放行,硬是把地瓜扣押了几个小时。

安韵珍在家里急得团团转,嘴里念着,地瓜办事就是不可靠。阿秀哄着孩子,等孩子睡着,便到后院摘了些青菜,拿到厨房煮粥。维娜因为要喂奶，饿得慌，也来找东西吃。厨房里可吃的东西实在没有了，她只是找到了一些掺杂有蟑螂屎的碎米。阿秀一边洗米一边想，明天得去看看二龙了，他的伤怎么样了也不知道。

地瓜跳进门时，嘴里骂个不停，妈的，证掉了，日本鬼子搜身扣押了我，要不是我机灵，还回不来呢。明明是我们中国的地方，搞得成了日本人的家一样，他们这是到我们头上拉屎了，这些该死的外国佬。阿秀见地瓜空着手回来，便问，菜呢？地瓜拍了拍脑袋说，哎呀，没有菜卖，我找了很多地方，哦对了，我在戏院看见了二龙，就是那个抗日分子。

二龙，他在哪儿？阿秀把米放下来问。

这么惊讶干什么？他在哪儿还要告诉你啊，真是。地瓜这么一说，阿秀意识到了自己的失态。阿秀后来想，二龙离开了陈家，说明伤好了，于是松了口气。

7

厦门是海洋性气候，一年中似乎只有两季，从冬天到夏天，中间过渡短，而且冬天与夏天差别也不太大，还只是6月初，天气便热了起来，白天太阳明晃晃地亮着，特别是中午，气温都到了三十五摄氏度，不过晚上的海风吹来凉爽爽的，跟冬天的味道差不多。一年四季穿着拖鞋的鼓浪屿人这时候早已脱掉了长衫，换上了短褂。

阿秀和维娜一人抱着一个孩子站在厨房，阿秀从那台德国产的木头冰箱里拿出冰块，然后放进凉水里递给维娜喝。这冰箱居然不用电，主要利用氨水易吸热挥发的化学性能来达到制冷的目的，上下两层，上层装氨水，下层放食物。维娜道，这天热，不喝点冰水真是受不了。阿秀说，现在也只有水喝了，你等等，我上街去看看，看能买到什么吃的回来。

阿秀穿着吱吱嘎嘎作响的木屐走在石板路上，在距工部局不远的地方，她看见了很多人围在那里不知看什么，阿秀走了过去发现大家在看一张告示，上面写着日文，有人便问这上面写的什么。有个戴眼镜的中年人说，这是鼓浪屿封证，上面写着："希望扫荡鼓浪屿租界内的抗日分子，为了回到鼓浪屿原来的样子，保证各国人民安定，作为现地海军当局，现发表声明，在25日，阻止鼓浪屿和大陆的所有交通。"25日？就是后天。阿

陪 楼

秀想到了二龙，他现在在哪里？知道这个消息吗？

这时的鼓浪屿上空布满恐怖阴云，每个岛民都惶恐不安。等阿秀走到鼓浪屿市场时，她看见路上横七竖八地躺着一些饿死的人，每条小路上都有抢劫，满街都是日本兵，她还见一些洋人也被日本人抓起来押走，凄惨的情景让她心惊肉跳。

市场里人也稀少，卖菜的没几人，阿秀只买到了几个茄子和几根黄瓜，等她出来紧张地从死人堆里绕过去，却不小心踏着了一具死尸，阿秀扑倒在了死人身上，篮子里菜也全倒了出来。这时一个日本兵路过停下朝这边望了望，阿秀吓得不敢动弹，心想装死人也许能躲过他们的刺刀。于是趴在那死人身上一动不动。日本兵走过来看了几眼，用刺刀挑起边上的菜篮子走了。等那日本兵一走，阿秀吓得飞快地奔跑回家。

回到家，阿秀来不及做饭，一脸愁容地说了刚才的事，她喘着气说，现在外面到处是死人，我刚才还在死人堆里摔了一跤，都扑到死人身上了，吓死我了。

地瓜则嘻嘻哈哈地问，你都趴在死人身上了？你还装死人？

安韵珍摇头道，唉，真是可怜，饿死了那么多人，这成了什么世道。地瓜却在开玩笑说，要不以后我陪阿秀去买菜，给她壮个胆。如果日本兵来了，我们可以一起装死人，睡在一起啊。

呸。阿秀听地瓜这么一说，掉头走开。做完饭，阿秀一点没胃口，她实在吃不下去，便跑到老太太那里去给她揉背。

去的时候，老太太正在闭着眼念《心经》。阿秀站在一边等老太太念完，一边给老太太揉背一边又提起刚才的事，老太太说，死就是投胎，是转生。阿弥陀佛，愿他们到地狱平安顺利。阿秀听着，心里却在走神，想着二龙的去向，他的伤如何了，肩上还疼吗，安不安全？

傍晚时分，阿秀收拾完，想着二龙这时候应该回来了吧，一定还是住在那间民房里，于是天一黑便出了门。

二龙和组织上的同志此时正在房里碰头，老李是常客，原是一所中学的教务长，他家在集美。今天在座的还有一位年轻的女同志小罗，曾经在厦大念过书，家里人被日本人杀害了后便出来抗日了，三个人正在说日本人唆使厦门汉奸举行时局大会的事，老李和小罗认真地分析后，老李说，会议内容是要求"收回鼓浪屿租界"。只是在会上难以下手，但会后我想应该有机会。二龙接下来说了他的具体方案。正说着，阿秀敲响了门，小

140

## 第5章 主楼

罗警觉地看着二龙，二龙站在窗边看了看，摆手道，没事，是自己人。开门之后他问，阿秀，这时候来有事吗？阿秀急急地说，25号，日本人要阻止鼓浪屿和大陆的所有交通。二龙点头说，我知道。老李看看二龙又看看阿秀，没有说话，二龙明白他们的事不想让更多的人知道，便对阿秀说，外面不安全，你得小心。阿秀见他们有事的样子，马上站起身来，哦，家里还有事，我先走了。二龙送她走到门口，这时天色已暗，借着灯光，二龙看着阿秀说，以后，记住不要轻易来我这里。阿秀心里想，为什么啊？我是替他担心，特意跑来告诉他的。这样想着，便回答说，好，我明白了，你们小心。

阿秀慢慢地走到夜色中，也不知为什么，眼睛竟然湿润起来，脑子里总是想着刚才二龙的态度，他们在商量什么大事呢，二龙接触的都是能做大事的人，根本不是自己这个层次的。我这样的人是不是不够格跟他交往，是不是自己对他关心过多，太多余了？二龙他到底在想些什么？阿秀一时揣摩不透了，不免有些淡淡的失落。

走到半路中，突然从小巷子蹿出一条大狗来，原来是几个日本人牵着狗在搜捕。阿秀吓得退到一边，想着应该马上通知二龙他们，便转身跑了回去。

当听到阿秀急急的敲门声，二龙掏出枪上好了子弹，与老李和小罗贴在了门边。是我，二龙，日本人过来了。阿秀在门外轻轻地叫喊。二龙急忙开门，将阿秀一把拉了进来。老李说，快，都从后门离开。小罗道，二龙你先走。二龙道，我留在这，你和老李带阿秀走。老李叫起来，二龙，要走一起走，你留下干什么？阿秀看他们都不肯先走，便推了二龙一把，二龙，我在这里最合适。二龙走近阿秀，你在这里最不安全。说着一掌将阿秀推开，你们快走，听见没有。

二龙，一起跑，你不要……阿秀几乎要哭起来。二龙拿她没办法，只好一起从后门逃走。刚离开，门便撞开了，大狗冲了进来，在屋子里乱叫，那日本兵嚷道，妈的，跑了。

二龙一边跑一边对他们说，快，到教堂去。阿秀不小心把鞋子跑掉了，二龙又转身帮她去捡，阿秀叫道，不要了，不用穿鞋子了。便光着脚跟他们跑到了教堂后门口。阿秀喘着气看着二龙手里拿着她的布鞋，心里一阵温暖，感动地说，给我吧，谢谢你。小罗道，阿秀没穿鞋比我们跑得更快。阿秀说，小时候我没鞋穿，经常光着脚走路。老李问，二龙，今天

陪　楼

为什么要往教堂跑？那裁缝店呢？二龙指着那边一间房说，不能固定在一个地方，那边的小房间我们可以躲一躲。

　　过了一会儿，四个人从小房间里出来，二龙没想到正好与威约翰牧师撞上，四目相对，二龙不得不上前轻声叫了声父亲。威约翰牧师张大双手，抱住了二龙，用英语说道，威尔，你终于回来了，一定是上帝的指引。而这时，追过来的日本人已到了教堂门外，威约翰牧师从容地走出门外，日本兵说要进来搜查，威约翰牧师说，教堂里都是信上帝的基督徒，哪有你们要查的人。

　　等几个日本兵冲进来时，二龙他们已换上受洗的衣服。阿秀在心里默念着，上帝，原谅我们吧。日本人看着几个正在祷告的信徒，哼哼地离开了。威约翰牧师回头看见二龙，拉他到一边着急地问，威尔，你在做些什么，为什么日本人要抓你？

　　日本人在鼓浪屿无恶不作，现在谁都抓，父亲，你这里也得小心。二龙提醒道。威约翰牧师又说，那你回来，教堂会安全些。二龙边走边说，不用了，我还有很多事要做，你保重。见二龙带着同伴离开的身影，威约翰心里有说不出的感慨。

　　一切仍然按原计划进行。这天，就在时局大会开完之后的一刻，汉奸们自信地走出了会场，早已躲藏在会场外的二龙化装成了车夫等着他们上车，那汉奸上了车后，二龙拉着他飞跑到了小巷尽头，突然，二龙把车停下来，汉奸问，停下干什么？还没到！二龙低着头不说话，猛地掏出身上的一把尖刀转身对着汉奸胸口捅去，来不及叫喊，汉奸一命呜呼。扔掉车的二龙随即跑开，可是当他跑到另一条巷子时，突然传来了枪声，有一些人在乱跑着，二龙情急中只得掉头躲开。小罗这时候在前面用一辆黄包车接应他，对他说，快，老李在民房等你。坐上车后，他们听到了有人在喊，抓车夫啊。二龙忙对拉车的小伙子说，听说刚才有车夫砍了汉奸，他们会把所有的车夫抓起来，你快躲起来。二龙说完和小罗跳下了车。

　　当他们回到民房时，却意外地发现房子外面好像有人盯梢，二龙不敢敲门，小罗着急地问，怎么办，老李还在里面？二龙明白自己不回来，老李不会出门的。这时候，阿秀正好来了，她提着菜篮子东张西望，她是来给二龙送信的，二龙不敢叫她，故意走过去撞了阿秀一下，阿秀手里的菜篮掉在了地上，二龙马上弯下腰去捡，随即小声对她说，是我，马上走，这里不安全了。阿秀这才惊讶地发现是二龙，二龙站起身大声道，对不起

## 第5章　主楼

啊，我赔。

阿秀看见二龙跟小罗在一起，不由得问了一句，你们，没事吧？二龙着急地答非所问，我赔还不行吗，怎么这样啰唆啊？

小罗只好贴近阿秀小声说，二龙今天杀了一个汉奸，正在抓人呢。现在日本人搜捕很严，不可能离开鼓浪屿。

阿秀心领神会地点头，要不，还是到我们家去避避吧，我先回家在陪楼等你们。

各条巷子都吵吵嚷嚷的，二龙的紧张写在了脸上，他这次还要不要藏到教堂里去，那里还有没有安全可言。正想着，阿秀提醒了他，陪楼里有一个秘密通道。小罗道，我看也行。二龙心想那只好又去麻烦龙家人了。

等阿秀走开，二龙和小罗先去了裁缝店，陈庄忙招呼道，先生不是今天取衣服啊。

二龙大声说，家里有事，想提前来取，有吗？

陈庄会意地说，做好了，跟我来，试试。二龙跟着他上楼。上楼二龙对陈庄说，我得到凤海堂去避避，现在出来不方便了，以后不一定每周二来。

陈庄将一件叠好的衣服放在二龙手里，轻轻地拍了拍说，领子口缝得不好，看看吧。二龙明白纸条就在衣领子里面，压低声音道，明天你有空去民房，老李还在那儿。说完转身便走出了店门。走了几步一看小罗没跟上来，扭过头时，小罗正对二龙招手，你去吧，我在店里面等消息。陈庄出来说，二龙，现在晚了，你不要走，明天再说。

阿秀回到家，饭也没做，便马上收拾陪楼房间，她想自己搬到楼下的杂屋里住，地瓜见了问，这是干什么？阿秀没有理他，地瓜跟在阿秀后面又问，在搞什么鬼啊？话都不会讲了。

阿秀只顾收拾杂屋，见一个人搬不动长条桌子，便对地瓜说，帮个忙吧，抬一下。地瓜抬起桌子盯着阿秀看，发生了什么事，说话啊。阿秀觉得地瓜真是明知故问，说，外面这么紧张，你还不知道吗？地瓜把桌子放下，我怎么会不知道，日本鬼子在抓抗日分子，我又不是，我们家又没有，怕什么？阿秀擦了脸上的汗故意说，那万一我们家藏有抗日分子呢？地瓜睁大眼睛，谁还敢藏抗日分子，你找死啊？二龙不就是在我们家躲过难吗，现在绝对不行。阿秀把桌子重重放下，生气道，算了，不用你帮忙了。地瓜不解地说，生什么气啊，我又没说你藏抗日分子，你又不是把这

143

间杂屋给抗日分子住，不是有收容所吗？

阿秀道，收容所没了，连所里的主任都被逮捕了，鼓浪屿上的难童学校也被迫关闭了。地瓜"哦"了一声，听说，六千多个难民没办法安置，莫非还得到家里来？阿秀点点头，地瓜无奈地说，你不晓得吗，现在都要断绝粮食了。阿秀，我们都会饿死，还管得了别人？你最好不要管这些闲事。

阿秀道，这不是闲事，是我们要做的。地瓜道，普通的难民也就算了，你还想把那些什么抗日分子拉到家里来，你疯了？

阿秀有些生气地说，你说得没错！

地瓜见阿秀一副坚定的神情，急了，咬牙回道，我说你怎么弄不清自己是谁，这家里是你做主吗，一个收留的婢女，还想自作主张，我都没资格，你还敢？阿秀断然回道，这是在做好事，有什么不敢？

地瓜神色严肃起来，有人真把你宠上天了？弄得家里一天到晚不得安宁，我告诉你，如果家里出了事，你小命都难保，到时别怪我没提醒你。我这是为你好！

阿秀也急了，她打开门对地瓜直说，家里人都支持我这样做，而且是太太让我这样做的。这样做没有错！谁不抗日谁不爱国。说完阿秀将门重重地关上。

地瓜又将门一把推开，他大声道，哼，什么时候学会了这一套，说我不爱国？你懂个屁。我看啊，你和那个二龙一天到晚鬼鬼祟祟的，我问你，你们俩到底什么关系？

什么关系也用不着你管。阿秀一边关门一边嚷了起来。

地瓜也来火了，再次推开门道，我就不准他进我们家！看谁厉害。

俩人正吵着，安韵珍回家了，听到他们的争吵，她禁不住问了一句，你们俩吵什么呢，还嫌外面不乱吗？阿秀跑到安韵珍面前说，太太，我有件事想求您。安韵珍怔了一下，问道，什么事，你说吧。还没等阿秀说出口，地瓜抢在前面说，珍婶婶，阿秀想求你的事你不能答应，她又想把不三不四的人弄到家里来，到时弄出麻烦我们担待不起，我们都自身难保了。

不三不四的人？安韵珍有些不明白，看了阿秀一眼。阿秀着急地说，是这样，二龙遇到了麻烦，我想让他在家里避一避。您上次也说过的，让他到家里来养伤。

地瓜接口道，我们家又不是避难所，不是医院，凭什么动不动就要躲到我们家里来。有了第一次就有第二次，日本人真要上门了，我们全家人

第5章 主楼

都要受牵连，窝藏抗日分子也要坐牢砍头的！

又是二龙，安韵珍的心情这时有些复杂，她不知道如何面对这个龙博山与阿彩的私生子，救与不救似乎都在情理之中。从内心说，她是乐意帮助二龙本人的，何况在这种国难的紧要关头。但她还是想把这个决定权交给阿秀。于是便说，我看这事由阿秀做主，但一定要注意保密。

地瓜在心里想，都让她做主，她是神啊还是菩萨啊，真是完了。地瓜觉得委屈，最后讽刺了阿秀一句，你做主吧，做主把家里搅乱搞垮！阿秀抹了一把眼泪，但她没回嘴，她也明白地瓜的心思，现在不管他了，帮助二龙要紧。好在太太支持，这就够了。

第二天一早，阿秀要出去买菜，想顺便接二龙他们过来，走到龙头路的时候，突然一个身着白色西服打红领带的男人倒在了地上，阿秀还看见了地上的血，接着有的人在奔跑有的在叫喊，一阵骚乱。吓得她退到一边，紧张地看着路人。

二龙此时已经出门，在去凤海堂的路上，他们俩几乎是同时到凤海堂的。看见二龙进来，阿秀心中暗喜，进到院子里头，阿秀还在喘气，急急地说，二龙，刚才我还去找你哩，我去了民房，里面没人，又去了裁缝店，也没人，我看见，龙头路那里杀人了！

二龙并不惊慌，似乎早就知道这事，只是点了点头。

阿秀便问，杀的是谁啊？大白天的，我看见那人突然就倒下了，地上一摊的血，估计应该死了。

地瓜这时蹲在雕花护栏边打盹儿，听见他们说话的声音，立即跑过来，他伸了个懒腰问，大呼小叫地说些什么啊？这年头死人又不是什么稀奇事。

阿秀泡了一壶茶，给二龙倒了一杯。地瓜见了不高兴地说，喂，能不能贤惠点啊，倒茶只倒一杯？我的呢？阿秀回道，你又不是客人。

二龙担心他们闹不愉快，便转了话题说，上午龙头路被刺杀的人你们知道是谁吗？

阿秀和地瓜坐下来摇头。二龙兴奋起来，说，是伪商会的头，是那个姓蒋的汉奸。阿秀皱起眉，汉奸？难怪他身边还有日本人。地瓜道，那刺杀他的是谁呢，胆子也真大的啊，日本人在场他们也敢动手？二龙说，他是和日本舰队总司令在一起，是血魂团的人干的。

血魂团？这名字好吓人哦，是些什么人啊？地瓜盯着二龙问。

145

二龙站起身说，是一支勇敢的民间抗日队伍，很荣幸我也是这支队伍中的一员，这次行动狠狠地打击了日寇的嚣张气焰。

阿秀也咬着牙说，血魂团，真了不起，汉奸是走狗，该杀！

走，去把这个好消息告诉敢叔去。二龙提议，阿秀立马跟在了二龙后面。

地瓜还在自言自语，什么，他也成了血魂团的人，真是不要命的人！

8

天色有些暗，海面的波涛时时翻涌，看样子是要变天了，跟鼓浪屿的形势一样变得严峻而诡异起来，19日三艘巡洋舰便神不知鬼不觉地来到了厦门，没几日，十多艘巡洋舰威风凛凛地停泊在了鼓浪屿海面上。汉奸被杀后的第五天，也就是5月22日，英、美、法、日四国海军在鼓浪屿英国巡洋舰上举行了谈判。"鼓浪屿事件"发生后，这些国家的海军将领都到了岛上，一群群洋水兵整天酒喝得醉醺醺的，把鼓浪屿弄得乌烟瘴气。

龙家人正坐在主楼客厅里议论着，老太爷对这事也是一腔愤慨，他说道，这走狗被杀，惹怒了主子，日军没有通知工部局，便要"借口保侨"了。

老太太心里急得很，忍不住问，他们这是要干什么啊？

安韵珍忧心忡忡地说，海军陆战队登岛挨户搜查，现在啊日军宣布全岛戒严了，到处都布满了岗哨，把守各个出入口。

地瓜蹲在一边摇头，不时地向二龙投去反感的眼神。

二龙装着没看见，愤懑地道，他们还要中断鼓岛与内地的交通，搜捕岛上的抗日分子。唉，那些押送到厦门的青年壮士都生死不明。

维娜抱着孩子插话说，是啊，日方宣称，由于鼓浪屿反日事件屡屡发生，他们要等到反日活动停止之后才撤出鼓浪屿，听说他们贴出了鼓浪屿封证，说是25号这天阻止交通。

阿秀想了想说，其实啊，12号鼓浪屿已经全部戒严了。

阿敢握紧拳头说，听说只有几天，他们就搜捕了一百多名青年壮士。

地瓜起了身瞪大眼问，啊，这样子啊？那，二龙，会不会……阿秀担心地瓜说出难听的话来，便打断他说，二龙没事。

二龙这时皱起眉头说，听说在日本领事内田的公馆里，日本和美英几

## 第5章 主楼

国几次谈判破裂,内田拒绝了其他几国的抗议,为了达到目的,日本人采取了无赖撒泼的行为,一方面武力封锁,断绝粮食和日用品来源。另一方面又指使日籍台湾浪人在鼓浪屿上横行,遍设特务机关。眼下工部局无法维持治安秩序,租界内实在混乱不堪啊。

老太爷情绪容易激动,听到这儿,他重重地放下茶杯,站起身大声道,日本人现在大张旗鼓地要排除厦门的威胁,繁荣厦门,必须占领鼓浪屿租界!简直是胡闹!

安韵珍向来遇事淡定,仍然语调平和地说,我看他们其实想利用汉奸遇刺的事做文章,实现占据鼓浪屿的野心。

二龙在想待在这里,也不一定是避风港啊。

听他们说话,阿秀突然想出一个主意,她看了大家一眼,说,让二龙装扮成龙家少爷,怎么样,这样会安全些吧?

安韵珍听见这句,不由得怔了下,心想还用装吗,他本来就是龙家少爷。于是她说,我看可以,阿秀把二少爷的衣服拿来让他试试。

地瓜挖苦道,不是少爷,那装是装不来的,日本人一看就知道他是个冒牌货。上次博饼的时候,不差点露馅了吗?我看算了,要藏要砍男子汉一个,怕个鬼啊。

在阿秀的鼓励下,二龙这天还真用心装扮了下,穿上了龙维本的西服,里面白衬衫,还打着领结,戴上墨镜,手里提着公文包,一副阔少爷派头,阿秀夸了一句,真好看。二龙故意问,哪里好看?阿秀笑而不答了。二龙道,原来是讽刺我的。阿秀又说,哪里会,夸都来不及哩。二龙便挥手说,我走了。正要出门去裁缝店,没料陈裁缝主动来了,他把厚厚的几身衣服放在二龙手里后说,试试。说完转身就走了。

二龙接过衣服便去了东楼找敢叔,他让阿秀剪开长衫衣领,里面有张纸条,上面写了一个重要情报,日伪汉奸明天下午要去舞厅跳舞。二龙看完跟敢叔商量,二龙问他,要在舞厅动手吗?阿敢摇头道,那样太危险。二龙想了想说,要不这样,等汉奸从舞厅出来,我们就等在舞厅门口。

第二天下午,二龙仍然穿上西服,戴上墨镜,手拿公文包出了门。他和老李约在舞厅对面的小酒店碰头,二龙找了个靠窗位置坐下,老李进来后,俩人边吃小菜边观察动静。等到下午五点多,舞会终于结束了,只见那汉奸穿着便服最后一个出来,二龙走出小酒店紧跟他的身后,可路上人多人挤,没法下手。二龙一直跟在他身后,跟到美国领事馆门口时,汉奸

147

陪　楼

眨眼就不见了，老李和他分头去找，转过几条小巷，最后是二龙看见那汉奸进了一家咖啡馆，大摇大摆地坐下后，让服务生送来了咖啡，二龙进门后在汉奸对面坐下了，他要了一杯咖啡，又拿了一份报纸，一边看报一边品咖啡，那汉奸在看表，像是急着离开的样子，二龙着急地想，怎么办，再不动手恐怕来不及了，如果他走掉了，办起来就难了，不如马上行动，二龙干脆大胆地掏出了驳壳枪，小心地放在报纸下面，见那汉奸正在朝门口张望，二龙咬紧牙连发了两颗子弹，汉奸还未来得及喊出声，就倒地毙命。这时咖啡馆内一片骚乱，有人在大叫大喊，不得了，打死人了。二龙迅速地把枪放进口袋，然后拿起报纸遮在脸上，起身后随着人群的骚动，逃出了咖啡厅，老李正在外面接应他，俩人坐上一辆早等候在此的黄包车走了。

干得太漂亮了！老李对二龙竖起了大拇指。二龙正在用手帕擦脸上的汗，算运气好。老李道，我送你去凤海堂。明天我们再会合。

回到凤海堂，阿秀上前问，回来了。二龙心里还有些慌，只"嗯"了一声，阿秀又说，快把衣服换下来吧。二龙进了陪楼房间换了便衣出来，还是不吱声，阿秀见他神色不对，便送上了一壶茶水，顺口问道，今天出门顺利不顺利呀？都还安全吧？二龙喝了半壶水之后，你说呢？阿秀想了想说，我说的话，看你样子，是不太顺利吧。其实，也没关系，有些事急不得，安全最重要。哦，对了，敢叔在屋里等你哩。

二龙笑了一下，一溜烟跑下了楼，阿秀紧跟在后面，在东楼的阿敢这时已经坐在椅子上了，见二龙和阿秀进来，便迫不及待地问，怎么样？二龙故意让敢叔猜。敢叔想了想说，没遇上人？阿秀安慰道，汉奸肯定狡猾得很，那就下回吧，总跑不掉的。二龙脸上这才浮起爽心的笑，你们都没猜对，今天运气太好了，嗨，那汉奸简直就是送上门的，叫都没来得及叫一声，就一命归天。

干得真利索，痛快啊！阿敢激动地说。

阿秀追着问，快说啊，怎么个痛快，没有人发现你？开了枪你还能没事地逃出来？二龙脑子里回闪着刚才发生的情景，像说故事一样说开了，知道吗，当那汉奸进了咖啡馆之后，我也跟着进去了，好贵的一杯咖啡都还没喝，我怕那汉奸跑掉，便忍不住想动手，心想这么好的机会错过太可惜了，他就坐在我对面啊，我快速地掏出了枪。

阿秀这时打断他问，没人看见吗？你胆子真大。二龙道，别急，听我

## 第5章　主楼

说完，我先用报纸盖着，当然没人看见，然后对着那汉奸连开了两枪，你们猜怎么着？敢叔笑了，还用问吗，应声倒下。二龙得意地说，那汉奸还没来得及喊出声，就死了。阿秀睁大眼，好刺激啊，然后呢，你就顺顺当当地跑出来了？二龙表情丰富地说，咖啡馆一下乱了，叫的叫喊的喊，我收好枪，混在人群里，装作若无其事地走了出来，不过心里还是很紧张，出来时我一脸大汗，衣服都湿了。敢叔笑道，真神。让我这当师傅的惭愧了。

可是你还得小心。汉奸被杀了，日本人不会安静的。阿秀对二龙的行为还是充满了担心。正说着，地瓜跑了过来，大呼小叫道，哇，我刚才听说外面有人杀掉了汉奸，你们晓不晓得？

阿敢道，当然晓得，除奸英雄在这哩。地瓜看了二龙几眼，不相信地问，是吗，就他？啧啧，没想到龙家冒牌少爷还有两下子啊，干掉了一个日伪汉奸，这可了不得。阿秀道，人家是抗日英雄，什么冒牌货。地瓜看着阿秀护着二龙，心里很不是味道，酸酸地说，阿秀，你变得好快啊，你现在眼里除了你的抗日英雄，就没有别人了。

这句话说得阿秀脸红，却不知怎么回答才好。等回到陪楼阳台，二龙也故意酸酸地说，地瓜这是怎么了，是不是他对你……

唉，别提他了！好烦。阿秀背对着二龙。二龙看着阿秀纤细的背，双手举了起来，本想放到她肩上去，结果还是轻轻地缩回了手。他也把背对着阿秀，慢慢从口袋里掏出一支烟来，点燃。烟飘到了阿秀眼前，她终于转过身问，你会抽烟啊？二龙转过身，怎么，我不能抽烟吗？

不是，没看过你抽烟的。阿秀低着头说，二龙吸了几口便拧掉了烟头，又从口袋里掏出一个小口琴来，放到嘴边，轻轻地吹响，阿秀有些吃惊地看着，听着，思绪竟然开始飘飞……

想什么啊？二龙放下口琴问她，阿秀摇头笑笑，并不作答。她也不知道自己在想什么。半晌才说，今天你累了，早些休息吧。

我要等老李来。二龙朝楼下看了看，说老李老李就到了，老李喘着气上来后，二龙便拉了他要上三楼。就在我房间说话吧，楼上有人不方便。阿秀把房间让了出来，老李开口就说，小罗生病了，这些天在她姨妈家。二龙问，有空我们得去看看她。阿秀停下脚步问，要不要紧啊？老李叹了口气说，她的身体，唉，她是想着报仇，我劝她还是保住自己再说。

阿秀去了楼下的杂屋，安韵珍出来看见杂屋亮了灯，本想进去看看，突然听见老太太在叫喊，安韵珍忙转身回到客厅，见老太太等着自己，忙

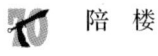

问,阿姆,还不睡啊?老太太说,阿秀睡了没,让她来给我揉揉背。这几天肩有些酸痛。安韵珍想阿秀这几天好像在替二龙做什么事,便说自己来,她一边揉一边小声说,没想到威尔他也……话没说完,老太太问,威尔怎么了?安韵珍觉察自己失口,忙改口说,威尔离开了厦门。

上哪儿了?都好几年没见着他了。孙子还没认,就跑了。我看啊,什么时候把他找回来,毕竟他是我们龙家的孙子,寄在别人家不是长久办法,这么多年了,老太爷不会见怪了。老太太叹了口气说。

不知道他肯不肯认,这样对他好不好。安韵珍喃喃地说了这句,老太太转过身说,有什么不好。认不认还由得了他嘛。他本来就是龙家的人。威约翰牧师也不晓得威尔在哪里吗?

安韵珍想了想说,他可能真不晓得,孩子大了,管不着的。老太太起了身说,改天我去问他,我的孙子不能这样没了,我要见他。安韵珍便急忙回道,现在日本人向工部局要求遣送寄居在厦门的壮丁回厦去,威尔恐怕是也回去了。老太太道,他回去干吗,本来就是这岛上的。

这时候,陪楼上面传来了脚步声,是老李下楼了,老太太有些紧张地问,陪楼里来了些什么人啊,神神秘秘的。安韵珍道,是维娜和阿秀的朋友,都是好人,他们在说抗日的事。老太太叮嘱说,抗日抗日,这些天外面多紧张啊,劝他们小心点,别惹火上身,日本人狠着呢。

安韵珍自言自语地说,宁为太平犬,不做乱世人。

## 9

阿秀在厨房忙着,突然她叫道,呀,停水了,怎么回事啊?等她跑到客厅时,安韵珍淡淡地说,停水不奇怪,这是日本人搞的鬼,他们是无赖在撒泼,要武力封锁,断绝我们的粮食。唉,现在鼓岛物价涨得飞快,到处动荡不安。

阿秀皱起眉头说,你们看,给我们本地人的是每月十二斤碎米,都发臭了,还生虫,米都黏在一起。阿秀把米端到客厅,二龙走过来也开始一起剥米。安韵珍叹了口气说,现在的米价每担竟值八千多元,猪肉每斤三四百元。一般的市民大多都难以维持生活了,个个营养缺乏,面黄肌瘦,每天都有人饿死。

二龙气愤地接口道，厦门华人的待遇还不如狗，粮食供应还分四等。甲等是日本人，每月每人可购平价米四十五斤，乙等韩、台人，可购三十斤，丙等警犬，可购十五斤；丁等华人，每月可购四斤，每斤十元。

阿秀很有感触地说，是啊，我们比狗都不如，上街买东西都偷偷摸摸，前天我去买吃的，一路上怕被抢劫，也学别人一样，缝了一个布袋挂在脖子上，吃的东西藏在袋里面，唉，太难了。

老太爷这时走了出来，一手拿着烟斗说，逃难到鼓浪屿的人日子也不好过啊，难民们一天只吃两餐稀饭，很多人在逃难路上，儿女多了就成了累赘，加上没有食物，只好卖儿卖女。

老太太不由得唉声叹气说，一些人死的死，逃的逃，都与家里失去了联系。我们在鼓浪屿待着，已经是很不错了。

二龙说，英法与德意开战，难以兼顾在华利益，态度出现了软化。英法陆战队退出鼓岛，美国"孤掌难鸣"。鼓浪屿租界当局表示承认日方最后方案。日本总领事馆还签订了《鼓浪屿租界协定》。

老太爷神情严肃道，工部局虽然自称事情圆满解决，实际上啊鼓浪屿事件是以英、美、法之妥协宣告结束的。我看，厦鼓由日本"军事侵略据点"转而成为了日军经济进攻的大本营。

维娜也揪心地说，都感觉生活在地狱里了。

老太爷这时转身盯着二龙看，问起他在厦大的事，听说你为了抗日，不念书了？

二龙在想着他的同学们，便说，是的，还有我的那些同学，有的已投笔从戎，在长汀期间，他们就报名参军。他们说，要在杀敌的战场上，做战斗的勇士，洒下自己的热血。还有厦大的一批党员，迎着抗战烽火，走出校门，奔赴广大战区，有的还献出了生命。

# 10

夜晚的凤海堂显得特别安静，没有什么声响，灯光若隐若现，琴声寂然缥缈，白天恐怖的氛围在这里似乎无可找寻，风温婉地拂过，也给寂静的夜些许慰藉与安宁。

阿秀和二龙要去东楼看望敢叔，他俩走过院子，蜷曲在杧果树下的花花听到脚步声,移步到他们跟前,阿秀将它抱了起来,摸着它的头,花花的眼在夜里闪着光亮,如同引路的灯,它温柔敦厚的毛也传递来一份暖意。

东楼里的阿敢这时下床拄着拐杖慢慢走路,但他一脸忧郁,二龙知道他是因为困在这里身体还不好不能出去参加抗日活动,心里着急。阿敢说,躺在这里我几乎成了一个包袱。二龙安慰道,敢叔不要这样说啊,现在你只要安心休息,一切等你好了再说。敢叔点头道,过几天我也就好得差不多了。阿秀,你也得好好看着二龙。

我?看着?阿秀不解地问。

是啊,别让他总往外跑,省得你担心。阿敢故意说。这话说得阿秀红了半边脸。她低下头说,他是让人担心。

二龙,听见没,有人担心是幸福的。阿敢一脸羡慕。二龙听了心里一热,从出生到现在,他只是感觉到除了威约翰牧师关心自己以外,再没有别人,但威约翰牧师事多,有时候也会把他忘了,现在却有了阿秀的关心,想来是很幸福的。于是假装问道,我真让人担心吗?我又不是小孩子。

阿秀不回答二龙的话,干脆问起敢叔来,敢叔你有没有人担心啊?敢叔摇头道,我从小漂泊在外,无牵无挂,倒想有个人担心自己。我想每个人都有担心的人吧,只是担心我的人我不知道现在在哪里,这个人是我娘。还有一个担心我的人,后来……

阿秀来了兴趣问道,这话怎么说?后来怎么了?

她是我师傅的女儿,我们从小在一起,可惜后来她死在了土匪的手里,唉,怪我没能保护好她,她就这么一直活在我的心里……阿敢的声音越来越小,二龙听见了他重重的叹息声,难怪敢叔一直一个人独来独往,原来也有这样的悲情故事。

从东楼出来,二龙和阿秀俩人慢慢地走,没有说话。夜静得有些寂寞,有些忧伤,阿秀在想敢叔的话,有了自己最想担心的人,是幸福的。二龙停下脚步回过头对阿秀说,麻烦你好好照顾敢叔。阿秀说,会的,太太让他住在东楼养伤,还请了医生上门,现在敢叔身体也恢复得差不多了。二龙说,为了抗日,他要忍住思念,他也是个苦命的人。他告诉过我,他母亲一直在找他,他也一直在找他母亲。阿秀这时脑子里马上闪现出上次在街头遇上的那个阿婆,也是在找儿子。阿秀随口说了句,我以前见过一个阿婆,她每天托人给儿子写信,她儿子九岁时就离开家,跟人学武，后来就没了音信。

二龙怔了一下，问，是吗，阿敢也是九岁时离家的，会不会是他母亲？阿秀道，是啊，那个女人也是永春人，很有可能。我跟敢叔提过。二龙道，是吗，如果是他母亲，那现在在哪里呢？阿秀道，也许还在寻找她儿子吧。但愿他们母子俩早些团聚。

走过主楼时，阿秀听见了维娜的琴声，是肖邦的《夜曲》，在这夜深人静之际听这支曲子更有感觉，二龙感叹道，在这种时候，谁还有这份雅兴，真是难得啊。阿秀清楚，岛上的琴声在任何时候都不会停止的，何况是维娜。她说，来到龙家，我每天都能听到琴声，想想真是幸福。在二龙眼里，维娜和阿秀不像是主人和用人，而更像亲姐妹。阿秀想想在龙家的日子，不由得感叹起来，我和维娜天生就像是一对姐妹，在龙家，我跟她学会了很多东西。二龙来了兴趣，想听阿秀接着说下去。阿秀也想把自己的故事告诉二龙，她喃喃道，我其实是一个孤儿，后来卖给人家当婢女，在领事馆洗衣，给洋人家看小孩，要不是被中国婢女救拔团救助，要不是遇上太太，也许我活不到今天。

二龙从阿秀的故事里回过神之后，有一种同病相怜的感慨，不由得也说起了自己的身世，我从小在教堂长大，我不晓得自己的父母是谁，我只认我的养父威约翰牧师，因为从小到大，只有他在关心我。不过，也许现在，多了一个人。阿秀意识到二龙说的多了一个人应该是说自己吧，心里暖暖的，不过她也对二龙的境况感到意外，对于二龙的一切，她知道得太少，也不便多问。眼前，她想了解清楚，于是她说，你在教堂长大？你是说威约翰牧师？

二龙点头道，他对我很好，不过，我前几年就离开了鼓浪屿。

是到你的亲生父母那里去了吗？阿秀不敢问下去。

二龙坐在了龙眼树下，喃喃道，威约翰牧师从不告诉我我的父母是谁。

那你的父母在哪里，你没有去找过他们吗？阿秀也坐下来，小心地问，她也害怕触及二龙的伤心处。

二龙低下头没有说话。风一丝一丝绕过来，像线一般织起了二龙和阿秀心里的网。阿秀心想不便多问，便换了话题说，我在威约翰家带过小孩，这么说，我们很早就见过？二龙想了想说，你带过我弟弟迈克？阿秀道，是啊，对了，我想起来了，有一次，他用英文说要吃香蕉，我听不懂，你刚好回来帮他拿了香蕉，是不是？

哦，对对，原来是你？二龙眼里闪动一丝欣喜，他想阿秀不说，真是不太记得了。

阿秀想，你当然不记得了，哪会在意一个用人，何况那是小时候的事。阿秀继续在想，那次在船上莫非也是二龙，她后来晓得当时那位外国人是威约翰牧师。于是欣然地说，还有一次，应该是在船上吧？是不是你和威约翰牧师？

船上？威约翰牧师？二龙扭过头问。

阿秀激动地说，那天我从主人家逃出来，在舢板船上，我的头巾掉到海里了，记得一位洋人和一位中国男孩帮我把头巾从海里捡了起来，威约翰牧师身边的男孩子是你吗？

二龙想了想，终于点点头。但却诚实地说，不记得了，如果是威约翰牧师，站在他身边的一定是我吧，真的是一点印象都没有了。

这么多年了，我们都肯定变了的。阿秀回道，心里想这真是奇迹。俩人一时沉默不语，好半天，才你一句我一句地又聊起来。

都十年了吧。

认不出来是正常的。

可我还是认出来了。

你变化并不大。

这么说，我们之前遇见过三次？还有一次在长汀。

阿秀这时情不自禁地小声道，上帝与我们同在，在天的父，会给我们百倍的赏报。二龙好像有同感，他明白阿秀应该也是基督徒，不由得想起了《圣经》里的话：你若爱他，就多聆听。你若爱他，就不要保留。

当他们上了陪楼后，夜已经很深了，二龙还在说，现在的时局，不知道会发生什么，厦门沦陷，鼓浪屿封锁，哪里也走不了，日本人现在很嚣张啊。

阿秀背对着二龙，许久不说话，二龙上前问她在想什么，阿秀喃喃道，其实，我也想过跟你一起去打日本鬼子。二龙明白阿秀的意思，但他不敢接受，便说，我们随时都有危险，你不可以的。

在一起，也许什么都不会害怕。阿秀也只是这么弱弱地想着，如果离开龙家，她不晓得会是什么样子，马上她便意识到说错了话，改口道，我不会连累你的，放心，待在龙家，我哪里也不会去。二龙此时的心情，有些复杂，对阿秀的期许和对自己身世的迷惑同时纠缠着他。死一般的沉

## 第5章 主楼

默,就连天上星星眨眼的声音都能听见。

沉默良久,突然一架飞机从空中袭来,吓人的轰炸声惊破寂静的夜,二龙抬起头,猛地拉起阿秀的手,将她拖到了桌子下面。

阿秀吓得气都不敢出,俩人蜷曲着身子,紧张地盯着上面看,阿秀在想,日本人又来轰炸了,什么时候才是头。虽然害怕,但有二龙在身边,似乎心里安稳了许多。轰炸声响了一阵之后停息了,不一会儿,夜又是死一样静,二龙和阿秀从桌子下面出来,二龙问了句,没吓到你吧。阿秀摇头,默默地坐着,却不知道说什么好。

半夜里,阿秀有些困了,二龙却不想睡,站在阳台上吹口琴。听见隐隐的琴声,阿秀没了睡意,悄悄地走到二龙身后。二龙猛地回头,看着夜色中的阿秀那张朦胧的脸,他欣慰道,想听口琴还是听我讲故事?阿秀微微一笑说,都想。二龙看了看没有星星的夜空说,那就讲故事吧。

阿秀当然是求之不得,便点头说好。俩人坐在阳台的护栏边,二龙慢慢侃了起来,福建建宁县有一个"神被"的故事很感人,那是1932年初冬的一天,朱德和周恩来同志率领红军到建宁,住在溪口村的一个贫农家里。晚上,朱军长看见房东黄老大娘一家五口人挤在一张没有被子的竹床上合盖一件破棕衣,忙叫警卫员拿来他的军棉被,盖在了黄大娘一家人的身上。第二一早,大娘家很感动地把被子珍藏起来。转眼啊,就到寒冬腊月,黄大娘的孙子突然病了,她忙把这条军棉被给孙子盖上,孙子出了一身汗,第二天就好了。黄大娘逢人便说是被子医好了孙子的病。乡亲们知道后都向黄大娘借被子,有病的人一盖就好了。

阿秀感叹说,好神奇啊,真是一条神被。

二龙道,神奇的还在后头,看盖在谁的身上。他们村里有一个伪保长的儿子得了重病,四处求医无效,听说黄大娘有神被,就带人在黄大娘家搜查,结果在房后的山洞里搜到了被子,但他儿子盖上后,却死在被窝里了,伪保长气得直叫,说是黄大娘的被子害死了自己的儿子,便叫来狗腿子把神被铺在地上,将黄大娘捆紧放在被子上,四周堆放柴火,狗腿子们点了火,被子燃了起来。

阿秀紧张地问,黄大娘烧死了?

二龙接着说,突然来了一阵龙卷风,被子"呼"的一声托着黄大娘飘啊飘,飘到了很远的地方。

阿秀侧脸看着二龙,又问,后来呢?

陪　楼

二龙眼睛看着前方，说，伪保长看着神被载着黄大娘飞走了，吓得要死，不久患了癫痫病死了。

阿秀忙点头道，这叫恶有恶报，善有善报，那黄大娘一定还活着吧？

二龙转过头对阿秀说，怎么样，你也讲一个？

我？阿秀怀疑自己，摇着头。

走吧，进屋去。二龙这时拉了阿秀的手。阿秀进了房间之后，二龙站在门口迟疑了下，便对她挥了挥手说，休息吧，都快天亮了。阿秀目送二龙离开，轻声说了句，你也是，好好睡一觉。

阿秀伏在桌边睡着的时候，她做了一个梦，梦里二龙给她披了一件衣服，说担心着凉。二龙也在梦里梦见了自己和阿秀在海边散步，阿秀说，这里风大，我们走吧。二龙忧郁道，真不知道走到哪里才是安全地。醒来的时候，他发现阿秀不见了，不一会儿，就见她端来了一碗青菜汤。

第二天下午，二龙在楼上听见了钢琴声，不由得朝琴声望去，他从维娜的房间窗口看见了阿秀在弹琴唱歌。她也会弹琴，这让二龙感到一阵惊喜。

琴声停了之后，阿秀上楼来了，见二龙手里拿着一本书。阿秀便问，什么书啊，能借我看看吗？二龙笑道，当然可以啊。阿秀的眼里充满了羡慕，你读了那么多书，我才认得几个字。二龙却不这么看，他说，你心灵手巧，还会唱歌弹琴。

阿秀立马抬起头，羞涩地一笑，你听见了？我是才学的，弹不好。

二龙道，不仅听见了，还记到心里了。阿秀忙问，你记得什么？是不是《望春风》？二龙笑笑，从口袋里掏出口琴来，慢慢地放到嘴边，轻轻地吹响，这调这曲不正是《望春风》吗？阿秀惊讶地张大嘴，你也会这首歌啊。

要我唱给你听吗？二龙放下口琴说。

好啊，真的，那你得教教我，教我吹口琴吧。阿秀的激动全写在脸上了。

二龙这时把口琴放在阿秀手里，阿秀道，我不会啊。二龙说，送你，这个简单，钢琴你都会，口琴就太简单了，不学都会。

阿秀看着口琴，放在了嘴边，却吹不成调子，二龙笑了下说，我还是教你吧，看我的。阿秀看着他做示范，心想他怎么那样聪明，自己却这样笨。听着听着，阿秀有些走神了，突然想起那条还没织完的围巾，于是便跑到房间把围巾拿了出来，用双手托在二龙面前说，试下吧。

二龙惊喜地问，给我织的？

阿秀点头，就是不知道你喜不喜欢。

二龙顺手拿起围巾戴在脖子上，怎么样，好看吧？

阿秀笑说，等下，还没织完哩。

二龙不想把围巾取下来，说，早些织完，我要天天戴上它。

阿秀笑了，只能冬天戴，不然会热死的。

二龙脸上浮起欣慰，开起了玩笑说，不是热死，是幸福死。

接下来几天，阿秀像变了个人似的，做事、休息时二龙的笑脸总晃在眼前，跟维娜在一起时，也忍不住将二龙的身世说给了她听，维娜不相信地说，二龙是在教堂长大的？真没想到。我想起来了，是不是小时候来我们家玩过的那个小男孩，记得是从教堂里带出来的。长成大人了，都没认出来。如果是他，他以前好像还有一个名字。阿秀问，什么名字？维娜想了想说，记得威约翰牧师叫他什么来着，威尔。对，威尔。

威尔，那他的中国父母是谁呢？维娜摇头，又去问安韵珍。安韵珍当然记得二龙，记得威尔。威尔是威约翰牧师给他取的外国名，当作小名用，二龙上了大学后，基本上不用威尔这名了。维娜又问，二龙到底姓什么？安韵珍在心里说，当然姓龙，是龙家的人。但是安韵珍什么也没说。

维娜似乎看出了阿秀的心思，这天上午阿秀在主楼前扶丽抗丽战学走路，不知为何丽抗摔倒在地阿秀也不知道，竟然在发呆地想着什么。丽抗哭起来，正在晒衣服的维娜跑过来哄了孩子半天，阿秀忙说自己不小心，维娜见她脸红了大片，不仅没有责怪她，反而说，没事的，小孩子不摔跤不会长大。哦，对了，二龙出去了吗？阿秀回过神忙答道，是啊。维娜又说，我看你跟他很聊得来。阿秀红着脸点头，维娜似乎看出了她的秘密。

阿秀还没来得及回答，突然听到院子里有动静，起身去看，只见来了两个日本兵，他们拿着枪进来，维娜紧张地搂住两个孩子慌乱地说，怎么办啊？阿秀上前想拦住日本兵，却没想到日本兵进来后立即逗乐地把钢盔戴在丽战的头上，结果钢盔太重，把丽战给压趴在地上了，那年轻的日本兵哈哈大笑起来。维娜这才松了口气，阿秀慌忙把丽抗抱在怀里。维娜也把丽战拉到身边。日本兵笑了一阵说，他们是小小小小的学生，我是大大大大的学生。维娜这才知道他们原来是大学生被征来当兵的。

这时只见另一个日本兵说，你们的房子大大大大，我们来看看。接下来他们在楼前楼后转了一圈便走了,维娜松了口气说,是两个学生兵,跟孩子一样。阿秀拍拍胸说,吓死人了。

　　日本兵刚走,二龙便下楼来了,阿秀拦住他说,好险,日本人刚离开,你要干什么去?维娜看见阿秀着急的样子,忙带着孩子要走开。二龙上前一步问,刚才没吓着孩子吧?维娜摇头说没有。二龙正要出门,阿秀又拉住了他,不要出门啊。日本人说来就来了。维娜看着二龙脸上焦急的表情,不知说什么好,直到看见他和阿秀走进陪楼里。

## 第6章　日本警察署

1

日本人贴的告示到处都是，地瓜这天也看到了：悬赏白银一千元，缉捕血魂团的人。他不由得朝日本警察署走去。

地瓜走在前面，几个日本兵跟在后头。路上，伍保长对地瓜说，这回就看你的表现了，皇军会奖赏你的，知道吗，给你个官当，让你当甲长。地瓜笑了一下说，免了吧，我才不当什么甲长。伍保长站在地瓜面前，手点着他的胸脯说，呵，你还嫌官小？我告诉你吧，我什么人，知道吧，还只是保长，你什么人，还不清楚啊，你算老几啊，还不想当，皇军看得起你才这样，不然，你就是一条路，去死吧。

伍保长的意思是当甲长还是交出一个抗日分子，由他选择。地瓜想，当甲长就要替日本人卖命，弄不好要砍头，当汉奸的事他不想做。但如果不做，日本人也不会放过自己。伍保长说不当也行，皇军有奖赏，地瓜当真地问，真的，奖什么？伍保长贴着他耳朵说，奖你去坐水牢。地瓜一听，吓得连连叫道，不要，不要。于是他狠下心来想，交出一个抗日分子，反正家里现成有一个人，何况是一个让自己讨厌的人。这样想来，地瓜便铁心要把二龙交出来。但阿敢在家里，他不敢乱来，今天是个好机会，阿敢现在伤好了，早上听他说要出去办点事。只要他不在，其他人都好说。

为什么伍保长会找上地瓜，这还是上次来家搜查时发现地瓜对他的笑里面含着某种讨好的成分。作为汉奸的伍保长敏感地捕捉到这一信息，觉得这个花匠身上有文章可做，于是有事没事叫他出来，喝杯酒，给点银两什么的，亲近多了，地瓜也慢慢明白给日本人做事的好处。伍保长板起脸道，少啰唆，到了没有？

陪　楼

地瓜弯身在凤海堂门口瞅了瞅，便做了个手势示意日本兵进去。

伍保长眯起眼睛想，原来就在你们家啊，我说，上次那个人我就怀疑，一定是他，你怎么早不交代？

地瓜先是使劲抓住铜环摇着，接着又用力敲门，里面很久没有反应。

伍保长盯着地瓜吼道，你敢骗人？人不在带我们抓什么？

地瓜急了，不可能，他不会出去的。地瓜再次敲门，又对里面喊，二龙，是我，我是地瓜，我忘带钥匙了，快开门吧二龙。

周管家这时过来在铁门边静静地听着，本不打算开门，当他听见地瓜的声音后才把门打开。门一开，地瓜立马朝日本兵使了个眼色，日本兵迅速奔上陪楼，周管家叫道，干什么啊，地瓜你这是？地瓜把周管家拉到一边说，你别叫，叫了连你一起带走。是日本人要抓二龙，我也没办法。要不，你离开这里好了。周管家道，你为什么要这样，你？！地瓜烦他道，你，你什么，快点走啊，不然你就闭嘴。周管家气愤道，这样伤天害理的事不能做啊。地瓜推着周管家往杂屋走，然后拿了根绳子一边捆一边说，老管家，我是为你好，你再叫日本人也不会放过你。就在这里面待着吧。说着地瓜还往周管家嘴里塞了毛巾，然后在门上上了锁。走时还补充了句，别怪我啊，先这样，等会儿放你出来。

这时候二龙还没反应过来，便被日本兵扣住了双手，伍保长笑了两声道，好面熟啊，是那个吹号的吧，还记得我不？

二龙朝地瓜看了一眼，地瓜不敢看他，二龙愤恨的目光盯得地瓜躲闪开。地瓜正想解释什么，伍保长歪着脑袋说，带走。不料二龙猛地一个飞腿踢中了那日本兵的下胯，随后他一拳打过去，另一个日本兵也被打倒在地，伍保长见了叫起来，混蛋，真是反了你，给我砍。一个日本兵从地上起来后，拿着尖刀对准了二龙，地瓜吓得躲到院子里的亭子后面，二龙发了功，用足力气，再一个飞腿让尖刀落地。这时候，伍保长不知在哪找到一块毛巾递给了另一个日本兵，日本兵便拿起毛巾往二龙头上一罩，趁二龙眼睛看不见，日本兵朝他腿上刺了一刀，二龙大叫一声倒下，日本兵随即将二龙押走了。

地瓜看见地上的血，惊慌失措地提来井水冲洗，然后站在门口张望。他看见二龙被带走的背影，本想跟上去，腿却不听使唤，心里不是滋味，但地瓜又担心家里人回来知道刚才发生的一切。于是，心虚地关上门，进屋后，他又感觉卸下了一块石头，一时觉得轻松，地瓜认为，二龙就是拦

## 第6章 日本警察署

在他和阿秀中间的石头,现在把石头搬出去了,他急切地想见到阿秀,让她明白,跟二龙混在一起是没有好结果的,只有自己才踏实可靠。

这么想着,地瓜松了口气,看花花过来,顺手就抱在了怀里。

没过多久,阿秀买菜回来,地瓜为掩饰紧张,主动上前问,阿秀啊,今天做什么好吃的?

阿秀说,这年头,有钱都没东西买。说完便朝陪楼跑,接着又跑下来,去了主楼、阳台、花园,地瓜见了没好气地说,你急着找什么啊,像遇上鬼一样?阿秀问,二龙上哪了呢?地瓜一听就来气,嚷道,张口二龙,闭口二龙,进门就找他,除了他,你眼里没有别的人啊?阿秀开始洗菜,头也不抬,地瓜又问,买了什么好吃的回来?阿秀不耐烦地回答,没见到那么多难民吗,饭都快没得吃,都饿死人了。地瓜自顾自地说,哎呀,今天应该吃肉喝点酒才是。阿秀抬起头说,你不是在外面有酒喝吗?今天怎么有空回来了?地瓜道,那是,外面人对我比家里人对我好得多。我怎么不能回来,这是我家!那么多难民在家里,我睡哪里啊,没人管我。现在他们住难民所了,我当然得回来啊。可惜又听说工部局董事会解散国际救济会难民所了。

阿秀也听说过难民们前往"工部局"请愿,要求继续救济的事,便回道,难民反对解散救济会难民所,有几个人被抓了。地瓜说,是啊,鸡蛋碰石头,难民还想闹事,没用的,这不是犯傻吗?这世道,保命要紧。地瓜说完走开了。阿秀叫了一声,等一下。地瓜紧张地回头,有些心虚地站着。阿秀道,算了,我去跟二龙说。地瓜以为她知道了二龙的事,原来不知,好吧,现在让她去找他,鬼影都没有了。

阿秀洗完菜又去了陪楼,还包括密室,都没见着二龙。地瓜便说了句,找什么啊,一大活人能躲哪里去,除非在厕所里拉屎。

阿秀就坐下来等,半天还不见二龙出来,又问地瓜,二龙去哪了,你回来的时候有没有看见他啊?地瓜心里有点乱,忙掏出烟来点火,点燃后吸了口,说,我,我这几天外面有事,回家就一直忙,哪有空管别人,他什么时候出门又不会跟我说,我哪知道啊。

阿秀说,现在他哪敢出门,外面很紧张。他不会随便出去的啊。怎么搞的呢,哎呀急死人了。

地瓜不以为然道,你急什么呀,可能有事出去了吧,他们这种人,行踪不定,跟风一样的,摸不着看不见。

阿秀听了，心里更急，又去阿敢房间也没见着人，便问，敢叔呢，怎么他也不在家，难道是一起走的？地瓜拍拍脑袋说，哦对了，一定是他俩搞秘密活动了。但阿秀还是不放心，转身跑出门外，在鼓浪屿每条巷子里找，希望能遇上二龙。她刚从布店得知消息，说日本人要查凤海堂，怕是二龙藏在家里的事被发现了。

但是阿秀一无所获。阿秀去了布店，但是布店已经关门，老板陈庄不在。阿秀回到家，她坐着喘气，地瓜说，你真是犯傻。维娜回来问，怎么了，累成这样？阿秀说，真是怪了，上午我只出去了一小会儿，回来二龙就不见了。我在岛上找了半天也没找到他，急人，不知他上哪去了。

维娜说，外面这样紧张，他应该不会跑出去，是跟人接头去了吗？

很危险的。阿秀急得想哭，是吗，那怎么办。怪我没看好他。不过，二龙说过要早点离开这里，他怕麻烦我们。维娜安慰道，别急，先等等吧。如果要查我们家，他不在也许对他来说安全些。地瓜这时插了句嘴，人家是过客，你以为长留这里不走啊，他要抗日，要革命，要干大事，待在这里能干什么，干大事的人做事会保密的，以为都告诉你啊，别那么一厢情愿。

正说着，阿敢回来了，只见他红着眼，进门便坐在石阶上捂着脸，阿秀走过去问，敢叔，你身体没事吧，你出去了？阿敢把头埋在手心里，失声哭了起来。

安韵珍、维娜也过来问，阿敢哭了一阵才开口说话。原来他今天上街的时候，看见了排着队的难民，有一个衣衫破旧的老阿婆没站稳，慢慢地倒了下去，阿敢不由得上前一步扶住她，有人在一边说，唉，老人家饿晕了。老阿婆无神的眼睛这时盯住了阿敢，终于她叫了一声，阿敢，敢儿。阿敢一听，猛地恍然大悟，这不是日思夜想的阿姆吗？要不是她刚才叫了自己的名，他根本认不得阿姆了。阿敢哭喊着，阿姆，我是阿敢啊，等等，我去给你拿吃的来。阿敢将他的阿姆扶到一边坐下，又迅速跑进一家小店买了几个米糕，等他跑过来时，阿姆却坐在那里闭上了眼，不再动弹，不再唤他阿敢了。阿敢抱紧她，泪如泉涌，眼看着阿姆饿死在眼前，阿敢的心如同撕掉了一块肉，为什么不早一点看见她，为什么刚刚找到就阴阳两隔，阿敢后悔不该离开，后悔小时候离家出走学武，后悔的泪水如雨点一般落在阿姆的脸上，阿敢抱了阿姆一会儿，后来将她埋到了燕尾山坡地。

## 第6章　日本警察署

所有人都在流泪，安韵珍抹了抹眼泪说，你应该把你阿姆带到家里来，她或许就不会死。阿敢叹道，老天只让我见了她一面，就……阿秀眼眶湿润了，说，好在见了一面，她老人家放心地走了。那年看见她，还在给你写信，没想到她也逃难到鼓浪屿，可是为什么没早些遇见呢？

老太太也叹道，这就是命啊。

维娜沉默了一会儿，说，唉，敢叔节哀吧。

阿秀这时候心里惦念着二龙，不禁脱口而出，二龙他去了哪里，请上帝告诉我吧。

阿敢道，二龙，怎么了？二龙不是在家吗？阿秀着急起来，就是不在家，也不知道他去哪里了。阿敢说，路上还听说有抗日分子被日军抓走了。阿秀一脸紧张地说，难道二龙是被鬼子抓走了？

维娜说，不会的，日本人怎么知道他在我们家里。先不要着急，也不要乱想。

而地瓜的话总是说出来不太好听，他说，也许日本人早盯上了他，二龙早晚要落到日本人手里的。

阿秀身上像被针扎了一下，她忍着疼说，真的抓走了？

地瓜说，完全有可能，他们这种人处处有危险，时时会砍头。

阿敢道，我出去看看。说着要出门。阿秀拦住他说，我刚才去找了，没有。敢叔，这种时候你不要出门，待在家里安全些。

阿敢这时发现院子里地上有血迹，走过去看了看，他怀疑地说，家里是不是来了人？该死，我不应该出门的。地瓜这时有些慌乱，心虚地说，大家不要乱猜，二龙说不定就要回来了。阿敢盯着地瓜看，看得地瓜不好意思了，他连连摆手道，不要这样看我，看我干吗啊，我上午回来的时候二龙就不在家。阿敢问，地上为什么有血？还没弄干净呢？没等地瓜回答，阿秀道，万一没回来，如果出了事，我要去救他。维娜认真地说，你怎么救？拿命吗？现在真实情况还没弄清楚。

地瓜说，地上的血你问阿秀，上午我不在家。阿敢逼着他问，那你上午干什么去了啊？地瓜见阿敢这般威风，干脆撕破了脸，大声道，你问我干什么去了？你管得着吗，你呢，你干什么去了？你是家里护院的，是保镖。哦对了，你去找你阿姆了，家里如果出了事你有责任！如果二龙被抓走了，是你没保护好他！

阿敢不想再跟他吵，也没心情吵。他还没从失去母亲的悲痛里走出来。他于是静静地坐到了院子的龙眼树下去哭了。

到了晚上，二龙还不见回来，阿秀急得一会儿跑到门口看，一会儿跑到陪楼里等，安韵珍回来后知道了这事，劝大家不要惊慌，如果晚上还不回来，明天她去打听。安韵珍这时喊着周管家，想让他备些钱明天要用。喊了半天没有回应，大家这才想起周管家不在家。阿敢觉得奇怪，怎么二龙和周管家都不见了。

正在着急之时，花花躲在杂屋前叫着，阿敢走了过去，听见了里面有嘶哑的声音，他大声叫，有人吗，有人在里面吗？里面的声音越来越弱，阿敢忙找阿秀拿来钥匙，开门一看，周管家倒在地上，嘴里含着布，双手被捆在后面。阿敢忙给他松开双手，又把嘴里的布取出。安韵珍一见，忙给李医生打了电话，但李医生家没有人接，阿秀想起家里有些药，安韵珍摆手说，恐怕不行，得送医院。

第二天一早，安韵珍便出了门，回来的时候，神色紧张，阿秀心里猜到了七八分，安韵珍说，老陈告诉我了二龙被抓的消息。他猜测这里面一定有人给日本人通风报信。

维娜分析说，是不是上次二龙藏在我们家，日本人已经怀疑了？或者是有人告密？阿秀着急地说，谁会告密啊，又没有人知道。地瓜摇头道，不一定，你俩接二龙进家门的时候，也许有人盯上了吧。他们就天天守在门口，等机会下手哩。阿敢道，我看是出了汉奸。

阿秀呆呆地听，他们说了些什么，其实她没有听进去，她只是往门口走。维娜叫住她，阿秀你干什么去？阿秀没有回头，阿敢跑步站在了她跟前，不要走，我们一起想想办法。阿秀想起了什么，说，昨天上午我出去了，二龙一人在家，我回来的时候只看到地瓜，二龙却不在了。

地瓜这时心里有些不安起来，便安慰阿秀说，怎么办，我们有什么办法，我们帮助他在家里避难，现在他被抓走，与我们没有关系啊，我们不要负责的。

安韵珍盯了地瓜一眼说，什么叫不要负责，什么叫没有关系？我们的同志在我们家被日本人抓走了，我们就有责任，就得想办法去营救。

阿秀接口道，我要去救他。

地瓜装得若无其事地说，你救？你去就是送死！

阿秀突然对地瓜大声道，我就是要去救他。就算是拿命也要去，你别在这里胡说。

安韵珍想了想，镇定地说，我去试试，找一下威约翰牧师。

而这时的教会也被日本人视为敌对机构，传道人在教堂讲道，经常来一两个人，站在教堂后面监视，如在聚会，他们就在那里走来走去，等礼拜开始，钟也不让敲，说是以免有人用钟声与外边或内地联系。威约翰这时候参加的灵修会，都是日本人在宣传亚洲是一家人，教会由亚洲人管理。亚洲人的教会，中日一家友好，大东亚共荣圈，日本人要求在讲道中为他们做宣传。威约翰牧师的行动也受到了限制。安韵珍没去跟他联络上，但还是在参加灵修会的时候才透露这个信息。

## 2

日本领事馆位于鹿礁路，紧靠英国领事馆。为何选于此，据说在1896年，日本强迫清政府允许其在厦门设立专管租界，日本政府派上野专一到厦门任领事，当时要求在建立日本领事馆时必须要满足两个条件：第一，靠近英国政府；第二，靠近厦门。这个以拱券宽廊仿英式住宅为主的房子，也都处处流露着闽南建筑风格的气息。主馆的女儿墙和廊檐压条部分，独具匠心地采用了闽南彩陶烧制花瓶为装饰；主馆右侧的两栋楼房也都是典型的日本风格建筑。两幢红砖楼一个是日本的警察本部、一个是宿舍。警察本部的地下室建了一座监狱。监狱的墙壁上满是被囚禁者刻下的反日标语、关押天数和血迹。

本来地下室是用来防潮的，不能住人。而可耻狠毒的日本人却用来做牢房，关押抗日志士。二龙就关在了阴暗潮湿的地下监狱。

这天，日本警察特务正对二龙进行残暴行为，用摔打、拷刑、夹棍等酷刑蹂躏他。说还是不说？面对这样反反复复的拷问，二龙醒着的时候一言不发，晕过去的时候更让他们咬牙切齿。

一个警察上前看了看二龙，脱口道，他好像没气了。

什么好像？没死就得打。看他是不是铁打的身子，明天继续。日本特务在吼叫，而全身是伤的二龙瘫痪在地上，已经不省人事。

阿秀这天一个人悄悄跑到了日本警察署楼前。她蹲下身子，朝地下监狱的小窗子里左探右望。里面是个什么样子，阿秀不敢想象，一定充满了恐怖和血腥。她没有看见二龙，只在墙壁上看到了被关押的抗日志士留下

165

的抗日标语和斑斑血迹。

一个日本警察出来看见阿秀,用枪对着她的头让她离开。阿秀拼命地跑回来。维娜进门看见阿秀,问她,怎么了?阿秀哭着说,我去了,到了地牢外面,看见了血。维娜急忙问,有没有看见二龙?阿秀摇头,进不去,二龙在里面,你说他会不会被打死啊。维娜说,不会的,你别乱想了,妈妈去找了威约翰牧师。阿秀急忙问,怎么说,有希望吗?阿秀转身跑到二楼安韵珍房间。阿秀急急地说,太太,你得帮我,把二龙救出来,我求您了。说着,阿秀跪了下来。

安韵珍放下手里的书,把阿秀扶起来,阿秀,你这是干吗,我们等等吧。这时,阿敢突然站在了安韵珍面前说,我去救二龙!阿秀叫了声敢叔,感动得说不出话来。安韵珍想,现在如何是好,也想听听阿敢的想法。但阿敢的想法安韵珍很快否定了,她说,这怎么行,拼命不是办法。阿敢说,大不了一死。阿秀求他道,不说"死"字好不好?!你阿姆刚死,你还得替她报仇啊。

安韵珍不理解阿秀为何这般伤心,二龙只是在家里躲过几次难的抗日青年,二龙被捕,家里人也揪心。但阿秀似乎很在意二龙。他们之间相互有了好感?安韵珍猜想,都是信徒,也许更易沟通吧。

昨天,安韵珍已经将二龙的情况告诉了威约翰牧师,威约翰不相信二龙会这样做,威尔变成抗日分子我一点也不知道。安韵珍说,抗日救国这是对的,只是他现在在日本人手里,我们得想办法救他出来。威约翰说,威尔虽然是你们龙家人,但也是我的养子,尽管我现在受到日本人控制,但如果我没有尽全力救威尔,上帝不会原谅我的。

威约翰去与日本人交涉,最后日本人答应可以有一个人去探监。本来,威约翰想去,安韵珍也想去,阿敢也想去,但阿秀更想去,维娜悄悄问了阿秀理由是什么,阿秀不得不说了一点实情,她忧郁地说,维娜,你是我的主人,也是我的姐妹,我跟你说实话吧。我和二龙,都到了这个份儿上,你看,是不是只有我去最合适?维娜没有想到她和二龙之间的感情发展这样迅速,现在除了担心便是祝福了。维娜说,阿秀,真的希望你和二龙早些团聚。阿敢最后不得不站出来说,就让阿秀去吧,二龙在等她。这句话提醒了安韵珍,她会意地点点头,她立刻明白这两个孩子早已经彼此有挂念了。

得到可以进去探监的机会,阿秀早早地做了准备。她第二次到日本警察署的时候，站在楼前的木棉树下等了很久，阿秀手里提着一个饭盒和一个包裹。她想，她要把自己做的饭给二龙吃，把自己做的鞋给二龙穿。日本人这时出来拿着长枪站在了她面前，示意她进去。没多久，戴着手铐脚镣的二龙拖着沉重的身子向她慢慢移过来了，透过铁窗，阿秀看见了一个面目全非的二龙，头发乱七八糟，身上伤痕累累，脸上血迹斑驳，眼睛无光无神，阿秀叫道，二龙，二龙……还没说什么，阿秀就忍不住哭了起来。

二龙看着悲痛的阿秀，艰难地吐出了几个字，阿秀，你哭什么啊？阿秀似乎除了哭说不出别的了，好半天她才擦了眼泪，然后把饭盒和鞋子从窗户里递给二龙，她哽咽道，二龙，你要保重啊，一定……

二龙含着泪点头，俩人的手紧紧地抓在一起不肯松开。

阿秀脸上的泪水不停地流，总是擦不完，她也知道，没时间让她在这里哭了，得马上离开。于是阿秀急急地小声问，二龙，你是怎么被抓进来的啊，到底是怎么回事啊，快说啊？二龙叹着气说，那天，地瓜喊门……

话没说完，日本警察来了，说时间到，让阿秀马上离开。阿秀叫起来，二龙，是不是地瓜，是不是啊？我等你出来……

这晚的二龙，没精打采地躺在地上，脑子里很乱，一会儿是阿秀期盼的眼神，一会儿是地瓜阴险的笑脸，耳边回响最多的是阿秀的声音，我等你出来！一定要出去，可是，还有出去的机会吗？阿秀，这辈子我们俩就这样别了，虽然相聚短暂，但记忆永远。二龙有些绝望地想着，任由眼泪一拨一拨地掉下来，掉在他血染红的上衣上。

3

阿秀一路上都在想二龙没说完的话，地瓜喊开门，难道是地瓜？不可能，那难道地瓜早知道这事？阿秀回到家就把这事告诉了安韵珍。安韵珍想了想，认为地瓜也有可能，他一直对家里来外人表示反感，特别是看见二龙与阿秀亲近看不顺眼，再说，他那德行也容易与日本人靠近。安韵珍压住气对阿秀说，我去问问。阿秀难为情地说，我不知道，也许，也许不是吧。但愿不是，不是他。

第二天安韵珍便把地瓜叫到了鼓浪石前。安韵珍开门见山地用激将法说，今天把你叫到这里来，知道为什么吗？地瓜自以为聪明地说，是让我散散心吧，这几天我为阿秀的事也烦哩。

安韵珍摇着头说，让你到这儿来，是让你想想当年你二叔公带你来我们家的时候，他在这块鼓浪石前如何教你的，你应该记得吧？地瓜瞪大眼，记得啊，我二叔公和我在鼓浪石前面照完相对我说，做人第一，做事第二。

安韵珍说，这块石头可以作证，可是你今天的做人让我太失望。

地瓜摸摸脑袋不解地问，我做错了什么吗？

安韵珍提高嗓门说，你说，是不是你出卖了二龙？！

地瓜笑了，我出卖他干什么啊，我恨死日本人了，怎么会呢？日本人这样坏，难道我去帮他们？珍婶婶，你不是怀疑我吧，我能是那样的人吗？

安韵珍看见地瓜不自然的表情，进一步问，那我问你，那天你叫二龙开门，为什么之后二龙就被抓走了呢？

面对安韵珍的责问，地瓜一时怔住了，她怎么知道是自己喊的门。他只得解释说，是我叫二龙开的门，没错，可后面日本人怎么跟在后面就不知道了，谁看见我叫的门啊？

见地瓜面上有一丝慌乱，安韵珍继续敲击他，我相信不是你，但当事人二龙总应该清楚吧。他现在还没死，还可以开口说话！

地瓜一听便不吱声了，他慢慢地蹲下来，坐在石头上，点燃了一支烟，狠狠地抽着，许久不吱声。风有些大，吹乱了安韵珍的头发，她拂开脸上的头发，定神地看着地瓜说，地瓜，你来我们家也有些年头了，你的为人我也了解。但我没想到这事会变成这样子，太让人失望了你！

地瓜摇了摇头，烟还没抽完便拧熄了，叹了口气说，二龙说了，二龙说什么了，他被关在地牢里，你们怎么听他说的，奇怪？

安韵珍见他有些紧张，便接着紧逼，阿秀去看二龙了，二龙亲口对她说的，这事瞒得了吗？

地瓜还在为自己开脱，我叫他开门，没错啊，我又不知道后面发生的事。

安韵珍生气道，后面发生的事，就是接着二龙被抓？

地瓜脸色有些难看，转了话题说，我听说厦大的学生也有不少抗日的，唉。

安韵珍的口气越来越硬了，地瓜，你不要转移话题，你紧张说明你心里有鬼。好汉做事好汉当，如果做了还敢不承认？

安韵珍想平时看在老太太面子上，一直对地瓜宽容忍耐，但这次她不能迁就他，便生气地说开了，我想问你，是不是你把日本人带到家里来的，替日本人卖命，出卖自己的同胞，这是你地瓜干的吗？是我龙家花匠干的事吗？

地瓜支吾着，我，我承认我想跟阿秀好，没有想过要伤害二龙，是阿秀她伤害了我。

安韵珍实在没想到地瓜对阿秀这般有意，到了把二龙看成情敌的地步，她直截了当地说，我看，你就是见不得二龙和阿秀好，就是想跟阿秀作对，就是想让二龙离开。你也不想想，即使没有二龙，阿秀也不可能跟你好的，二龙真有妨碍你吗，即便有你也至于出卖你的良心去害人？！你，你真是一个罪人！

地瓜起了身，别说得那么严重行不行啊。这时他又听见安韵珍在说，还有一个理由，日本人想收买你，给你官当是不是？

地瓜想了半天，说，我，唉，哪里的事，不瞒您说，日本人是想让我当甲长，可我没答应，做汉奸？这个，我肯定不会，放心啦。地瓜一会儿站起来一会儿蹲下去，看看海上的浪扑过来，他跳了一下，双脚差点沾上了水，接着他又无奈地说，我跟你讲哦，这二龙待在家里是个祸害，早晚都会出事的，我之前就说过。

安韵珍真是气坏了，她气得连连咳嗽起来，简直是胡言乱语，你的意思是不如你把他赶走，送到日本人手里？你让他走，也不能替日本人做事啊，你这不是汉奸又是什么？你，这样做，便是亏缺了上帝的荣耀！

听见说上帝，地瓜笑了，他哼了几声道，上帝，别跟我提上帝，我又没有信上帝，这些都免谈好了。安韵珍努力压住火，想着无论发生什么事，都要拒绝生气。地瓜第一次看见安韵珍的脸如此惨白，觉得自己是一时糊涂，他也清楚，即使二龙离开，阿秀也不会跟自己好的，相反增加了她对自己的恨。

地瓜这时听见安韵珍说，我看你还怎么去面对阿秀。

想到阿秀，地瓜觉得自己无能，便叹口气说，是我不对，也许二龙关几天就放出来了。要不，我去说说情？

安韵珍更加觉得好笑了，你认为日本人会放二龙出来吗，进去了的有几人能活着出来的？我看，你走吧。我会给你准备钱，你回家也好，另找出路也罢，都随你。

地瓜一听便慌了，他实在没想到安韵珍会说出这样的话来，他在龙家待了这么多年，对这个家的感情无论如何都要比阿秀深，就因为这事就要让他走，地瓜想不通，他开始求情道，珍婶婶，我在你们家好几年了，我做得不对，可以改，我错了，也是一时糊涂，我保证以后不会了。

安韵珍想了想心平气和地说，目前的情况，阿秀肯定要住在家里，只有你离开，这样对你和阿秀都好，你也去成个家，好自为之吧。

地瓜听了这话之后，感觉没有了回旋的余地，咬紧牙想了一会儿，然后语调硬了起来说，我在龙家，没有功劳也有苦劳，让我走，没那么容易，我得问问我三姑婆，我走不走也不是由你来决定的。

安韵珍知道他会来这一套，并不慌张地说，我想老太太知道了会支持我的决定。地瓜走开了几步，回头说，那好，等着瞧！

地瓜进了家门直接去了老太太房间，安韵珍也随后到了。地瓜抢在前面说，三姑婆，我跟您讲个事。老太太正在喝着茶，见地瓜和安韵珍前后到了，放下茶杯便问，什么事啊，这么认真的样子？地瓜说，珍婶婶要让我走，离开这里。老太太一听，看了儿媳一眼问，为什么啊？有这事？安韵珍正要说话，地瓜接口道，她误会我，说二龙被日本人带走是我搞的鬼，您看，这不是天大的冤枉吗？老太太心里一紧，又看了安韵珍一眼。安韵珍不紧不慢地说，这事地瓜心里最清楚，阿秀去牢里看二龙，二龙都说了，是地瓜叫的门，日本人跟着就进来了。老太太想了想，去把阿秀叫来，看她有没有撒谎。

阿秀进来后喃喃地说，二龙是有说，但我不相信。

老太太转过头问安韵珍，你看，连阿秀都不相信，你怎么可以随便就信了呢？地瓜见老太太态度明确，便搬了把椅子坐在她身边说，就是，随便就冤枉我，一直也不看好我，连外人都不如，找个理由就想让我走，家里也只有三姑婆您疼我，您能主持公道。

安韵珍也坐了下来，她淡然道，地瓜你说话要有良心，我们对你怎样你心里明白。老太太插话道，地瓜这几年很辛苦，也很努力，他再有错，也不能随随便便让他走，这么大的事，不能由你来决定的，都没跟我说一声。见老太太对自己有意见，安韵珍不想多说了，她知道说多了也没用。地瓜这下便嚷开了，二龙是什么人，到家里避过几次难就亲得不得了，成亲人了,还没死阿秀就哭得要命,他不见了就要让我走?要是我不见了,你们会高兴得开庆祝音乐会吧?真是气人。

不看僧面看佛面,谁也别想让地瓜离开!老太太被地瓜一番话说动了,她有意无意地盯了安韵珍一眼。安韵珍想,地瓜这种人可悲就可悲在永远不知道自己的错、错在哪里,他待在家里才是祸害。

地瓜这时凑近阿秀小声说,看见没有,现在晓得了我在家里的地位吧。别拿一个二龙来压我,别以为你救了维娜你就是佛是神了。

阿秀明白这一切,她根本不是地瓜的对手,终于低下了头,说了句,不要说了,是我错了,我要去救二龙,我走好了,我给家里增加麻烦了,对不起。说完转身就走。

老太太有些看不明白地问,她这是怎么了?非要去救二龙,二龙难道没有人去救吗,我就不懂,你们都为什么对二龙这般上心,他到底是什么人?

安韵珍回道,他是英雄,是打击日本人保护民众的人,是爱国青年。他在我们家被抓,我们得弄清楚,再想办法去救人。安韵珍还在心里说,他还是您的亲孙子呢。

老太太叹了口气说,唉,这样的好人栽到日本人手里真是可惜,前世造了什么孽啊。地瓜一听越发来劲了,是啊,这都是前世注定的。老太太附和道,不是我说,自从阿秀进了家门,家里就没安静过,现在外面这么乱,家里不能再乱了。

什么乱啊?正说着,老太爷慢悠悠地走了进来,地瓜见了有些紧张,他晓得老太爷一向的态度。便说,没事没事,三姑婆说外面乱,让我们小心些。安韵珍打了圆场,阿爸,我们刚才聊外面的形势哩。

这外面的形势嘛,不说都晓得,日本鬼子强占我们的地盘,你们几个还能有办法赶他们走?老太爷像在说笑话。地瓜一听笑了,姑丈公,您这不是跟我们开玩笑嘛,我们哪里有那能耐让日本人走,最多也是顺着他们。

你说什么?顺着他们?老太爷的眼睛瞪圆了,

老太太打了地瓜一下,说,他这张嘴,就是改不了。老太太不想跟老太爷理论,怕惹他上火,便转移话题,顺便挑挑安韵珍的刺,便说,这几年家里进进出出的人多了,得把握好,以后啊得先把八字属相拿过来算一算,看与我们龙家合不合。

安韵珍当然是听明白了老太太话里的意思,想了想平静地说,以后注意，妈，我回房去了。这事听您的，我没意见。

这时候，阿敢一步跨进来，他有些不平地说，老太太，这件事我觉得……安韵珍示意阿敢打住，老太太看了阿敢一眼，心想他也是安韵珍请来的，当然会站在她一边说话，于是直言道，以后家里的事都得我和老太爷定了再说，大事小事都得通气。

地瓜给老太太加了茶水，老太太转过身对他小声道，以后啊你别跟那些日本鬼子来往。地瓜点头道，晓得晓得，不会的，您放心。还有啊，家里盖房子的事，我想尽尽力。老太太顺口说，也是，让你做花匠也是委屈了你，其实你还是有些脑子的，回头我给你山叔说下。地瓜笑了，我就晓得三姑婆您会为家里人着想。

老太爷看不得地瓜那讨好卖乖的样子，便问，地瓜想干什么啊？老太太说，地瓜是好心，他想多做些事，不然呢只做花匠也太可惜了。没想到老太爷却冷笑一声说，不可惜，做什么都一样，重要是看他适合做什么。

地瓜一听急了，姑丈公，没让我做，我哪有机会啊，做了才知道我行不行吧？出国留学做生意我做不来，可是在家里干点别的是完全可以的，我都干花匠这么久了。老太太道，说得也是，都说他不行，又不给他机会，让地瓜试一试不行吗？老太爷很响亮地喝了口茶，便推托道，这事我也管不了，现在生意上的事都是博山在弄。

我们走吧。安韵珍把阿秀和阿敢叫了出来，阿秀闷闷地想，离开龙家的是不是应该是我？

4

回到主楼客厅，安韵珍坐下了，她思绪很乱。一会儿却见阿秀拎了包进来，只见她说，太太，对不起，我想，我应该走，不连累你了。让你为难。我，我有罪。

安韵珍轻声叹道，不要这样说，我们都是罪人。可是我不晓得你为什么要走？这与你没有关系啊。阿秀想到地瓜就生气，便直言道，我不想再看到地瓜。安韵珍摇了摇头说，真是无奈啊，你看地瓜那德行，他脑子装的是贪婪、嫉妒、自私，他的心是阴暗的。阿秀坐在安韵珍身边说，谢谢您救了我，让我在你们家过好日子，我一辈子都不会忘记您，以后，以后我会常来看您的。安韵珍一听这话，眼眶有些湿了。她不舍得阿秀离开，但她眼下说不动阿秀，也许她在外面更自由些，也只好让她先出去缓一缓。说完起身回房拿了银元放在阿秀手里，这些你用得着。

晚上，阿秀先去跟阿敢道别，阿敢觉得自己没能救出二龙，难为情地说，怪我没用，什么都帮不了你。不过你放心，我会想办法。你出去一定要小心，有什么困难得告诉我。阿秀接着去了维娜房间，维娜也在生地瓜的气，说，没想到他干出这种恶心的事。阿秀道，算了，这就是二龙的命，我也认了。维娜，也许吉人自有天相，二龙不会死的。不管如何，阿秀，我俩都是好姐妹。维娜拉着阿秀的手说，你一个人在外什么都不方便，需要什么尽管说，一定要保持联系，希望你早些回来。阿秀点头说，多谢了，我不会走远，放心。

第二天一早，阿秀最早起床，带上安韵珍和维娜给她的钱和物，悄悄开了门离开了凤海堂。

就在阿秀离开龙家的第二天，周管家才醒过来。地瓜后来去了医院给他吃了使人长期昏迷的药。但醒过来的周管家却不会说话了，他哑哑地叫着，安韵珍看着心疼，周管家示意她拿笔来，安韵珍明白了什么，周管家便在纸上写下了"地瓜汉奸"这四个字。

阿秀这时去了教堂找威约翰牧师，她想继续在他家看孩子。威约翰牧师微笑道，我的孩子现在大了些，他妈妈也来了中国，不需要请人照看了。要不这样，我帮你联系救世医院，那里可能需要人手。阿秀感激道，那太谢谢了，我想还有一事想请您帮忙……

不等阿秀说完，威约翰牧师说，我知道，是二龙的事，我也着急，我找日本人谈过，他们现在不肯放人，还得再想办法。

阿秀在救世医院做洗衣工，这让她感觉又回到了从前。

不久，地瓜凭着有老太太的袒护逼安韵珍将盖房前期筹备款划了一部分给他。虽然只是一小部分，但地瓜觉得自己赢了第一步，可以放开手脚用这笔钱，顺便也可以捞上一点油水。安韵珍知道老太太对地瓜从来都是睁一只眼闭一只眼，肥水不流外人田嘛，明知地瓜不能胜任，但让他从中获得好处这是明摆着的，安韵珍不想把婆媳关系弄僵，这么多年维持的和谐不容易，这样婆婆心里也高兴，地瓜算是小人得势，如果他不行，自然撑不了多久的。所以，安韵珍对婆婆说了几句客套话，她微笑道，阿姆，地瓜来我家之后，是我照顾不周，惹了他生气，请您老人家原谅，今后您放心，地瓜会心想事成的，现在让他参与到房产建造项目中来，他手里多多少少也有些权，但愿他好好使用，相信他能做好。安韵珍并不想将周管家写的纸条拿出来，她想汉奸能有什么好下场呢，就让他自生自灭吧。只是周管家的病，要想方设法治好才是。

老太太听了，自然是高兴，认为安韵珍说得有理，便交代说，这就对了，是啊，好好培养他，他人还是很聪明的，学一学也就会了。家里要帮手，家里有人何必去请别人呢。安韵珍点头称是。

不过，老太爷对这事很反感，还说了几句安韵珍，这么大的事你让地瓜去做，他只是一个花匠，从来没有管过钱，你让他去……安韵珍知道公公错怪了自己，便说，不是我的主意，我也没有办法。老太爷生气地说，虽说是举贤不避亲，但是他地瓜根本不行，前期跑关系，搞协调，做方案，事多着呢，他懂吗，就他那言行举止，谁愿意跟他打第二次交道，真是乱了套了。

安韵珍怕公公发火又让婆婆生气，便劝道，我看先试一试吧。老太爷一挥手，不行，你去，去再找个主事的，最多让地瓜跑跑腿，是什么人做什么事。实在没人，我来。傲为凶德，惰为衰气，二者皆败家之道。这个你应该懂。

安韵珍在电话里问过龙博山之后便请来了留洋回国的李工程师，这天地瓜一见他来到家里，一脸不乐意，心想让个人管着自己不舒服。安韵珍介绍他进来时，地瓜歪着脑袋，一副自以为是的样子，李工程师倒是十分谦和，微笑着说，请多关照。地瓜真以为让他关照了，便问起李工程师来，你喝了几年洋墨水吧，我们家老太爷是想盖洋房，你应该心里有个谱吧？

李工程师点头道，在鼓浪屿建房子，都以别墅为主，不过，我想，也可以中西结合，就像你们家一样，既有西方风格，又显闽南风情。

安韵珍说，是啊，来这里定居的人大多是华侨，他们就想要这样的房子。地瓜装着很有经验的样子说，那你得先把图画出来。先去看地方？

接下来地瓜陪着李工程师忙乎了一些天，李工程师对他哭笑不得，不懂还乱指挥，还在背后说李工程师不是，李工程师明里不说，心里想为何龙家在国外的两位少爷不回来一起做，而让这么一位下人帮倒忙。而地瓜在安韵珍面前有时叫苦，有时喊钱不够花。老太爷总是说不要理他，不要把他的话当回事。

安韵珍实在生气,心想,你把钱都花哪里了?后悔不应该将钱交给他管。现在想要回来都难,地瓜是有进不出的人,他将这钱还花在了窑班里。这是安韵珍没有想到的,她气不过将这事告诉了老太太。

老太太叹了口气说,要问问清楚,有些事也怪不得他,这么大年纪了,老婆都没娶到,也难为了他,唉。老太爷听了火又上来了说,他娶不到老婆,怪谁,怪他自己,谁愿意跟他过?拿了盖房的钱去嫖,像话吗?安韵珍不再作声,只是她吸取了教训,不再给地瓜太多信任。

## 5

这天地瓜陪李工程师出来,顺便到了阿秀所在的医院,他跑到阿秀面前吹了一通牛,阿秀,我在忙房产工程的事,特意来看你一下,你真是蠢,跑出来干吗?想回去吗?想就跟我说一声,我现在在家里也算是说得上话的人了,钱都是我管了。你回来,那个二龙不要想了,是死是活难讲。啧啧。

阿秀不相信他的话。地瓜拍拍上身说,你看,我这套西装合身吧,找陈裁缝定做的,以后,也让他给你做几身好看的旗袍。阿秀过了好半天才说,你走吧,我在忙。

李工程师转眼不见地瓜,心想怎么走开也不说一声,这人太不靠谱。他站在医院外着急地叫地瓜名字。地瓜应着,冲了出来就说,叫什么啊,跟我老婆话还没说够哩。李工程师问,你老婆在医院上班?地瓜道,是啊,平时她很少回家,当医生的,夜班多嘛。李工程师也不多问了。

阿秀天天想着二龙,夜间便跑到日本领事馆前面等着,明知道是白等,但她总感觉二龙会出现在眼前。

这晚,阿秀刚失望地从日本监狱外面回到医院,突然听到有几个护士在小跑着,一边跑一边说,快,到急救室去。血不够了,怎么办?

阿秀不知发生了什么,有人在急救室,她不由得跟上她们,来到急救室门口。这时她一眼看见了老太太和安韵珍,两个人都是很着急的样子,老太太流着眼泪说,快点啊,没血怎么办啊?安韵珍说,别急,医生在想办法。

阿秀扶住老太太问,家里出了什么事了?安韵珍看见了阿秀,说,是老太爷，在抢救。阿秀着急地说，需要我做什么，刚才听她们说血不够了，可以抽我的。等下。阿秀说完跑开了去。她是去找医生抽血了，但她的血型不符，阿秀急得不知所措，突然她飞快地跑到了洗衣工住室，她一一叫醒了所有的杂工，大家醒醒，我有事求你们帮忙。我的救命恩人现在需要血，可我的血型不符，我想请大家帮帮忙，求求你们了。有的人没有反应地问，怎么回事啊，我们饭都吃不饱，哪来的血捐出来。有的见阿秀着急的样子，说，试试看吧，阿秀，病人在哪儿？

阿秀带着几个女工一路小跑。阿秀一时觉得肚子有点痛，她停下来，放慢脚步，有几个洗衣工排队去抽血了，阿秀心里好一阵感动。

阿秀进老太爷病房时，老太爷还没醒过来，阿秀一直陪在他身边忙前忙后。安韵珍说，阿秀谢谢你。你没事吧？

阿秀摇头，老太爷没事才好。等老太爷清早醒过来的时候，老太太坐在他身边说，老爷子，你可不能出事啊，以后你再也不能喝酒了，这次多险啊。

安韵珍这时发现阿秀不见了，便对老太太说，阿秀帮了大忙的。

老太太回过头说，她人呢？是啊，这孩子也算是有良心，我们没白疼她。正说着，阿秀提着早点进来，说，太太，这是医院食堂的馒头，你们吃。

安韵珍一边吃一边说，阿秀，你在这里好吗？我都不晓得你在这里做事。老太太道，这里哪有家里好啊，让她回来，家里需要人手。安韵珍高兴坏了，这正合她心意，便马上说，阿秀，听见没，老太太都说了，让你回去。还不快道谢。

阿秀刚道了声谢，突然地瓜一头撞了进来，他一身酒气地靠在门边，结结巴巴地说，都怪，怪，怪我，昨天不，不应该让老太爷喝酒，还，还让他生气，他要是不喝酒就不，不会生气，要是不生气，就，就不会摔酒瓶子，我，我没拦住，唉，让他弄破血管。我，我该，死。

老太太这时看见地瓜就来气，她推地瓜到门外，说，你是该死。你还有脸来！安韵珍接着也跟了出来，瞪着眼看着地瓜说，你做的烂事会让人气死，你喝倒了，也不管老太爷，要不是阿敢及时发现并把老太爷送到医院，要不是阿秀找人抽血，老太爷命都没了。阿秀听了更是生气，心想，又是地瓜，有他在家里不得安宁，这个人真是冤家啊。

地瓜听着听着大声哭起来，我，不应该啊，我应该死啊。我，我对不起老太爷。

维娜从病房跑出来说，不要在这里大喊大叫，我阿公要休息，滚吧。

## 6

老太爷出院的这天，地瓜不敢见他，想起那天他骂自己的情形，心里有些害怕。那天是星期日，安韵珍陪老太太散步去了。老太爷在家喝酒，地瓜想喝，便坐下来说要汇报项目的事，老太爷见眼下时局紧张，不便开发房产，想让项目缓缓，可地瓜却跟他较上劲。俩人争执起来时，老太爷当时骂了他，让他交出钱来，地瓜喝了些酒，说钱早没了。老太爷气得要打他，地瓜想跑，老太爷摔了酒瓶子，没想到弄破了手上的血管，地瓜吓坏了，因为喝多也倒在了地上，没能及时通报。

家里人谁见了地瓜都不理睬，老太爷根本不愿看见他，他的珍婶婶巴不得他早离开，最要紧的是老太太不再护他，让他觉得没了依靠，待在这里也是多余。地瓜这时候已感觉没法在龙家待下去了，心想是不是到了该离开的时候。

晚上，地瓜想了想，终于走到了老太太面前，他说，三姑婆，我想干完这个月就走，相信我不会饿死，谢谢你这几年对我的照顾。老太太叹着气不吱声，最后说，唉，也只能怪你自己，我对你也是仁至义尽了。

地瓜弯下身来道谢，然后一扭头走开，没想到和迎面跑来的阿秀撞了个满怀。阿秀想起地瓜出卖二龙的事，又气又恨，上前要找地瓜算账，你为什么要害二龙，为什么啊？是我上辈子欠了你的吧，你太狠心。

安韵珍慌忙之中拖住阿秀，让地瓜马上走开，阿秀，松手，让他走！

地瓜吓跑了，阿秀在安韵珍的面前哭着说，周管家也是被他害的，他说不出话来了，怎么会这样，他为什么要这样狠心？

这天傍晚，维娜来安慰阿秀，见阿秀只流泪不说话，维娜道，你别太难过，再想想办法，威约翰牧师去找日本人了，日本人还是不肯放人，再等等吧。

阿秀面无表情地说，都关在牢里这么久了，他受得了吗？那个地下监狱阴气好重，日本人好毒啊。如果二龙死了，我怎么办哪？

维娜还没细想阿秀这句话的真正意思，便见阿秀突然感到一阵恶心，接下来便吐了。

维娜忙问，阿秀，你怎么了，不舒服？

阿秀说，我不知道，就是恶心。

维娜又问，是感冒了，还是吃了什么东西坏了肚子。我去拿药。阿秀拉住维娜，不要，没事的，可能是凉了肚子吧。明天我去看医生。

第二天，阿秀一个人去了李医生家，看过之后李医生欣喜地告诉她，恭喜啊，你有了。

阿秀惊呆了，有了，有什么啊？

李医生点头，有孩子了啊，不过你身体较弱，要好好休息，不然怕流产。

在回家的路上，阿秀脑子里不断闪现那晚和二龙在一起的情景，那个幸福的夜晚，他们是怎样守到天亮的，那一夜的约定，那一夜的激动，阿秀都记在心坎上了。

回到家，阿秀在厨房做事走神了，维娜站在她跟前她也不知道。

维娜问道，想什么呢，阿秀，吃了药没有？

阿秀回过神忙说，我，我问了医生。

维娜眨着眼说，是什么原因？

阿秀摇了摇头说，不是病，是，是，二龙。阿秀也不想隐瞒，因为她想要这个孩子，早晚他们会知道的。

维娜不解地问道，二龙？

阿秀握住维娜的手说，维娜，这是我和二龙的，我想生下这个孩子。

维娜怔住了，她的吃惊全写在脸上，写在眼睛里。她实在没有想到，她只知道阿秀和二龙好像彼此有好感，但没想到会到这一步。这如何是好，难怪二龙抓起来阿秀那么着急，难怪……维娜想把她的惊讶尽快地告诉安韵珍。

安韵珍正在祷告，维娜进了她的房间。妈，我跟你说件事。维娜说这话时，安韵珍没有理会。

维娜又说，阿秀她，阿秀她可能有了。

安韵珍这才轻声问，有了？有什么？

维娜说，阿秀可能怀上了孩子。

安韵珍微微扭头说，孩子？谁的孩子？

维娜接着说，是，阿秀和二龙的孩子。

安韵珍是想把惊讶藏在心里的。不等她说什么，维娜又说，阿秀说要把孩子生下来。安韵珍这时一手放在胸前默默地念着上帝。

这时，阿秀急急地跑了进来，她脸上挂着泪痕，轻声道，太太，我不想连累你们。

安韵珍回过头紧张地问,你要干什么啊?

阿秀好半天吐出几个字,在外面生孩子。

安韵珍没有说话,她静静地开始想这事,既没有惊讶也没有责怪,只是这脸上迅速掠过一丝不安,安韵珍这时不知怎么想起了龙博山和阿彩。二龙和阿秀的相恋仿佛跟他们有些相似,在二龙身上,她好像看到了龙博山的影子,而在阿秀身上她又看到了阿彩的影子。他们也在陪楼?安韵珍觉得生活真是太讽刺了。从自己的角度想来,她突然就生气了,顾不上阿秀的感受。她的表情让阿秀感到了难堪,阿秀看出了安韵珍的不高兴,她不知道自己错在哪里,是不应该和二龙好,还是不应该怀上他的孩子?阿秀低着头像认错的孩子,喃喃道,对不起,我……没等阿秀说完,安韵珍掉头走开了。安韵珍不说话不表态更让阿秀紧张,她从来没有看见过太太这个样子对待自己,阿秀为难起来,她不知所措地对维娜说,维娜,我还是走吧。维娜道,我妈不知道你和二龙的事,事先你也没跟她说。不过,这是你自己的事。二龙是个好人,我觉得你俩好挺好的,是在抗日中产生的感情,也算是革命情侣吧。

阿秀道,在你们家,我和二龙的麻烦够多的了,谢谢你们的照顾。说完便要走。维娜拉住她说,没人让你走啊,如果你真想生孩子,那一个人在外面怎么办?要生也在家里生啊。不过,阿秀你想好没有,二龙现在在牢里,可能生死难说。阿秀早就想好了,不管是生是死她都得把孩子生下来。阿秀道,谢谢,维娜,我已经想好了。我和二龙有过约定,我会等他,只是他还不晓得我有了孩子,如果他晓得,一定会让我生下来的。维娜道,既然这样,你又何必离开,就在我们家等二龙吧。阿秀回想着安韵珍的表情,她弄不清楚她会这样不自然,看得出她是有意见的,阿秀想好了,要懂事点,不能让主人不高兴。

阿秀出来的时候,在外面碰见了地瓜,地瓜原来一直在偷听她们的话,但他装着什么都不知道,只是怔怔地看着阿秀,阿秀见了他狠狠地说了两个字,让开!

阿秀回到自己房间,开始收拾东西,她清楚,如果真正离开龙家,下一步将会面临无法想象的艰难,在哪里安身,靠什么养活自己,孩子怎么办,都不知道,这样做是不是太冲动了,想得太简单了?但太太的脸色很明显地给了自己信号,这个家不欢迎你了。

第二天早上，阿秀拎了包走到安韵珍面前，想向她道个别。阿秀不敢看安韵珍的眼睛，她低着头说，太太，谢谢你的照顾，我走了。

安韵珍有些不懂，自己根本没说什么话，阿秀就要离开，看来她早就想好要走，我这样对她，她怎么能这样，说走就走？安韵珍没有心情跟她说什么了，于是说了几句客套话，你要去哪里，有没有地方可去？阿秀说，有的，太太放心。安韵珍想既然早有安排，也不作强求，便说，好吧，如果有困难，需要帮助就回来，尽管说。阿秀原想如果太太挽留，她便留下来，厚着脸皮在龙家待下去。但是太太没有，阿秀有些失望地走出了安韵珍的房间，眼泪如断线的珠子一串串地掉下来。这份伤心更要命，她都没法把持了。

## 7

维娜将阿秀送出门时，老太太问了句，阿秀怎么了，又要走啊？安韵珍说，她要回家去。老太太知道她们在骗她，便说，不是说她没有家了吗，骗谁啊，又是什么原因啊，上次走了又回来，这回又非得要走？阿秀回过头给老太太鞠了一躬，说，我六姨病了，我去照顾下，住一阵子就回来。老太太点头道，那快去，阿弥陀佛。

这是阿秀第二次离开凤海堂，她觉得自己与龙家有缘又无缘，是自己无福消受富贵。从凤海堂出来，她首先来到了日本监狱门口，站在那里发呆，她想冲进去，陪二龙一起受刑，就是死也死在一起。但想到肚子里的孩子又觉得想法冲动可笑。阿秀挪动脚的时候，不知道往哪里走，离开龙家，离开鼓浪屿，又能去哪里。还去医院当洗衣工吗？阿秀担心体力活会影响孩子，不能去了。

在几条巷子转了转，阿秀最后走到了陈庄的布店前，门是关着的，她坐了下来，也不知要不要等他回来，求他帮个忙，救救二龙，或者先找个安身的地方。天黑的时候，陈庄带着他儿子回来了，看见阿秀坐在门口打盹儿，不禁问道，你这是……

阿秀被吵醒了，看见陈庄忙起身回道，我……是想问问二龙的情况。陈庄想了想说，唉，二龙还关在里面啊。阿秀着急起来，要不你明天带我去一趟监狱？

第6章　日本警察署

陈庄说，你去有什么用啊，我们的同志去营救过，根本没有办法。现在我们只有等消息。阿秀忙问，等消息？陈庄摆手道，没什么，再等等吧，你快回去，放心，有消息我会通知你。

陈老板，我就想问，二龙他现在到底如何了，我……很担心他啊。他能受得了吗？还要关多久啊？阿秀还问道。陈庄编了几句话说，日本人现在只是让他坐冷牢，没有再折磨他，但是就是不放出来。只要他还活着，就有办法。放心吧。

听陈庄这么一说，阿秀悬着的心放下了一些，此时此刻，她什么都不想说了，低着头走开了。在经过婢女收容院时，她想起了小蔓，听说小蔓搬到鼓浪屿来了，对，应该去找找她，这么想着，阿秀加快了步子。

当她走到鼓声路的时候，突然看见一个平房外面站了几个日本兵，这里是日军的兵营，阿秀吓得掉头就跑，却被一个日本兵拦在了前面，你的，留下！

阿秀被日本兵押着走进了兵营，几个日本兵立刻围了过来，对阿秀说了一通日语，意思是想让她留在这里给他们烧饭。阿秀听不明白什么意思，只晓得到了日本人手里就会遭大殃，完了，掉进狼窝了。阿秀想着如果他们走近自己，就得做好死的准备。可面对眼前这六个日本兵，根本想不出逃生或者寻死的办法，阿秀胆怯了，她的眼睛里含着绝望的光，日本人指着旁边的一堆柴火还在叽里呱啦。阿秀似乎听明白了，是让我给他们做饭吗？为了肚子里的孩子，得先答应下来，于是阿秀蹲下身来，准备点火，不过她十分不情愿给日本人做饭，这不成了汉奸吗？不行，绝对不行！要不就开跑，要不将火烧到日本人身上。但是这两个想法都是死路一条。阿秀正犹豫着，全身在发抖。

正在这时候，突然传来一阵摩托车声响，阿秀抬头一看，前面驶来了一个骑三轮摩托车的日本兵，他停下车，坐在车上说话，好像在命令着什么，紧接着几个日本兵立马拿起长枪跟着他走了，空空的房子前面一堆柴火刚冒起了烟，是阿秀点燃的。

如同给脖子上松了吊绳一般，阿秀这才长长地出了口气，万幸他们走了，得赶紧跑。刚起身，却见一个中年男人挑着一个担子过来了，他弓着身子在兵营前面看了看，自言自语道，人呢？阿秀回了一句，刚走。中年男人立刻显出高兴的样子，把担子放下来，从里面拿出一个纸包点点头说，日本鬼子不在，这饭给我们中国人吃去。等他起身看见阿秀还站在身

## 陪 楼

边,紧张地问,你?站在这里干什么?还不快走,等会儿日本鬼子回来就得吃你了。

阿秀一听,连忙快步闪开,一路跑到了海边。

转来转去,阿秀最后转到了鼓浪屿市场边,在一间矮小破旧的小民房里,终于找到了小蔓。小蔓的担子摆在家门口,她正在哄孩子睡觉,她老公在水果担前打盹儿。小蔓见阿秀到来,一脸惊喜,问道,阿秀你怎么来了?很久没见你了。

我?来看看你。阿秀支吾着。

小蔓把孩子放下,拉阿秀进屋说,你怎么找到我这里的?这房子破旧不起眼。今天有空啊?在那位阔太太家生活得很好吧,看你长得又白又胖的,气质也不一样了。

我,我从龙家出来了。阿秀喃喃道。小蔓不解地问,为什么啊,龙家不是很好的吗?那么好的人家,要是我,赶我都不走,不管什么理由,你真是的。阿秀为难道,小蔓姐,我,只想在你这里住一晚,行吗?

小蔓的孩子这时哭了起来,阿秀顺手将孩子抱起来拍打着说,几个月了?小蔓道,七个月,一直没奶吃,你看瘦成这样。阿秀,你也看到了,我这里就这条件,一间屋子只能放一张床。阿秀放下孩子后,想了想说,没事,不麻烦了,我只是想来看看你。小蔓见阿秀想走,便叫道,等下。说着她一脚踢开破桌子,再将两把椅子合并,到上面铺了一块布,说,一会儿他进来我让他睡外面,你就在这儿将就吧。阿秀有些心酸,真是为难你了,不好意思,打搅你了,明天我就……

明天再说,阿秀,不管什么原因,我觉得你应该再去龙家。小蔓真心劝道。

阿秀无奈地说,其实我最想去的是监狱,去把二龙救出来。

小蔓听不明白阿秀在说什么,便急着问,发生什么事了?到底有什么难处啊?二龙,二龙是谁?

阿秀眼里闪动泪花说,他是一个抗日英雄。我和他,好像上辈子就认得了。小蔓觉得阿秀眼下太难,便说了直话,万一他没能活着出来,你怎么办啊,让孩子出生就没有爹吗?阿秀不知如何回答,深夜里,两个人还在聊着,听了阿秀的故事,小蔓叹口气说,睡吧,这样子你就认命吧。

阿秀睁着眼睛,一点睡意都没有,脑子里一片混乱。

## 第7章 陪楼

1

岛上有一家"婉约理发店",店面很小,却是阔太太们常来的地方,店老板,姓林,温州人,阿秀从小蔓家出来,便转到了这家理发店门口,林老板问,洗头吗?阿秀摇头道,太太,您这里需要人手吗?林老板一看眼前这个女子气质脱俗,言行得体,猜想她是不是有钱人家逃婚出来的。于是她说,我这里顾客没几个,都是老熟人,你要是想留在这里,我得辞掉别人。阿秀忙说,我不要工钱,只要有个地方睡就可以。林老板看了几眼阿秀又问,你是从哪里来的,你会做饭吗?阿秀一听,高兴道,会的会的。林老板当然很乐意了,便爽快地收下了阿秀,让她除了帮着给客人洗头,还兼做饭,阿秀觉得很满足了,起码有了一个安身之地。

这天下午林老板急着要出门,交代好阿秀今天不接待客人。阿秀不方便问为什么,却见林老板神色慌乱地说,唉,这日本人太坏了。阿秀上前问,出了什么事?林老板回过头说,汉奸和日本人正在我好朋友家里,我得去看看。见林老板披了外套正要出门,阿秀跟上去问,日本人,汉奸?那怎么办,我能不能帮上忙?林老板也没了主意,说,你有什么办法啊,那就跟我一起走吧。

阿秀见这林老板对朋友这般义气,便说,我没有办法,就算陪你去,壮壮胆吧。一路上林老板着急地说,不知道日本人为什么盯上她家了,唉,要钱要物都行,只要保命。

穿过几条巷,在海边,阿秀远远地就看见了凤海堂。好熟悉的地方,阿秀顺手一指说,我原先主人家就在那儿。林老板一惊,你是说凤海堂?正是我朋友家啊。我现在就是去她家。

什么?凤海堂进了日本鬼子?阿秀十分意外,不禁惊慌起来。

## 陪 楼

是啊是啊，龙家太太安韵珍是我最好的朋友，她的事就是我的事。快走。林老板拉了阿秀一把。一听安韵珍的名字，阿秀心里更紧张了，不由得加快了步子。

阿秀不知道这是地瓜所为。出了龙家门的地瓜，脑子里想的是日本人要奖赏自己的事。为培养铁杆汉奸，日本人让地瓜当伪保长，地瓜左思右想之后，觉得这也是一条出路，现在从龙家出来，一时还真无路可走，回老家更是不行，不如依了他们，这么想着，地瓜便兴冲冲地去了日本警察署。

日本人对地瓜的表现大为赞赏，马上给他改头换面，从头到尾全换了，新衣、礼帽，腰上还挎着个王八盒子。他已接到任务，带队进凤海堂。地瓜心想，老子从那里出来后就不想进那个楼了！伍保长贴在他耳边小声道，让你立功的机会来了，还不赶紧带路。木村训斥道，八嘎，你的，听命令的有，走！伍保长让地瓜走在最前面，地瓜开始还有点胆小，伍保长就给他做示范说，你现在是个官了，要神气点。

耀武扬威的地瓜在凤海堂门口敲开门之后，周管家一见改头换面的地瓜，心里一紧，忙推开地瓜不让他进来。地瓜笑着说，你说话啊，推什么推。周管家真的说话了，你，走！地瓜一惊，哑巴治好了？原来是装哑的哦。我是这个家里的，你让我走？老东西。说着地瓜带着几个日本兵冲了进去。

伍保长站在院子中间大声道，看你家还敢不敢藏抗日分子，不然都是二龙的下场。

这时，安韵珍听到了吵闹声，从楼上快步下来，当她看见地瓜和楼前楼后的日本兵时，满目愤懑地说，地瓜，好啊，你终于当上汉奸了！

地瓜摇着头走近安韵珍，红了脸说，珍婶婶，说实话，我在你们家做花匠，一直是个下人，没有人重用我，就连阿秀都瞧不起我。当汉奸怎么了，日本人看得起我，我至少也是个官啊。

安韵珍冷笑了一声，你不觉得这个官是天大的耻辱吗？！

伍保长一挥手，少啰唆，进去搜！

这时候，林老板和阿秀到了，进门看见地瓜变成这个样子，阿秀痛心地说，是你！你来干什么？安韵珍回头看见阿秀，心里一阵惊喜。又担心她回来得不是时候，遇上日本人会吃亏。

地瓜见了阿秀，微微一笑道，阿秀，你忘了，我是龙家的人。你不是

## 第7章　陪楼

走了吗，今天有空回来见我？还算有点良心啊！

林老板看看阿秀小声问，你认得他？那一切好说，求他开恩吧。阿秀提高嗓门说，不仅认得，还了解他的德行。地瓜，你带日本人来是什么意思？

地瓜反问道，我来干什么，抓抗日分子啊，明知故问。

阿秀又气又急地吼起来，你！二龙被你出卖了，你害了他还想害谁啊？

害谁？我想想，如果谁要护着抗日分子就抓谁！地瓜说着朝楼上走去。

日本兵这时拿枪对准了阿秀和安韵珍。周管家哑着嗓子叫，站在地瓜面前骂，你坏事还没干够啊。地瓜歪着头说，周管家，你的嗓子好了是吧，是不是还想吃点药？周管家气得说不出话来了，他的脸青得发紫。

正在房间休息的老太太和老太爷听到了吵闹声，披着衣走了过来。老太爷问，怎么回事啊？吵吵闹闹的？

安韵珍镇定地回道，是地瓜回来了，还带着日本人来抄家。

地瓜一见老太太，像见了恩人一样说，三姑婆，我这回来是看望您老来了，是他们对我不客气。老太太看见了日本兵，气恼地责问地瓜说道，你带他们来是什么意思？地瓜道，不就是搜查吗？谁家都一样。老太太说，我们家有什么好搜的啊，地瓜，你这是……没回老家去啊，你怎么跟日本人搞在一起了？老太爷替他做了回答，哼，他这种人不跟日本人搞在一起才怪！

我不想跟你们解释。反正，你们得让他们搜查。地瓜有些心虚起来。

安韵珍走近地瓜平静地吐出几个字，请你离开！

阿秀也愤怒地说，滚开！狗汉奸。

老太太这时慌了神问，怎么回事？汉奸？地瓜你说你怎么了？地瓜压低声音说，没什么，混饭吃，总得找事干啊。你们把我赶出门，我有什么法子。

老太太明白过来了，气得手发抖，地瓜，你替日本人做事了？

老太爷这时严肃地说，他这样不就成了一条走狗吗？！老太太怕把事情弄大，便回头对安韵珍说，地瓜是我家的亲戚，这事我做主，不能逼他走投无路。上次离开，我就着急，这回来了就好，他知错了，改不行吗？！没想到地瓜却接了一句，哼，我才不想待在这里，如果非要我留下，就一定要住在主楼当主人，你们都到陪楼里去。安韵珍回头对老太太说，你们听听，不是我对他不客气，是他自己不自重啊。老太爷气得直喘，指着地瓜骂道，你，你怎么是这么一个东西？怎么变成了这个样子？

185

## 陪楼

这时一个日本兵跑到伍保长面前大声道，报告，搜了，楼上楼下没发现什么人。

地瓜望了一眼陪楼，说，那个楼也要搜，那是我曾经住过的陪楼，陪楼是卜人住的，但也是藏人的好地方。

阿秀一听拖住地瓜道，不行，你没有资格搜查。

地瓜翻脸不认人地用力推开阿秀，将她拉到一边小声说，下人住的陪楼，还不敢搜？哦，对了，那是你和那个抗日分子鬼混的地方，不是听说你和他还有个孩子吗？阿秀听到"孩子"两个字，心里一紧，她努力让自己平静下来，害怕地瓜做出下作的事，让孩子遭罪。

日本兵进了陪楼搜查，一会儿就下来了，地瓜气恼地说，二龙虽然关在了牢里，但可能有他的同伙会来找他，我还会来的，下次我再来，给我留着门。地瓜走了几步又回过头说，对了，家里还有一个，阿敢呢？安韵珍知道阿敢一大早就出了门，幸好这时候不在，他这段时间经常在外面为救二龙奔波，很少回家。

这时，阿秀盯着地瓜，一脸愤怒。地瓜看了阿秀几眼，觉得她没有归自己所有，实在可惜，便顺手把阿秀拉到跟前。阿秀气不过咬住地瓜的手，地瓜痛得叫起来，你疯了？！

老太爷气得指着地瓜骂，是你疯了！简直是一条疯狗！

地瓜这时跟伍保长说了几句话，转身带着他们威风地出了凤海堂的门。

等地瓜一走，老太太全身发抖地念着，造孽啊，我们龙家前世跟他结了什么冤啊。

老太爷吼道，你不是说他会改吗？本性难移啊！

安韵珍这时气得直喘着气，脸色惨白，周管家忙回房去拿药，他拿来硝酸甘油之后安韵珍却摇头。阿秀一看心里明白，心想肯定是她的心绞痛老毛病犯了，掉头跑进安韵珍房间梳妆台前的抽屉里找到了救心丸，等她拿药出来，安韵珍点点头。周管家说，阿秀，你应该待在太太身边才是。

阿秀看安韵珍将药含在嘴里后慢慢恢复过来，谨慎地问，好些了吧，太太？

安韵珍拉住阿秀的手说，你怎么样啊？我一直在挂念着你。自从阿秀离开龙家之后，安韵珍感到了处处不适应。特别是近段心口疼，有时还吃错药，平时都是阿秀给她备好的，现在有些找不到北了。还有到阳台看风景时，阿秀都会上去给她备好咖啡和她爱吃的馅饼、芝麻糕。还有，安

## 第7章 陪楼

韵珍习惯找阿秀聊天，说说家常话。阿秀多半是听，但也能理解地附和上几句，有些话连女儿都不能说的，安韵珍竟然说给阿秀听。阿秀一走，安韵珍有了不安与一丝愧疚，偶尔会无所适从。其实，她也想过把阿秀找回来，但眼下不方便出门。维娜也担心阿秀一个人在外面不安全，便托人去打听阿秀的消息，安韵珍始终相信上帝会帮助她的。这不，阿秀很快出现在了眼前。真是巧，安韵珍掩饰着内心的喜悦，看着一脸憔悴的阿秀出神地在想。

林老板这时问，阿秀，这么好的人家，你怎么会出来呢？不等安韵珍说话，阿秀抢着说，我没做好，我错了。阿秀离开龙家后，其实心里也有些后悔，她觉得是自己让主人感到为难，给安韵珍丢了面子，惹她生气了。

你哪里有错？安韵珍轻声道。

林老板看天色不早了，便说要走。安韵珍送他们到门口说，快回去吧，你们也要当心，阿秀你要注意身体。走到院子外面时，安韵珍又拉林老板到一边小声说话，阿秀不知她们说了些什么，一会儿林老板过来说，哎呀，我不知道阿秀怀了孩子的，韵珍让我好好照顾你，我看，既然这样，要不你就住在龙家，这里条件比我那儿好得多，你肯定也习惯些。

安韵珍会意地点点头，她想等阿秀说话。阿秀也看着安韵珍，含笑点头。林老板见这阵势，便挥手道，行吧，阿秀你留下，这是再好不过的事，就算我是送你回家来了。

阿秀这时走到安韵珍面前，只顾抹泪水，都忘了说好。此时的阿秀突然觉得自己与龙家分不开了，生死患难都得在一起。安韵珍将阿秀揽到怀里，含着眼泪笑。

那我走了。林老板说着便出了门。安韵珍这时牵了阿秀的手进房。老太爷还在生气，他骂着地瓜，这个畜生。老太太劝道，算了，料他再也不敢这样了，阿秀回来了，回来就好。安韵珍则担忧地说，地瓜还会来的，你们等着吧。

阿秀实在没有想到地瓜会变成这样，皱着眉头不知说什么好。安韵珍还在说，二龙现在生死不知，让人担心，地瓜又当上汉奸，让人痛心，唉，不知道还会发生什么事。

都会过去的。阿秀安慰说。

就怕过不去！老太爷的声音提起来，让人感觉整个屋子都在动。

陪 楼

2

四天后的一个晚上，地瓜又上门来了，这次他气势汹汹地带来了更多的人，包括日本警察木村。

阿秀心慌地念着，怎么办？怎么办？

安韵珍从房间出来，看见家里像跑马似的，日本人持枪在家里横冲直撞，她站在地瓜面前，怒视着他。地瓜不生气，反而笑了，说，珍婶婶，今天晚上来，我们也不搜查什么了，您放心。

维娜这时披衣下楼，逼近地瓜说，不搜查，那你来干什么呢？我们家也不欠你的吧？

地瓜一听生气了，维娜妹妹，我没得罪你吧，阿秀不喜欢我，你也讨厌我？我在你们家待过，走了就不能再来嘛，好歹我们一起生活了几年，还是亲戚哩。

木村从主楼外观到里面认真看了个遍，然后点头道，这里环境太美了，一眼就能看到海。伍保长跟在他后面点头哈腰道，是啊，难得找到这么舒适的房子，皇军有福。木村一挥手，就这里了，住下，把他们统统地赶走。

地瓜这时跑了出去，阿秀跟在他后面。地瓜扭头便到了中楼，进去把老太太叫了起来说，三姑婆，恭喜啊。老太太板着脸问，何事恭喜啊，地瓜你又来搞什么鬼？

地瓜眼珠子一转道，皇军看上我们的凤海堂了，这是好事啊。

好事？阿秀急得要哭。

地瓜道，当然是好事啊，皇军住在家里，你们办事也方便些，对我也有好处啊。

你?! 老太太气得咳起来，阿秀扶住她。地瓜见状忙说，要不，您老移到陪楼去吧，还有珍婶婶、维娜和阿秀都睡到陪楼里去，那里以前不是我们住的嘛，挺好的。

老太爷这时候穿好了衣服，顺手抓住床边的拐杖朝地瓜用力打去，地瓜见状抱着头忙躲闪开，一边躲一边叫，姑丈公，您打我干吗啊？看见地瓜这副嘴脸，老太爷脸都气白了，他吼着，打死你这个畜生、汉奸！

## 第7章 陪楼

伍保长这时跑过来说,这座楼全部要清空,皇军要搬进来。地瓜小声说,还有东楼。听到东楼,阿秀想到了敢叔,她连忙跑到了东楼,进门一看,敢叔却不在房间,去哪里了呢,千万不要让日本人碰上啊。等她折回到院子里,看见日本兵这时用长枪威逼着龙家一家老小往陪楼里走。

但是老太爷死活不肯离开,他坐着不动,跟泰山一样。阿秀进房的时候听见老太爷说,看谁敢动我。老太太一听,急得不行,在他身边劝道,老爷子,你这是何苦,都这时候了,好汉不吃眼前亏,走吧。

老太爷重重地拍了一下桌子,还打翻了一个茶壶,他动气地说,我死也不走,死也要死在这里。安韵珍和维娜也急急忙忙进来了,安韵珍劝道,阿爸,您想一想,偌大的中国都快亡了,何况一个凤海堂呢?搬过去我们再想办法吧。老太爷不耐烦了,想什么办法?没出息!日本人就是得寸进尺,看你们好欺负,我偏不依他们的,看他们把我怎么着。老太太急得快要哭了,她去拉老太爷,没想到老太爷一把将她推开,大声道,你们要走你们走,我就待在这里。走啊!

阿秀这时蹲在老太爷身边劝说,老太爷,您去陪楼消消气吧。老太爷哼了一声,消气,这气消得了吗?你们知道吗,日本人的恶行引起了海外侨胞的愤怒,博山都参加了陈嘉庚先生领导的南洋华侨抗日救亡组织。地瓜哼了一声,这有什么,反正他们华侨有的是钱。龙老太爷气得站不住了,摇着身子说,他们是有爱国救国的心!维娜看了看门外的日本兵,小声对老太爷说,阿公,出来一下,我要跟您说件事。

有什么事就在这里说。老太爷直着身子,面无表情。

阿秀只好走到地瓜跟前,你能不能跟日本人说一下,让他们……阿秀没说完,地瓜嚷起来,你以为他们会听我的,他们是什么人晓得吗,是皇军!只有我们听他们的,懂吗?你们还不快快先走。等会儿惹恼了他们,你们就活该了。

走啊,不要管我!老太爷吼起来,老太太想着他真是犟,吓得颤抖着说,走走走,等他一会儿想通了就会来的,我们先过去。说着拉了安韵珍、维娜去了陪楼。

地瓜!你这个汉奸,滚出去!这里没你说话的份儿。老太爷的话让刚好进来的木村队长听见了。木村见老太爷坐着一动不动,吼道,你的,为什么不走?

地瓜见势不妙,上前劝道,姑丈公,您这又是何必,房子以后可以盖，山叔有的是钱，等他回来再盖新房。不然，皇军真的动怒了，您死了也不值。

你给我闭嘴！你，你这条走狗！我就是死也不会让开。老太爷气得脸发青手发抖，他吼起来的样子让地瓜觉得有些害怕，地瓜退到了木村身后，心里虚得很。他只好跟木村求情道，这老太爷先不走行不行？木村回过头瞪了地瓜一眼。地瓜不敢再吱声。

正在这时，阿敢回来了，他身上带着刀，趁大家不注意，他在门口朝一个日本兵砍去，地瓜一见慌乱地叫喊，来人啊，他就是抗日分子！另一个日本兵对着阿敢举起了长枪，阿敢转头跟他们交战，木村掏出了枪，乱枪之中，阿敢滚到了花园，一阵飞拳踢腿，地瓜眼睁睁看着一个日本兵被阿敢用刀捅死了。地瓜吓得楼上楼下窜，一会儿求木村，一会儿求老太爷。

这时木村把刀搁在了老太爷脖子上，老太爷早做好了死的准备，只见他推开木村，沉着地站起来，朝门口走去，地瓜以为他想通了，便上前说，姑丈公我送您。没料想老太爷怒火冲天地高喊道，我死后变成岳武穆、戚少保，领天兵天将来杀尽倭寇！日本鬼子，我来了！说完冲出去一头撞到门前的柱子上，地瓜忙上前扶住他，突然他号叫起来，姑丈公，他死了！

木村狠狠地踢了地瓜一脚，气冲冲地站在走道上看着院子里躺着的日本兵，像狼一样嘶叫，抓住他！阿敢这时已被阿秀藏到了陪楼密室。原来阿秀本想去中楼接老太爷，却碰上阿敢与日本兵在交战。她突然想起了上次龙博山悄悄藏在密室里的那把枪，便折回陪楼小心翼翼地把那把手枪拿到了手里，奔跑下楼之后直接把枪扔给了阿敢。阿敢将阿秀拦在身后，开枪打死了一个日本兵，听到枪声，木村跑过来，阿敢还想迎上去，阿秀急得拖住他的腿说，不要再冲动了，快躲起来，日本人不会放过你的，跟我走。阿敢不肯，说大不了一条命。阿秀说，你不能死，二龙还在牢里等你救他。提到二龙，阿敢迅速掉头跟阿秀冲上了陪楼，等木村出了门，阿敢出来对阿秀说，日本人肯定还会来。阿秀紧张地问，那怎么办，敢叔你很危险，快走吧。

等阿敢从后院围墙跳了下去，阿秀接着又回到中楼，却在门前看见老太爷倒在地上，地瓜和木村已不见了人影。她连忙叫来老太太、安韵珍、维娜。老太太一见老爷子死了，呼天抢地喊道，老爷子，你这是怎么了？天

# 第7章　陪楼

哪！你这是何苦呢，你为什么要这样？安韵珍跪在老太爷身边掉眼泪，维娜哭叫着阿公，阿秀一边哭一边捂着肚子，这时她的肚子开始隐隐作痛。不能让孩子死掉，一定要保住孩子，阿秀想着，一时镇定起来。

### 3

威约翰牧师知道龙家的惨状后，这天他来到了凤海堂。他看到的情景是，主楼里住着盛气凌人的地瓜和日本人，陪楼前搭着灵棚，安韵珍、维娜和阿秀、周管家，还有两个孩子都守着老太爷的遗体。

威约翰生气地走到木村面前，正色道，你们这样太不人道。

木村回道，我们住在这里，那边还放着死人，你不觉得晦气吗？

威约翰义正词严地说，你们真是欺人太甚！这楼的主人是你们逼死的，你们还霸占他们的房子。你们会受到所有中国人的谴责！

木村"霍"的一声站起来扯起嗓子喊，把他带走！

威约翰又指着地瓜说，你没有良心，上帝会惩罚你。地瓜不敢抬头，心跳得厉害，也有些难过，便悄悄去了灵棚，想去给老太爷行礼，安韵珍见他来，咬牙切齿地说，你还有脸来？！宁可做恶霸，不可做汉奸！

地瓜竟然恬不知耻地说，无所谓，反正，以后我就是凤海堂的主人了！你们要么搬出去，要么老老实实待在陪楼。

安韵珍气得冲上去给了地瓜一个重重的耳光。地瓜捂住被打疼的脸，嘴角露出一丝阴笑，小声道，看在我三姑婆的面子上，我不还手。

安韵珍捂着胸，感觉心都要跳出来了。

把老太爷葬在鼓浪屿燕尾山之后，老太太天天坐在陪楼里发呆，嘴里不停地念着，我的老爷子，我的经书……菩萨，阿弥陀佛……安韵珍则在房间祷告，万能的主啊，请来解救我们……婆媳同在一个房间里，分别向菩萨向上帝求助。

一天，木村见维娜从陪楼上下来，哼哼着说，这花姑娘的好看。正要上前非礼，却被正在楼下的阿秀拦在了前面，木村一把推开阿秀，又将维娜推倒在地。阿秀气得上前咬住了木村的手，趁木村痛得松手时，阿秀忙把维娜扶起来飞快地跑出了家门，她们疯了似的跑着。

半路上，阿秀蹲在了地上，摆手道，不行，不能跑了，我肚子好痛。

## 陪楼

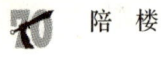

维娜道，别把孩子跑掉了啊，我们休息会儿。俩人接下来慢慢地走，见后面没人来追，便到安海路那边坐下来喘气。

天黑的时候她们走到了燕尾山坟地，四周一片凄清，黑灯瞎火的坟堆让人感觉毛骨悚然。她俩蹲着说话，维娜抱紧阿秀急着问，待在这坟堆里，我好害怕遇上鬼。阿秀起身看了看，说，日本人也怕鬼，这地方他们不会来的。维娜担心家里的两个孩子，一直念个不停。

海风一拨一拨袭过来，维娜突然觉得冷，坐月子落下的毛病——怕冷一直困扰着她。阿秀搂着维娜说，要不，我们先回去看看？维娜点头又摇头，想回去看孩子又怕碰上日本人，阿秀为难道，我们去碰碰运气。维娜终于说，死也死在家里。

这时天下起了小雨，阿秀看着地上的湿泥巴，突然有了主意，连忙将湿泥巴抓起来涂在脸上，维娜问，这是干吗啊？阿秀说，这样子日本人就认不出我们了。说着给维娜脸上也抹了些，弄得脸脏糊糊的。

深夜十一点多钟，阿秀和维娜猫着身子在凤海堂门口往里瞧。维娜正要掏钥匙开门，后背却有人拍了她一下，吓得她手中的钥匙掉在了地上，阿秀和维娜一转身，地瓜一看两个满脸泥巴的女人，吓得叫道，是鬼吧。你们俩搞什么鬼，想吓死日本人吗？阿秀小声道，汉奸！走狗！滚！地瓜哼了一声说，你骂也没用，让开，我要进去。维娜想了想，觉得这时候不如利用一下地瓜，便说，地瓜哥，送我们上陪楼吧。

地瓜说，你怕什么啊，你们又不抗日，日本人不会惹你们。阿秀理直气壮地说，我们就是抗日，白天我还咬了木村一口。地瓜急了，这还了得，你找死啊？！维娜低声下气道，不说了，快，送我们进去吧，我得看看孩子，丽抗丽战肯定哭着在找我。

地瓜答应说，我送你们进去行，但你们要答应我，不能再惹麻烦。否则，再惹麻烦我担待不起。三个人进了院子正急急地往陪楼走，主楼客厅的门却开了，灯光照过来，很刺眼。真是倒霉，木村这时要下楼。不好，怎么办？维娜躲在地瓜后面说。地瓜见了木村脸上堆起笑，嘴里喊着报告。木村看见了阿秀和维娜，吼了起来，什么人？地瓜忙赔笑道，要饭的，来讨碗饭吃。木村这时定神看了看她俩，终于他凶着脸上前就给了阿秀一巴掌，接着还要把阿秀拖到他房间去，维娜急得求地瓜帮忙。地瓜也不想阿秀被蹂躏，便对木村讨好地说，队长，你认错人了吧，这是个叫花子。木村道，她们烧成灰我都认得。

## 第7章 陪楼

地瓜吓得忙说，啊，快快快，她们两个向你赔礼了。

阿秀站着不动，一副打死也不怕的样子。地瓜又点头哈腰地说，她们这样子跟鬼似的，会吓着您的。木村懒得理地瓜，又凑到了阿秀跟前，将她的衣领撕开，维娜这时吓破了胆，大呼小叫起来，不要，不要！

地瓜腿一软，不得不跪在了木村的跟前，然后起身拉木村到一边耳语。这时候，谁也没想到阿秀会弯身搬起脚边的一个花盆，朝着木村后背狠狠地砸去，木村立刻倒在了地上。地瓜小心地上前一看，他慌乱地叫起来，啊，这怎么得了啊？你活不成了，阿秀！你这是找死啊，快跑。

维娜和阿秀一时也慌了，吓得像木头人一样，维娜全身都在发抖。

阿秀拉了维娜飞快地跑上了陪楼，接着就传来一声枪响，原来是地瓜情急之下用了苦肉计，他朝自己大腿开了一枪。没多久日本兵冲了进来，地瓜抱着腿说，刚才抗日的来了，还朝我开了一枪，我没能拦住他们，让他们给跑了，我该死。哎哟，痛啊。

受伤的木村正挣扎着要起来，指着地瓜吼叫着，杀了他，给我追！

地瓜吓得爬到木村身边，怎么杀我啊，不是我啊。那日本兵不由分说朝地瓜的左手开了一枪，命令道，把家里的人全部带走！周管家正好从陪楼上下来，很不幸他中了一枪，人从楼上滚了下来死了。

正在院子里睡觉的花花这时醒了，还温柔地叫了一声，日本兵见了把枪对准了这只老花猫，不知情的花花就这样永远地闭上了眼睛，像刚才熟睡一样。地瓜痛得哭天叫娘。这时候，安韵珍起了床，她披着上衣在阿秀房间外面看了看，又听见地瓜在楼下叫，再一看周管家死在了地上，她吓得脸色发青，来不及躲开，日本兵已经冲上了陪楼，用枪逼着将一家老小全部带走了。

日本人把他们和地瓜关在了一起，老太太看见一个日本宪兵进来，便上前求情道，放我们出去吧，我们什么都不知道。地瓜想反正会问到自己，便拖着受伤的腿移上去主动交代说，我该死，让她们跑了。

你的，说实话？日本兵逼近地瓜。安韵珍小声骂了句，走狗。地瓜趁机苦着一张脸说，我这是两边不是人，一心效劳皇军，还被抓起来，我冤啊。这时一个日本特务走进来说了一通日语，日本宪兵便指着地瓜说，你的，带我们去抓人！

地瓜见机会来了，便回头看了老太太一眼，又求情说，这是我姑婆，能不能放她们走，与她们不相关的。安韵珍搂着两个小外孙，哄着他们

193

别哭。日本兵这时要过来抽他们，安韵珍用身子挡在前面，身上挨了几鞭子。

等安韵珍带着一家老小回到凤海堂，阿秀和维娜才悄悄从密室里出来，老太太进屋便责怪起阿秀说，你的胆子太大了，害得我们也受罪。这次要不是地瓜，我们全家老小肯定要死在日本人手里。安韵珍却说，如果不是地瓜，家里也不会遭殃。维娜道，是他带日本人抓走二龙，强占主楼，气死我阿公的。阿秀犹豫了半天为难道，都怪我冲动，给大家惹了麻烦。老太太板起脸，生气道，你也知道麻烦，现在好了，我们不能在这里住下去了。维娜则说，要怪就怪地瓜，不能怪阿秀啊。日本人还会来找我们的。

安韵珍听她们的对话，突然有了离开这里的念头，于是她说，我看我们是不是想办法暂且离开这里。

离开？妈，去哪儿啊？维娜问。

老太太想了想说，待在这里不被打死都得气死，要去就去石狮吧，那里我亲戚不少，避一避，总比这里好，这也是没有办法的办法。

阿秀在想如何走，走得了吗？安韵珍心里急，但脸上却总是挂着淡定，想想办法吧，总会有办法的。阿秀，你现在怀了孩子，可能也得委屈下。

老太太吃惊地看着阿秀，问道，什么？你，怀了孩子？谁的孩子啊？这到底是怎么回事啊？

不等阿秀回话，安韵珍便扶着老太太进了自己房间，当着阿秀的面她不想说。

都深更半夜了，婆媳俩还聊着，安韵珍把阿秀的事说了，老太太实在没想到，便说，这些事你们都瞒着我。二龙原来就是威尔，阿秀原来一切都是为了他。二龙原来是抗日分子，还关在牢里，阿秀怀着他的孩子，唉。这，这都什么时候的事，又怎么弄在一起的啊。万一让日本人知道，阿秀也会被砍头的。她怎么……安韵珍安慰道，这一切都是上帝的旨意，接受吧。

等安韵珍睡着之后，老太太还在想着二龙的事，想得心里疼，这孩子生来就命苦，命大，克死了亲娘，现在又进了大牢还不知是死是活。但毕竟他是龙家的人，龙家的人一定要保护，不可不救，就是拼了老命也得救！

都半夜了，老太太没一点睡意，她悄悄到了中楼前的龙眼树下，把埋着的一坛黄金挖了出来。

这天二龙又被提审，面对审问，二龙还是一言不发，突然日本人将拖着伤腿的地瓜推进了刑房。日本人的意图是想让他们相互观摩，看着别人用刑时痛苦可能更刺激。他们先是用鞭子蘸着粗盐捅地瓜大腿上的伤口，二龙看着眼前这个汉奸喊爹叫娘，心里有了快意，在心里骂着活该。轮到二龙受刑时，日本人换了个花样，将他反绑起来，然后用柔道、拳打脚踢，这种主要是伤内脏，外表没有痕迹。地瓜不敢看，脸上大汗淋漓，眼看着二龙晕了过去，地瓜害怕日本人再次对付自己，便哭喊道，我说，我说。

但是地瓜实在说不出抗日的人，他知道阿敢是，但阿敢无影无踪，地瓜便答应说，我带你们去找阿敢。

但这天，二龙单独受审，审他的是个基督徒，他开口便问，《圣经》上你最喜欢哪一句？二龙在教堂长大，《圣经》他很熟，便用《约翰福音》中耶稣说的话回答说，第13章34节有一句，叫你们彼此相爱，我怎样爱你们，你们也要怎样相爱。

不知为何，日本人突然说要放走二龙，等把奄奄一息的二龙扔出门外时，早已埋伏在四周的阿敢很快接应了他。阿敢这段时间一直在外面想办法营救二龙，他记住了老太太的叮嘱，保守秘密，永远不要回来。

### 4

找不到阿敢，地瓜一筹莫展，日本人觉得他没有什么利用价值了，想一枪毙了他，还是伍保长替他求情才免于一死。拖着伤腿出来，地瓜拐到了晃岩路一带，却遇上了一个赌棍。那赌棍刚从赌场出来，喊住了一辆黄包车，而黄包车刚好被地瓜要了，赌棍输了钱心情不好，火气很大地说，是我先要的车，先送我。地瓜也不示弱，凭什么说你先要的，你问车夫，是不是我先定的。

车夫为难地看看他们俩，不知如何是好。赌棍二话不说便上了车，对车夫大声道，走，送我上银行取钱。地瓜一见，拉住车子不让走，赌棍可能喝了点酒，带着酒气顺手将地瓜拉上了车，说，也好，就让你陪我去赌几把。地瓜挤在赌棍身边，对车夫说，去码头。赌棍拍了拍地瓜的肩说，

## 陪 楼

老弟，去码头干吗？我带你去一个好地方，保你不后悔。

看你的样子，是不是想找份事做？我帮你，走走，掉头。赌棍说。

地瓜一时不知如何回答才好。反正闲着，被这家伙一说也来了兴趣，管他好与坏，跟他去看个究竟，也许有机会也说不定。俗话说不打不相识嘛。这么想着，地瓜一言不发地跟着赌棍来到了日本人设的赌场。赌场里面乌烟瘴气，地瓜先是看，看了半天没看出名堂，这赌棍说，爷的手气要来了，不要吱声啊。

这时有人大声对赌棍说，洪老板这么快就取了钱，真是发财心切啊。洪老板掏出烟放在耳后根，说，老子今天手气不好，找了位老弟助威，再试下运气，赢回来的就跟他分。地瓜从来没见过这种场面，有些许紧张，他看得眼睛放光，眼前的钱出出进进这么多，这是他多少年的收入啊，眨眼就赢到口袋里，或者输得精光。这时，只听见洪老板拍了一下桌子喊道，好好，转运了，哈哈，我早说过不赢回来老子不姓洪，就改姓，跟这位老弟姓了。喂，你姓什么？

地瓜没听见洪老板说什么，正看得发呆，洪老板拍了拍地瓜的背，地瓜吓了一跳，洪老板问他，问你呢，你姓什么？

地瓜不敢说真话，只随口说姓钱。洪老板大笑，姓钱，哈哈，怕是眼里都是钱啊，姓钱好，今晚你肯定赢钱。要不，你来试试，你看你来我就赢，今晚你运气好，来，试下，姓钱的。

地瓜还真来了兴趣，他坐在了桌上，洪老板在一边指指点点。

地瓜竟然很快学会了，手气还不错。这一晚，他们玩到凌晨五点，地瓜把赢来的钱和洪老板分红的钱放进袋子里，然后进了一家小旅馆。本来第二天他想回老家，但他忍不住牵挂起赌场来了，一个晚上赢的钱是他半年的工钱，这样的好事哪里找。于是，地瓜又去了赌场，他想赢更多的钱，然后再回家一转，再找洪老板找份事做。这样看来，也算遇上了贵人。

赌场这种地方看起来永远是邋遢昏暗的，因为怕见白天的阳光。

这天特侦队队长带几个干探直捣窝点，进行搜查。地瓜就在里面抽鸦片，打麻将。突然进来几个人，把他们吓坏了。探子立马搜获鸦片烟具两副和天九、麻将等赌具。

地瓜吓白了脸，但很快他求情道，我们是新手，就这一次，下次不敢了。地瓜觉得冤，来这地方才几次，钱倒是输了不少，他是想赢回来。队

## 第7章 陪楼

长扭头吼道，就一次？你们这些老赌棍。

地瓜还在狡辩，我不是赌棍，我是背时鬼。队长一挥手，带走，押候核办。地瓜和几个赌棍被带走了。他在心疼输掉的钱，后悔得要死。

在鼓浪屿，妈祖、保生大帝、关帝爷、观世音、土地公、娄真人都是风靡一时的民间信仰。不少鼓浪屿居民乐意到兴贤宫去求签，地瓜以前随老太太来过这里。今天地瓜又来到兴贤宫，想给自己抽一支签，看看近段的运气如何。不料随手一抽，是下下签，上面写着四句话，地瓜只看了前两句：孤灯难眠夜深沉，泪水悔过怎知新。他把签撕了，什么意思，不如不抽，这签让地瓜心情更坏。前天晚上他把赢来的钱全赌光了，地瓜只跟洪老板混了一个多月，洪老板包他吃住，最后他还是输得身无分文，厚着脸皮找洪老板借了一点，但很快又输掉了。他又不好意思再去凤海堂，老太爷不在了，老太太心如止水，什么都不想管了。安韵珍、维娜和阿秀一直很讨厌自己，日本人不信任他了，抗日的人恨透他了，地瓜越想越不对劲，几天下来，他变得瘦削不堪。

这天，地瓜站在厦鼓码头看劳工们在干活。他在码头想了很久，没有其他办法，只能在这里当劳工混碗饭吃。劳工哨子认得他，看见地瓜一副可怜的样子问，喂，地瓜，今天有空啊？

以前，地瓜是瞧不起哨子他们的，认为自己当花匠比他们强，起码在富人家干活，没那么累。现在地瓜不这样看了，他坦白地说，没地方可去啊。

哨子又问，怎么了？待在有钱人家还说没地方去。地瓜愁眉不展地说，哪都不去，龙家不要我了，就跟你混如何？哨子笑起来，笑话，谁不知道你是凤海堂的花匠。地瓜叹了口气说，现在成穷光蛋了，没脸回老家了。哨子问，怎么会变成穷光蛋呢？地瓜摇头说，输光了。就在你们这里混口饭吃得了。哨子回他，赌博是有钱人干的事，你也去赌了，唉，真是的。这时哨子边的人小声对哨子说，听说他当过汉奸呢。哨子马上就问，地瓜，你是汉奸？地瓜慌张地说，这怎么可能？哨子直话直说，要是你真的是汉奸，我可不准你在这里干，趁早走开。

地瓜想了想还是去找洪老板。洪老板似乎不太搭理他了，他恨自己赌博成瘾，没想到地瓜这人比他还差，没钱还要赌。现在输成这样，想做苦力，但又怕吃苦，这种人帮不得。洪老板说，你还有脸找我，你欠我钱什么时候还啊？地瓜一听赶紧走开，洪老板不找自己讨债就是万幸了。自己还敢主动找他这不是自讨没趣吗？

　　这天地瓜在赌场门口转，想找人借钱再赌一把，不过这次运气很不好，有人说要借钱给他，将他引到一条巷子里头，然后再拐了两个弯，地瓜感觉不对头了，一看又有人堵在前面。等他回头一看，那人也正逼近他。地瓜紧张地说，老兄这是……不借就算了，我走。前后两个人一句话也没说上前一刀就捅死了地瓜。

　　一个汉奸被人暗杀不足为怪，是早晚的事，是罪有应得。大家都这么想，但老太太知道后，觉得地瓜本不应该有如此惨的结局，好端端的人非要做恶事，也是报应，她哭天抹泪地说，可怜啊，我怎么跟他阿姆交代？都怪我没把他看管严，也没保护好他，到今天他才落得这个结局，这样的下场。安韵珍愤慨道，宁可做恶霸，不能做汉奸，这是做人的底线。

## 第8章　黄家渡码头

1

阿敢在深夜里背着二龙,不知往哪儿跑才好,鼓浪屿外面的海岸上围着通电的网,这是日本人特意搞的鬼,据说有的人想跳海游走都被电网电死了。第二天好不容易碰到一条小船,阿敢让二龙躺下来,又倒来清水给他洗脸抹身,给他换衣,喂水喝,用纱布包伤口。

后半夜时,船慢慢地晃,二龙才慢慢醒过来。阿敢在一边忙问,你醒了?

二龙睁开眼看了阿敢一眼,嘴动了下,敢叔,这是哪里?阿敢激动地说,二龙,放心,你从牢里出来了,我带你去安全的地方。二龙费力地点了下头。

船还没离开码头,阿敢就发现日本人走了过来,撑船的渔民马上给了他一个麻袋,让他把二龙装在里面。阿敢也化装成了渔民,日本人说要检查,这时阿敢突然看见了威约翰牧师正在等船,像见到救星一样,他招呼道,这位先生,上船吧,正要去接你哩。威约翰看了几眼阿敢,似乎认出了他,很配合地说要上船,还跟日本人嘀咕了几句。

日本兵拿着长枪在码头边麻袋里乱刺,阿敢吓得出了一身冷汗,这时只见威约翰大步跨上前,说,快,看那边。日本兵朝威约翰指的方向走去了。

船开动之后,阿敢将麻袋打开,把里面的二龙放了出来。

威约翰一见,惊讶得说不出话来,怎么是二龙?阿敢问,怎么了?威约翰说,威尔,你真还活着,上帝啊。威约翰抱紧二龙。威约翰马上对阿敢说,得马上转移。

阿敢忙问,原来你们认识?威约翰说,他是我养子。阿敢不敢相信,二龙抗日的事他家里都不知道。从来没听二龙说过这些。那么二龙的亲生父母在哪里，又是谁？阿敢这时没有细问，二龙接着对威约翰说，我的事千万不要让任何人知道。

威约翰和阿敢都点点头，他们知道二龙不想再连累大家。

阿敢忙问，那我们现在到哪里去好？威约翰摸摸脑袋说，你让我想想。这里不安全，得想办法逃离鼓浪屿。二龙的身体也不能耽搁治疗，把你们托给我的朋友吧。

阿敢又问，你的朋友？在哪里？

威约翰道，对，我朋友，他曾经在厦门大学教过书，他就住在厦门。

阿敢点头，这样太好了，谢谢你。但现在防守严，海上有日本人的巡逻艇啊。

威约翰想了想说，得想办法，最好深夜过去，白天容易被发现。

阿敢说，那我们现在返回去？晚上再去租只舢板船，半夜出发？

威约翰出于慎重考虑，觉得这样妥当些，他担心现在去到了厦门的码头，怕查出来。不如晚上行动方便。

当天的后半夜，在威约翰的掩护下，阿敢让二龙躲在船板下面，快要出发时，日本人的巡逻艇上亮光射过来，阿敢紧张得趴在船上。他让艄公把船迅速划到海沧去，好不容易躲过亮光，刚上岸时又被一个人盯上。那人掏出尖刀扔向阿敢，阿敢一脚挡了回去，他让威约翰将二龙扶走，自己对付那陌生人，他猜想一定是被日本特务盯上了。到底是阿敢身手不凡，除掉盯梢人并不难。动手之后，阿敢去追二龙他们，好不容易他们绕道到达了厦门。

2

当他们把全身是伤的二龙带到哈森教授家里时，哈森和他的同事迎了出来。

威约翰牧师说，哈森，这是我的中国朋友，哦不，我的养子就托付给你了。哈森点头，我知道，没问题。跟我来，这边有一间房，他们就住在这里好好养伤吧。阿敢扶着二龙，让他躺在了床上，然后对威约翰说，多谢多谢了。哈森摆手道，不用谢，我来介绍下，这位是田野教授，以前他当过外科医生，他也会帮忙的。

## 第8章　黄家渡码头

　　阿敢看着眼前这个不说话的男人，有些迟疑，哈森把田野请到二龙床前，对他说了什么，阿敢看着，心里只知道感动，却不知说什么好。

　　接下来几天，田野都来哈森家给二龙换药、打针。阿敢则给二龙喂汤喂药，照顾得很周到，二龙有些过意不去，想感谢又心有余而力不足。阿敢说，别动，休息好才能早些康复。二龙说，谢谢敢叔，我真是命大，这回你教我的诈死神功还真派上用场了。

　　二龙不明白地问阿敢，为什么日本人突然放了我出来呢？是谁帮了我？

　　阿敢说，日本人以为你快死了，把你扔在了外面。不说了，好人一生平安。还有，地瓜死了你知道吧？我说过他不死在我手里也会死在别人手里的。二龙叹道，可恨的汉奸。

　　这天，阿敢竟然和哈森吵了起来。因为阿敢知道了田野教授是日本人。哈森问他，治病与他是哪里人有关系吗？阿敢说，只要他是日本人，就不要给二龙看病，让那个日本人滚蛋！二龙宁可死，也不要他来治病。哈森也提高嗓门说，这是什么话，为什么，不管他是哪里人，只要他是好人。阿敢道，日本鬼子还有好人？他们来中国干的坏事还少啊。没看着二龙被日本人害惨了吗？我要把二龙带走。

　　哈森大声道，你不要冲动，实在要走我不拦你。哈森拿阿敢没办法，便把情况告诉了威约翰，威约翰不同意阿敢的意见，反对他一个人带重伤的二龙离开。

　　这天，田野又来到了哈森家里，阿敢把他挡在了门口，他说，你走吧，他已经好了。田野只会说简单的几句中国话，他淡定地说，我来看看他的伤口。二龙在房里听到了他们的对话，他把阿敢叫进了房，对他说，敢叔，怎么回事啊？

　　阿敢说，那个日本人不配给你看病，我让他走。二龙说，不要这样，日本人中也有好人。阿敢恨二龙心软，跟二龙争了起来，你是不是好了伤疤忘了痛？你现在伤还没好呢。二龙理解阿敢的心情，最后说，你听哈森的安排吧。

　　哈森进了房间说，不要吵不要吵了，安静。听我说。阿敢问，听你说，要如何安排？哈森说，按威约翰的安排，要让二龙住到医院去。他伤得太重，我帮你联系医院吧。阿敢皱起眉头说，医院安全不安全？哈森说，没有问题。

　　这天，阿敢给二龙送面线糊，到医院时，二龙正好醒来，阿敢要喂给二龙吃，二龙坐起来说，让我自己来。阿敢坐在二龙床头说，唉，听说鼓浪屿上的一些洋人都被日本人赶走了。你说威约翰牧师会不会也……

二龙放下碗，怔了下说，会去哪里呢？阿敢生气地说，日本人现在猖狂得很，对谁都会下毒手。要不，我出去打听打听。

俩人正说着，哈森进来了，他认真地说，今天我来是特意给你们介绍一位新朋友。二龙快要出院了，我想让你们离开厦门。

阿敢问，离开？去哪里？哈森递过来一张纸条，说，你按这个地址去找我的朋友。他们会安排好你们的。阿敢不解地问，我们为什么要走？

哈森说出院后我会安排人送你们，这是威约翰牧师的意思。二龙担心地问，他人呢，我想见他。哈森面带为难之色地回答说，威约翰在被关进集中营之前对我说希望你能隐姓埋名地活下来，离开这里从桂林转到香港去，这是他走之前的交代。

关到集中营去？二龙听了十分担心威约翰的安全，哈森说，没事，我们会想办法帮助他回国的，没事，上帝会帮助他。

我们要去香港？二龙并不想马上走，任务还没有完成，形势还很严峻，他想即使隐姓埋名也要留在这里继续抗日。

阿敢看着没有说话的二龙，试着跟二龙商量说，现在这种情况你也不能露面，跟组织也接不上头，不如先到香港避一避。其他地方都走不了，只有香港还有可能，但也并不容易，威约翰已经尽力了。二龙半天没吱声，想想敢叔的话也有道理，就按威约翰的安排行动了。于是，一路上经过千辛万苦，他们最后到了相对安全的香港。

1942年，日本总督部规定所有入境、离境、居留、经商的人士必须得到香港总督的批准；随后又颁布了《出入境法令》，是想限制国民党高官、抗日爱国志士和共产党员任意离境。日军宣布"所有没有工作和居留证（即所谓良民证）的人员，都必须离境"。命令一下，日本兵在街头任意捕人押解离境。

这天，阿敢在街上亲眼看见日本兵更加疯狂地捕捉市民，他跑回家便告诉了二龙，不好了，日军在抓人，他们还用帆船把人押送到华南海岸，拖到公海后，就炮击，用火烧毁啊。二龙听后心情很沉重，一时没了主意。阿敢看着二龙问，二龙，我们该怎么办？现在每天被驱逐的香港居民都有一千多人。

二龙想了想，终于忧愤地道，在日寇统治下，香港也百业凋零，市民在死亡线上挣扎，许多人都被活活饿死了。日军在香港滥杀无辜，又实行皇民教育，香港市民在经济、民生等方面皆受摧残，市民普遍对日军反感，但是，中国人民从来没有停止过对侵略者的反抗。敢叔，我知道，在香港新界就有一支东江抗日游击队，他们是抗日的主要力量。

阿敢听到这里马上激动起来，二龙，我们参加东江抗日游击队去！

阿敢的话正合二龙的心思，不久，他俩参加了东江抗日游击队，参与援救爱国人士行动，协助十几万人离开香港。

## 3

这天，日本人冲进了教堂，搜查威约翰牧师，却没见着人影。安韵珍早有准备将威约翰牧师化装后带到了家里，悄悄藏到陪楼密室里。维娜担心，怕被发现，安韵珍却镇定地说，越是危险的地方也最安全，日本人就住在家里，肯定不会相信我们敢在家里藏人。阿秀负责看好威约翰牧师，每天悄悄给他送饭送水。

晚上，日本人的狗不停地朝着陪楼叫，一个日本兵警觉地跑过来，上了陪楼，阿秀起身赔笑说，刚才我在晒衣服，狗以为我要打它，叫个不停。木村做了个手势让狗上来，阿秀吓坏了，只见那狗箭一般冲上来，阿秀拦不住，大声叫道，啊，狗来了，我怕啊，别咬我。

藏到密室里的威约翰听到叫声，立马打开通道暗门，想趁机逃走。但此时正是涨潮时间，海水堵在通道口。这边，阿秀跑到阳台将一把旧椅子往楼下扔，日本兵听到响声，从阿秀房间出来，但是狗却不肯离开，就这样，威约翰牧师被当场抓获，阿秀傻了般看着他被带走的背影，呆若木鸡。

太太，威约翰牧师被日本人带走了。阿秀的叫喊让安韵珍好不惊慌。她在心里为他祷告，上帝啊，请你宽恕他！

随后安韵珍交代阿秀说，形势越来越紧，我们得马上离开这里，阿秀，你快去准备。

这天下午，日本人住的房间紧闭。阿秀猫在门口望了望，随即朝里面做了手势，示意安韵珍上前，安韵珍换了便装，提着大包小包移过来，紧接着，维娜、老太太还有孩子们先后出了门，最后走的是阿秀，她挑着一担子食品一路晃了过去，龙家老小终于辗转出了鼓浪屿。一路上，阿秀的

陪 楼

鞋子也磨破了,光着脚走路,走得鲜血直流。维娜背上背一个孩子,手里抱一个孩子,累得气喘吁吁,老太太拎着包走不动,安韵珍一会儿走到前面,一会儿看管后头。

在石狮乡下的亲戚家安顿好之后,老太太恍如在梦中般感叹说,才几年时间,这次来什么都不一样了啊。维娜道,再差也比跟日本人住在一起强,我每天都提心吊胆的,梦里都被他们吓醒。安韵珍担忧地说,日本人到处都有,中国都快被他们强占了。维娜这时情不自禁地想起了向子豪,想起那年在这里遇见他,想起他说的话"一会儿见",想起海上泼水节的欢闹、拍胸舞的快乐,那些自由自在的日子远去了,不再拥有。向子豪现在无法回来,连通信都已隔断,但维娜心里坚信他一切安好,彼此等着重逢的那一天。

这天夜里,老太太家的五叔伯搬出椅子坐在门口,给大家说起了日本人登陆厦门后的惨境,阿秀拿了一把蒲扇,一边赶着蚊子一边抱着丽抗睡觉。五叔伯在厦门当过船夫,他曾经亲眼看见那次日本人在海上的扫射。他说,那天在码头,二十多位男女老少正要过渡口,船夫一见日本兵来了,马上把船撑开逃命,日本人的机关枪扫过来,船上的人全部掉进了海里,海水一片血红。还有日本人用大卡车装了青壮年到太古码头,把他们投进海里。他们一个个活活被淹死,海面上净是死尸啊。

五叔伯还在说,在五通那里,日本人每天都要挖坑活埋人,那里的海水泡着的都是厦门人的尸体。

阿秀听得毛骨悚然,悲愤不已。每天晚上,她都不能好好入睡,想着这些惨景,想着二龙,做着噩梦,身体明显地消瘦下来。连续几天高烧不退,安韵珍心里着急,带的药又不管用,乡下的郎中上门看也不见好,奇怪的是阿秀高烧总是不退。安韵珍说要送她上县城医院去。一路上冒着日本人的炸弹费尽周折到达医院时,医院却被炸了,五叔伯不得不说出一个方子,喝猪尿退烧。维娜摆手道,这哪喝得下啊,不行不行。老太太则说,不行也得试试,有时候民间土方子也管用,这烧不退可会烧坏身体的。安韵珍知道这也是没有办法的办法了,便托人找了猪尿来,让阿秀喝下,阿秀喝得恶心,不过还是喝下了半碗。这烧还是退了些,但仍然拖了好几日,维娜着急,问还有没有什么法子。五叔伯只好使出最后一招,找来一个看相的人给阿秀看病。说是神医两解,试试看。

看相人看了看阿秀的脸色,见她脸部发红,高烧不退,便给她测了一

## 第8章 黄家渡码头

字,一算,他说是阿秀遇见过一个酒鬼,是一个酒鬼找了她。老太太恍然大悟说,难怪,她脸总是红的,就跟喝了酒一样。这酒鬼又是谁呢?看相人又问了阿秀生辰八字,便说,是你们家里的人,不是外人。安韵珍紧张起来,难道是地瓜?老太太一听泣不成声,边哭边说,我怎么向他家里交代,地瓜,怎么死了还要伤人啊?哎哟,该死的,也可怜,早知道今天,为何要去作恶啊。

见阿秀还没醒过来,安韵珍问,需要我们做什么吗?看相人便跪了许久,嘴里念念有词,然后将符烧了放进有水的碗里,要让病人喝下去。

见阿秀这个样子,老太太终于说出心里对地瓜的怨,到底是人肉皮里掺不得假,地瓜这个该死的,嘴巴甜死人,心里假得很。

安韵珍听出什么了,问道,地瓜怎么了?

老太太叹了口气说,唉,他叫我姑婆,我哪里是他姑婆,他二叔公当年救了我,就认了个亲戚,加上他家跟我们住得近,为了感谢,我就收留了他到我身边来。没想到地瓜在的时候搞得家里不安宁,死了还要害人。安韵珍想,这人都死了,再怨也没有用,便劝道,没事没事了,阿秀马上就会好。

阿秀这时像醉了酒一样睡着没有醒来,看相人只好将水洒在她的脸上,维娜守在她的身边,又将剩下的水慢慢灌进阿秀的嘴里,睡了五天五夜之后,阿秀终于醒了过来。醒来后,她竟然不知道自己这是在哪里,她说她好像去了一个地方,却又记不得那是什么地方。

老太太心想这种情形一定得请道士给地瓜超度,定是他在阴间不安,嘴里便念道,地瓜,阿昌,阿昌,地瓜,不要再来打搅我们,好酒好喝送你,给你钱给你屋给你老婆,你要什么有什么。

这道士一来,便做了道场,维娜心里想,这装神弄鬼的能行吗?不管好不好,反正一家人心里仿佛有了安慰。

这天,安韵珍不知从哪听到消息,进门便对老太太说,我听说日本人离开了我们家,搬到警察署去了。维娜高兴道,是真的吗?妈,那这样我们可以回家了吧?老太太不敢相信,担心日本人再来,五叔伯也说就在这里住着。维娜倒不想,她实在不习惯乡下的生活。安韵珍果断地说,走吧,在这里也连累了五叔伯一家人。五叔伯说,哪里话,一家人不要见外。

在乡下住了五个多月,安韵珍便带着一家老小又回到了鼓浪屿。

陪　楼

### 4

重新回到凤海堂，维娜感觉家里简直是天堂，哪怕日本人住在家里她也不怕了。乡下的日子她不习惯，也把她折腾得不成人样。

这院子里的花草没人照看，都死了，跟地瓜一样，都死掉了。老太太进门便嚷起来。

看看，这房间被日本人糟蹋成什么样子，乱七八糟，还有股怪味。安韵珍进到房间捂着鼻子说。

阿秀跑过来喊，太太，我来收拾吧，您去歇会儿。

老太太则说，韵珍啊，我看你和维娜先住我那边去，这主楼先空着，等消消气味再搬过来。维娜最赞成，忙把行李往中楼搬。安韵珍为了照顾两个外孙，也只得跟着去了中楼。安韵珍让阿秀也一起去，大家住一起照应方便。阿秀仍然不肯，说，我习惯住在陪楼里。

这时候的陪楼，显得空荡荡的，只有阿秀和肚子里的孩子在里面，敢叔不知去向，二龙生死不明，周管家死了，地瓜死了，但阿秀觉得这楼里面仍然有一种念想，一份期盼。常常地，她会独自一人坐着，手里拿着二龙送给她的口琴，默默地回想着二龙吹响的《望春风》，想着想着又流一堆没完没了的泪水，她会拿出二龙的良民通行证，那上面有二龙的照片，阿秀总会痴痴地看，静静地想，那些与二龙相处的日子似乎不再复返了。好几回，她去了监狱，想打听二龙的情况，得到的消息总是说进了地牢的人没有活着出来的。阿秀却不甘心地去了一次又一次，陈庄不是说等消息的嘛。

这天，阿秀又去了裁缝店。

看见陈庄正在给客人量尺寸，阿秀站在门口正要说什么，陈庄看见了她，便招呼道，阿秀来了，很久不见了，你们去了哪里？

阿秀一手撑住腰，一手摸着肚子，并不回答陈庄的话，只顾说自己的，老陈，二龙的情况你晓得吗？

陈庄让阿秀进屋坐，给她泡了茶水，然后叹了口气说，看见你现在这个样子，我也不想瞒你了。

阿秀听到这话，一杯满满的茶重重地掉在了地上，茶水流了一地。

## 第8章　黄家渡码头

可惜啊，二龙被折磨死了，日本人将他扔出了牢房。陈庄没说完，阿秀忍住泪问道，尸体看见了吗？陈庄迟疑了下，摇摇头。阿秀马上说，没看见，那就说明二龙没有死，一定没有死，他不会的，不会的，他知道我在等他。说到这，阿秀抽泣起来，陈庄也抹了抹眼泪，劝道，阿秀，你得想开些，抗日不知死了多少人，唉，我老婆也是被日本人打死的啊。

等阿秀平静下来，陈庄送她出门说，你怀着孩子，出来小心些，我送你回家吧。阿秀摆摆手，独自走了。回到家，阿秀没有对任何人提起二龙的事，她想自己是卑微的人，自己的事也是微不足道的，不要牵扯麻烦别人，自己要承受一切。何况，在她看来，二龙没有死，陈庄的话信不得。

正是中午，夏天的太阳就像几百瓦的灯泡一样，照得人睁不开眼，阿秀挺着肚子，脸上冒着汗，慢慢挪步到了门口，从邮差手里接过了一张包裹单，她走到安韵珍房间喊着，太太，有包裹单。

安韵珍接过一看，欣喜道，这回除了食品、衣服，还有猪油啊。阿秀道，老爷怕我们这里没油吃吧。安韵珍点着头道，以前岛上物资丰富，什么都有，现在呢，只能等从国外寄来。阿秀说，我去领回来。安韵珍忙摆手说，不用你去，你肚子大了，不方便，哪提得动这么多油啊，我和维娜去。

阿秀还是陪安韵珍去提油了。路上，阿秀一手撑着腰，一手与安韵珍抬着油，一步一步地在石板路上走。安韵珍道，阿秀，你放下，唉，这快当妈了，二龙他……阿秀没等安韵珍说完，眼泪一下涌出来，用手一抹，竟是一把。

安韵珍也不知道该如何安慰她，便自言自语道，这夫妻啊是肉中肉，骨中骨，分不开的。阿秀能理解这句话的意思，但她真不知道要等多久。她只知道现在仇恨的种子连同肚里的孩子一起长大，这是不是一件可怕的事情？

深夜，海风漫过来，《望春风》那支歌不停地在阿秀耳边回旋：独夜无伴守灯下，冷风对面吹。十七八岁未出嫁，见著少年家。果然标致面肉白，谁家人子弟？想要问伊惊呆势，心内弹琵琶。想要郎君作尪婿，意爱在心里。等待何时君来采，青春花当开。听见外面有人来，开门该看觅。月娘笑阮憨大呆，被风骗不知。

阿秀这晚做了一个梦，梦里她和二龙举行了婚礼，阿秀头披红头巾，二龙胸佩红花。俩人拜了天地。醒来的时候，阿秀一脸泪痕，她感叹这个梦是她一生最奢侈的心愿，不可能实现了。

第二天，维娜和阿秀在老太太房间，想问问菩萨二龙的事。老太太在佛像前插上一炷香，双手合十，跪在地上，默念许久，之后，郑重其事地对阿秀说，仇恨永远不能化解仇恨，只有慈悲才能化解仇恨，这是永恒的道理。你认命比抱怨还要好，对于不可改变的事实，你除了认命以外，没有更好的办法了。

这些话，阿秀想了很久也没想明白，"认命"两个字她不知道如何去理解。真的要认命吗？维娜问，到底二龙还在不在？

老太太叹了口气，欲言又止地说，这，说他在就在，说他不在就不在。阿秀心里清楚，不管她们怎么说，反正二龙还活着，她就认这个理。过了几日，阿秀又忍不住去找安韵珍，虽然她跟安韵珍多次去过教堂，也在心里对耶稣充满了敬意，但她还是想问清楚，她对安韵珍说，我们的一切在开始的时候上帝就知道，是不是我们经历的一切都是注定的呢？这算不算是命运？

这天下午，阿秀在厨房门口烧火做饭，维娜从井边打了水过来，阿秀念道，没柴火了。安韵珍正晒完衣服下楼，听见阿秀说没柴火了，心想现在很多居民家里没有柴火开不了锅，还把家具劈了当柴火烧。安韵珍叹了口气说，东楼倒有些旧家具可以当柴火烧。维娜不情愿地说，妈，家具都烧啊？安韵珍一脸坦然，烧吧，不然做不成饭，饿死不值。

维娜和阿秀接着往东楼跑，俩人费尽力气搬了几张旧桌子出来，维娜皱起眉头说，管家、花匠、护院的都不在了，家里没一个男人，我们怎么行啊？正说着，阿秀弯下了腰，蹲在地上，她一脸汗珠地喊着肚子痛。维娜惊慌起来问，阿秀你是不是要生了？快，回房去。维娜扶着阿秀慢慢进了陪楼房间。维娜来不及告诉安韵珍，跑出门外去找接生医生了。

阿秀这时紧张地躺在了床上，全身的汗水湿透了床单，她的手用力抓紧床单布，痛得撕心裂肺，而且肚子痛得越来越厉害了，一阵一阵地越来越密，像捶鼓似的。阿秀心跳也开始加快，她想，孩子马上要生出来了，她清楚等是来不及了。她在心里喊着二龙，只有一念头，不能让孩子死掉，得生出来，平平安安地生出来！阿秀这时咬破了嘴皮挣扎着昂起头，慢慢地移下了床，她打开抽屉拿了一把剪刀，又点燃一支蜡烛，拿着剪刀在火上烧了烧，然后平躺在床上，咬紧牙关，这样挣扎了好一阵。终于，阿秀大叫一声，啊！出来了。啊，天哪，他自己出来了，阿秀一手撑着，努力地坐起来看了一眼，她看清了，是男孩，是儿子。阿秀大口地喘气，颤抖着拿起消了毒的剪刀，抖动了几下终于剪掉了脐带。

李医生赶到家的时候，陪楼的房间传来了孩子的哭声。李医生奔上楼，说，我来晚了，刚才那边有个病人给耽搁了。安韵珍这才知道阿秀生了孩子，她一边备好开水一边埋怨没人告诉她这事，当她进了阿秀房间时，不由得惊喜地叫道，阿秀，生了？孩子是你自己接生的？这么快？维娜喘着气说，来不及了，你看我去叫医生，还是晚了。阿秀喘着气点头，李医生一边帮阿秀清理一边说，生孩子快，大人也少受罪。维娜坐在阿秀床边夸道，阿秀你太神奇了，真伟大。

老太太听说之后，连忙拿来了一个玻璃做的香蕉形状的洋奶瓶，心里想着，这是二龙的儿子，也就是自己的重孙子，龙家又添丁了，是龙家的后代啊。她压抑着兴奋，久久地看着孩子，眼里有些湿润地说，这孩子，长得像他爸，你看那双眼睛。真不容易，阿秀你有福气。阿秀道，不知道这孩子命苦不苦。老太太说，现在不说命，他肯定命好，不苦不苦。安韵珍看着孩子的小脸，说，给他取个名字吧。维娜想了想，说，二龙，要不就取他爸名字中一个龙字，小龙，龙龙，不，龙隆，兴隆的隆吧，阿秀你看行吗？老太太欣慰道，龙隆，这不就是跟我们龙家一个姓吗？安韵珍接口说，本来也……她原想说本来也是龙家的人，话一拐弯，就说成也是条小龙。

## 5

太平洋战争的炮声响了之后，平静的日子一下子烟消云散了。琴岛的钢琴弦好似刹那间都被折断了，钢琴声再也听不见了，这时候的维娜也似乎没有那种闲情逸致再弹奏贝多芬的《月光曲》了。

厦门港里外的英美军舰早已溜得无影无踪，日本人以迅雷不及掩耳的速度，一夜之间占领了鼓浪屿。这时的鼓浪屿笼罩着恐怖凄凉的气氛，日本宪兵们每天端着带刺刀的枪，穿着皮靴走在马路上，气势汹汹，威风凛凛，让人心惊胆战。

1941年冬天的一个下午，安韵珍系上了长长的围巾。阿秀刚扫完院子，便问，太太，你要出去？外面不安全啊。安韵珍走到门口回头说，我

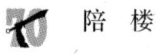

去番仔球埔，日本人要开鼓浪屿屿民大会。

那我跟你一起去。阿秀跟在了安韵珍身后。她们路过最热闹的龙头路时，觉得那里气氛与往常不同，显得格外安静，阿秀向周围一看，才发现有日本兵在街上巡逻。经过一所小学时，还看到很多学生到了门口都不进去，原来是校门口有日本兵站岗，不让学生进学校。

又发生了什么事了？阿秀问，安韵珍指着到处张贴的报纸说，你看看，肯定有名堂。阿秀走了过去一看，张贴的是《全闽新日报》和伪《华南新日报》"皇军"对英美宣战的号外，还贴有两份"告示"和一份"布告"，有一份"告示"是由日军厦门根据地队本部具名的，内容是：日本内阁发表日本天皇对英美宣战的诏书，驻厦门的日军为此占领鼓浪屿；同时宣布全面封锁海上交通，限制厦门鼓浪屿间交通。渔船出海，要经检查许可。另一份"告示"由厦门日本总领事馆具名，内容大意是说，因时局变化，凡趁机造谣破坏、囤积居奇、抬高物价、携资外逃、扰乱金融等违法行为者，一律严惩不贷。"告示"并且宣布：从即日起，使用日本东京时间，也就是比厦门人传统使用的时间提前一个小时。还有一份由伪厦门特别市政府具名的"布告"，无非是要鼓浪屿人民安分守己，拥护日本军阀发动的所谓"大东亚战争"。

阿秀，你先回去吧。安韵珍看完这么说道。阿秀不明白地想，为什么啊？

快走吧，我开完会就回来。家里要留人。安韵珍说着推开了阿秀，阿秀走了几步回头说，太太你小心啊。

阿秀急急地回到家里，把看到的听到的告诉了老太太和维娜，老太太心里替安韵珍着急，问道，维娜，你阿妈不会有事吧？她也是，非要去参加日本人开的会干什么啊。

维娜想了想说，她这也是迫不得已，这是日本人的强制行动。这些天，他们是玩尽了花样，你们看，日伪的"布告"和座谈会、庆祝会之类的集会，一个接着一个，日伪两报，大量报道鼓浪屿的"新闻"。还有什么在"同声俱乐部"召开的"各界人士座谈会"，应邀出席的人既领受了教训，又领受了恐吓。还在鼓浪屿戏院召开"打倒英美扩大宣传大会"，并放映电影，免费招待。

他们想拉拢人心，根本做不到。阿秀附和一句。维娜接着说，他们为了鼓吹什么"大东亚圣战"和"中日同文同种、共存共荣"的谬论，真是使尽了招数，但得到的只是听众从嘴巴里吹出的嘘声。

## 第8章　黄家渡码头

没过几天，安韵珍说要去博爱医院。老太太慌了问，去那里干吗啊？安韵珍说，去看看就知道了。阿秀会意维娜，俩人一同跟着安韵珍出了门。

天哪，博爱医院挤了这么多人。维娜捂住了嘴，当她得知这里被集中的有外国人、外籍华人和在外国企事业单位任职的中国人，包括住宿在教会学校、医院的教职员工、学生和医护人员，竟然达四千多人时，不由得紧张起来。

这时候，有几个军官模样的日本人来到医院，传令被集中的人群都上医院天台聆听训话，一个会讲厦门话和英语的日籍台湾人当翻译。阿秀听明白了，训话的内容大意是：日本天皇下诏对英、美、荷诸白魔宣战，日本"皇军"奉命占领鼓浪屿，大家要拥护"皇军"。接着宣布了两件事："第一，凡持有枪支弹药的人，要立即主动交出来，不加追究，如隐瞒拒交，一经查出，就以私藏军火严处。第二，所有被集中人员，一切行动要听从'皇军'官兵的指挥，如有发现擅自行动或非法行为，格杀勿论。"

李医生在里面，我看见她了。维娜这时叫起来。安韵珍小声道，别说话，没事的。

三个人从博爱医院出来，心事重重地走着，迎面走来一队洋人，让阿秀感到奇怪的是，那些平日神气十足的洋人们左手臂上别着一条印标记的红布圈，在日本宪兵的刺刀下，个个无精打采，垂头丧气。阿秀不禁问安韵珍，他们这是要去哪里？安韵珍挪了挪身上的披肩，抱紧身子说，是要到轮渡码头搭渡船，去厦门，去过禁闭生活。可恨的日本人，要把人逼到绝路啊。

阿秀你看，还有学生仔，日本兵用刺刀像押解俘虏似的逼迫他们排着队游行。维娜忧虑地看着一群学生从眼前走过，路很窄，他们排成了两行，学生们表情麻木、有气无力地喊着口号："中日亲善！""建设东南亚共荣圈！"

维娜这时看见队伍中有自己的学生，一些小学生把手里的汉奸旗尾巴撕掉扔在阴沟里。维娜禁不住走上前，对那学生说，你做得对。一位家长走过来，自言自语地说，失去了国家主权，孩子们好可怜啊。接着，三个人跟着游行的队伍又走到了鼓浪屿最高峰日光岩前，抬头望，上面挂出了一面大大的膏药旗，日本占领者露出了真面目，这旗是用铁皮做的，日本人真是用心良苦,为的是不迎风也能招展,旗很明显在昭示众人:这是日本占领地。

安韵珍沉着脸,皱着眉头,没有说话,她心里像压着一块巨石,她忧虑地说,以后的日子怎么过啊,不晓得会是什么样子?

阿秀说,维娜你不要去上班了,鼓浪屿都沦陷了。

这时候,三个人不知不觉走到了码头,日本人在那里设了一个岗哨,不论男女老少,都要在通过岗哨时,向鬼子兵行九十度礼。阿秀咬牙说,宁可不去厦门,也不要给日本人行礼。维娜道,走,别走近他们。

她们走到厦门日本总领事馆门前正要掉头时,看到了那则告示。维娜看了几眼气愤地说,日本人真是可耻,他们要使用日本时间,这比厦门时间提前了一小时啊。阿秀提醒她说,你小声点,上午我就看到了。维娜边走边说,到处都是让人气愤的事,晓得吗,更可气的是日伪市政府接管鼓浪屿会审公堂后,派一个汉奸任副堂长。阿秀在想,怎么汉奸这么多啊,打不死也赶不尽吗?

回到家里时,三个人都忧虑地坐着不说话,老太太牵着几个孩子过来,责怪维娜、阿秀说,孩子你们都不管,他们都哭着叫妈妈,你们跑到外面做什么去了,这种时候,大人要时刻在他们身边啊。

见丽抗、丽战、龙隆脸上还挂着泪痕,维娜和阿秀将他们搂在怀里。维娜说,外面真的很吓人,我们再也不要出门了。

老太太道,阿秀出去买菜也得小心,要早些回来,听见没?阿秀点头道,听见了,好的,现在连菜都没得买,早上去市场转,也没几个卖菜的。

安韵珍这时走到门口又折回来,说,刚才岛上居民接到了通知。

什么通知?维娜紧张地问。

日本人要抽我们的血。安韵珍这么一说吓得老太太手开始发抖。

又得抽啊,抽那么多血做什么啊?阿秀也很吃惊。

哎呀,要我们全部分批到鼓浪屿的日军陆军医院集中,抽血、验血,每个人的血型都被记录存档。安韵珍摇着头说,日本人的目的是想把中国人当成"活血库",为他们的"圣战"作准备,随时供血。

上次怀孩子的时候也抽过,这回又抽,我们一定得去吗?我身体这样弱,我还晕血的。维娜急得想哭。

安韵珍想了想说,是啊,没有办法,你顶不过去的,带上户籍,走。老太太着急地问,如果不去呢,可不可以不去啊?你看这家里净是女人孩子，都瘦成这样，血从哪里来啊，这是造什么孽啊？安韵珍一时也为难，便说，如果不去呢，日本人又会上门赶，你同样会吓倒。上回不是吓得要命吗？阿秀抱着龙隆问，要不，维娜留在家里，就说她生病了。老的和小的都留在家里。我和太太去。

慌什么，不逼到那一步不要去。老太太神色严峻。

先这样试试吧。安韵珍和阿秀带着户籍一同出了门，出门一看，外面一堆人，吵吵闹闹的，有汉奸在扯着嗓子喊，排队排队，都出来，大大小小的都出来，抽血了，快快快。

安韵珍听见喊声，一脸惊慌。阿秀问，太太，怎么办，要不我们先去？安韵珍说，日本人肯定会来家里查，不管了，我们先去抽血。俩人便排在了队伍后面，跟着一群人到了日军陆军医院。轮到安韵珍时，日本兵接过她手里的户口本一看，哼，怎么只你一人来？阿秀从安韵珍身后挤上前说，还有我。日本兵又问，其他人呢，不是都死光了吧？安韵珍为难地说，家里只有老的和小的了，都生着病，生病的时候也不好抽血吧，长官你看？这时候，一个汉奸出面劝解道，早晚得抽，瞒是瞒不了的，生病也得抽，只要爬得动。

阿秀站在了医生面前，伸出左手，大声道，先抽我的，多抽点，一个顶几个人。

安韵珍见了上前拉阿秀，不要，阿秀。

阿秀道，没事，太太，我身体好，起码顶两个人吧。

老太太和维娜带着三个孩子在家里急得团团转。安韵珍扶着阿秀刚进门，阿秀便晕倒在了地上。老太太急得喊起来，我就晓得，会出事啊。安韵珍道，阿秀的血抽多了，我劝她不听。维娜，去请叶医生。维娜一脸愁容地说，阿秀是替我去抽的血，让她受罪了。唉，怪我。老太太看着阿秀的脸白得像一张纸，心疼地说，快给阿秀补一补啊。

陪 楼

# 第9章　裁缝店

1

维娜的一对儿女和阿秀的儿子都在鼓浪屿上的怀德幼稚园念书，怀德幼稚园虽然是教会办的学校，但在日常教学中，并没有进行什么宗教教育，不掺入宗教内容。不过，礼拜天上午，维娜和阿秀的孩子也跟每个幼稚园的小朋友一样都要到学校上"主日学"，也就是幼儿级的教堂外的"做礼拜"。就是听老师讲一则根据《圣经》编撰的耶稣的爱心小故事，然后祈祷，然后吟唱闽南语的"童《圣诗》"，还有用闽南语唱外国名曲改编的圣歌。

这天，阿秀带着几个孩子在港仔后沙滩上玩耍。阿秀教他们唱闽南童谣《天黑黑》，她一边拍手一边唱：天黑黑要落雨阿公仔举锄头要掘芋，掘啊掘掘啊掘，掘着一尾旋鳅鼓，依呀嘿都真正趣味。阿公仔要煮盐，阿妈要煮淡，两个相打弄破鼎，依呀嘿都啷当嗟当呛，哇哈哈，阿公仔要煮盐阿妈要煮淡，阿公仔要煮盐阿妈要煮淡，两个相打弄破鼎弄破鼎弄破鼎，依呀嘿都啷当嗟当呛，哇哈哈，哇哈哈哇哈哈……

阿秀唱着心里却想着二龙，想他当年也肯定是在教会办的幼儿园念的书，也唱过这首闽南童谣吧，龙隆一定很像他小时候的样子。想着想着，阿秀眼睛又潮湿了，维娜理解她的心思，安慰她说，是不是老天很公平，你也一人带着孩子，要我俩同病相怜。阿秀叹道，向子豪在国外早晚会回的，而二龙却不晓得还活着没有，我是福薄之人，看命运安排吧。维娜说，有儿子陪着，你不会孤单的。其实维娜心里替阿秀难过，她曾打听过了，有人说二龙早死在了牢里，但她不敢告诉阿秀，她清楚，关进了牢房的人，基本上没有活着出来的。

这时，阿秀看见丽抗在玩水，便起身道，看，丽抗玩水把裤子弄湿

214

## 第9章 裁缝店

了。维娜走过去时,丽战从沙滩上抓了一把沙扔向空中,没想到沙子进了迎面来的一个女孩子眼里,女孩子眼睛都睁不开了,哭了起来,她妈妈也没责怪丽战,只是帮她女儿拍身上的沙,还说人家是不小心的。后来,女孩子跟丽战争了起来,阿秀本想去劝解,维娜却拦住她,维娜对那女孩子和她妈妈说了声对不起,便一声不吭地把丽战拉回了家门口,然后教导了一番。

阿秀看在眼里,她一直觉得维娜知书达理,这是维娜的个人素质,也是鼓浪屿的氛围所致。老太太曾说过,鼓浪屿上的人都这样,懂礼貌,有教养,大家相处和谐。维娜在路上对阿秀说,其实孩子不用管,凭德行感化。明白他的个性,帮他砍小枝,留大枝就行了。

回到家,几个孩子吵着要吃螃蟹,维娜奈何不得便说,好好好,就去买。刚准备叫阿秀,却见她正在井边打水,维娜想想算了,自己去买。安韵珍听说维娜要出门,也正想出去走走。阿秀知道她们要去买螃蟹,说,鼓浪屿没得买了,要到厦门的第八市场看看有没有。等我浇完花就去。安韵珍挥手道,不用了,你忙,我和维娜去也行。

维娜也说,三个孩子够淘气的了,你在家看着他们,我们去去就来。

在黄家渡码头,安韵珍和维娜排队上船,等着日本警察搜身检查,安韵珍这时拿出了厦鼓通行许可证。

维娜小声地说,有证件还要搜身干吗?

安韵珍小声回道,现在鼓浪屿被日本人独占了,他们想检查是否带武器。

快,站好!一个日本警察凶巴巴地对维娜吼道。

俩人被搜身检查后上了舢板船。在船上,安韵珍似乎觉得前面那人有点像二龙,下了船便对维娜说,二龙要是在多好啊,阿秀也不至于……维娜回道,阿秀说等命运安排,也不知要等到什么时候。她只认定二龙,要等他回来,其实,我听说了……

听说什么了?安韵珍盯着维娜看。

二龙他早已经死在了监狱里,但我不敢对阿秀说。维娜神情凝重。

安韵珍怔了一下说,可怜的孩子,真的就没了?你怎么不早说呢,你是怎么知道的,消息可靠吗?

死在日本人手里的人多了去,都不稀奇的,我听说关进去的人没一个活着出来,那不就是死了吗?听维娜这么一说,安韵珍心情沉重,不得不感叹起来，其实，我也早想过，二龙他……唉，几年了，阿秀真不容易。三一堂唱诗班的周先生也死了，他会唱，会弹，会作曲，还会指挥，日本人要他出来做事，他不肯，他怕日本人抓他，结果逃到内地，不幸被日本人发现，打死在了海上。维娜也叹了口气，我们不要对阿秀说这些，让她活着也有个盼头。安韵珍接着又叹道，我看呢，阿秀也不能这样子等下去，是不是得成个家了，一个人带着孩子太难。你想想，我虽然常年见不着你爸，你也见不着向子豪，但是他们都在远方，在我们的梦里头，阿秀呢，如果二龙不在了，她的梦里还会有什么？我不想她苦下去。我希望阿秀有个好归宿，虽然我想让她留在家里，可我不能太自私。

维娜听安韵珍这么一说，突然想起了什么似的说，对了，裁缝店的陈老板这个人怎样？

安韵珍怔了下，你怎么想到了他？维娜道，我只是感觉他俩合适，在教堂我就看出来了，陈庄对阿秀有意思。安韵珍想了想说，他们早就认识，陈庄现在倒是单身一人，就是怕阿秀不肯嫁人。维娜，你去问问阿秀。

母女俩下了船，手挽着手走到了厦门的第八菜市场，厦门的市井人情、嬉笑怒骂，都在这八市里，有人说八市几乎是半个厦门的菜篮子。安韵珍停下脚步道，阿秀以前在这里买过海鲜，小吃。说着便拉着维娜朝里面走去，这里已是满目萧条，一片冷清，许多店关了门，也没几个人。安韵珍只买到几条黄瓜，维娜说，日本人在，谁敢出来啊，走吧。

还没到家门口，就听到龙隆大哭大叫的声音，怎么了，快。安韵珍心跳加快，快步进门一看，阿秀正在给龙隆脱外裤，丽抗丽战站在一边急得哭。

龙隆怎么了，丽抗？维娜问。

丽抗哭着说，龙隆掉到开水里了。

这时的阿秀一脸泪痕地抬起头说，怪我啊，我刚烧开的水，满满的一脚盆，我是准备给他洗澡的，龙隆跑过来一屁股坐了进去……

啊，那不烫伤了？维娜急忙把老太太叫了过来。老太太一看，马上喊道，快，给龙隆身上泼冷水，快啊。安韵珍和维娜分别提了水，把龙隆放进水桶里浸了一会儿。

晚了，晚了，他的皮……他的腿……阿秀傻了一般，呆在那里抽泣着。

老太太急得抱住龙隆说，哎呀，你怎么不早把他放到冷水里？现在裤子都脱不下来了，得脱层皮啊。你，你是怎么带孩子的？安韵珍怕老太太责怪阿秀，便吩咐道，快送到医院去。阿秀却呆呆地坐在那里不动，嘴里不停地念着，怎么早不烧水晚不烧水，偏偏这时候，我这是给龙隆用开水洗澡啊，是我害了他……

阿秀不说了，给龙隆看伤要紧，我们到医院去！维娜将阿秀扶起来。

医院说因为烫伤面积大，要给龙隆植皮。阿秀麻木地等着，还在念，我怎么跟二龙交代，他的儿子被我烫坏了。

这时安韵珍听医生说，就是治好了，以后腿上还会有疤。安韵珍转过身安慰阿秀说，没事的，腿没多大影响。老太太叹道，这是他命里有一难，以后多加小心。阿秀也不要太怪罪自己，是难躲不过的。

这天维娜收拾妥帖要出门，她用一只纤细的手指弄耳边的头发，另一只手去推阿秀的门。门没锁，她走了进去。

阿秀从桌子底下钻出来。

维娜问，阿秀，你怎么跑到桌子下面去了？

阿秀拍拍身上的灰说，哦，我在找簪子，就是你以前送我的那个簪子。

维娜说，你今天把它戴在头上吧。还有我这里有一件旗袍，绣花鞋也穿上。阿秀忙摆手，你都给了我很多衣服了，这件新的你留着吧。维娜把衣服递给阿秀，我多的是，这件是特意给你做的，你不穿谁穿啊？阿秀接过旗袍，维娜又说，今天陪我出去，快打扮一下，就穿这衣服。

阿秀瞪大眼，去干吗啊？我就这样了，没心思打扮。

维娜笑了，穿上吧，我们是姐妹，要穿一样的衣服才好。

俩人走到门口，维娜才说，阿秀，知道我今天带你去做什么吗？阿秀摇头。维娜附在阿秀的耳边，带你相亲去。

阿秀不解地问，相亲？我还相什么亲，我跟二龙有了家，还有了孩子，我不去。维娜说，可是二龙没有消息啊，他是真的不在人世了。阿秀听了突然伤心地掉下泪来，边哭边说，我知道，我早就知道，可是我得等他，我们说好了的，我不能丢下他不管。

维娜有些不明白，阿秀的痴情到了这种地步，只好拍拍阿秀的肩，唉，算了，今天不去了。没想到陈庄却进了凤海堂的门，维娜觉得这真是巧，算是有缘分，便故意走开了。

陈庄手里拿出一段布料递给阿秀说，这个看你喜不喜欢。

阿秀想起了那次和二龙在店里扮新娘新郎的情景，没想到弄假成真，心里涌起一阵温暖,可惜都过去了。她终于点头说,谢谢,还是留着你店里卖吧。

陈庄笑着,最好上我店里去挑,什么花色都有。

阿秀头也不抬地回道,我穿素色习惯了。

陈庄看着她说,阿秀,你也别太苦了自己,我知道你想什么,二龙他……你也应该为自己祈祷吧。

阿秀清楚陈庄的意思,也清楚维娜的好意,心想这不可能,便把布料还给陈庄说,除了他,我心里不想别人。说完转身走开。陈庄痴痴地望着她的背影,摇头叹了口气。

第二天,陈庄带来一些素色的布料,阿秀看了一眼没反应。第四天,陈庄带来一件做好的旗袍。阿秀故意说,你留给太太穿吧。

陈庄有些忧郁地说,太太几年前被日本人打死了。这,你不是不知道。

阿秀说,可是,你会有新太太。何况,二龙还在,我和儿子都在等他。

陈庄觉得阿秀在说梦话。便劝道,其实,这只是一个愿望,我早听说……

听说什么?阿秀紧张起来,她明知道他要说什么,却装作不知,又不想他说出口。阿秀不吭声了,低下头,将深深的忧伤掩藏在心里。陈庄接着转移了话题说,唉,现在在鼓浪屿的洋人,除了几个教父外,多数成为了日本皇军的俘虏。有的则逃走了,很多人都被禁闭起来了。阿秀这时脑子里出现了教堂牧师、信徒们的身影,那教堂的钟声由远及近……

## 2

抗战胜利前的氛围大不一样了,日本人的末日就要来临,大家的脚步似乎更加慌乱。再过几天便是春节了,阿秀想着如何多做些好吃的。早早地她便出了门,仍然光着脚穿着布鞋,拎了个竹篮子一路小跑地去了鼓声洞那边,她听说有人在那里种了豌豆,她想摘点来。

阿秀刚到鼓声洞,远远地就看见了天上有两只老鹰在打架,它们争抢着一条鱼。打着打着,鱼掉了下来,阿秀走近一看,好大一条加网鱼,但是它的头已被老鹰吃掉了。快带回家去,阿秀这么想着便把老鹰吃剩的鱼放进了篮子里。

## 第9章 裁缝店

太太，你看，今天有鱼吃了。阿秀一边高兴地叫喊一边去洗鱼，安韵珍欣慰地看着阿秀说，哟，很新鲜啊，哪里弄来的？阿秀兴奋道，是老鹰嘴里掉下来的。安韵珍便抬头往海边看，是啊，海面上有老鹰在飞，肯定就有鱼。阿秀回道，天这么冷，又逢大潮，加网鱼在水里被冷风吹，就会冻死的，我们准备去捡鱼。

这天晚上，阿秀收拾完毕，把龙隆安顿好，便坐在陪楼走道间补衣服，补着补着她打起了瞌睡，迷迷糊糊间，进入了梦里。梦里的二龙躲在凤海堂东楼院子里的玉兰树下。阿秀进门便打扫院子，手中的扫把刚扬起来，便看见了一个弯身的背影。阿秀吓得不敢大叫，连连后退几步，这几年家里发生的事，让她害怕。日本人、汉奸，还有家里的地瓜都在这里横行霸道。阿秀刚要离开，二龙抬起头，小声叫了声阿秀。阿秀吓得魂飞魄散，不敢回头看。二龙又叫了声阿秀。阿秀这次听清了，竟然是二龙的声音。

二龙回来了？他活着？这是阿秀天天想着的事情。阿秀终于转过身，小心地看了那人一眼，天，二龙正朝她点头，他站了起来，是我，我是二龙啊。

惊慌连同欣喜写在阿秀的脸上，她定神地看清了，真是二龙！原来不是梦？！消失了很长时间的二龙此时戴一顶黑帽，嘴边沾着胡子，穿一身黑衣，看得出是化过装的。但是阿秀不能让他在这里露面，家里现在不比以前，已经没有安全可言了。日本人虽说搬走了，但最近有事没事就往凤海堂跑，阿秀在院子里看了看，随即将二龙带到了陪楼。

你怎么？没等阿秀问完，二龙打断她急切地说，你先别问，一言难尽，我现在只告诉你我现在隐姓埋名，我需要你的帮助。阿秀看着二龙，用眼神问他，二龙说，如果不是被组织安排到鼓浪屿负责地下党工作，还不能来看你。阿秀见他神秘的样子，激动地说，只要你还活着就行，我们，不会再分开了吧？

二龙摇头小声道，我身不由己啊，以后你会明白的，在国民党的统治下，一切都被视为非法，我们的行动处于地下状态，一举一动都要慎之又慎。阿秀不明白地问，不是听说国民党也在攻打驻厦日军吗？他们怎么会？二龙道，那只是国民党中的爱国军官，他们袭攻厦门和鼓浪屿，但是国民党当局实行的还是片面的抗战路线，他们惧怕民众抗日力量。阿秀，你住在这里，更有利于我们的工作，但我俩的事不能公开，记住，一定要保守秘密。阿秀含着泪点点头，她本想把儿子的事告诉二龙，可话到嘴边又咽了下去，她害怕相互受到牵连。

二龙又说，几年不见，唉，但我在这里不能待太久，我得走了。阿秀听了这话，眼泪又哗地流下来，二龙道，别哭，见面应该高兴才是啊。阿秀，希望你能给我及时地搜集情报。

阿秀擦了擦眼泪问，情报？二龙道，是，如果我不能来，我会告诉你见面的地点。

主楼那边这时传来重重的脚步声，二龙急忙朝密室里藏。阿秀忙跑到外面一看，日本人却撞了进来，他们放下枪，在院子里摆好棋盘，那黑白相间的围棋阿秀看不懂，但棋盘下面压着一张写了字的纸引起了她的注意，她眼睛盯着棋盘发愣，半天才回过神来。等阿秀又进了陪楼时，突然想起那张纸条，便把二龙叫出来说，我刚才在日本人那里看见了一张纸条，好像都是人名。

二龙一惊，心里想着，难道是地下党名单？有人泄露了这份名单？二龙回了一句，争取搞到那张纸条，这是重要情报。说完，二龙从地下通道跑了。阿秀还恍如在梦中，她心情复杂地想着什么。虽然高兴与二龙的见面，但也无时不担心他的安危。

这一晚，阿秀在床上翻来覆去睡不着，日本人什么时候走的她不知道，她只是在想着二龙的出现，这是她每晚的梦，现在呈现在了眼前，太不可思议了。她激动得一会儿下床，一会儿坐下，一会儿躺下，她不知所措地在房间里走来走去。这间屋子，弥漫了她和二龙的气息，积聚了她和二龙的幸福，二龙什么时候再来，她不知道，他也不知道。二龙会不会有危险，当初他是如何逃脱的，他现在住在哪里，阿秀越想越兴奋。

陪楼的阳台，成了简易厨房，阿秀正在做清粥，那几只缸里的酱瓜早没了，看得见碗底的清水粥里面什么都没有。维娜走过来问，有青菜吗？阿秀摇头。维娜说，孩子们营养不良，他们都吃不饱。阿爸寄的钱现在也收不到，这怎么办啊？阿秀神情恍惚，维娜的话她没有听进去，维娜看出来了，还以为她对陈庄动了心思，便试探说，陈裁缝手艺不错，人也厚道，改天我俩去他家坐坐吧。

阿秀半天才抬头，哦，好的。

阿秀却在想天快黑了，二龙会不会来呢？不会吧，再晚点吧。见阿秀没说话，维娜说，我晓得你对二龙的感情，可是……

## 第9章 裁缝店

可是，二龙……阿秀欲言又止。维娜清楚阿秀认定的事不会轻易改变，见阿秀心神不定的样子，维娜不再作声，默默地走开了。

一连好几天，二龙都没有来。阿秀心里七上八下，也不知道发生了什么事，二龙突然出现又突然消失，让她很不安。而那张名单根本搞不到手，她六神无主的样子让维娜看在眼里。

阿秀，听说有人去捞鱼了。孩子们营养跟不上，我们想想办法吧。阿秀回过神点头道，哦，好的，要不我去捞鱼吧，看能不能弄些冻鱼来。

第二天，阿秀清早起来准备了捞鱼的工具。安韵珍走过来一看问，你这是做什么？

阿秀弄来了一条铁丝，弯成一圈，问道，太太，家里有没有旧蚊帐啊？我去捞鱼。维娜跑过来说，有的，等等，我去找找。等维娜把一个半新不旧的蚊帐拿过来时，阿秀张大嘴说，这么新啊，可惜了啊。维娜道，没事没事，只要能捞到鱼。于是阿秀把蚊帐套在铁丝上，变成了一个袋子，绑在了竹竿上。安韵珍笑道，原来是去捞鱼啊，费这么大劲。

见阿秀起身要去捞鱼，维娜问，要不要我陪你去？阿秀摆手道，不要了，海水凉得很。

为了避开日本兵，阿秀从鼓浪石穿过去，沿着那里的石头下到海里。此时正在退潮，她走到海泥滩和海水交接处，海滩上许多白白的鱼，阿秀拼命地捞在了袋子里。这时候，有一个人也过来捡鱼了，他戴着草帽，头低下去，他的篓子里一下子便装满了很多鱼。

等阿秀回到岸边，那个人也慢慢走过来，并把篓子里的鱼放在了阿秀面前说，都给你，快拿回去！阿秀听出来了，是二龙的声音。二龙没抬头，只小声说了一句，你小心，我走了，再联系。

这就走？阿秀还来不及惊喜，二龙便闪身走开。望着二龙离开的背影，看着眼前这么多的鱼，阿秀一时愣在那里。她站起身走了几步又退了回去，傻傻地站了一会儿，最后咬紧了牙，背上背着篓子，手里拖着一网的鱼，很吃力地移到了家门口。

哎呀，阿秀你真能干，捞了这么多鱼回来了，阿姆，明天家里有鱼吃了。阿姆，快来啊，这鱼得晒干吧，不然吃不完会臭的。阿秀还是你来处理吧，我不会。维娜说了些什么，阿秀没有在意听，她喘着大气坐在那里，满脑子都是二龙，他晓得我早上去捞鱼？怎么出现又消失？这一切都

### 陪 楼

不能让家里人知道,阿秀都搞晕了。阿秀边想边挽起袖子开始处理鱼,她先留了几条准备这两天吃,其余的鱼洗了剖了之后,都一一蒸熟,然后放到阳台上去晒。晒干后放进缸里,要吃的时候或者油炸或者炒了吃。

### 3

这晚,阿秀在房间试陈庄送来的衣服,阿秀扯扯衣袖在想,这个陈庄,还是有名的老裁缝,不量身自己估量也不准,衣袖一只长一只短。阿秀在扯左袖时,突然在袖口摸到一块硬东西,她立马脱下衣,用剪刀剪开一看,里面竟然有用针绣的字。阿秀忙叫龙隆关紧门,她紧张地打开飞快地看了一眼,上面有两个数字:8 和 12。这是什么意思呢。陈庄要暗示什么?阿秀这才想起,二龙曾经说过,陈庄是同路人。但她一时猜不出 8 和 12 的含义。阿秀想到了二龙,今天是 7 号,明天是 8 号,会不会是二龙在 8 号来呢,12 又是什么意思呢,会不会是 12 点钟?

思来想去,阿秀小声嘀咕道,那么应该是明天了?龙隆问,妈妈,明天怎么了?阿秀忙说,明天妈妈可以带你去吃肉松饼。龙隆高兴道,好,我都很久没吃了。

阿秀不敢确定二龙会不会来,她从晚饭后便开始等,心神不宁的样子让安韵珍都看出来了,她拍拍阿秀的肩问,阿秀,我看你神色不对,慌什么呢?阿秀听见吓了一跳,回过头说,唉,龙隆白天去吃麻糍粑粑,晚上还想出去,我又没空,正愁着。安韵珍微微一笑说,龙隆交给我吧,我陪他玩会儿。

那太好了。阿秀到花园里将龙隆拉起来说,阿婆带你玩去。龙隆不肯,说,我要和丽抗玩。安韵珍道,算了,孩子自己玩吧。阿秀,你的表情逃不过我的眼睛,你是在等人吧?

阿秀摆手道,没有没有。

安韵珍怎么也想不到她是在等二龙,二龙没有死。安韵珍还在想,阿秀是不是约了人,还是在等陈庄?等安韵珍上楼睡觉了,阿秀着急地左顾右盼,怎么还不来呢?她写了一张纸条,纸条上写着:15 号厦门。她把纸条插进一束花里。这时突然她听见了响声,以为二龙来了,顺便将花扔在了院子外面,却没有想到伍保长正摇头晃脑地路过。他哼着小曲捡起了

## 第9章 裁缝店

鲜花，一边扯下花叶一边吹着口哨。阿秀听见口哨声，发现不是二龙，这才慌了，开门一看，却见伍保长一脸酒气地盯着她看。阿秀见他手里拿着自己刚才扔的花，忙伸手去要。伍保长狡猾地笑，要我送给你？呵，原来是你扔出来的。伍保长无聊地将花重重地扔在地上，那纸条不小心露了出来，阿秀正要弯身去捡，伍保长马上用脚去踩，正好踩在阿秀的手背上。她忍住疼痛。伍保长笑了，警惕地将纸条捡起来展开一看，板起脸问道，15号是什么意思？阿秀摇头。伍保长似乎想起了什么，于是他吼道，走，带你去见皇军！没想到今天顺手牵了一只羊。

前几天木村来凤海堂下棋，阿秀听说他15号要去厦门的消息，心想这个情报二龙有用，便写在了纸条上。阿秀心想这下完了，真是自找麻烦，太不谨慎了。

晚上12点多，蒙着头的二龙在院子外面，一看接头的暗号没有了，花和灯光都不见了，觉得有点不对头，便警觉地躲到一边去。

第二天，日本人对阿秀进行了审问。阿秀双手被吊了起来，木村走近了她责问道，胆子大啊，又是你，在皇军眼皮底下玩花样。说，给谁传情报？抗日那伙人在哪里？

阿秀咬紧牙，心想再疼什么都不能说，说了是死，不说也是死。她身上这时挨了一鞭子，等抽到三十鞭时，阿秀晕了过去。

安韵珍一大早起来没有看见阿秀，却见龙隆一个人起床后哭着说，我妈不见了，她晚上没陪我睡觉。

安韵珍在想，阿秀这几天神情慌乱，有些不正常，会不会出什么意外，怎么一晚上没回来？安韵珍有些着急地走到门口，她看见伍保长威风凛凛地走过去。看他的表情，安韵珍立刻明白了什么。伍保长回过头说，去监狱收尸吧，是你们家的人，如果还不招，估计也快被打死了。她敢在皇军眼皮底下送情报，真是不想活了。

安韵珍怔怔地看着这个汉奸的背影，不用问，阿秀出事了。她拿了外衣就要出门。维娜在后面喊，等下我。

安韵珍回过头说，快点，不然阿秀就没命了。维娜道，我们不能这样去上当，想想办法，再看怎么去救阿秀。安韵珍心慌意乱地说，能有什么办法想，等想出办法来阿秀可能都被打死了。老太太这时走过来问她们要上哪去，安韵珍说，阿秀现在关在日本人的大牢里。老太太一听，不免生气道，她昨天不是在家里吗？这是什么时候发生的事，怎么这种时候还惹

223

陪 楼

出事端来，阿秀她是真不想活了是吧?！韵珍，这到底是怎么回事啊？日本人为什么会抓她？

安韵珍愁着一张脸说，听说还抓了几个地下党。说着便出了门。

4

安韵珍和维娜走到路上遇见了陈庄，陈庄一身短衣短裤背着双手正低头走路，等他抬头看见她们时，便点头道，二位，我正要去你们家哩。维娜道，想见阿秀就去监狱。

维娜你说什么，怎么回事啊？陈庄紧张地问。安韵珍说，跟着走吧，我们正好要去救她。见陈庄有些犹豫不决，维娜说，如果你有事就先回吧。陈庄在想弄不好把命也搭上，想到牺牲的老婆，还有二龙，觉得这样送死也不对，会暴露自己。他站在树下躲荫，老实地说，太太，我害怕。我儿子还小，我不想把命丢掉。我们是不是得想想办法。维娜想，他原来这样怕死，枉我还把他介绍给阿秀。安韵珍道，去试试看。陈庄这才跟上了她们，三个人朝日本警察署方向走去，一边走一边商量如何应对日本人。

安韵珍觉得奇怪，日本兵很快让他们进去了，不过条件是让阿秀招出同伙。陈庄紧张地解释说，是这样，我准备15号在厦门与阿秀见面，商量结婚的事，纸条写的15号厦门就是这个意思。安韵珍也在附和道，是啊是啊，我在给他们筹备婚事。她难为情，想送花给老陈，不好当面说，就在纸条上写明约会地点和时间。

伍保长不相信他们说的话，便带陈庄去见阿秀，陈庄惊呆了，眼前的阿秀脸上浮肿，衣服上都是血，他忍住快要流出来的眼泪说，阿秀啊，你说实话啊。

阿秀瞪着眼喘着气说，我，说什么，我什么都没做，你走！

陈庄着急了，他们是误会了你，你跟我约会也不明说，非要写在纸上干吗啊？我俩的婚事就在鼓浪屿商量，厦门不去了啊。

阿秀听得莫名其妙，但她很快清醒过来。安韵珍也附和道，是啊，你对老陈这么有意，我得为你们操办婚事，没想到皇军误会了你，让你受了苦。

如果你们撒谎，小心皇军炸了你们家的楼。伍保长扔出这句话，陈

## 第9章 裁缝店

庄看出了希望，他点头哈腰地说，是，是，我们说的是实话，不敢对皇军撒谎的。正说着，门口响起了枪声，几个日本兵掉头跑出去，阿秀已经晕过去了。她不知道此时的枪声正是二龙带人准备劫狱的，不料被发现，营救失败。

好在，这时日军的监狱管理没那么严了，在枪声中很多人都在慌乱地逃命，阿秀就在这种混乱中逃了出来。只是回到家的时候，还处于昏迷状态。安韵珍迅速将李医生悄悄带到家里，给她上药打针。阿秀醒来，拉住安韵珍和陈庄的手急切地问道，二龙呢，他在哪里？在哪里？怎么没来？

怎么了，阿秀，你说什么，二龙？你的情报要送给谁，你在做些什么？安韵珍十分不解地看着她。陈庄叹了口气说，她这是想二龙想着迷了，是梦话吧。

上帝是不是在捉弄自己？自己跟二龙，总是要在悲痛中离别。阿秀木木的表情维持了好几天。维娜从她口里也得不到半点二龙的消息。

## 第10章 密室

1

1945年，盟军飞机频繁地来空袭，在海上轰炸日本船只。这时的天空布满了浓浓的烟雾，鼓浪屿海面开始摇晃了，像只快要沉下去的船，凄厉的警报声、爆炸声震耳欲聋。不过，街头巷尾却在兴奋地传播一个好消息：鬼子快完蛋了，天就要亮了！

维娜和阿秀这天带着孩子们刚到家门口时，突然一个日本兵拦在她们面前，阿秀眼里满是仇恨，她对那日本兵说，你想干什么？抓了大人还要抢小孩吗？日本兵是个中年人，他蹲下来摸了摸丽抗的头，笑了一下。维娜紧张地说，小孩子不听话，我带他回家。

日本兵微笑地看着丽抗，把她抱了起来，说，我女儿也这般大。说着，便掏出几粒糖放在丽抗手里，然后他湿润着眼睛对维娜说，我要回家了。看着那日本兵走远，维娜喃喃道，他们如果不在战场上死去，就得自杀，最后是不可能回到家乡的。阿秀道，那也是活该，谁让他们出来杀害中国人。

日本人进入鼓浪屿之后，就强迫学生开始学日语。龙隆在上日语课的时候，因为痛恨日本人不想听课，便开始捣乱，他把教材扔在地上。日语老师便叫几个高大的同学走到讲台上，用柔道把龙隆摔倒，不等龙隆站起来又把他摔倒，这样杀鸡给猴看。龙隆知道没办法正面对抗，后来，他想办法带头和同学们一起改唱日本歌，故意把歌词读歪，如，某西呀嬢西亚嗨呀哈大哈，闽南话谐音就是，你老婆死啦，祖母死了，惨得连你的婆婆也死啦。

龙隆上学要经过日本领事馆，门口有日本卫兵，要给他们行礼，不行礼就会被打耳光，被骂"八嘎牙路"。那天龙隆想悄悄溜过去，结果还是被叫住了，龙隆不肯行礼，日本卫兵便拿着枪对着龙隆，嘴里还骂着八嘎，龙隆跑了几步，还是被抓住，挨了几耳光。

龙隆回到家里，把这事告诉了阿秀，他哭着说，妈，今天日本鬼子打我了，好痛。阿秀拉着龙隆说，打哪里了啊，为什么啊？龙隆说，我经过日本领事馆的时候，他们要我行礼，我没有，他就过来打了我几个耳光。阿秀摸着龙隆的脸说，以后你绕着走。龙隆说，要是阿爸在就好了，他们就不敢欺负我。

阿秀鼻子一酸，将龙隆紧紧抱在怀里。

## 2

日本宣布无条件投降前夕，左千立即行动起来。这天中午，左千带领部队的人来到了鼓浪屿，他一人单独行动悄悄进了凤海堂，他是专门来看维娜的。阿秀给他开的门，左千一进来，便直接往维娜房间走，阿秀不放心，便跟在了后面。维娜正准备午睡，听见左千在说话，呵，许久不见，维娜小姐可好？哦，是向夫人。

左千的突然出现，让维娜着实一惊，但她表现出木讷的表情，说正要休息。左千自顾自地说，那打扰了，这日本人不滚，我们还不敢上岛啊，这不，来鼓浪屿，我第一个就来看你了。

左千见到维娜，还是有一种想亲近的感觉。虽然他早娶了老婆，维娜也结婚生子，但他在心里却想着将维娜纳妾占为己有。日本人占领鼓浪屿以来，他再没敢过来，但心里仍然不甘心，一是对日本人不甘心，二是对维娜不甘心。

阿秀站在维娜身边，维娜也不请左千坐，心想这时候跑来干什么，也不怕人家烦。左千一手摸着腰间的枪，一手撑住桌边，眼睛死死地看着维娜说，我是来告诉你们的，不用害怕了，日本人马上要滚蛋了，听说没有啊，日本人这就要投降了！维娜厌恶地扭过头去，心想这个人很久没见了，怎么又出现在眼前？什么好消息只要他说出来，都没办法高兴。阿秀禁不住问了一句，日本人真的要跑了？左千道，我的话还会假吗，我几时骗过你们？维娜还是不作声，这让左千觉得很没趣，他停了半晌，一挥手道，好了，我还有很多事要办，先告辞了。

## 陪楼

等左千下楼走到院子里，安韵珍笑脸送上来应付地喊着左团长请坐请坐。这才多少挽回了他的面子。安韵珍让阿秀给他倒水，左千道，多谢夫人，今天来是想告诉你们一个好消息，这日本人要投降了。

安韵珍会意地点头。左千坐下来说，只怪我们无能，日本人都到凤海堂楼顶上拉屎了，可恶得很。你们家都是几个女人，哪能扛得住，唉，你们受了委屈，我得想办法弥补啊。哦，对了，维娜现在身体怎么样啊？她好像不太精神的样子。

安韵珍明白他话里的意思，便说，维娜还好，就爱清静，子豪在国外，一双儿女在身边，这不是婆家娘家离得近嘛，都照顾得很好。

左千又明知故问，你女婿还在国外，一直没有回来？

阿秀插了一句话，向子豪在英国哩，常来信。

安韵珍微笑道，哦，子豪呢，先是在英国念书，后来留在那里教书。抗战时期，是回不来的。

左千把腿跷起来说，哎呀，这也真是苦了维娜，你说一个女人家，老公常年不在身边，这日子怎么过啊？不过，如果需要我帮什么，尽管说。我起码也差点是……是你们家女婿嘛，就当女婿用，无妨无妨，我乐意着哩。

不用不用，你那么忙，哪能给你添麻烦。安韵珍说完，左千便起了身，阿秀送他到门口，说了声慢走。

这天左千参加完受降仪式，又来到了凤海堂。见维娜在，左千很兴奋地讲述他所看到的日本侵略者宣布无条件投降的情景。他坐在客厅的椅子上激动地说，驻厦日军司令原田清一派海军大佐和日本总领事馆书记，一共六个人到石码向中国政府请降，我还参加了受降仪式，两千多名受降日军到场啊，原田清一在受降书上签了字，场面很让人振奋。还有啊，在鼓浪屿海滨旅社，中国军队的将领也举行了受降仪式。

安韵珍点头说，是，我们晓得的，听说这是抗战胜利后厦门最高级别的受降典礼。阿秀听得也很兴奋，太好了，日本鬼子终于被我们打败了，再也没有人来欺负我们了。

老太太这时突然叹了口气，哽咽起来，可惜老太爷没有亲眼看见日本鬼子投降，他死得好冤好惨啊。

维娜一声不吭地坐着翻一本《凝听音乐》的书，左千看了她几眼，又开始吹自己的功劳，但无论他说什么，维娜似乎都没有反应。看着维娜对自己这种不冷不热、无所谓的态度，左千真是无可奈何，又恼怒不安。当左千走到她跟前时，维娜合上了书，左千压低声音说，如果我当时狠心点，你就是我的人了。你看你现在这个样子。维娜这才笑了笑说，没事的话你可以离开了。

离开？左千一听这两个字就恼火，他提高嗓门道，龙维娜，离开，谁离开？自从我认识你之后，听你对我说得最多的两个字就是"离开"，离开可没那么容易，我为什么要离开，这里以后都是我们的天下！

### 3

抗日战争结束后，威胁中国和平发展的外部因素开始减少，抗战中出于共同目标而隐藏于中国共产党与中国国民党之间的矛盾开始浮现。在这个背景下，左千接受了新的任务，他得为老蒋卖命。

这天晚上，维娜刚给孩子洗完澡，阿秀跑进来说，不好了。维娜擦完手说，阿秀你别吓我啊，又怎么了？

阿秀上气不接下气地说，左千，左团长在抓共产党了，听说有人被杀了。维娜本不想听人提起左千，但她还是气不过，板起脸说，翻脸不认人了？他疯了吧！

左千现在每天威风凛凛地在岛上抓人，偶尔会在凤海堂歇脚。这天晚上，维娜和阿秀正在客厅教孩子写字。左千正好边骂边进门来了，他把帽子往地上一扔，气势汹汹地说，妈的，共党的地下组织猖狂得很。阿秀听了心里一紧，想问什么却不敢开口。

这时左千双手叉在腰上道，我们会加大搜查，鼓浪屿就巴掌大的地方，共党能躲到哪里去？躲到海里老子也要打死他们再喂鱼！

维娜见了他更加反感，便忍不住问，你为什么要这样做，共产党不是与你们联手抗过日的吗？！

左千正在气头上，一挥手，放肆！敢这样跟老子说话？！说得维娜也来了气，别在我的面前充老子！

阿秀这时想的是二龙，二龙现在就是地下党，那不是有危险吗？以前日本人要杀他，现在没想到国民党也要杀他。左千这个人信不得，打跑日本鬼子，现在又要打自己人了，他竟然是这种人。

左千又把嗓门提了起来，这楼里面以前藏过共党，现在得好好搜一搜。

维娜知道他是无理取闹，便回道，你什么意思？

左千摇了摇头道，没什么意思，以前是抗日，现在不是了，你懂个屁！维娜也叫起来，我就懂你妄自尊大，忘恩负义。

左千一听火了，破口骂道，你说什么？！当初不是姓向的娶了你，你现在就是老子的老婆，起码你就不是个寡妇。维娜大声道，向子豪又没死，他好好地活着！你别胡说八道！左千把枪重重地朝桌上一放，吼道，他死没死有什么不同，你不跟寡妇一样吗？他要是活着，怎么连个人影都没有？你白等了他这么多年还以为自己多么痴情，就是傻瓜一个。左千说完拿起枪大步向门外走去。

阿秀走过来劝道，维娜，你不要跟左千这种人说什么，他是不讲理的人，说不清楚的。维娜心里恨恨地说，是啊，他根本就不懂什么是感情，他是个大老粗。

深夜两点，阿秀在后院树下等二龙，她心里着急，左千好像发现了二龙，在打探他的行踪，本来阿秀想出去通风报信，但已经约好与二龙的会面时间，她不敢离开，只好等着。等二龙跳进院子里，阿秀急忙说完将他推走，快，快走吧，赶紧离开鼓浪屿。二龙还没来得及走，就听到了门响的声音。阿秀拉了二龙一把，不好，快，先上陪楼。刚安顿好二龙，阿秀转身正要下楼，左千已经站在了她眼前。她支吾着，左团长这么晚来，找，找我有事吗？阿秀紧张的表情左千早已看在眼里，他说，没事，刚审共党回来，累了。

等左千走了几步，他又折回来对阿秀做了个手势，示意她下楼。阿秀慢慢走下去后问，你不是累了吗，早点休息吧。左千道，今晚我和你聊共党，你看如何？

和我聊共党？我，我晓得什么呀。我什么都不懂。阿秀连连摆手。左千又笑了，你懂得太多了。要不，到你房间坐坐，给我泡杯茶，我们慢慢聊。说着拉着阿秀上楼，阿秀开了门之后，左千一屁股坐下来，看来一时半会儿还不会走。阿秀只得跟他周旋。左千自个儿抽起烟来，说，看情况，呵呵，看什么情况啊，我今天就想看看你这里的情况，阿秀，你是个明白人，在龙家也不少年头了，有些事你得想清楚，你说实话，我问你，假设，我说只是假设啊，假设共党进了你家门，你会如何做？是帮他还是帮我？

阿秀把茶水放在左千面前说，什么意思啊？我听不明白，共党怎么会

## 第10章 密室

到我们家来呢。

左千再次提醒她说，我是说假设的话。

阿秀"哦"了一声，我想不会来，你在谁敢来啊？

那好，我就说了，你比维娜觉悟高，我走了，你睡吧。左千拍拍大腿后起身，阿秀送他到楼梯口时，却听见一声响动。

谁！？左千掉头回房，立马掏出枪在房间里用目光扫着，又低头看了看，再用脚踩了踩。阿秀紧张地趁左千背对自己时顺手将一盆花搁在地上，说，哎呀，这花盆没放好，掉下来了。左千歪着脑袋看了看，掉在地上好好的？明明是你刚才放的！瞎说什么啊你？！说，共党是不是被藏起来了？记得你以前帮助过抗日分子的，有经验啊，哈哈。

阿秀一听急得叫起来，没，没有啊。我们家哪敢有共党，这怎么可能呢？

左千笑了，想吓唬她，笑着说，我明白了，阿秀，你信不信，今天我就把那个共党给搜出来。如果搜出来，你怎么办？还是你自己主动让他出来为好，不然……左千说到这把枪举过头顶。

阿秀大声叫，没有。绝对不敢。她在想二龙一定听见了吧。

地下密室的二龙早已经听见了他们的对话，他拿着枪也随时准备接受挑战。听见阿秀的叫声，他意识到情况不妙，既然左千已经发现了，不如跟他面对面。这样想着，二龙掀开了密室的地板。

阿秀看见二龙，惊讶得差点要晕过去。左千见了，脸上布满了得意，他实在没想到是二龙，原来只是怀疑，现在看来是铁板钉钉的事。左千不明白二龙失踪这几年去了哪，怎么今天会出现在这里，他跟阿秀到底想干什么。不过，有一点他很清楚，二龙肯定是共党，是个坚定的抗日分子。左千笑容立马堆起来说，看见没，主动送上门了。今天运气真好，遇上老熟人了。

阿秀忙说，哦，你们认得的，二龙他和我……

左千接话说，和你怎么了，不会有私情吧，那我今天坏了你俩的好事了。对不住了，二龙同志。左千说着就要去握二龙的手。二龙握着枪对着左千镇定地说，你有事冲着我来。

左千笑起来，你这是，说话太不客气了，我冲你干吗啊？

二龙说，冲我是共党啊，你不是在抓共党吗？

左千说，共党还是敢作敢当啊。佩服。我们以前是同志，现在还是，你觉得呢？

二龙笑了，那当然啊，同志之间不会相互残杀，同志应该团结一致，同志应该共同抗敌，你说呢？

左千心平气和地说，我真不明白，你吃的苦还少吗？坐了那么久的牢，又死里逃生，命都差点丢掉，还有这样的勇气。

二龙也想趁机劝劝左千，尽管他觉得没有多少用，但他还是想尽最大的努力。他说道，左团长，我也劝你一句，不要把枪对准自己的同志，想当年，国共合作，我们一起打日本鬼子，现在日本人给打跑了，国民党却企图消灭共产党和党领导的人民军队，实现其独裁统治。我告诉你，中国人民和人民解放军会在中国共产党领导下奋起反击的，我想你应该明白自己应该站在什么立场吧。投诚是生路，顽抗必死亡！

左千觉得二龙的话也有理，但他更相信蒋介石发动内战的缘由，作为国民党的军官，他理所当然要站在国民党一边。于是他说，你也应该清楚，国共两党代表着的是不同的阶级，二者关系是剥削与被剥削、镇压与反抗的关系，两个阶级的矛盾是不可调和的，这场战争是必须要打！

二龙这时也来了与左千一番舌战的兴致，他冷静地说，蒋介石曾发动过了三次反共高潮，可惜没有实现，后来他采取的政策是袖手旁观，等待胜利，保存实力，准备内战。现在胜利被等来了，他要下山来抢夺抗战胜利的果实了。我们的方针便是针锋相对，寸土必争。蒋介石总是要强迫人民接受战争，他左手拿着刀，右手也拿着刀。我们就按照他的办法，也拿起刀来。他要拿刀杀谁？要杀人民。那么中国人民也有手，也可以拿刀，没有刀可以打一把。

左千听完拍手道，好！你现在手里有刀有枪，我们可以开始。左千说着将阿秀一把搂在怀里，用枪对着阿秀的头。

你要干什么？放开她！二龙大声吼着命令左千。

左千也吼起来，你把枪放下，跟我走，我就放开她。

俩人都僵持着，很久都没有动。

阿秀这时对二龙说，你走啊，不要管我，快点走。

正在这紧要关头，维娜慌张地跑上楼来。她无比惊讶地看着眼前的一切，特别是看见二龙，她失声地叫道，二龙？是你？

二龙从容地回答，是，是我，二龙，我，还活着，没被日本人打死。现在却被国民党逼到了这种地步。

## 第10章 密室

维娜这时走近左千说，左千，求求你，放过二龙，他是我们家的恩人。

左千哼了一声，放屁，他是恩人？老子会信吗，他对谁有恩啊？

阿秀这时大声说，他对龙家有恩，也救过我。

左千说，你以为我会相信你们这些鬼话。救过你又怎么样，对龙家有恩又如何，你们别不识时务，以前藏抗日分子，现在又藏共党，你们家还想不想安静啊？再说我打死谁。左千说完朝地下开了一枪，吓得维娜抱紧了身子。

维娜情急中顺手抱了一个花瓶在手中，威胁左千说，左千，你想我死吗？左千见状，忙说，你要干吗？你把花瓶放下！

维娜大声道，你先放开她，我再放，不然，我死在你面前。

左千瞪大眼，吼道，不放！你走开，走啊。说着一把推开维娜。不料维娜猛地将花瓶摔在地上，左千听到响声，回过头见维娜捡起地上的碎片在手上划了一条口子，血流了出来。

左千这时冲着维娜叫道，蠢货！

二龙见维娜手上的血流了下来，一步跨到她跟前，左千这时趁机朝地上开了一枪。咬紧牙说，快走啊，不然开枪了。二龙气急了，冲上前一脚将左千的枪踢掉，顺手将阿秀拉开。左千从地下把枪给捡了起来，正要朝二龙开枪，阿秀情急之下用身子挡在前面。左千怒斥道，让开！不然一起死。

谁也没想到这时候安韵珍突然冲了进来，她站定之后大喊一声，住手！

安韵珍这时看见了二龙，她一时感到十分吃惊，二龙竟然没死？他还活着？但她镇定地掩饰着自己的惊讶，此刻，她真想说出二龙的身世，但是没有。安韵珍只是说，左千，我求求你，放了他们。你不能打死二龙，不能！不能！

左千想了想说，为什么？他跟我唱反调，是我的敌人。为什么不能打死他，你得说个理由。

安韵珍哽咽地说，现在我不想告诉你，反正你不能打死他。打死了他……

左千吼起来，他跟我不是同道人，他不死我就得死。为什么不打死他，你为什么要袒护他？！他与你们又有何干？

安韵珍这时发现维娜的手受了伤，哭着说，维娜你这是干什么，谁伤了你啊，啊？安韵珍替维娜包扎时，左千叫道，别怪我不客气了。

安韵珍吼道，你想干什么?!是你伤了维娜是吗？我就知道是你。

这时候，突然一声枪响，大家反应过来时，才发现是二龙朝左千开了一枪，刚好打中了他的左脚，左千疼得弯下了身子。他自知情况不妙，拖着受伤的脚离开了。

见二龙跟着跑了出去，安韵珍摇头说，二龙还活着，上帝啊，我来告诉你们二龙的身世。

阿秀折回身，惊讶不已地问，二龙的身世？太太您怎么会知道？

维娜扶住安韵珍说，阿姆，快说啊。

安韵珍泪水汪汪地说，维娜，二龙是你同父异母的哥哥。

维娜不肯相信，哥哥？这是怎么回事，他母亲是谁？阿秀脸上布满疑惑，等着她们说出更多的故事。安韵珍说，二龙和你爸见过，但不认识，也还没有相认。安韵珍心里苦，说得心里酸酸的。没有听完安韵珍讲二龙的故事，阿秀心里想着二龙，便急忙跑出来，找了几条巷子都不见他们的影子。快到海滩时，她听见了一声炸响，有人在喊，是日本人埋的地雷。阿秀不顾一切地跑过去，在海滩上找了半天，却一无所获。

二龙这时已经被炸伤了手，但幸免一死，随后他藏到了番仔墓（洋人墓）。等到天黑，他雇了一艘小舢板，从鹿礁路新路头下海，心想只要逃离鼓浪屿就行，船工心急地划到了火烧屿。可岛上没有水没有食物，二龙便把随身带着的毛巾肥皂拿出来跟从东屿来的渔民们换水和吃的东西。几天后，国民党驻军同意逃难的人登陆，但要列队检查。检查的人正是左千的太太，她看到药品、热水瓶一些稍微值钱的东西，说要买，象征性地给了点钱就拿走了。

4

等阿秀天黑时垂头丧气地回到家里时，安韵珍着急地问，二龙呢？阿秀苦着脸摇头，心想这回二龙真的是没命了，她的眼泪像断线的珠子一样往下掉。安韵珍看着她，心里明白了什么，却平静地说，上帝会跟随他保佑他，但愿他逃出左千的魔掌。

又回到往事里，安韵珍的神情变得凝重起来。阿秀听了心里一紧，在

## 第10章 密室

她看来，太太平时一副幸福淡定的样子，原来内心却有这么深的痛苦，她能做到这一切，太不易了。她在主的面前，做到了无比的博爱，宽容，把痛苦藏起来，把家担起来。阿秀越来越敬重安韵珍。当然她此时也想到了二龙的生母。禁不住问了一句，二龙的母亲……

安韵珍一点不回避，直接说，阿彩不幸，那年中秋节死在了陪楼里。

陪楼？阿秀问。原来陪楼的秘密就是这个？

安韵珍说到这，眼眶红了。谁会想到陪楼里隐藏着这样的秘密，二龙出生在陪楼，他的母亲也死在陪楼。阿秀想着又哭了起来，但是没了泪水，似乎哭干了，一种绝望与无助袭击了她。

维娜走到她面前，轻轻地拉住阿秀冰凉的手说，放心，左千跑不掉，他也该死。二龙会活着的，他一定藏了起来。阿秀喃喃地说，如果他被炸飞了，总得有断腿断手吧，除非炸到海里去了。阿秀想不通的是一直联合抗日的左千团长为什么掉过头来打共产党，这不是在残害亲兄弟吗？这个可恶的家伙跟地瓜一样心狠啊。她满脑子疑惑地问道，左千他为什么要抓二龙？要抓共产党？

维娜想了想说，抗日战争结束了，中国就剩下国民党和共产党两大势力，国民党比共产党要强大很多，他们反对共产党是为了维护自身的利益。

接着阿秀又问，二龙的母亲原来死在陪楼，这怎么可能？

维娜摇着头。阿秀叹着气。俩人静静地坐在一起，没有眼泪，没有话语。

目前的形势非常严峻，在厦鼓岛内，蒋介石已经定下了确保厦门的方针，加强军事防御设施，在深水中设水雷、电网，在沙滩上埋地雷。在鼓浪屿环岛海岸，每隔五十米左右就有一个碉堡。厦门市区更是明碉暗堡林立，可以织成一个火网，连麻雀都难飞过。杀人魔王毛森就任厦门警备司令五十六天，进行了五次大搜捕行动。二龙就在他们要查可疑人员名单之中。

安韵珍这天出门看见了一则告示，告国民党官兵书，上面写着：我们已在这里布下天罗地网，你们唯一的出路就是坚决与蒋匪决绝，携械投诚，起义立功，参加人民解放的革命事业，除此之外，再没有别的道路可走了……同时她也听到了一个让人悲伤的消息，二龙中了埋在沙滩上的地雷，英勇献身。

陪　楼

　　安韵珍回到家里，不敢把这消息告诉阿秀，但经不起阿秀的再三盘问，安韵珍只好如实相告，阿秀听后如雷轰顶，泣不成声地哭喊，他说过他命大的，怎么会？阿秀的哭泣让安韵珍心酸不已，也不知所措，她的悲伤不能像阿秀那样毫无保留地发泄出来，只能用一种镇静来掩饰内心的不舍。这么多年来，她已经习惯二龙的存在，习惯关心他的成长。现在他真的不在了，安韵珍感到了莫名的失落。她不知道如何掩饰自己的悲痛，更不知道将来如何对龙博山说。

　　安韵珍闭眼念道，归家吧！归家吧！不要再游荡！慈爱天父，伸开双手，渴望你回家。维娜写了几行字放到阿秀桌边，这几行字是：生命一瞬，爱恨情仇都会化为烟云，有一种爱，就是离别！

　　阿秀在床上躺了几天刚起来，老太太又病倒了，安韵珍越加感到了不安，老太太明白自己快要归天，心想还有一个秘密埋在心里。安韵珍夜夜守在她身边，却并没有将二龙的死对老太太明讲，已经有些糊涂耳朵有些背的老太太这天半夜醒来，咳嗽着侧起身子。住在隔壁房间的安韵珍听见咳嗽声，很惊醒地起来，安韵珍怕她要起床小便，走过去扶住她。老太太摇头，示意安韵珍坐下来听她说话。安韵珍让她靠在自己的手臂上，又给她喂了水喝。老太太这时才慢慢张口，她把那个秘密说出来了，韵珍啊，我晓得我没几天了，二龙的事我得告诉你，不然啊，我进了土里，这个秘密就会带到土里去。你听好，二龙是我孙子，他没有死。

　　听到这里，安韵珍一惊，刚刚得知二龙死的消息，怎么说没死呢？二龙活着进凤海堂的事老太太又不知道，难道她什么都清楚？这时老太太又说，那年，我去日本人的牢里救了他，让阿敢弄走了他，为了他好，我让他永远不要回来。阿秀以为啊，他早死在了牢里。其实，他应该还活着，就是不晓得他现在怎么样了。二龙这孩子命大，他会遇到贵人的，不会死，放心，让阿秀放心。龙隆，我的重孙子，你们要好好待他，阿秀也要好好等他。

　　安韵珍听得眼睛都湿润了，她不停地叫着阿姆，说，晓得了。老太太笑了一下，又吩咐道，跟你说啊，我的遗像，记得要放到我原先的房间里去。

　　安韵珍想，现在对阿秀说什么也没有了意义，老太太说的是二龙之前的事，可现在二龙是真的不在了。她只是知道了老太太曾经救过二龙的命。这个没有相认的孙子在她心里是有分量的，安韵珍也清楚，不管是谁生的，只要是龙家的人，老太太都会视为珍宝，一大堆孙子，老太太几乎没分过彼此。今天她走了，凤海堂这个老洋房里头又少了一位主心骨，正如当年老太爷离世时一样，如同楼房倒塌了一根脊梁。

安韵珍忽然感到心慌沉重，自己要单独把这少柱缺梁的房子顶起来，似乎不那么简单。老人尽管没做什么，坐在那里就是一种力量，一份支撑。他们走了，留下来的除了财富，似乎还有未曾了却的遗憾。

## 5

这时候的鼓浪屿，不少人在议论说，岛上来了个大人物。左千当然知道大人物是谁，他无比欣喜的是自己能拖着受伤的脚拄着拐杖远远地看见蒋介石身影。左千早听说过，蒋介石当年不得志时，来过鼓浪屿，主要是为了解闷。在那条隐蔽的小巷里，他就住在一栋老式的两层别墅里头，非常隐蔽，无人发现。这期间，他来来往往厦门几回，左千万万没有想到老蒋这时会再次来到厦门。蒋介石急匆匆地从广州由国民党的海军舰队护送抵厦，这次赶到厦门，是来为部下打气的，党国要员们参加会议，接受训示要加强固守。左千知道自己不够格参加会议，但他却在蒋介石返台的甲板看见了他。

这天，蒋介石身穿天青色绸长衫，黑布鞋，在军舰甲板上遥览厦鼓，对阔别三十载的鼓浪屿风光频频赞美不已。左千暗暗对自己说，我要见总裁，当面向他汇报自己如何协助藏黄金的事，也好邀功请赏。

之前，蒋介石几次来厦门，也住在鼓浪屿，除了休闲度假，还有一个目的，就是寻找绝密藏金之地。左千也明白蒋为何要选择在鼓浪屿藏金，因为鼓浪屿有很多个国家国际银行，属"三不管"地带，外国人也不会来干涉中国人的内战。左千如愿以偿地参与协助这项任务，让那一百两黄金藏在鼓浪屿中国银行地下金库里。只是他不知道的是，其实在八月，蒋介石已让部属在深夜时把黄金运到了舰艇上。

蒋介石行踪神秘，左千不知他下榻哪家别墅，只知道他悄悄住进有名的一家花园中楼，第二天便以国民党总裁身份，主持了闽西南师以上高级军官会议，部署防务和反攻事宜。当晚，他就在舰队护送下返回了台湾。

听说黄金运到台湾去了，左千心潮澎湃。不久，他也随一批国民党官员逃往台湾。

## 第 11 章　老碉堡

1

阿秀在打扫卫生，维娜刚教孩子弹完琴。安韵珍快步进来，手里拿着报纸，来不及坐下便急着说，你们看看，这是外面散发的解放军"约法八章"和《告厦门人民书》。维娜高兴地接过报纸说，我看看。安韵珍激动地说，共产党来了，解放军就要到了。

维娜看着报纸说，太好了，要解放了。

阿秀却在神情恍惚，心里念着，都要解放了，二龙却不在了。安韵珍听见了，将阿秀拉到胸前，喃喃道，他怎么可以不在人世呢，他应该活下来的，二龙是个好人，他的人生才刚开始啊。这些话说得阿秀心里头空空的。爱的痛楚，只有泪知道，也只有心知道。二龙已无归期，也许这是上帝的旨意，让他到天堂去，不在人间受苦吧。安韵珍这样安慰她，她希望阿秀忘掉过去，重新开始。

这天，阿秀独自来到海滩边，她还想看看那埋藏地雷的地方，想看看海水里还有没有二龙的尸骨。阿秀站在海水面前，想起二龙遇害的经历，心里满是凄苦与悲愤，在心里她对二龙说，无论怎样，我一直觉得你还活着，二龙，如果你在天有灵，你会知道的，我们的儿子龙隆长大了，我还是想等你回来，也恳求你保佑儿子快乐平安。

以前安韵珍劝阿秀再成个家，阿秀一直不肯松口，今天她终于主动去找安韵珍了，想说一说自己的心事。

阿秀站在她房门口，有些迟疑。安韵珍不解地问，进来吧，阿秀你找维娜吗？她下午去学校排练大合唱了。阿秀说，太太，我是找您。安韵珍想起了什么，惊喜地问，你想好了？为了儿子，你是得好好想想。阿秀不知所措地站着，安韵珍说，那，我们现在就去，那人就在岛上，离家里

## 第11章 老碉堡

近，把你嫁远了我还不乐意。

阿秀在路上急着问，到底是谁啊？安韵珍故意不肯说，只说你们认识的，而且你们都相互了解。阿秀没有想到的是安韵珍要介绍的人是陈庄，这几年他同自己在教堂诵经，但来往不多。

陈庄是个一年四季都穿拖鞋的人。只有穿着拖鞋的人，才像个真正的鼓浪屿人。这个地道的鼓浪屿人，身上有着老鼓浪屿人的质朴文明。安韵珍说起了陈庄厚道纯朴的一件小事，有一次，他去进货，挑好了布料，正要付货款时，结果从口袋里掏出钱来，没想到一数，不够，还差五十多块。这下陈庄急了，他对老板说那怎么办，要不我少拿一些。老板对他说没关系，你把货先拿去卖，等拿下一批的时候再结上一批。陈庄说，这怎么行？老板告诉他很多店都是这样结账的，还把装好的货要交到他手上。这下陈庄不仅急，而且慌了，他身子还直往后退。老板说，真的没事，我们相信你。陈庄说，我晓得，可我不能占你们的便宜。他说着硬是跑回了家，拿了钱之后，把货款当场结了。阿秀似乎没有听进去，她木木地跟着安韵珍到了裁缝店，这里，她曾经来过，一切恍如昨天。

陈庄见了阿秀，明显地没有了以前的自然，而多了一些拘谨。他激动地一边招呼她们坐下，一边交代店里的帮工招待顾客。陈庄这时提着一个茶壶过来，开始烧水，一会儿水开了，那铁观音泡得香香的，阿秀一小杯一小杯品。安韵珍先说话，老陈我还有一件衣服得改改。陈庄道，好的，哪天我去取就是。

安韵珍又说，要不，我现在就去拿，阿秀你在这里等我。等安韵珍一走，陈庄又没话找话地说，今天客人不多。嘿，今天不忙。

阿秀笑笑，是，不忙就不累。陈庄又问，孩子还好吧？阿秀说，好的。陈庄说，这几年真是苦了你。阿秀摇头笑笑，也不作声。她想，都是熟人了，他还这么拘束，是因为太太跟他说了那个意思吧。其实，阿秀心里还是没有准备。

没过几天，陈庄提着一盒茶叶和两件旗袍来了。他拿出两件旗袍对阿秀说，这是你和维娜的衣服。

阿秀眼睛也没抬起来，我没有要做旗袍啊。

陈庄说，你和维娜身材差不多，我就照着她的衣服给你做了一件。哦，龙隆好些了吧，我来看看他。阿秀抬起头说，还在床上躺着哩，腿还有点疼。陈庄着急地说，唉，这孩子，我带来了几服中药，是土方子，外用的。试试。阿秀接过药道，多谢了。明天你去做礼拜吗？

陈庄问，去啊，怎么了你？阿秀回答说龙隆烫伤了，我得照顾他。陈庄把带来的药拿出来说，你先试试这药，听说管用，我去帮龙隆上药吧。陈庄说着进了龙隆房间，见了龙隆忙问道，还疼吗？龙隆见过几次陈伯伯，便回道，好些了。陈庄细心调药上药，阿秀看着他一副诚心实意的样子，心里倒有了些安慰。

陈庄给龙隆上好药走出房间，看着阿秀阴沉的脸，沉重地说，二龙的牺牲，对你对组织都是一个打击。那年二龙同志避难在这楼里，秘密商议抗日的事，好像就在昨天一样。没等陈庄说完，阿秀眼睛湿润地摆手道，不说了，不要说了。阿秀接口道，这座楼，发生了很多的事啊。陈庄看了看四周说，楼有故事，也很神秘。我想，我们以后，把我们的家安在我的店里面。

阿秀从来没想过要离开陪楼，哪怕跟陈庄成家之后，于是她脱口而出，不行的，我哪儿也不想去。陈庄知道这时候说这个有些早，也不再说什么。走的时候在院子里碰上了维娜，维娜要留陈庄在家吃饭。陈庄看看阿秀，阿秀说，店里没事的话就在这里吃吧。陈庄说儿子还在家，要给他做饭。阿秀说把他一起叫来吃得了。陈庄巴不得这样，反正也不远，便跑了回去叫了陈新来。

## 2

阿秀带着儿子龙隆准备出嫁了，安韵珍为她准备了一箱子的嫁妆。阿秀本不想办喜酒，她说自己与二龙都没办过，只是私订终身。维娜认为那时候条件不准许，现在有条件应该办。

正好龙博山带着儿子龙维本回来，维娜高兴地说，爸在家正好可以吃上阿秀的喜酒，给她祝福。龙博山并不知道阿秀的情况，便问，阿秀跟谁结婚啊，她身边的孩子是怎么回事？

安韵珍这时走过来坐在龙博山身边，想换个话题，便小心地问，都快解放了，你打算什么时候回来？

龙博山明白安韵珍的意思，这些年他常年在外，真正回来便是回归家乡，也是时候了。龙博山叹了口气，想了想之后，说道，记得有这么几句

## 第11章 老碉堡

话,久居异地必思祖,人到花甲恋故土,水流千里归大海,人行千里回故乡。龙维本接口说,是,阿爸,早晚我们得回来,不如现在我们就在鼓浪屿拓展,我都想好了,银行生意我可以做,哥就跟你盖房子。龙博山道,要做的事很多,先不急,回国后,我们好好谋划。维娜想着阿秀的婚事,便着急地说,先把阿秀的事办了再说吧,我们不懂你们男人的大事业。

龙博山忙问,定在哪天?安韵珍说,就在后天。

就在办酒席的前一天晚上,阿秀把自己锁在房间里,呆呆地坐着,守着一份静寂,她的脑子里全是二龙,心口上也全是他,陈庄挤不进来了,被挡在了心的外面。她把二龙的帽子和口琴又握在了手里,仿佛看见二龙向自己走过来,他的气息包裹着她,阿秀失声叫了一声二龙,便从椅子上跌倒在了地上。空空的房子里,这时传来了敲门声。

阿秀,阿秀。门外陈庄的声音充满了欣喜。阿秀抹了抹脸上的泪痕,起身去开门。陈庄难为情地问,你,在休息啊?门都锁了。阿秀让陈庄坐下来,她不敢看他,只顾自己说话,老陈,我想,告诉你。陈庄迫不及待地问,什么?我正要告诉你哩,明天的酒席我还叫了我的几个客户,他们早就说过要来讨杯喜酒喝。还有……

能不能不喝了?阿秀的话让陈庄莫名其妙,阿秀又说,这喜酒喝不起。阿秀的话陈庄根本没听明白,他直说道,什么喝不起啊,不用你花钱。阿秀终于低下了头喃喃道,我不是这个意思。陈庄急了,那你是什么意思?

阿秀半天才说出实话,我心里还是过不去,我不能对不起二龙。陈庄急得红了脸问,你这是,怎么回事?到底发生了什么事情?阿秀还是那句话,我对不起二龙,也对不住你了。我做不到啊。我,没办法接受。陈庄怔怔地愣在那里,自言自语地说,二龙都不在人世了,你哪里对不起他呢。你都同意跟我了,现在要反悔啊?阿秀这时只顾流眼泪,根本说不出话来了。

陈庄一看阿秀在哭,不由得嚷了一句,你哭什么啊,这大喜事的。唉,你看你。阿秀擦了泪水说,我的命薄,受不起这么重的福,上帝在看着我。陈庄昂起头,重重地叹了口气,不知说什么好了,转身出了房门。

第二天的酒席照办,只是改成了答谢宴。陈庄无趣地坐着,他看见阿秀给安韵珍敬酒的时候说,我最想感谢的是太太,来到龙家,是上帝的旨意,你收留我,将我当女儿看待,没有你,就没有我的今天。在龙家,我

## 陪楼

受到照顾和尊重，在陪楼，我得到了幸福，我一辈子都感激您，感谢龙家所有人，我给大家带来了很多麻烦。这杯酒我喝了。阿秀说完喝干了杯中的酒。接下来，她敬了龙博山、龙维本，最后轮到维娜。她抱住了维娜，眼睛湿润地说，维娜是我这一生中最好的姐妹，教我认字、读书、弹琴、学做西餐，给我很多帮助，我得谢谢你，我不会说话，我喝酒吧。

阿秀最后敬了陈庄一杯酒，说了声对不起，谢谢你的照顾。陈庄原不想端酒杯，当着大家的面，也不好推掉，只好慢慢地把酒杯放到了嘴边，说，我替二龙喝了。

这晚，陈庄醉了。

这晚，维娜陪阿秀在陪楼待了一晚。维娜是理解她的，她一声不吭地和阿秀坐在阳台上，俩人各想各的心事。维娜首先打破安静，问，想不想听我弹一曲？

阿秀这时脑子里回闪的是和二龙坐在这里听他讲故事吹口琴的情景。好半天反应过来后，她说，我吹口琴给你听吧。

口琴，你会吹口琴？维娜似信非信。

二龙教我的，我没他吹得好，他的钢琴也弹得比我好。阿秀边说边把口琴放到了嘴边，轻轻吹响，又是那曲《望春风》。

安韵珍听见了琴声，她在想，阿秀是走不出这一步的。二龙就这么一直活在她的心底里，如同老唱片转不出新歌来。


### 3

阿秀做梦也不会想到，她的父亲会突然活着回来，给她一个天大的惊喜。她更不会想到，父亲在协助解放军渡海战争中牺牲，又离她而去。这一喜一悲让阿秀慢慢平和的心起了不小的波澜。

这天维娜兴冲冲地跑进来对阿秀说，阿秀，告诉你一个好消息。阿秀还想着是不是关于二龙的好消息，她拉住了维娜的手。维娜抱住阿秀说，你不再是孤儿了。阿秀不明白她的意思，说，我早就不是孤儿了啊，龙家就是我的家。维娜说，我是说你亲阿爸还活着啊，现在有他的消息了。阿秀忙问什么意思，维娜说，你阿爸不是早年出国打工了吗？他现在回来了，真的，他还活着。

## 第11章 老碉堡

阿秀惊讶得合不上嘴，禁不住问道，什么啊？我阿爸还活着？回来了？你是怎么知道的？你看见了？快说啊！维娜使劲地点头，千真万确，我刚才得知的消息，并且我已经证实了，你阿爸现在就在厦门。

是真的？！不可能，我阿爸走了多少年一直没有音信，他回来怎么没来找我，我不信。阿秀还是摇着头。维娜急了，不信我陪你去看，走。维娜拉着阿秀出了家门，然后直奔码头，过了船，她们直往角美方向走。

在一条窄小的小巷子里，阿秀看见了一个苍老的男人，他半坐在椅子上，这个人便是阿秀的父亲沈运生，一位老船工正在给他上药。阿秀走近他，仔细地看了看，那人回头朝她一望，阿秀突然大叫起来，阿爸，真的是你，我是阿秀啊。沈运生惊呆了，他再看了阿秀一眼，几乎认不得，但是他眼里的泪水片刻奔涌而出，是阿秀啊！

阿秀抹着泪水使劲点头。

沈运生满脸的皱纹舒展开来，阿秀禁不住不停地问，阿爸你什么时候回来的？又怎么会在这里？怎么没来找我？阿姆早死了你晓不晓得？见沈运生正在咳嗽，这时那老船工替他做了回答，你阿爸啊这次回来，真是大难不死，险些丢命。他逃命回来不久，晓得你阿姆不在了，也不晓得你去了哪里，他找不到你，后来，就在一次出海捕鱼中，被日军拘押在鼓浪屿内厝澳。

啊，内厝澳？就在岛上啊。阿秀着急地盯着老船工问。沈运生这时缓缓地说，在那个地方，日本人折磨我，每天只给我一点残菜剩饭，我经常饿得晕过去，有次差点饿死了。老船工接着说，还好，在一天半夜里，你阿爸趁日寇没有防备，便驾船逃命，可是呢，船驶出不到一百米的时候，就被日军发现了，哎呀真是倒霉。后来又被抓到了厦门虎头山，遭到了毒打。沈运生这时伸出一个指头说，阿秀啊，我被日本鬼子折磨了一个月才放出来，是这个好心的老船工张大哥将我收留在他的家里。不然，你是见不着我的。

阿秀听着便哭了起来。维娜说，现在好了，父女团圆，上帝保佑。

阿爸，你跟我走吧，我现在在鼓浪屿，生活很好。阿秀停止了哭。

老船工道，我跟你阿爸也算是有缘，我就想让他留在我们角美镇。沈运生连连摇头，多谢了，等我伤好了我得回老家去。阿秀又说，东山都没人了，你回去干吗啊？沈运生说，这么多年都在外面，就想回老窝去，阿秀你要不要一起回去啊？我们得回老家去才好。死也要死在那里的。

我？我，离不开鼓浪屿，离不开龙家。阿秀说完，维娜替她补充道，阿秀从十岁到鼓浪屿，都把那里当家乡了。她在我们家很好，您请放心。如果叔叔不嫌弃，也可以跟阿秀一起上岛啊，阿秀也好照顾您。

老船工说，我了解你阿爸的个性，他在城里肯定住不惯，他要每天出海的，就随了他去吧。

阿秀想想也是，便说，那你去看看我住的地方再走也不晚。

沈运生仍然摇头，不了，看见了你晓得你过得不错，我就在这里养伤，暂时哪儿都不去了。

维娜建议去医院治疗，阿秀忙附和道，对对，阿爸，我们现在就走。

不行。我不走。你快回去吧。沈运生固执得很，让阿秀感到了为难。阿秀又说，这么多年不在一起，我得孝敬您啊。

沈运生摇摇头，去孝敬收留你的人家，孝敬你的公婆，是一样的。

公婆？都不晓得是谁，在哪里。阿秀只好说，您去看看外孙也行啊。

沈运生一听外孙，便笑起来，答应等伤好了去看看。

沈运生第一次上鼓浪屿，什么都不看，只想看看女儿阿秀住的地方。安韵珍热情的接待让沈运生觉得亲切。安韵珍说，阿秀在这里，都好，你放心。沈运生点点头，她是掉到福窝里了，谢谢你们的照顾。坐到陪楼阿秀的房间时，沈运生看了看问，我外孙呢，我女婿呢，怎么都没见着啊？

不急，阿爸，龙隆上学一会儿就回来了。他爸，哦不在厦门，工作忙，很少回的。阿秀支吾着，沈运生哦了一声，难怪你还住在龙家。阿秀说，我住在这里很好，估计要住一辈子了。

沈运生看了看房子说，这里真是不错，哦，对了，孩子他爸是做什么的？

他要打仗。阿秀轻声道。

是当兵的？沈运生侧过身问。

阿秀点点头，他是个好人，了不起的人。等他回来，我带他去见您。

1949年9月19日，解放军解放了角美镇，阿秀这天去看望她阿爸。但在这天，她亲眼看见了一幕惨景，国民党军退踞厦门，派飞机轰炸扫射角美镇，将老船工几岁的孙子炸死了。让阿秀感慨不已的是，老船工来不及悲痛，又开始发动组织渔民船工，筹集船只载运，并带着全家人参加了解放军召开的船工大会。

阿秀和她阿爸也在其中。她听老船工激动地对那些渔民说，别人解放

## 第11章 老碉堡

了我们，我们就要解放别人。支援解放军解放厦门人民，是我们渔民义不容辞的责任。老船工和全家在大会上带头报名参加支前，把家中最好的两条渔船作为支前船只。阿秀感动了，对老船工说，我也要参加，因为我也是渔民的女儿。

沈运生点点头，没说的，我们父女俩肯定要参加战斗。老船工却说，解放军有规定，没满十六岁和超过五十岁的男船工不参加渡海战斗，还有女的一律不许参加。阿秀道，那您不是超过了年纪吗，都快六十了吧？老船工说，我身体好啊，不像你阿爸，伤还没好完全哩。这时部队也有人在劝他们，不符合要求，他们不会登记，最好留在后方搞后勤工作。阿秀理直气壮地回答说，我虽然是女的，但我能掌舵会划船。我从小就在海边长大，跟我爹出海捕鱼。沈运生还是有些担心阿秀，便说，其实她没出过几次海。

阿秀最后请求了老船工帮她说话，老船工也没办法，理解她的热情，他郑重其事地对阿秀说，这不是闹着玩的，弄不好要丢掉性命。阿秀想到了二龙，更加斗志昂扬。便恳切地说，丢掉性命也值得，也许我命大，求您了，让我去吧。老船工见她一副不容改变的态度，无奈地点了点头。阿秀瞪大眼兴奋道，您同意我参加渡海战斗了。沈运生没法阻拦，只交代了一句，你可得小心，在海上要听指挥。

老船工说，在我们的支前队伍中，有一百多名船工、一百多条船，三个中队，但只有两个女队员，一个是你，一个是我老伴。阿秀脸上浮起笑容说，保证不拖后腿。

在部队召开的船工誓师大会上，老船工还代表支前船工上台发言说，保证战斗到完成解放厦门鼓浪屿的任务才回家。阿秀听得很激动，心里想着不完成任务不回家。

渡海支前队伍建立后，立即投入了紧张的训练。晚上训练，白天船只隐蔽，人员上岸防空。在训练期间，老船工的老伴阿张嫂和阿秀主动承担看护船只的任务。阿秀见她年纪大了，劝她上岸防空，阿张嫂却坚持守护在船上。她对阿秀说，年轻船工要参加渡海作战，要避开空袭。为了杀敌，即使死了也心甘情愿。反正我年龄大了，和支前船工共生死，没什么不得了的。

10月15日这天，部队朝鼓浪屿进发，一场战役打响了。31军271团的两个营分别由海沧和海澄沙坛向鼓浪屿西南部进发，但除少数船只在炮火下强行登陆并零星抵达滩外,大部分则因风浪太大未能在预定突破口抵滩,有的还被吹回了原岸。271团的两个排登陆后,排除铁丝网等障碍,夺占了滩头地堡向纵深攻击。不过下午突变,突然刮起了东北大风,用汽艇牵引的船队在进入嵩屿海峡后,顶风逆浪,几次拉断了绳索,加上炮火拦击,部队很难登陆。在这危急情况下,三连和特务连的部分人员,被迫在鼓浪屿旗尾山东侧悬崖峭壁下国民党的火网内登陆,与国民党激战。战士们向鼓浪屿前进。在退潮、风向不顺的艰难情况下,冒着国民党军的炮火冲在最前头。就在离岸约一百米的地方,突然间一颗炮弹在老船工的船边爆炸,张阿嫂和她儿子都中弹倒下了,此时已身负重伤的沈运生顾不上去扶他们,毅然接过舵把继续前进,并拼尽力气高喊,冲上去!他一边喊一边用力推了阿秀一把,阿秀落入海里,没等她游远,又一颗炮弹在他们身边爆炸了,沈运生和老船工一家六口还有两条渔船都中弹沉没。

阿秀回过头看见他们沉入了海底,等她游上岸之后,眨眼之间那些船那些人全都消失了,海水被血水染得一片猩红……海面上的风在呼呼作响,让人心慌恐惧……

直到17日上午八点,鼓浪屿终于得到解放。

好些天,阿秀眼前都浮现着血染的大海,好多次,她都在梦里哭醒。在梦里她喊着阿爸,她一时觉得自己活着是一种罪,那么多英勇的船工沉入了海底,而自己却好生生地活了下来。为什么亲人都要离自己而去?二龙来了又走了,阿爸来了又去了,阿秀的心一次次被刺痛,不是在悲伤中惊醒,就是在惊醒中悲伤。

4

冬天的夜晚,海风也是跟夏天的风差不多舒适,吹在身上,暖暖的,爽爽的,不温不火,不冷不热。维娜习惯了晚饭后上三楼大露台品咖啡。这晚,阿秀见她身着单薄地坐在那里,想着心事,便转身下楼拿了件风衣来,替维娜披在肩上。

维娜看着对面向子豪家的楼台,是她的婆婆家,这些年来,她一脚跨进婆家,一脚又跨入娘家,在两家之间来往,方便又简单,单调又寂寥,这常常让维娜觉得自己像没有出嫁一样,加上向子豪出国后,后来中断音

## 第11章　老碉堡

信，维娜的等待有些类似于安韵珍，在寂寞与期盼中，把长长的日子化作安静的思念。

阿秀注意到维娜的表情，维娜端庄地坐着，眼神凝固，她手里拿着一封信，阿秀问她这是谁的信。维娜淡淡一笑，像要努力掩饰激动，她把感情收敛起来，说，子豪的信。

阿秀盯着维娜的眼睛问，真的，莫非子豪有消息了？

维娜的眼里闪过一丝泪花，平静地说，子豪他冒着生命危险回国，却在途中遭遇了不幸。

阿秀心里一紧，啊？怎么了？她希望维娜快说，又害怕她说出不幸的事来。

维娜神情忧伤地说，他乘坐的货轮中了日军的鱼雷。

什么？鱼雷？他人呢？有没有出事啊？面对阿秀的追问，维娜把滑到脸上的泪水咽到了嘴里，她说，子豪被日本人逮入了印尼集中营，他说不少难友倒下，再也没有站起来。

阿秀感叹道，上帝啊，子豪情况怎么样？上帝会保佑他的。维娜终于说了子豪的情况，他受尽了折磨，肯定不成人样了。

阿秀拉住维娜的手说，只要人活着，就好，一定活着的。维娜抬起头，看了看天边的一抹晚霞，她说他心里因为有我，才没有轻易倒下。

阿秀轻轻叹了口气，接着问，他什么时候回来啊？

过完圣诞节吧。维娜这时脸上显出了笑容。

这是圣诞节的前夜，维娜和阿秀一起做圣诞卡。她们拿来一盒水彩，一支牙刷，一片细细的做苍蝇拍那样的铁丝网，一张驯鹿拉雪橇图形的剪纸。她们用牙刷蘸水彩，在铁丝网上一刷，喷出或粗或细的雾点，把剪纸图形的白影留在卡片上。阿秀惊喜道，圣诞卡真是好看。维娜道，但愿给我们带来好运。

晚上，维娜带上阿秀去参加了教会活动——报佳音。她俩跟着唱圣歌的队伍晚上到教徒家里唱歌，报告说基督即将降临，一家家唱过去，一直唱到了天亮。

天亮的时候，唱圣歌的队伍来到最后一家，维娜没有想到竟然是向子豪家。向子豪的母亲开了门，她早准备好了茶水和糖果，维娜嘴上唱着圣歌，心里却分了神，想着向子豪回来的时间。

维娜的耳边这时回响着纯净安谧的教堂音乐。她掩饰着兴奋说，阿秀，我现在等子豪的心情跟你等二龙的心情是一样的，我觉得很幸福。也许分开是为了更好的相聚。想到要见面了，好激动。

我从来没有觉得我和二龙分开过。阿秀说这句话的时候，维娜深深地体会到了一种浓浓的温暖。

维娜在心里说，只要心在一起，哪怕分别千年万年，哪怕远在千里万里，都会有牵挂和惦念。

把向子豪从码头接回家的这天晚上，维娜和子豪在房间坐着，灯并不太亮，微微地泛起温暖的情意，那张结婚的合影摆在床头，相片上的人年轻，幸福。向子豪拿起相框看了看，说自己老多了，维娜没有说话，竟然有些许的陌生。俩人把积攒了十二年的泪水放到眼前这个淡淡的夜晚，她在想，要如何一起慢慢搅拌，慢慢品尝？

你离家都十二年了，加起来就是四千三百八十天。维娜的这句话，让向子豪愣了下，不觉感慨万千，他只是简单地回答说，十二年，四千三百八十天，好漫长啊，我数不过来，真不知道自己是怎么过来的，也没想到回国途中遭遇了意外。

你是怎么逃出来的？维娜的眼眶太小，装不下太多的泪水，只得任凭泪水像线一样绵绵不断。

想到你和孩子，我坚持住了，如果不是被同盟国军队解救出来，都不知道还能不能见到你们。向子豪的叹息很重，似乎这个宁静的夜晚都承受不住。

维娜含着泪咬着嘴皮说，天天盼夜夜等，我坚信你一定能回来。向子豪说起自己在国外的经历，像说别人的故事一样平静淡然。那年他在英国获得奖学金后又赴美国密歇根大学研究深造，获理学博士学位，主攻海藻研究，成为海洋学家。

茶几上有红酒，这是维娜特意放的，这时她起身把红酒倒进两个玻璃杯子里。向子豪端了一个杯子在手里，滴下眼泪，然后连同酒一起喝了下去，他哽咽道，再也不要分开。维娜流着泪，拿来床边的一本古诗词，随手翻到清代纳兰性德的词：人生若只如初见，何事秋风悲画扇？等闲变却故人心，却道故人心易变。向子豪轻声念了，当他抬头时，发现梳妆台前贴着一张宣纸，上面两行毛笔字，他问，是你写的？

我每天就写这两行字。维娜的话有些颤抖。向子豪拿起字一看，维娜每天就写这两行字：酒是治愁药，书是引睡媒。向子豪什么也没说，只是重重地将维娜拉到自己的胸前，他把泪水滴在维娜的肩上。

# 第12章 日光岩

## 1

时光飞快,转眼进入了1959年的秋天。

妈,明天是中秋了,家里得准备准备吧,你这是要去哪儿?维娜在客厅叫着正要出门的安韵珍,安韵珍一脸笑容地回过头说,鼓浪屿合唱团成立了,我得积极参加,我们去三一堂排练。维娜问,都唱些什么呀?安韵珍道,革命传统歌曲,什么《红军根据地大合唱》,还有《革命的风暴》《送郎当红军》《儿童团放哨歌》,人老了,都记不过来。中秋节,不就是博饼吃饭嘛,博饼的奖品你阿爸都安排好了。

维娜在想会是什么奖品呢,便问还是月饼吗?

次日中午,家里的孩子们嚷着要先博完饼再吃饭。龙博山说好啊,今年我们家事业顺心,生意不错,我请全家博大运。丽抗道,阿公说话算话,博什么啊,不会还是月饼吧?

龙博山高兴地说,怎么会呢,我带维本、维德回国了,我想龙家事业一定会更加兴旺,我得答谢家人,博饼我看今年不博月饼了。

维娜马上回了一句,那博什么?中秋总要博月饼的。龙博山今天穿得很周正,西装、领带齐全,他扯了扯领带说,就博现金!说着便从包里拿出一摞票子放在桌上,并招呼三个儿女,以及外孙、孙子们,加上阿秀的儿子龙隆,大大小小围成了一大桌。这时安韵珍突然说,陈庄也会来。

哪个陈庄?龙博山扭头问。

哦,就是陈裁缝,他今天要给我送衣服,我就顺便叫他一起吃个饭。安韵珍这么一说,阿秀觉得有些不自在了,老陈要来,平时倒好,今天可是中秋节啊。

来就来嘛,人多热闹,我看,其实啊,阿秀你跟老陈还是可以考虑的，毕竟可以做个伴。不等龙博山说完，阿秀低下了头，默不作声，心里想着希望大家不提这事。

安韵珍突然又问道，怎么博绵还没到？维娜起身说，我到门口接姑姑去。龙博山挥手道，不用，她向来磨磨蹭蹭的，不等她了。安韵珍说，还是等等吧，不差这一会儿。中秋讲的就是团圆，博绵又没成家，当然跟我们一起过节了。龙博山只好说，我这妹妹啊就是怪，你说她一把年纪了还待字闺中，搞什么名堂。维德说，姑姑眼光高，没有合适的不嫁嘛。维本却说，国外独身的人多的是，每个人有每个人的活法，不一定非得一样。独身也挺好，自由自在，无牵无挂。龙博山扭头笑维本，那你当年怎么不决定独身？

这怎么说的，上帝不想让维本孤单嘛。安韵珍插了一句。维本接话道，是啊，要是我不结婚，那不想死一批阿妹啊。维德一听，便跟维本开起了玩笑，你不结婚，是想死一批阿妹，你结了婚，是气死一批阿妹。

哈哈哈，龙博山笑得很开怀。这时阿秀在想，比起博绵姑姑来说，自己算好的了，起码有二龙和龙隆，心里有个念想。她看着眼前的龙博山，这个自己得叫公公的人，是二龙的亲生父亲。如果二龙在该多好，一家人团圆在一起。

安韵珍打住了笑，突然看见博绵穿着时尚像风一样进来了，维娜还闻到了香味，不由得说，博绵姑姑好香啊。

香吗？进口香水，还是你爸从国外带来的。博绵坐下来把裙摆挪了挪说。

博绵姑姑好年轻。维娜又夸了一句。博绵道，不要笑我了，一把年纪，心态年轻而已了。再不打扮就真的老了。

来来来，开始吧。龙博山见人到齐了，便嚷着要开始。安韵珍这时轻声提醒龙博山说，现在物资紧张，我们是不是应该省一省，中秋节别这么浪费。

阿秀觉得安韵珍说得有理，也附和道，是啊，博几个月饼就行了，就图一个热闹。

龙博山却不以为然地说，这不叫浪费，叫有福同享，钱赚来也是用的啊，让家里人享用理所当然，哎呀，这也是我的心意，不能亏大家的。只可惜父母亲不在了，快，备好碗和骰子。开始吧，坐下，快，韵珍，过来。

安韵珍坐下之后说，好好，大家要博出好手气来啊。龙博山端着一

## 第12章 日光岩

个大红碗说,这个碗是我们家的传家宝了,年年博饼都用它,虽然有些旧了,但珍贵。来来来,博完再吃饭。

一桌人禁不住鼓起掌来,孩子们更是高兴,眼睛盯着桌子中间的红包,心里想着一定要博到状元,阿秀微笑着坐着,她在想,在龙家过了这么多年,每年的中秋都与他们一起过,龙家从来没把自己当外人看,现在倒好,真成了龙家的人。特别是太太对自己的那份贴心让人难以言说。阿秀这时突然想到了太太的生日,她记得是后天,对,是。于是她脱口而出,太太的生日快了。

安韵珍一怔,阿秀不说,自己都差点忘记。龙博山抓在手里的骰子没有扔下去便停住了,他侧着脸看着安韵珍说,是吗?我都忘了,只记得是这个月吧,阿秀提得好,今天就提前庆寿如何,韵珍,你今天就是寿星,你先扔骰子。

安韵珍轻轻笑了一下,说,一把年纪了还过什么生日。维娜道,妈你得博状元啊。丽抗丽战嚷着,外婆手气好。龙博山笑着说,今天吃寿酒,明天大家送寿礼啊。维本道,我早准备好了。维娜说,哥,那拿出来吧,早晚要拿的。维本转身回房去了,这时阿秀急忙去陪楼拿来四件新做的旗袍,对安韵珍说,太太,这是我的心意。春夏秋冬四款,花色都不一样。说着便展开四件旗袍,一桌人都看呆了,各色花样,怀旧的、新潮的、淡雅的、富贵的,有型有款。

安韵珍捧在手里欢喜地说,真是难为你了,这么有心。阿秀,这是谁做的呀?像是老陈的手艺?

哦不是不是。陈庄摆着手。维本这时过来给安韵珍送上一条项链,维娜说,还真会送礼,项链配旗袍,可现在穿旗袍的人少了。安韵珍说,不管时兴什么,我还是喜欢穿旗袍。维德说,那我也去拿礼品吧,我送妈的是什么,大家先猜。

维娜忙问,什么啊,别卖关子了。维德进屋一会儿马上出来了,展现在大家眼前的是一台精致的收录机。他说,妈爱唱歌,这个好用。维娜一看有些急了,她说了实话,我忘了妈的生日是后天,只记得是这个月,所以礼品还没准备。

龙博山一听便说,维娜不用准备了,全包在我身上。向子豪说,那不行,我们的礼品,一会儿就到。说着和维娜起身离开。

龙博山说,你妈呢很讲究,我也怕买不好,干脆就送红包,自己想买

251

什么就买什么，今天我就送她一个状元。

安韵珍摆手道，状元哪能送，要自己博来。好吧，我开始。

安韵珍将骰子握在手里摇了摇，然后一松手，扔下去，是三红。

啊，不错，三红，红是喜庆，是吉祥。阿秀欢喜地说。

博了几个回合，大家正博得欢，向子豪和维娜捧着鲜花和生日蛋糕还有几本音乐书进来了。维娜道，妈，礼轻情意重啊。维本道，很浪漫啊。安韵珍起身说，破费了，谢谢啊。向子豪道，妈不笑话就行了，这个没花什么钱，就是一点心意。

龙博山这时说，行了，心意到了。看，我要博了，看我的手气啊，手气就是运气。龙博山重重地扔下骰子，大家眼睛立刻发亮起来，维娜第一个叫道，爸，你不是故意的吧，是状元哩。龙博山兴奋地说，本来我是想请大家，结果自己博到状元，没想到啊，今年我运气佳，这也是韵珍带来的。我说过，状元要送她，来，接着。

安韵珍从龙博山手里接过一个重重的红包，说，你的不就是我的，我的不就是你的吗？

丽抗这时好奇地凑过来问，阿婆，红包里是多少钱啊，看看。

博绵道，小孩子家不要看，阿婆会分给你们的。

龙博山伸出三个手指，丽抗说，三百吧。丽战道，三千？龙博山最后说，谁数数。安韵珍道，不用数，是三万。

你肯定？龙博山故意问。安韵珍回答，我肯定。

啊，这么多，难怪这么厚。

妈，你真不知道我爸红包里的钱数？看来，夫妻真是默契啊。维娜感叹道。

大家一起说笑，阿秀替安韵珍感到欣慰。她清楚，安韵珍不在乎这些钱，在意的是这种气氛，这种亲情的欢乐，这种家人团聚的幸福。她一直敬佩安韵珍的大气，大气带给她的是一种财富、一种淡泊、一种忍让。心存大气，才有福气，真是没错。

要不，再博一轮，这回博月饼，博完月饼就吃饭。龙博山一说博饼，大家又来了兴致，拍着手说好。这时，门铃响了。声音响了一下又没了，半天又响一下，断断续续的，犹豫不决的，阿秀最先听见，她快步去开门。

维娜在招手喊，阿秀啊，轮到你博了。

## 第12章　日光岩

阿秀一边应着一边下楼去开门。当她打开门时，一个半头白发的瘦老头子站在门前，怔怔地看着自己。

请问你找谁？阿秀警惕地问。

没等那老人回话，楼上又在叫阿秀了。阿秀见老人久久不说话，便又问，你到底找谁啊？问你找谁又不吭声。老人咳嗽了一下，想说什么没说出来，只是呆呆地看着阿秀。阿秀见他不吭声，只好转身上楼去了。等她回到桌上，她博了一个四进，丽抗叫道，秀姑手气也不错啊，四进很难博到手的。

刚把一轮博完，又听楼下有敲门声，安韵珍问，谁啊，敲了几次门了？阿秀不耐烦地答，刚才有一个老头子站在门口，问他又不回话，像个哑巴一样。

维娜便说，可能找错门了吧。但是敲门声再一次响起。阿秀嘀咕着下了楼，开门一看，还是那个面容又黑又瘦的老人。阿秀打量着他，心想是不是乞丐呢。便说，是不是要讨点过节钱啊？我去拿给你。唉，也真是可怜。

老人嘴巴嚅动着，半天才吐出几个字，凤海堂是这里吧？他声音嘶哑得难听死了，把阿秀吓了一跳。

没错，是这里啊，门牌不写着吗？阿秀回过身看着这一脸皱纹胡子拉碴的老头子，心里竟然涌动起一丝同情，便让他进屋来。老人进了院子之后，站着，木木地站着，无神的眼睛环视着四周，喃喃道，没变，都没变。阿秀再问，什么没变，你要找的是龙家哪一位？你是……

哦，不知道龙维娜还在不在这里住？老人看了阿秀一眼，嘶哑的声音再次响起。

你认得她？阿秀怔了一下，不由得仔细打量眼前这个老人，看上去有点面熟，好像在哪儿见过。

喂，阿秀啊，谁来了，还不上楼来。维娜的声音不急不慢。

来了，这里有客人，说要找你。阿秀抬起头回答。维娜站在楼梯上往下看，问，谁啊？阿秀说，不知道，你下来看看。这时候，老人的眼睛死死地盯着阿秀，艰难地从嘴里吐出两个字，阿秀。

这两个字把阿秀吓了一大跳，像是触电一般，她本能地站住，脚粘在了地上不得动弹。阿秀把身子慢慢转过来，紧张地问，请问你是龙家的亲戚还是……你又怎么知道我的名字？

维娜这时下楼了,她看了老人几眼,摇头说不认得。阿秀见他有些吃力的样子,便搬了凳子让他坐,还端了一杯水。安韵珍听见下面说话,知道家里来了人,便也下了楼。走到老人跟前,她也摇头问,阿公,请问你要找的可是凤海堂?这岛上别墅多的是,没记错吧,你要找谁呢?

博绵也下了楼,她想看看是不是自己的熟人。阿秀说,他刚才说了维娜的名字。维娜皱起眉头说,是吗,可是我不知道他是谁啊。

老人正想说什么,突然剧烈地咳嗽起来。维娜说,这就怪了,我家没这个亲戚吧,也不像是阿爸的朋友啊。阿公,您好好想想,是不是记错了地方。我就是龙维娜,请问阿公您是……

老人喝了水之后,脸上木木的,一下子便开始抽泣了。之后他看了安韵珍一眼,艰难地低声说,太太您应该记得我吧?

安韵珍怔了一下,那眼神是如此的熟悉,一时间大家沉默下来。老人无奈地坐着,长长地叹着气,他的脸上这时布满了忧伤,我是你家吹号的……

吹号的?阿秀想着,走近了老人。那年中秋节,太太对日本人说过家里几个男人,有弹琴的,有拉小提琴的,有吹号的。难道是……

二龙。老人淡淡地轻轻吐出这两个字时,如同扔出一颗炸弹,把所有人都炸开了,好像隔了一层烟雾,慢慢地他们看清楚了。

怎么可能?二龙不是死了吗?就是活着,也不是现在这个样子啊,外表不像,声音不像,哪儿都不像,这根本不是当年英俊的二龙。阿秀跨上前,盯着二龙看,你真是?

二龙眼睛里无神,空洞地看着前方,轻声摇头道,阿秀都没认出来,我是死过几回的人哪……二龙说完用手擦了一下眼角,这时阿秀突然大喊一声,二龙!大家怔住了。阿秀傻傻地看着二龙那张变化太大的脸,有些控制不住自己了。

又是中秋,二龙怎么苍老成这样子呢?安韵珍还没缓过神来,就听阿秀在喊,是二龙,他还活着!

维娜情不自禁地抱住阿秀,有点想哭。

二龙,二龙是谁啊?博绵莫名其妙地问。

楼上正闹得热火朝天。几个孩子大概是博到好手气了,欢快地叫着。丽抗对龙隆说,龙隆,你今天手气怎么这么好啊?要请客。龙隆笑道,请你看电影。丽抗笑说,还要吃麻糍粑粑。丽战摇晃着头说,麻糍粑粑太便宜啊。丽战把骰子握在手里说，看我的，保准一个对堂。哦，二举。丽抗道，二举知足了吧，我呢，都博的是一秀哩。

阿秀这时大声喊，龙隆，龙隆，你快下来，看看谁来了。龙隆应道，来了，等下。龙隆下楼之后，阿秀拉着他的手说，龙隆，这是你爸。高大的龙隆看着眼前这个苍老又瘦削的老人，不知如何是好，但他本能地上前给老人鞠了一躬。平时龙隆只听阿秀说过爸被日本人打死了，做梦都没想到他还活着，但龙隆很平静地看着二龙，用陌生的眼光。二龙原本是不知道阿秀怀上了孩子的，他紧紧地盯着龙隆看，额头、眼睛分明就是跟自己一样的。儿子，呵，这是老天赐给自己的吗？

二龙的眼睛湿润了，安韵珍也在一边流泪，她拉着二龙的手说，上帝啊，活着就好，我就知道，上帝会保佑你。你怎么变成了这样？这些年你在哪里？怎么过来的啊？

二龙来不及说他的故事。这时，楼上的龙博山在喊，家里来客人了吧？向子豪把头探到走道上说，好像是。龙博山又说，那请上来一起博饼吧。

二龙迟疑着，说，我不上去了吧，我知道阿秀已经……我只是来看一看，我，得走了。

阿秀看了二龙不解地问，你怎么这样急着要走？

龙博山、向子豪、陈庄这时也下楼来了，陈庄也没认出二龙，安韵珍对他们说，他是二龙，是二龙啊。陈庄仿佛从梦里醒来，他感到太意外了，二龙竟然活着！他一时愣在那，不知如何是好，这怎么可能呢。二龙这个一直活在阿秀心里的男人，就这样神奇地出现在眼前。他湿润着眼睛上前抱住二龙，只说了一句话，二龙，你真是个奇迹啊！

二龙没想到陈庄也在这里，想着他一定是跟阿秀成了家，便点头微笑。这时孩子们都下楼来了，看着家里来的客人。向子豪是没见过二龙的，只听维娜提起过他。他对维娜说，阿秀真是盼到头了，好啊，中秋正好团圆。

龙博山不信是二龙站在眼前，他脱口而出，真是那个抗日青年二龙？年轻时的样子多帅，现在变成这样了，看上去比我都老，这怎么回事？而安韵珍看着老态的二龙，心里有些难过。在龙博山的心里，也许二龙早已经不存在了，他可能都忘记了还有这么一个儿子活在世上。

二龙答应留下来吃饭，一大桌子人开始吃得说说笑笑，慢慢地都安静下来了，都不说话，好像要等安韵珍说什么，等阿秀说什么。博绵首先开

## 陪 楼

口说，我都不晓得家里还有些秘密的事，不过呢，我替阿秀高兴，没想到原来阿秀有自己要等的人，我说怎么一直不肯嫁。

龙博山看看大家问，怎么了这是？过节团圆要高兴才对，今天阿秀更应该高兴。

安韵珍终于放下了筷子，阿秀看着她，明白她要说什么，那个藏在她心里的秘密应该要揭晓了吧。

博山，你应该还记得二龙吧？安韵珍的声音轻柔、淡定。龙博山呵呵笑了几声，当然记得，怎么不记得呢。当年他作为抗日分子，逃进我们家，藏在我们家，记得那年有一天夜里潜入我们家，还与我一起秘密商谋抗日大计哩。唉，活着就好，活着就好啊。真不容易。

安韵珍浅浅地笑了起来，可是你却不知道二龙他出生在我们家，就生在陪楼里。

龙博山一愣，放下酒杯问，生在陪楼里？这是怎么回事？你快说说，别搞得这么神秘。

其他人也面面相觑。安韵珍故意看着龙博山不说话，龙博山一下反应过来，张大嘴正要说什么，安韵珍说话了，其实你们父子俩早就见过，今天应该相认了吧？

阿秀和维娜心里明白，但她们只是安静地倾听。二龙一头雾水，他不解地看着安韵珍。龙博山这时问道，难道二龙就是……安韵珍这时心里不再有苦涩，更多的是一种坦然。

她接话道，谁都可以忘记他，但是你不能忘记，因为他是你的亲生儿子啊。

二龙手里的饭碗摔在了地上。一直以来，他只知道自己是威约翰牧师的养子，从来不知道自己的亲生父母是谁。此时此刻，他感到万分的吃惊。而阿秀和维娜的眼里已是一片湿润。

龙博山缓缓站起身来，慢慢地走到了二龙面前，喃喃道，对不起，对不起啊，这么多年，我没有好好照顾你。你得感谢珍姨，没有她，就没有你的今天。面对这突如其来的状况，二龙怔怔地不知所措，好半天他也起了身，望着已经苍老但仍然优雅的安韵珍，轻声问，请问谁是我的母亲？安韵珍也起身了，说，你到外面看一看陪楼，你的母亲叫阿彩，当年她就是在陪楼里生下了你。

啊？这是怎么回事？博绵太吃惊了。

## 第12章 日光岩

二龙走出了客厅，在院子里抬头看了看比主楼矮半截的陪楼，那栋阿秀一直住的楼原来是自己的出生地，原来母亲也与这楼有如此浓厚的关系。他想象不出母亲阿彩的模样，她是什么样的身份？她有什么样的故事？二龙急切地说，我母亲？那她人呢？在哪里？请告诉我。

龙博山这时有些哽咽地说，你的母亲，当年难产死了，后来你被送进教堂。

二龙一听母亲早死了，眼泪夺眶而出，他不解地提高声音问，我母亲为什么会死？我为什么要去教堂？这到底是怎么回事?!

阿秀扶住了二龙，将他拉回座位上。安韵珍知道龙博山不好回答，便替他说，那些往事，过去了，不要再提了，以后你会知道的。你只要知道你现在好好地活着，这就是上帝赐给你的福。

龙博山头重脚轻地坐了下去，叹道，这都是我的错。没想到安韵珍却说，其实老太爷也有错。维娜怕他们扯得太远，便说，现在说谁对谁错，都不重要了。在上帝面前，我们都是罪人。

阿秀点头道，是的，在上帝面前，我们都有罪。

二龙不清楚当时的情况，想想现在问这些又是可笑的，便叹了一声，走到安韵珍面前，鞠了一躬，郑重地说，谢谢您。

接下来二龙又走到龙博山面前，却什么也没说，只是静静地站了一会儿，他便移开了身子。

龙博山诚恳地说，二龙，请你留下来。

二龙的心情非常复杂，面对突然揭开的身世秘密，他觉得有些不可思议也实在讽刺，好在，阿秀还在自己面前。

二龙终于答应留下来住几天。这天，阿秀想陪他到岛上转转，二龙觉得在这个小岛上有太多的记忆，首先他们去了曾经让他痛不欲生的关押他的日本地下监狱。站在那栋红楼前，阿秀感慨万千道，那年你在里面，我在外头，就像阴阳两隔一样。二龙叹道，生不如死啊。阿秀喃喃道，都说你死了，可我就是坚信你还活着。

这时二龙看见了曾经的日本领事馆本部，那门前的字变成了厦大科教宿舍。在抗日战争时期，厦门大学受到了极大的破坏，当时的国民政府就把鼓浪屿上日本领事馆的所有房产拨给厦门大学。改成厦大科教宿舍后，这座建筑的整体风格基本上没有改变。

他们手挽着手转到了码头，二龙眼前仿佛出现了当年的难民营，想起了阿秀从这里接他到凤海堂的情景。这时的海面有些平静，只有船来的时候才掀起浪花，浪花有时神出鬼没的，摩摩擦擦，变幻莫测。他们看着海浪，想着人生也是如此。一番感叹之后，阿秀提议去环岛路走走，鼓浪屿的环岛，都是美丽的浴场。走到老碉堡那一带，沙滩长起一丛丛睫毛一般的蓬蒿，阿秀指着碉堡说，有事没事，我总是要来这里看看，因为听说你……二龙便笑了，那是传说，我怎么能死呢，我的命就像这碉堡一样，坚固得很，你看这碉堡，无论海风、潮汐如何改造、侵蚀它，它都不变。

已经退潮了，他们坐在了老碉堡的石坎上看海，二龙感叹一句，背靠历史看人生。阿秀也附和，人生却无常。阿秀看着沙滩上一些孩子们正在撅起屁股掘防空壕，堆日光岩，笑道，龙隆小的时候也爱来这里玩，泡海水，还喜欢把自己埋在沙堆里。二龙说，鼓浪屿的孩子还没学会走路，就已经在海里学游泳了。我小时候，除了教堂就是海滩。

阿秀想起了教堂与威约翰牧师，便问，不知威约翰现在……二龙接口道，他已经安全回国，他给了我生命的延续，又让我得到上帝的恩典。没等阿秀说什么，二龙心酸地说，我不清楚我母亲的一切，这也许是个悲剧，我母亲住在陪楼，我可以想象她的身份，她难产而死，我可以想象她的地位。我没有在龙家长大，却进了教堂，现在龙家虽然认了我，但我觉得这一切来得太晚。阿秀忙说，其实也不晚，太太从你小的时候一直照顾你。二龙点头说，她和威约翰都是我的恩人。

阿秀早就想知道二龙这些年的生活，没等她问，二龙便主动说，我和阿敢那年在威约翰的帮助下，去了香港。从1937年7月7日到1941年12月8日日本开始进攻香港之前，香港当时免遭战火，是战争的"避风港"。在香港的日子，都是敢叔在陪伴我。

阿秀吃惊地问，敢叔？他在哪儿？他自从那年离开家，就再也没有回来，我们也没有他的消息。二龙不得不把敢叔救他的秘密说出来，二龙说，没有敢叔，我活不到今天，我们今生也不能再见面。从地下监狱出来，敢叔接应我离开了鼓浪屿，多亏我养父威约翰牧师相助，等我医好伤又送我们去香港。

你们去了香港？阿秀没想到这一切都在她的想象之外。二龙沉浸于往事的回忆中，他语调缓慢下来，喃喃道，抗战胜利前，因组织需要，我又回到了厦门，参加闽中地下党革命工作。我，虽然有幸活下来，但却成了现在这个样子。

阿秀倚在二龙身边，一起与他难过。她知道，二龙还有很多话没细说，半晌，她小心地问道，抗战胜利后你在厦门？

二龙被阿秀这句话哽住了，他不知要如何回答才好。这时一阵海风吹来，二龙抹了抹他那张晒黑的脸，微微地低下头，继续说道，抗日战争胜利后的厦门，没有共产党，没有党组织，一切从零开始。那时候厦门还在国民党的统治之下，共产党的活动都处于地下状态。但是共产党的本事就是敢于在荆棘的地方走出路来。从抗战胜利到厦门解放的四年，厦门三个地下党组织迅速发展了七百多名党员，建立了六十个党支部。

听到这，阿秀心潮澎湃，继而问道，你这来来去去的，都见不着你。后来呢，后来你是怎么……二龙叹了口气后说，从龙家出来，左千的人逼近了我，我在海边踩响了地雷，对，就是这里。也许我命大，不该死，我的肠子都在外面了，还游了几十米。后来坐了舢板船离开了鼓浪屿。

阿秀静静地听着，心里难过得很，听二龙这么一说，又不解地问，那你又去了香港吧，就一直没有再来鼓浪屿，看看我们？

二龙其实已托人打听过阿秀的消息，不过得到的是阿秀已成家生子。想想也是，乱世中的情感是如此脆弱不堪，阿秀一定有她的难处，不能再打搅她平静的生活了。二龙这样回道，说实话，我曾经给龙家、给你添了不少乱，那些麻烦连我自己都不能原谅，我，我是有罪的，实在不敢再扰乱你。

这，这是什么话啊？！这是你的真心话吗？阿秀皱起眉毛。她对二龙的回答不满意，对他这种态度不满意。

后来，我去香港看敢叔，他见我一个人孤单，我也想忘掉过去，忘记你，最终就留在了香港，打算在那里终老。

阿秀听到这里，摸摸脸，才发觉自己早已经哭了，眼泪不知什么时候在脸上淌成了河。她很响地吸了吸鼻子，哽咽道，忘掉？你怎么可以忘掉啊？我带着我们的儿子龙隆在等你，一直都在等，我相信你会回来。因为我一直在想，有你在，吃多少苦也值得。

二龙缓缓地侧过身子，看着阿秀那张泪脸，一只手搭在阿秀肩上说，可是我得到的消息是你已经成了家有了孩子，怪我，上次也没有顾上问你，我这样的人，其实，是不值得你等的。

阿秀半晌不吭声，只轻声道，值不值得，我心里清楚，是不是，你早已经有了家？

二龙沉默了一会儿说，敢叔有了安稳的家。

那你呢？我是问你。阿秀打断他问。

二龙停了一会儿，摇头道，我，我没有条件，我的身体也不允许，坐水牢的时候落下很多病，再说，我的心里一直装着你。阿秀怔了一下，心里怦怦直跳。这是为什么啊，真是造化弄人啊。

我们，现在还不晚，还有半辈子。阿秀抓住二龙的手说。

二龙点点头，继而又叹了口气接着说，敢叔在香港办了个武术培训学校，教了很多学生学打咏春拳。可他现在摔断了腿，身体很不好，又不想放弃他的事业，所以他很担心他哪天会离开，我也担心我哪天会离开，这次回来，是想在有生之年看看你。现在，我突然有了一个想法，不知你同意不同意？

阿秀急切地问，什么想法，我怎么会不同意呢？快说啊。

二龙认真地说，我想，我想把龙隆接到香港去，去接管敢叔的事业。我答应过敢叔，要陪他到老的。

阿秀盯着二龙说，让龙隆去香港？那敢叔的孩子呢？

敢叔的孩子很小的时候发生了意外，太太也离开了他。二龙的话听起来有些沉重。

面对这突如其来的事情，阿秀没有任何思想准备，去香港是好事，但龙隆跟着自己长大，从来没有离开过自己，突然让他跟陌生的父亲走，他愿意吗？于是阿秀找了个理由说，龙隆又不懂武术。这不太可能吧。二龙道，就是帮助管理。本来我也在做，可是我的身体早就不行了。阿秀原以为二龙回来全家就可以团圆，不再分开，没想到他不仅要走，还要带上儿子一起走。阿秀半天没说话，二龙知道她在想什么。这么多年来，他们已经习惯了分别的生活，各自有了各自的生活方式，二龙也似乎放不下那里的一切。阿秀这时听二龙坦率地在说，我在那里曾帮敢叔教学生文化课，近来身体不好也放弃了。

阿秀听不下去了，她抽泣起来。这泪水一半是为二龙，一半是为自己。

二龙的沉默不语更让阿秀感到心酸，她不知道应该欣慰还是伤感。二龙这时说，老陈是个好人，他照顾你我放心。

没等二龙说完，阿秀打断了他的话，我和老陈没有在一起，他一直很关心我们。

二龙怔了下，前面是误传，现在又是自己猜测有误吗？他起了身，走

## 第12章 日光岩

到海滩上，海浪打过来，湿了他的鞋。阿秀跟过去，听他叹道，一切又回到起点。阿秀，跟我去香港吧。

什么？去香港？阿秀毫无准备。她从来没想过要离开这里，她原想的是二龙能够回到自己身边来。

二龙见阿秀有些迟疑，追问道，不可以吗？

看着阿秀为难的神情，二龙道，走走吧。于是俩人离开老碉堡，走到了迷宫似的羊肠路。这些小巷总是洁净安静，时宽时窄，二龙和阿秀也无心留意路上的落叶、落果，他们慢慢地走着，并无目的，他们走过了旧使馆区的鹿礁路，又来到别墅区的漳州路和复兴路。这些熟悉的路今天看来，有些漫长悠远，有些感伤迷离。当他们走到一棵长胡子的老榕树前时，二龙停下说，这榕树竟然没有老，跟我以前见它时一个样子。当走到一棵相思树下时，二龙听见了阿秀自言自语地说，相思树也一样，年年都是这个相思的样子。

相思的样子？二龙重复着阿秀的话。任相思树的枝条软软地搭在肩上。他在想，他和阿秀不都是年年相思吗？太多的无奈跟眼下的迷宫似的小路一样，走不出期许与困顿。

他们继续走着，竟然到了曾经的德国领事馆那边，阿秀兴奋起来，婢女收容院，我是从这里出来的。那高大的柱廊和雕花的石栏看上去是那么亲切，阿秀喃喃道，日本人来了之后，婢女收容院就解散了。二龙说，听说还有四十几个婢女无家可归，最后由教会的人分散安置。阿秀道，我命好，进了龙家，又遇见你，我这辈子知足了。

到了黄昏，一抹斜阳涂在海边的时候，他俩才回到家。阿秀还急着说饭都没做，没想到维娜在家早早地备好了饭菜。她笑道，我做得没有阿秀做得好。向子豪说，将就也可以吃。于是大家坐下来，维娜给每个人装了一碗花蛤豆腐汤，阿秀不好意思地说，我都成客人了。二龙道，维娜真是贤惠能干。向子豪笑道，你这是夸阿秀的话吧。安韵珍便说，她们两个啊都差不多，相互学习共同进步。说得一桌人都笑了起来。

饭后，阿秀郑重其事地跟龙隆说了去香港的事，龙隆觉得这个决定太突然，他为难道，为什么啊？我非去不可吗？

阿秀心里也不想龙隆走，但为了二龙，便把实话说了出来，你要知道，你爸的救命恩人敢叔现在有困难，我们得帮他一把，他是信得过我们。还有，你得去好好照顾你爸，他吃了太多的苦，你好好陪陪他。龙隆半天才说，让我想想。

## 2

过了几日，阿秀开始整理龙隆的衣服。她拎个了包回到凤海堂时，维娜不解地上前问她，阿秀，你真舍得让龙隆走？阿秀说，不舍得也没办法啊，二龙一人怎么过，敢叔也需要他，我不能太自私。以后，龙隆可以来看我啊。

龙隆还是不明白，说，妈，你为什么不跟爸走？你为什么不让爸留下来？大家在一起行不行啊？

阿秀这时把早已整理好的包递给了龙隆说，你爸就交给你了，要常来信，有空回来，听见没？二龙红着眼说，龙隆，你是老天赐给我的福气，但是你妈她还没想好。

不说了，要走就快些。阿秀催促道。维娜终于也说，香港是个好地方，你去了也有作为的。见维娜这样支持，阿秀更加认为这个决定是对的，只是二龙觉得自己有些自私，于是他说，龙隆去几年就回来。阿秀本想说，那你可以留下啊。话到嘴边也成了，没事，几年时间不长。见阿秀舍不得的样子，维娜还是又问了二龙一句，你不留下来陪陪阿秀吗？你不陪她还把她身边的儿子带走，她怎么办，要一辈子受思念的煎熬吗，这也太残忍了吧？

阿秀见状，忙上前拉开维娜说，维娜不要这样说，二龙有他的难处，我在这里很好，不是有你陪着嘛，我们是一家子啊。

维娜道，那你们不能这样常年分开，永远别离吧？

可敢叔还等着我。我答应过他，他的时间不多了。放心，我会，早些回来，先去把龙隆安顿好。二龙这么一说，阿秀便想到他们父子俩在一起，至少可以把龙隆的父爱补回来！二龙又说，阿秀说好要来的，我们先走一步。

终于又到了分别的时候，维娜提醒阿秀说这几天可能会有台风来。阿秀心里是舍不得二龙他们走的，台风来可以让他们留下来，可话说出来却是反的，哦，是吗，那他们得快些走，不然台风来了就走不成了。维娜一笑，别装了，阿秀，舍不得就把他们留下，我去跟二龙讲。

## 第12章　日光岩

不要，这怎么行，敢叔在那里等，这么多年都过去了，还怕这几年，过几年他们回来或者我去。阿秀说得好不失落。二龙刚与自己重逢，却又要离开。自己也不知道什么时候能去，好像一切都很遥远。维娜是了解阿秀的，她去，肯定是句空话，她什么时候出过门。他回，也是未知数吧。为什么他们见面难，分开却这么容易？

这天，龙博山、安韵珍把二龙父子送到了门口，维娜和阿秀把他们父子俩送到了码头，阿秀强装着笑脸，对二龙父子挥着手。

这时候，天色慢慢地变暗，一阵紧接一阵的风凄厉地叫着，还夹伴着呜呜声和像口哨的音响。

啊，变天了，要起风了。阿秀看了看天惊慌地说了这句。大家一起看慢慢发黑的天空，紧张起来。

不好了，好像是要来台风了。看来真的来了。安韵珍靠在了龙博山的身上。

快，我们走，回家。龙博山反应过来。

阿秀忙拉住二龙说，走不成了，快回去。二龙回过神来时，远处不断传来什么东西倒塌和摔破的声音。

龙隆欢呼着，啊，台风，我还没见过哩，妈，台风就这样啊，会不会把人给吹跑啊？

维娜有点站不稳了，说道，快跑，台风马上要来了。你们看，船停了，不能过河。

几个人这才慌忙地小跑起来，二龙心想，真是天留人啊。阿秀倒是暗自高兴，她看着二龙说，要不先去家里躲躲？

又跟以前到陪楼避难一样，二龙感觉回到了从前。

一路上，他们看见学校操场的树已经都倒在地上，雨也下了起来，台风一来，原本安静的小岛掀起了惊涛骇浪。

向子豪这时大声喊道，先到屋檐下去躲一躲，小心。二龙牵了阿秀和龙隆跑到一栋房子前。维娜和向子豪站在不远处的一个屋檐下望着天叹气。

这台风来得真不是时候。二龙的声音被雨声淹没了，阿秀没听清他说什么。

龙隆这时不知从哪拿来了两件雨衣分给了大家，一件给了维娜和向子豪，一件给了阿秀和二龙。二龙便和阿秀共披一件雨衣走到了雨水中，风越来越大了,阿秀被吹得东倒西歪,二龙也站不稳了,突然一不小心他摔倒在地,阿秀连忙扶起他往前小跑。龙隆一个人跑在前面,他没有雨衣,全身淋透了。回头看见二龙摔到了,忙退回来去扶二龙,但二龙的脚扭了,痛得走不了路,阿秀急得喊,怎么办,龙隆,你来背你爸走。龙隆让二龙靠在自己背上,龙隆背起二龙一路小跑着,阿秀气喘吁吁地跟在了后面。

当他们跑进家里的时候,雨渐渐小了些,安韵珍迎了出来说,都急死了,还好你们返回了,台风天不要出门。

龙隆却笑着说,好刺激啊,真希望台风把我吹起来。

轮渡的地上都淹大水了,过渡桥整个掉到海里,停小舢板的石级有好多长长的大石条都被风刮跑了,一些破船趴在很脏的水里摇晃。岸边也垮了好几处。这是3号台风艾瑞丝。台风原预估七级,从汕头登陆,却突然改变风向,风力也骤然大增,杀入台湾海峡,一个左拐,直接从厦门登陆。这暴雨又赶上天文大潮,市区淹水高达一米,集美海堤被击溃,三人环抱的巨树被连根拔起。

陈庄今天正好给安韵珍送窗帘布,台风正猛,他也回不了家,见二龙返回,便高兴地走过去握着二龙的手说,走不了更好啊,希望你留下。于是俩人坐下来,开始喝茶聊天。陈庄说,这些年你真是受苦了,第一眼见到你我也没认出来。二龙道,还好,命大,就是身体不如当年了。还记得吧,那年我们还在你的裁缝店……陈庄接口道,可惜我没能帮上什么忙,惭愧啊。那时候日本人借做衣服的名义,常到我的店里盘查。牺牲了那么多同志,而我却无能为力,后来我顾虑也多,心里很不安。

二龙见他像在自责,便换了话题说,老陈,这些年阿秀也多亏了你关照。陈庄难为情地说,我没有能力照顾她,阿秀一直坚持要等你,她现在如愿了,真好,得祝福你们。

晚上,外面还在刮风下雨,院子里的花花草草经不起风雨的折腾,已显疲态,玫瑰、君子兰娇嫩得很,垂下头没精打采,倒是仙人掌,像见过世面的人,不惧风浪,仍然挺拔。阿秀心疼那一棚葡萄,掉落一地,能吃的没几个了。家里所有的门窗关得紧紧的,厚厚的窗帘透不进一丝光亮,开着灯,大人们坐在一起聊家常。本来是阿秀泡茶,但龙博山坚持亲手泡,说要泡出茶道来。这些年他讲究的有两样,一是写字,二是泡茶。虽然年岁已高,但他神采奕奕,端坐厅堂,在大大的茶盘前,用浇开的沸水书写他的茶文章。门外是雷鸣闪电,屋里是闲情逸致,一动一静中,

## 第12章 日光岩

品味人生。

二龙其实想听安韵珍说自己母亲的事，安韵珍也正想告诉他一切，便聊开了这个话题，尽管说起来是些伤心的往事，但在安韵珍的眼里已变得风轻云淡了。

龙博山对此毫不忌讳，有些事说开了反而比藏在心里好。这时只见安韵珍对着小小的茶杯吹了口气，然后将红茶滑进了肚，她轻言细语地说，其实，这事，是我隐瞒得太久，我很矛盾，心情很复杂。二龙你应该可以理解。当年，我和你爸成婚，当我嫁入龙家后才知道，你爸原来早已经跟阿彩，也就是你的母亲相好，而且，他们还有了孩子，就是你。

阿秀看了二龙一眼，再看看安韵珍平静的神色。安韵珍继续说，就在中秋节那晚，你妈生你难产而死。她临死前求我，让我照看好你，我答应了她。可你阿公觉得你爸与用人生下私生子这事会污辱龙家门风，坚决反对你留在家里，后来我只好悄悄将你送到教堂，你在教会医院长大，威约翰牧师成为了你的养父。

说到这里，安韵珍停了下来，二龙出神地听着，想到死去的母亲，心里一阵难过，他低下了头。阿秀连忙递给安韵珍一块手帕。安韵珍轻轻擦了擦眼角快要流出来的泪水后接着说，你很聪明，也很可爱，招人喜欢，我是发自内心疼爱你的。后来，你长大了，慢慢地我们都很少知道你的行踪。你父亲每次从国外回来，我都想告诉他你是他的儿子，但我没有做到。记得那次吗，你与阿敢接头，你还跟你父亲商量抗日救国的事，他一直把你当成抗日人士。他也说过要去看你，可每次时间匆忙，与你总是擦肩而过。没想到，到相认的时候，他都老了，你也病成这个样子。

二龙慢慢地抬起头，说，珍姨，我真的得感谢您，您答应了我母亲的请求，让我保住性命并且在教堂里得以安生，感谢您对我的关照。

龙博山给每个人加了茶水，然后说，你能留下来就好了，也好让我弥补你。

二龙看着厚厚的窗帘说，只是我的身体不许我留下来，留下来会增加你们的负担。

## 3

　　台风过去了,二龙也得走了。分别的时刻又一次来临。走之前,二龙想上日光岩看看。说实话,这么多年来,阿秀从来没有上去过,以前日本人把守,后来也没时间没心情。现在,她要陪二龙一起上去看看。

　　二龙站上日光岩上眺望,说,想当年就是在这里看见日军登陆厦门。阿秀朝前面看了看,说,那真是个噩梦。

　　二龙接着带阿秀去看了日光岩上的两首诗,他感慨道,这里有北京大学校长蔡元培先生的七绝一首和十九路军军长蔡廷锴将军的七绝一首,一文一武均姓蔡,在日光岩上同题诗,堪称"双绝"。他俩走到诗前,二龙轻声念起蔡元培题的七绝:叱咤天风镇海涛,指挥若定阵云高。虫沙猿鹤有时尽,正气觥觥不可淘。阿秀也轻声念了一次,这些字都认得了。二龙点头道,这诗的意思知道吗?前两句是歌颂郑成功抗清指挥水师的英雄气概,阿秀接口说,后两句的大意是战争中总会有战士战死沙场,战争也总会结束,而正义刚强的将帅气度是不可摒弃的。

　　等他们俩回到家,安韵珍欣喜地迎上去,把他们拉进客厅坐下来,说告诉他们一个好消息。安韵珍说,我和博山商量过了,我们决定给你们俩补办一场中式婚礼。

　　办婚礼?阿秀不解地看看二龙,又看看安韵珍。

　　二龙只吐出一个字,这?!

　　安韵珍诚恳地说,是啊,你们俩这么多年经历了苦难,好不容易聚在一起,虽然年纪大了,但还得办,只要重逢了多晚都不晚。

　　阿秀和二龙对视了一下,脸上分明写上了欣慰。安韵珍明白他俩的心思,便说,就这么定了,时间定在……

　　二龙突然打断她说,可是我得走啊。

　　走,走哪里去,还去香港?走也要办完婚礼再说。安韵珍态度很坚决。二龙终于点点头说,好吧。

　　接下来便是商量婚礼如何操办,龙博山首先开口,这娘家婆家都在一起,就简单多了。龙博山问,这新房定在哪儿,请哪些人,在哪里办酒,今天都得定下来。阿秀想了想说,我看还是简单些,就一家人吃顿饭吧。

吃饭不天天吃嘛，这喜宴可不同，还是上餐馆去吧。龙博山爽快地说。安韵珍叹道，只是现在是困难时期，外面哪有什么好吃的。可能还不如家里呢。阿秀说，是啊，吃个饭，照个相，就行了。二龙不好意思地说，我这个样子照相都可以免了。阿秀不同意他的说法，在我心里你还是从前的样子。

　　龙博山一挥手说，好吧，就这么定了，下周六中午在老榕树餐厅订三桌，三桌够了吧？安韵珍附和道，那也好，三桌差不多吧。新房就安排在……阿秀怕她说出主楼，抢着说，定在陪楼，陪楼。

　　龙博山不解了，什么意思啊，我儿子结婚，还住在陪楼？

　　二龙解释道，阿秀是住习惯了。

　　龙博山摇头，不行，你现在是我们龙家的儿媳妇了，哪能还住在陪楼里？阿秀心想，其实住在哪儿都一样，身份算什么呢？但眼下得先依了老爷，她清楚，他是个说一不二的人。二龙见大家一时无话，便说，要不就在东楼吧，东楼敢叔也住过的。但是阿秀仍然坚持在陪楼，说，不要麻烦了，陪楼住得有感情了，离不开。

　　安韵珍只好依了她，说，那就好好装扮下，毕竟那房子旧了。

　　阿秀点点头，说要自己去布置新房。说是新房，也很朴素，不过是在房间里插了花，换了窗帘，贴了窗花、对联，加了电视机，床上用品安韵珍早备好了，维娜给二龙和阿秀买了几身衣服。龙博山则打算送红包。

　　这天，老榕树餐厅摆了三桌，亲戚朋友们都来了，有的当面恭喜，私下也有议论：龙家人对一个用人这么好，真是难得。

　　阿秀可不是用人，龙家都把她当女儿待的。

　　我也听说，阿秀是他们家媳妇，那男的是……从来没见过啊。

　　也可能是在国外的太太生的吧？

　　不管别人怎么说，龙博山总是一副坦然的笑容，他今天跟二龙一样，穿上西服，打着领带，胸前挂着花。他声音响亮地说道，今天我龙家又娶媳妇又嫁女儿，都一个意思，二龙和阿秀这对有情人终成眷属，祝福他们白头偕老。大家举起酒杯来，为他们的团聚、幸福干杯！

　　安韵珍始终微笑着招呼客人，她无时不保持着那份优雅与得体。维娜全家坐在一起，向子豪说，看到他们，就想起了我们的婚礼。维娜道，就像在昨天一样。还记不记得左千当时送我们的花？向子豪说，当然记得啊，他假装很真诚的样子。维娜道，他竟然送来黄菊这样不吉利的花，幸

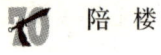

好阿秀去换了玫瑰。向子豪到今天才知道这个事,不由得摇头感叹,过去的事不要太在意了。

晚上,二龙和阿秀并排坐着,这栋楼这间房对于他们来说,有太多的回想与感慨,可此时的二龙和阿秀却觉得不知说什么好。一时的沉默不语让他俩的内心充满了宁静与平和,但却无法掩饰内心深处的悸动与伤感。

阿秀喃喃叹道,如果你能留下来……

如果你能跟我一起走。二龙马上接口。

会有机会的。阿秀的这句话让二龙激动起来,他说,你以为我们的机会还多吗?一辈子都过去大半了。

有一种爱,是离别。阿秀这时想起维娜写的那几个字,便自顾自地说,是啊,好快啊,一切都好像发生在昨天一样。我很幸运了,这辈子还能见到你,有重逢的这天,我知足了。

下次你回来,我陪你去你母亲的老家。阿秀说。

去闽西?好啊。二龙实在想象不出母亲阿彩的模样。

夜袭过来,如同他们久违的蜜意,浓浓的化不开。

## 4

天黑黑要落雨,阿公仔举锄头要掘芋,掘啊掘掘啊掘,掘着一尾旋鳅鼓,依呀嘿都真正趣味。阿公仔要煮盐,阿妈要煮淡,两个相打弄破鼎,依呀嘿都啷当嗟当呛,哇哈哈,阿公仔要煮盐阿妈要煮淡,阿公仔要煮盐阿妈要煮淡,两个相打弄破鼎弄破鼎弄破鼎,依呀嘿都啷当嗟当呛,哇哈哈,哇哈哈哇哈哈……

二龙带着儿子龙隆离开厦门不觉已有三年,三年虽然通信频繁,但见面也是不易,以前想念二龙,现在又多了一个想念的人。阿秀每每想念儿子便要唱起这首闽南童谣《天黑黑》。龙隆小时候她常唱给他听。

这天傍晚,阿秀正走在鸡山路上,天空忽然下起雨来,她忙躲在屋檐下,而这时一个跟龙隆差不多大的男孩子却在雨中走着,衣服湿了也不在意,阿秀见了大叫起来,少年仔,赶紧歇雨,会着凉的。那男孩回头朝阿秀点了点头,却没停下脚步,大概是没懂阿秀说的闽南话。阿秀着急了,

## 第12章 日光岩

拦住了他，硬是叫他走到旁边的屋檐下。那男孩不好意思拒绝她，只好走了过去。阿秀看了看男孩子，想起龙隆，不由得问他一句，你多大了啊？男孩子笑着说，十九岁了。阿秀道，哦，真跟我儿子差不多。这么大的雨，衣服都湿了，会着凉的。

男孩子忙说"谢谢"。阿秀又侧面看了看他，又说，我儿子个头比你高哩。男孩子笑着点头，他看了看表，一副急着要走的样子，阿秀又着急了，傻孩子，身体要紧啊！感冒了你妈会心疼的。那一刻，阿秀心里陡然泛起对儿子龙隆的愧疚来，怎么让他说走就走了呢，他从来没有离开过自己，阿秀的眼睛一下潮湿了。那男孩跑在雨中的身影越来越模糊了。

每天，维娜和阿秀各自在自己的房间诵经，她们常念的同样的一句，那便是：主啊，我有罪。她们也有同样喜欢的一首歌，那便是《望春风》。仍然是在凤海堂，维娜教阿秀弹琴，这是多年前的场景，如今，又重现了。

这天春日的阳光透过树叶渗进来，自如地漫步在阿秀身上，此时她端正地坐在钢琴前，对维娜说，想想以前我也是这样坐在你身边，听你弹琴，一晃好多年了，真快啊。维娜挪动了身上的紫色披肩，叹道，是啊，那时候我俩年轻，但不管过去了多少年，不管发生什么变化，我俩的姐妹情分不会变。

阿秀点点头，心里的感动没法用语言说出来，她抹了抹头发，维娜这时发现她头上有了几丝白发，便感叹说，现在我们真的是老了。

阿秀喃喃道，老了是自然规律，只要身体没病。可二龙他……说到这，阿秀一手按住琴键，一手抹眼泪。

维娜侧过身子说，阿秀，二龙现在情况如何？我看要他回来吧，一家人还是生活在一起好啊。

阿秀若有所思地说，昨天龙隆来信了，说他爸病重，维娜，我很想去看看他。

维娜想了想说，其实你应该去，早该去。我不明白那年你怎么会做那样的决定，不陪二龙一起走。经过生离死别之后，还有什么比相聚在一起珍贵？难得一见却又很快分开。唉！

阿秀听着，眼泪又涌了出来，忧心地说，我不晓得如何是好，我也弄不清自己，他回不来，我也出不去。二龙的身体是被日本人弄坏的，没办法治好了。

阿秀嘴上说想去，但行动上感觉非常难。平时连出鼓浪屿岛都极少的她，要动身到香港去，就像是在说下辈子的事，各方面的准备都似乎没有做好，维娜关心地催促，同时也给她备好路费、物品。

偏偏这时候安韵珍摔了一跤，骨折后躺在床上一时起不来，阿秀立刻决定暂时不去香港了。这天她给安韵珍洗脸，安韵珍不由得问她，阿秀，几时动身啊，让维娜送送你吧？

我，不去了。阿秀拧干手里的湿毛巾，又去换了洗脚的盆子，要给安韵珍洗脚。

为什么不去了呢，二龙都等你几年了，这是你不对啊，你们两个总是这样不在一起，唉，老了得有个伴。安韵珍想了想又说，你是怕家里走不开对吧，我这里不要紧，家里有人，大家轮着来，再说维娜现在也有空，不要耽误了你。

阿秀真的是放心不下安韵珍，她觉得这个时候离开是为人不地道。于是说，再过段日子吧，等你能下床走路我再去。

可是我这样子不知哪天才能完全恢复，没事的，家里有人，你走，快去啊。

维娜接过阿秀手里的毛巾，一边给安韵珍抹脚一边说，我晓得，阿秀是怕我们做不好，也担心请不好人。她就这样，对别人不放心。本来也是，家里没有阿秀在，还真是……

哦，不是的。阿秀也不知如何是好，觉得自己即便人待在这里心也走了。她心神不安的样子让安韵珍说了狠话，阿秀你再不去香港，二龙肯定不想见你了！

阿秀终于点了点头，心里好不激动，收拾屋子，收拾行李，还有收拾心情，准备启程了。走的前两天，阿秀反复交代维娜一些事情。不过，这天，她接到了一个电话，话没听完，手里的话筒便掉了下来，阿秀木木地坐着，话筒里还传来由大变小的说话声。

谁的电话啊？怎么扔了呢？维娜走了过来问。

阿秀像没听见维娜说话一样，眼睛有些直，神情有些呆。维娜见她这个样子，便把掉下来的话筒握在了耳边，可里面没了声音，她轻轻地放下话筒，电话又急促地响起。

维娜去接的时候，阿秀开口了，她没有表情地说，二龙走了。

什么走了，走到哪里去了？你要去他那里，他却走了。这是怎么回

## 第12章 日光岩

事？维娜急促地问道。

阿秀起了身，走到了窗前。站在窗前的阿秀跟雕像一般。

维娜这时听见了电话里传来龙隆的声音，她失声地叫道，龙隆，你爸他？什么？

维娜放下了话筒，慢慢地朝阿秀走去，她把双手放在阿秀的肩上，阿秀没有动，也没有说话。是维娜先掉的眼泪，她抽泣的声音提醒了阿秀，阿秀转过身轻声说，不要哭！人早晚是要走的。

可二龙走得不是时候啊。阿秀，你应该早点去的。唉！一直拖到今天。维娜哭着说。

阿秀还是没掉眼泪，她平静的样子更让维娜感到心酸，这到底是为什么啊？阿秀说要去安韵珍的房间，进门时，安韵珍看见她惨白如纸的脸，挣扎着要从床上坐起来。阿秀轻轻地笑了一下说，不要动，太太，好好休息吧。我又可以照顾你了。

怎么了，这是？安韵珍很不安地问道。

阿秀低下了头，她的声音充满了坚强。不用去了，去也晚了，我会让龙隆把二龙的骨灰带回来，就放在我的房间，二龙会天天陪着我的。

安韵珍看看阿秀又看看维娜，维娜那张难过的脸让安韵珍明白了什么，她含着眼泪说了一句，二龙竟然走到了我的前头？！

维娜把阿秀扶到陪楼后，阿秀把这个夜晚交给了泪水浸泡。不在人面前哭，只在夜里流泪。

# 第13章 人民体育场

## 1

人民体育场之前是"番仔球埔","番仔"意思指洋人,闽南人在命名外来事物或洋人使用的物品时,习惯加一个"番"字。球埔最早是网球场,鼓浪屿沦为万国租界后,这里便成为厦门最早的足球场。不过岛上居民没有参与的权利,番仔球埔是洋人的专属足球场。小时候维娜在球场外看过洋人踢球,没想到如今自己在球场内挨斗。

厦门市文化大革命的序幕是从1966年6月2日厦门大学学生在厦门大学、厦门日报社等张贴大字报拉开的。

文化大革命发生的三年后的一天,维娜在家里弹钢琴,弹的是京剧《红灯记》,这是中国京剧团和中央乐团根据它改编创作的钢琴伴唱《红灯记》,由殷承宗演奏钢琴,是中西结合的一次大胆尝试。

阿秀这天在听维娜弹琴,她不相信维娜会弹这样的曲子,她从来没有听过。维娜说,殷承宗是我们鼓浪屿走出去的钢琴演奏家,七岁开始学琴,九岁首次举行独奏会,这是他无奈之下变通方式创作的作品。

阿秀不明白,为何钢琴也要受到批判。她不知道文化系统各部门及各院校已经开展起批判"封、资、修""大、洋、古"和"文艺黑线人物"狂潮。钢琴是西方古典乐器之王,既属于资,又属于洋,更由于它"不能为工农兵服务",成为了当时受砸的目标。维娜由衷地感叹道,殷承宗既没有选择硬碰硬,也没有选择被动接受命运的戏弄,而是以变通的形式,让钢琴转而为工农兵服务,并借鉴样板戏中芭蕾舞都能洋为中用,以钢琴伴唱《红灯记》作为突破口,将其与京剧这一我国传统艺术巧妙地结合在一起,既保留了京剧纯民族化的唱腔,又发挥了钢琴琴音宽广、华丽的特点,实在是让人耳目一新。这应该说是中西艺术结合的一个成功尝试。阿秀点头道，多不容易啊。维娜接着说，现在能弹钢琴是一种奢求了，不知道哪天钢琴声会消失。阿秀说，不会的，其实有钢琴的伴奏，京剧更好听了。

来，你弹我唱，就《红灯记》。

## 2

还在自在地弹唱钢琴京剧的维娜，怎么也没想到，自己会挨批。因为她不支持造反派的观点，不赞成他们的所作所为，便被戴上了所谓"走资派"和"海外关系"的反革命帽子。还有她的旗袍，被说成是奇装异服，那些化妆品、高跟鞋，说是糜烂的资产阶级生活方式，是摆修正主义的臭格，全被造反派抄家时没收，还作为罪证展览。大字报贴得整面墙都是，维娜被画成穿旗袍戴项链的妖婆。安韵珍气得在家生病，眼睁睁地看着维娜被拉去批斗，心里感到异常的寒冷。

这天，阿秀亲眼看见维娜被人押着在人民体育场那里游行，阿秀跟在后面走，后来她看见红卫兵将维娜吊在街心公园的树下，把从凤海堂里搜出来的音乐书、《圣经》方面的书全堆在维娜面前。阿秀哭喊着维娜的名字，红卫兵将她推开，阿秀拼命地往前挤，这时她看见维娜被地上烧书的火苗熏得睁不开眼。阿秀顾不得那么多了，拼命挤到了维娜面前，她想解开她身上的绳子。这时造反派中的一个高个子一把拉住了阿秀，说她是这个走资派的同伙。

维娜忙求他们说，我不认识她，让她走开。造反派对维娜说，你老实点，她都承认了，你敢包庇她？你这个资产阶级的走资派，好好反省你自己。说，你跟她是不是穿一条裤子的？

不是。维娜哭丧着脸说。而阿秀则大声回答说是。

只是苍蝇跟屎在一起。那好，成全你们这堆狗屎。造反派阴笑着正要拿棍子打阿秀，维娜喊道，不要打她！那人又过来打维娜，阿秀用身子挡了下，替她挨了一棍子，接着他们把阿秀带走了。

到了晚上，阿秀全身疲惫地回到家时，把身体虚弱的维娜吓了一大跳，只见阿秀被剃了阴阳头，头上一半没有头发，还全身是伤。维娜流下眼泪说，阿秀，你不要替我去受罪了。阿秀摇头道，如果我能替你受罪就好，我要去替你坐牢。接下来，阿秀被关了十多天才回来。

阿秀这天回到家，听见安韵珍在房里虚弱地问，阿秀回来了吗？阿秀听到叫声，进了安韵珍房间，安韵珍一见她这副模样，心疼不已。阿秀又哭又笑地说，没事，大不了剃个光头，头发长得快。安韵珍让维娜过来，等维娜走到床前，安韵珍问，子豪呢？出国讲学了吧。维娜不敢把子豪被打成反动学术权威去扫厕所的事说出来，便回道，是的，他不在家。安韵珍便放心地说，这样就好，免得在家受罪。说着便从被子里掏出一个报纸包。

龙博山拄着拐杖走了进来，问，是什么，打开看看。安韵珍坐在轮椅上说，不问，去，把它扔到海里去。

扔到海里？维娜，你打开看看是什么？龙博山指着维娜说。维娜着急地打开，一看，吓了一跳，嚷道，爸，全是金条啊。龙博山也呆了，安韵珍直直地看着天花板说，扔了好，免得他们来抄家，我不想这些东西落到他们手里。

龙博山大声道，不要！不要啊！留着有用。

留着是祸害！安韵珍说着眼泪就掉了下来。阿秀给她擦了擦。安韵珍转过脸对阿秀说，阿秀，我也给你留了一些，放在你房间的密室里，我托你去办这件事。阿秀红着眼睛为难地看看龙博山，龙博山低下头，伸出手说，给我！

见龙博山接过黄金大步走出去，安韵珍欠起身问，他要拿到哪里去？不能留在家里啊，不能啊。

傍晚的时候，龙博山喊了维娜和阿秀一起来到了海边，等天全黑下来，龙博山抖动着双手打开纸包交给阿秀，说，你来处理吧。

阿秀不知如何是好，她是想按照太太的意思把它扔到海里去。但龙博山的意思很明显，心疼不想扔。阿秀看看维娜，维娜道，我不晓得。说着便走开了。阿秀这时大胆地决定，将黄金留下找个地方藏起来，日后再交给龙家。这么想着，阿秀扶着龙博山往回走。路上，他们却遇到了陈庄，此时他正被押着去监狱，原来，造反派指责陈庄以前做洋装是资本主义，必须批斗，给他判了刑，阿秀看着他的背影，感到一阵悲凉。陈庄去坐牢了，秘密地关押在"造反派"私设的牢房里。

等回到家，阿秀悄悄地上了陪楼，进入密室，把那包黄金藏在墙缝里。

## 第13章 人民体育场

然后她再跑到安韵珍床前,说,放心,太太,都办好了。

安韵珍问,扔到海里了?

阿秀握着安韵珍的手点头,扔了。

安韵珍叹了口气说,这就好,一了百了。

阿秀又说,老陈也去坐牢了。

安韵珍眼里无神,念着,上帝啊,你怎么都没看见?

不到三个月,陈庄却从牢房里逃了出来。这天,他跑回鼓浪屿,一看店面早被砸了,竟然默默地走到了凤海堂门口,阿秀正好出来看见了他,她怔住了,不知说什么好,陈庄看了阿秀几眼说,我出狱了。

那就好,你受苦了,要不,进来坐会儿吧。阿秀把陈庄让进来,他刚坐下来,便叹道,抗日时我没有坐牢,没想到现在……阿秀还没回答,只听见门口一阵踢门声,维娜马上出来,发呆地说,又来了,又来了。说着下楼去开门,见几个红卫兵冲进来,站在院子里嚷道,陈庄给我出来!你这个逃犯,抗拒改造。

阿秀见状,上前求情说,老陈没来我家,你们不用找了,不用找了。

我们有人看见他进了你们家。一个红卫兵说着直接冲上楼要搜查。维娜拦不住,这时候安韵珍听到了吵闹声,边咳边问,谁啊,维娜,又发生什么事了?

服侍在安韵珍身边的龙博山说,红卫兵来了,你管不了的,吃药吧。安韵珍吃下一片药后叹道,家里又乱了,当年日本人……龙博山打断她道,不要再提日本人,那是耻辱。安韵珍反问道,为什么不提,我永远忘不了。龙家又要遇难了吗,真要完了吗?

安韵珍听见了摔东西的声音,红卫兵们见交不出人,便要抄维娜的家,不管主楼还是东楼,见了好东西就扔,还把那架斯坦威百年钢琴砸了,维娜听见一声巨响,仿佛天塌了下来。还有那些琴谱,那些音乐书像漫天的雪花在空中飞舞。维娜在地上捡着,她慢慢地坐在了被砸碎的钢琴边,脸上挂着泪珠,脑子里一片混乱,她晕倒了。

那架钢琴是她的命啊。

安韵珍有气无力地说,不要这样,出去,不要抄我们的家。不要……她微弱的声音加上阿秀的哭声被淹没在抄家声里面,如同海上快要沉没的船。阿秀去扶维娜,将她背到床上,然后一步冲了出去。这时候,他们已经将陪楼的每个房间都砸开了。陈庄没有办法,终于站出来面对他们。

红卫兵们一拥而上，迅速将陈庄推倒在地，谁都不知道陈庄已经做好了死的准备。只见他立刻从身上掏出一把裁衣的剪刀直接捅进了自己的脖子，血立即流了一地。看见地上的血，红卫兵哼了几声，便大摇大摆走了出去，他们还没走出陪楼，陈庄就断了气。

阿秀跑过来看见倒在血泊中的陈庄，吓得魂飞魄散。为什么做这种傻事，阿秀哭着说。这时又听见维娜大叫起来，我的钢琴，还我的钢琴……阿秀几头奔跑，陈庄死了，安韵珍病了，维娜像疯了一样。

阿秀吓得跑进安韵珍房间，告诉她说老陈自杀了。安韵珍木木的眼神里露出一丝恐惧，她的双眼直直地盯着天花板。

阿秀跑过去安抚维娜，只见维娜正对着镜子笑，她在认真地洗脸，用烧过的火柴描着眉，还把湿润的红纸放在嘴里抿一抿，嘴唇立刻红了大片，然后用手点了点嘴边的红涂到脸上，便成了两边的腮红。她看着镜子中的自己，微微一笑，双手开始弹着节拍，轻轻地唱起了教堂里的歌。阿秀撕心裂肺地叫喊，维娜，维娜！

安排了老陈的后事，阿秀服侍在维娜身边。维娜都四天没吃东西了，不是坐着发呆，就是躺着睡觉。阿秀每天以泪洗面，她在想，一定得给维娜弄架钢琴来，让她弹琴，也许她的病才能好。

这天，在厦门劳改回来的向子豪见到维娜这个样子，泪流满面地说，一会儿把钢琴抬来。只不过半小时，一台半新不旧的施特劳斯钢琴从向家搬来了，放进了维娜的房间。虽然这琴没有斯坦威名贵，但也能唤回维娜崩溃的心。维娜看着眼前的钢琴，摸摸琴盖，再按响琴键，终于她奏响了巴赫的《马太受难曲》。琴声激昂，在凤海堂里回旋，诉说维娜心里的冤屈，化解悲伤。

看着慢慢恢复过来的维娜，阿秀激动得把脸贴在了她的脸上，轻声说，我们弹那首《望春风》吧。维娜笑着说，还有《四季》，还有《少女的祈祷》。

# 第14章 骑楼

## 1

二十世纪七十年代的鼓浪屿应该说是原汁原味的,整个岛幽静安宁,海水没有污染,湛蓝湛蓝的,具有天生丽质的美。游人也见不着几个,也没什么商店,车更是没有,连自行车都不能随便走。只是海滩还是军事管制,每天到了晚上六点以后就不能走近了。

阿秀和维娜这天想去晃岩路日光岩脚下乘凉,叫上了丽抗和丽战,还有刚回来休假的龙隆。一家人刚到海边,丽战便在海滩上面捡了一只螃蟹,高兴得跑来大声叫喊,龙隆,你猜这只螃蟹有多重?龙隆故意开了玩笑,跟你差不多重吧。丽战道,晚上让秀姑做夜宵吃。你难得来一回。阿秀便笑笑点头。正在这时,海滩上巡逻的警犬冲了过来,不停地狂叫,阿秀招呼着大家说,我们离它远点,走走走。

维娜道,这里说话声音大了都不行,我们还是去别的地方转转。

他们不知不觉地到了笔山路,这里起伏有致,由低及高,拾级而上,安静又幽深。阿秀抬头便看见了一栋红砖白墙的楼,那里是中国婢女救拔团鲍会长的旧居。阿秀心里感念他的恩赐,默默地站了一会儿。龙隆这时走过来,阿秀转身看着他,又看看走在前面的丽抗。便有意地说出自己的想法,丽抗这孩子可不错呢。话刚出口,丽战接口道,说我姐吧,我姐是不错,本来我妈想让她学音乐,可她选择了学建筑城规学院的设计艺术学专业。龙隆道,很好的专业啊。丽战道,按她的话说建筑也是凝固的音乐,与音乐并没有分开。她现在在城市规划设计研究院当景观设计师,还参与过城市广场、道路、住宅区项目的景观设计。隆哥,你要是回来,跟我姐一定有得聊,她整天说的是什么建筑、房产、市场、设计等。龙隆说,我在香港学的是商科,对工业设计也很感兴趣。

阿秀转弯抹角地说，是啊是啊，龙隆，你觉得龙家对我们怎么样？

龙隆脱口道，这还用说吗，你和维娜阿姨简直比亲姐妹还亲。阿秀点头道，说到底我们还是亲戚哩，你爸还是她兄长，我们是前世修来的缘分。我想我们要把这份缘继续下去，还得靠你们这些后人。

丽战说，那当然，本来就是一家人，以后都会彼此关照的。阿秀趁机探龙隆的口气，哎，我是想……龙隆停下来，问，妈，你想说什么就直说，绕来绕去都不知道你什么意思。阿秀也停下脚步，直截了当地说，我是想你和丽抗在一起，成个家，你也老大不小了。

龙隆听了半天没吱声，阿秀看着他那张酷似二龙的脸，等着他的反应，可龙隆偏不说话。阿秀急了，啊？如何啊？丽抗你很了解的，你俩又聊得来，知根知底的。

龙隆朝前走了一步又停下来，想了想说，不行，我们是表兄妹，怎么可以？再说，她还比我大。阿秀更急了，怎么不可以，过去旧社会都这样。龙隆又朝前走了一步，这是不可能的事。阿秀再次急了，怎么不可能呢，你怕不门当户对？你如果跟丽抗结了婚，你就直接叫维娜是妈了。丽抗做我的儿媳，你当维娜的女婿，你看多好的事，我们都欢喜啊。

龙隆不耐烦起来，现在都什么年代了，还这样。我个人的事不要大人操心。听儿子这样说，阿秀有些莫名的失落。这孩子到底在想什么，丽抗和他哪里不合适，阿秀不明白，但她想弄清楚。她想去探探丽抗的口气。

这天，阿秀刚进门，维娜便告诉她在准备家庭音乐会的事，说她阿爸提过好几回了，他回国后家里很久没有热闹过了，也很久没有感受家庭音乐会的氛围，希望亲戚朋友们都能来参加。

阿秀忙说，那太好了，还记得以前，第一次参加家庭音乐会的时候，我傻傻的什么都不懂。维娜笑了起来，是啊，地瓜还取笑过你哩。他是充能，其实他也是装懂。

阿秀便接着问，丽抗呢，她没回来吧？

维娜端来煮好的咖啡给阿秀，说，不知道她在忙些什么，让她张罗音乐会的事都不知道如何了。丽抗对音乐并不是太感兴趣，对龙隆也只是当弟弟看，她实在没有想到家里会把她跟龙隆往一处想。她比龙隆反应更激烈，回答也不客气，阿秀心里凉了半截，似乎对自己没有了信心。

深夜，阿秀坐下来跟龙隆说话，闷了半天龙隆才说，妈，你能不能不要让我与龙家搅到一起，你都在龙家待了一辈子了，还把我扯进去，你有

## 第14章 骑楼

你的生活,我有我的想法。我知道,龙家人都对你好,把你当亲人。对,你是他们的亲人,我爸是龙家的人,我还是希望你能跟我一起生活。

什么？你说什么,我为什么不能与龙家搅在一起,我原本就与他们是一起的,我们是没办法分开的,我不希望在我这里断了线。阿秀激动起来。

龙隆道,真是莫名其妙,我有我的选择,我不想套在龙家,不想用这种方式去感谢他们。我就是想离开。

你,还想走？阿秀有些意外。

我知道你不想,你就想待在凤海堂的陪楼里,但我不想,我想接你走,行不行？龙隆认真地说。这些话让阿秀感到了伤心和为难。

阿秀平静地说,龙隆,我跟你实话,我是哪里都不想去的,我们老人待在一个地方久了会有感情,舍不得,我说好了的要陪你娜姨。如果你真想走,我也不拦你,反正我有伴,你也可以放心。

龙隆不解地说,你待在龙家,这里毕竟不是自己的家啊。

怎么不是,从小我就认定是,何况二龙是龙家的后代,这里既是我娘家,又是婆家。维娜不想我走,我也不想离开,我习惯住在陪楼里,这些你是不会明白的。

我知道,陪楼里有你和爸的记忆,我也听说陪楼里发生过很多的事。可是你现在年纪大了,爸也不在了,不比以前,你做不了多少事,龙家现在人也多,你待这里也……

也怎么了？你娜姨和我是个伴,我们会相互照应。

我怕你在这里成为他们的负担,你还有我,应该由我来照顾。我是你儿子。

负担,如果我是负担,当年他们就不会带我进龙家。

但是待久了也得换一换环境,走动走动啊,现在有条件了,你可以到别的地方走一走。

走,走哪里都一样,我死也要死在鼓浪屿,死在凤海堂,死在陪楼里。

母子俩的争吵没有结果,他们相互说服不了对方,最后还是儿子依了母亲,阿秀安心地住下来,龙隆却去了香港发展。维娜劝她说,孩子大了,只能由他们,就像风筝,线还在手上,终归还是会回来的。阿秀面无表情地说,回不回不管了。

## 2

龙隆来信了，来信了。阿秀在凤海堂里奔走相告，她手里举着信，只要遇上一个人便反复说这句。维娜正在客厅看电视，心想，平时龙隆来信阿秀从没像今天这样高兴过。信中写了什么呢，维娜好奇地看着阿秀，阿秀手抖动着从裤袋里拿出老花镜，激动地说，我念给你听啊：我决定要回厦门了，是定居。

维娜问，真的，什么时候回啊？阿秀把老花镜取下来说，快了，就是这个月底，我算算，还差十天。想想看，他都出去了十年，吓人哪！十天，我来得及准备吗？维娜见她这样激动，笑道，你要准备什么呢，家里什么都有。阿秀摇头，不是这个，我是觉得要把心情弄好。维娜明白阿秀在二龙离世，龙隆离开后，心里一直忧郁不乐，好像日子没了盼头。现在母子相聚，对她来说当然是件最欣喜的事情。维娜便说，龙隆一家都来吧。阿秀忙点头，是啊是啊，媳妇孙女都来，全家搬过来。说是回来搞什么投资，盖房子，办公司。维娜道，真是龙家血脉啊，他阿公可以当他的顾问。阿秀抿嘴一笑，现在啊不知道谁跟谁学哩，他阿公怕是老了，思维跟不上年轻人。维娜说，到时给你修栋好房子，好好享受。阿秀摇头，不用不用，他盖他的房，我住我的楼，房子跟人一样，处久了就有了感情，有了感情就不舍得走。

维娜走到院子里，抬头看了看陪楼，叹道，这楼啊也太破旧了，早应该装修。阿秀又摆手，不用不用，装了就没有味道了，几十年住在里面，习惯了，哪里都不用动。维娜想阿秀在我们家一直住在陪楼里，这似乎也委屈了她，便说，我心里其实很不安，这么多年来，你就住在陪楼里……阿秀打断她说，一家人不说两家话，客套了不是。我自己乐意，你多说也没用。想起当年，地瓜还骗我说陪楼里闹鬼，真是鬼话，我看是他在闹，闹得不安宁。维娜道，别提地瓜了，是我们的不幸。喂，阿秀，开句玩笑啊，当年你要是跟地瓜成了家……阿秀再次打断她说，这可使不得，跟他开玩笑都不行。维娜笑起来，你看你都半头白发了，开起玩笑来还脸红。阿秀本来没脸红，被维娜这么一说，还真脸红了。维娜继续开玩笑说，如果你当年跟陈裁缝好了呢？

## 第14章 骑楼

阿秀轻轻用手打了维娜一下，真是哪壶不开提哪壶啊，不可能，我的心太小，装了二龙就装不下别人了。不跟你一样嘛，心里装了向子豪，也装不下别人。阿秀这时想起了安韵珍，眼里含了泪花，感慨万分地说，要是没有她，就没有我的今天，要是她不救二龙，就没有我和二龙的这段姻缘。虽然不圆满，但我已十分满足了。

阿秀这时看了看客厅里的摆钟，忙起身道，呀，你看我俩聊了这么长时间，都什么时候了，我去做饭。维娜拉住她，不用，今天家里就我们俩，我们到外面吃去，吃完饭去洗头怎么样？我啊，还想烫发。阿秀拍手道，好啊好啊，我也烫一个，儿子要回来了嘛，让他看看我们鼓浪屿人跟香港人一样时髦。

俩人说走就走。阿秀提议说，要不我们到厦门去做头发。阿秀自然点头说好。于是俩人排队上了轮船，然后手挽着手地站着。这时一位穿喇叭裤的年轻人让了一个座位出来，阿秀拉维娜坐，维娜不肯，反过来拉阿秀坐，俩人推了一阵，最后说轮流坐。维娜先坐下了，还没坐上五分钟，船便靠了岸，阿秀叹道，这也太快了吧，我还没坐哩。

俩人转到中山路南中广场的时候，维娜指着港记茶餐厅说，走，上那吃，先感受下香港的味道。这餐厅装修走的是老香港路线，马赛克铺装的地板、仿水晶吊灯、V字窗花、老式三用机、黑白电视机、特色公鸡碗，一派六七十年代香江风貌。服务员这时走过来，向她们推荐说，这里有各式粉面饭、招牌街坊小炒、港式烧味、正宗的港式饮品和小吃。请问二位吃什么？维娜道，一百多种的地道香港美食啊，先吃你们餐厅的特色菜。服务生马上说，冻奶茶和冰火菠萝油包是我们餐厅的特色。阿秀担心地说，就不知道吃不吃得来。维娜道，试试吧，先适应下，以后你儿子带你去香港也是吃这些。阿秀点头，行，尝尝。服务生笑道，来我们这里，等于你去了香港。维娜接口说，我们鼓浪屿虽然小，并不比香港差哦。服务生赔笑道，二位阿姨是从鼓浪屿来，难怪气质这么好。阿秀扯了扯脖子上的丝巾笑说，年轻人嘴甜啊。多大啊，厦门人吧？服务生立马改用广东话说，我是广东人。维娜这时指着菜谱说，再点几个小吃，来两杯咖啡。

用完餐出来，维娜又发现了一个好地方，一家超级大的影音店，阿秀问，是不是想买碟片？维娜点头，是，音乐CD。俩人进去找了半天，也没找到想要的古典西洋曲。维娜说，可惜啊，家里的都被抄家时烧了，好在所有的曲子存在了我心里。阿秀忙说，我让龙隆从香港给你买来吧。

阿秀这时在街上张望，满街的骑楼吸引住了她。她抬起头说，我以前啊不知道这是骑楼，真是有特色。维娜道，骑楼早在鸦片战争后就传入了鼓浪屿，是欧陆建筑与东南亚地域特点相结合在一起的。阿秀道，既好看，又能挡避风雨。维娜回说，关键是生活气息浓，是品茶、聊天、纳凉、会客的好地方。

阿秀这时顺手一指，就在前面这家洗头吧，我累了。维娜进门便说，我们要烫个旧上海时的鬈发。女老板见来了两位穿着讲究的老太太，非常热情地接待她们，用一口上海话说，二位是从大上海来的吧？阿秀笑着回答，是小上海。维娜也回答道，对面的岛上。女老板笑得眼成了一线，哎哟，鼓浪屿可不得了哦，小资得很。我保证给你们俩好好做个头，看上去绝对年轻十岁。不过你们本来也年轻。

阿秀浅浅一笑，年不年轻，我们心里有数，脸上也写着。

一个头发做下来就花了三个小时，做完头都到了晚上六点，出来后阿秀还在问，好不好啊？维娜道，好看，走，带你去照个相，留个纪念。阿秀兴奋起来，今天真是好心情啊，我们要拍合影。拍照的时候，照相的师傅说，你俩是姐妹吧，长得好像啊。说得维娜和阿秀都笑起来。

维娜道，住在一起几十年，不长得像才怪哩。阿秀道，我没你好看。维娜道，彼此彼此的，年轻的时候都还可以，现在老了，没那么好看了。

## 3

龙隆带着老婆女儿回到厦门的这天，阿秀和维娜早早地就去轮渡等。海风吹过来，把阿秀头发吹乱了些，维娜用手给她拢了拢。阿秀说，儿媳妇是香港人，讲究哩，我这个婆婆要给她留一个好印象。维娜道，又不是第一次见，一家人随便点。阿秀回说，这打扮啊，讲究什么的我也是跟你学的，你说过，这女人啊，不管什么身份什么年纪都要打扮。这不，这件衣服还是龙隆买的，今天穿上了，让他高兴。维娜见阿秀身上穿的淡绿色针织外套便夸了起来，龙隆这孩子会买衣，有品位。阿秀说，可不，丽抗也不错啊，上回给你和我送的鞋子又好看又好穿。

来了来了。维娜搂住了阿秀的肩说。阿秀一看，龙隆一家都到了出站口，龙隆叫着妈、维娜阿姨。孙女高过了阿秀半个头，她搂住阿秀说，两

## 第14章 骑楼

个奶奶好漂亮啊。维娜道,你奶奶为了见你们,特意去烫了头发,好看吗?龙隆媳妇说,很年轻,又时尚。龙隆道,妈跟维娜阿姨生活一起,哪会不时尚?维娜立马回说,我可不学时尚,我是怀旧派,你妈也是。阿秀在半路上便把她与维娜的合影拿了出来,孙女瞪大眼说道,姐妹花哩。

进得凤海堂,维娜说,你妈把你们的房间都收拾好了,在主楼。龙隆道,小时候我经常到主楼玩,没想到今天能住到里面。维娜说,房子这么大,随便你们住哪儿。龙隆这次回来主要是想在厦门投资建房子,便说,暂且住上几天,我得到厦门去租房,把公司建起来。阿秀欣喜地说,都忘了你的大事,想盖什么样的房子啊,要盖在哪里,会不会盖凤海堂这样的楼啊?

龙隆媳妇这时从箱子里拿出来两件真丝睡衣递给维娜和阿秀,阿秀一看,摸着睡衣说,睡衣我可穿不习惯,不过还是谢谢啊。维娜道,这是儿媳的心意,得穿,今天晚上就穿。

晚上,阿秀带龙隆在老太爷遗像前磕了头,阿秀说,让你太爷爷帮帮你,他懂这行。龙隆笑说,人都不在了,怎么帮啊?阿秀说,在天之灵啊,保佑你事业顺利啊。等龙隆磕完头,阿秀又问他,回来就再也不走了吧?龙隆道,肯定啊,我觉得厦门这地方以后地和房子会很值钱,这里大有商机。阿秀说,你能不能盖一个跟凤海堂一样的楼啊?

龙隆道,干吗要一样呢,现在是什么年代啊,要跟上潮流。阿秀哼了一声,不以为然道,我不懂什么潮流,只知道这房子是古董,越老越好,你看这房子修得多结实多威武,就连这陪楼都很好。

龙隆笑了,现在是叫保姆房,谁给用人修楼啊,一间房了不得了。

还有两天,阿秀便要过生日了,这天一早,她接到了丽战从国外打来的越洋电话。接完电话,阿秀问维娜,我生日怎么让丽战知道了啊,你看他从国外打来电话,都说了半个钟头,话费多贵啊。维娜道,他们都是你带大的,怎么会不记得呢,应该的。阿秀摇头说,唉,过生日,我都不记得了,越简单越好。哦,对了,生日这天我出门,不在家里过。维娜知道她的心思,是不想麻烦大家,不想让大家破费,便说,你跑哪去啊,儿孙们都回来了,就老老实实在家里待着。我们好好地给你庆贺下。阿秀皱眉道,这生日年年过,又不新鲜,都免了免了。

正说着,丽抗一家子提着礼品进了门,进门便说,给秀姑拜寿啊。丽抗除了送补品外,还包了一个红包,阿秀看都没看便将红包塞给了丽抗的儿子。维娜道,这哪行,必须拿着。阿秀为难道,年年都给,我哪好意思收,心意领了。

龙隆在厦门订了四桌酒席,除了酒席外,另外送了金项链、金手镯、金耳环。阿秀不由得想起当年老太太过六十大寿时,还请了戏班到家里来。如今不兴请戏班上门,她便请所有的人去剧院看了一场歌仔戏《乘龙错》。

## 4

阿姆,你怎么了,你醒醒啊。这年秋天的一个深夜,维娜在叫着安韵珍。阿秀坐在安韵珍的床边,已哭得稀里哗啦。

天快亮的时候,安韵珍终于醒过来了,她睁开眼看着眼前的维娜和阿秀,轻声道,我都病在床上几个月了,老了,自然规律,没事。只是,我不放心,也有些遗憾。安韵珍闭上眼说,阿秀啊,好快,你都半头白发了,当年你来我们家的情景,好像就发生在昨天。维娜,你和阿秀亲如姐妹,情谊深厚,让我欣慰。

接下来,龙博山把儿女们叫到安韵珍跟前来,他对安韵珍说,家里人都到了。安韵珍有气无力地说,我知道,很好,只有二龙他……听到二龙的名字,阿秀不由得湿了双眼,二龙、陈庄、地瓜、老太爷、老太太,这些离开的人,又浮在了眼前。

二龙,他好吗,怎么没来看我啊?阿秀,你可是我们龙家的儿媳妇啊。你的二龙呢,他在哪里?安韵珍这样一问,阿秀怔了一下,明明她早知道二龙已经不在了,怎么还这样问?那年二龙病逝在香港,阿秀都没来得及去看他,安韵珍是知道的,还为他掉了许多眼泪,说自己没有保护好二龙,让他受了苦。阿秀只好安慰说,二龙会来看您的,放心。

安韵珍眼睛望着天花板,似乎在想着什么,哽咽道,我怎么能放心呢,我不应该隐瞒龙家,我应该早些告诉他们二龙是龙家的人,这样他就不会在外面东躲西跑了,他就会有一个温暖的家,他就会跟阿秀幸福地在一起了。我有罪,上帝啊,请饶恕我!

龙博山听到这些话,万分感慨,没想到安韵珍对自己的私生子这样厚爱。他感动地对安韵珍说,不要再说了,这个家因为有你才这样好,阿彩、二龙在天之灵都会感谢你。我,更会记得你。

安韵珍看了龙博山一眼,动情地说,好好照顾孩子们,我要跟阿彩、二龙他们去相聚了。

阿秀让龙隆给安韵珍磕头,丽抗、丽战他们也围在安韵珍身边,安韵珍的脸上这时露出一丝满意的微笑,之后,便安详地闭上了眼睛。片刻间,一片哭声盖过来,如浪一般掀到了凤海堂楼外。阿秀的哭声撕心裂肺,她差点哭晕过去。

这时候,教堂里的钟声响了起来。

葬礼上,阿秀把当年安韵珍交给她的金条从陪楼密室里拿了出来,交到了龙博山的手里。龙博山捧着金条流着泪说,让这些陪着她去吧。安韵珍多年来积攒下来的黄金就这样成为了她的陪葬品。


5


多年后,中山路的步行街都建好了。维娜对阿秀说,听说步行街热闹,想不想去逛逛?阿秀为难道,老了,走不动了。维娜说,我们俩互相扶着走,让丽抗陪我们去。阿秀一想也是,再不去,真迈不开脚了,便鼓起勇气与维娜一起上了街。

这步行街是旧城原貌,只是小处修改。细细打量她的岁月,风霜与尘埃,仿佛都曾在记忆的深处。这条街既是风情的,同时也是琐碎的。她充满了生活太多太多的细节与感动。如同工夫茶,得慢慢地品,就像鼓浪屿一样,不花时间去品,是无法真正感知她的魅力的。在厦门,你的步子得慢下来,在厦门的步行街就更要慢一些。

这时的中山路成为了中山商圈的主干,是厦门最传统的繁华商贸和重要的旅游、金融、城市交通中心。维娜不在乎这号称为中华十大名街的名气,在乎的是她的气质与内涵、她的格调与品位,这里总让人心情闲适、从容。哪怕是一条商业气息极浓的小街,也能逛出一份优雅来。她不过于喧嚣,也不过于张扬,有些温文尔雅。从步行街这头望到那头,渺渺大海便能牵动你心底的怀想。当你在步行街意犹未尽的时候,有大海在那边接应你,让你的兴致再次掀起高潮点,或者说得到另一种精神和情感的释放。

陪楼

步行街并不见得有多现代奢华，相反，她比较古典，不过这种古典是洋气的，怀旧的。步行街的洋房有点原汁原味，没有大的改造，立在街的两旁，安静地让时光从身上流过，刷新，置换。特别是入夜，LED夜景灯亮起来的时候，步行街身着晚装。光影变幻，穿越时空，动静之间，诠释传统文化与现代科技的魅力。沿街的人文古迹将军牌坊，闽台文化宣传阵地讲古角，闽南特色石刻的休闲桌椅，绿化组合、古迹指示牌、街区图，当然还有定期演出的歌仔戏、布袋戏、南音、闽俗服饰等形式的闽南民俗文艺表演，都是个性化的文化元素。厦门把许多重大节庆活动和启动仪式都放在步行街举行是有一定道理的。这里每天行人如织，人气最旺，氛围亲切。依次走过去，步行街的三百多个商家，像一个个拉开的抽屉一样，你可随意翻弄，并把它们藏在心底。华侨银行、华联百货、巴黎春天百货购物商场、女人一条街、光合作用书店、宝岛眼镜店、明视眼镜店等无不透露着时尚的期盼。

维娜坐在路边的石凳上，感叹道，步行街的感觉有台湾的味道啊。阿秀这时看了一眼工商银行中山支行的牌子，说，这里原先好像是天仙宾馆吧。维娜一脸的皱纹舒展开来，是，是厦门最古老的旅社，我记得，我记得。

丽抗这时问，妈，秀姑，吃点东西吧，我去买花生汤。维娜道，还是以前的东西好吃。随后她们又到八市转了转，阿秀说，那时候我还跑到这里买过菜。维娜说，是啊，老厦门人都知道的，厦门第八市场，最新鲜最便宜的海鲜都在这里。这"八市"其实包括两个菜市场，一是从开禾路口延伸到开元路口的"开禾市场"，二是常被称作"八市内场"的"十"字形的营平市场，即真正的第八市场。阿秀和维娜在不宽的街道两旁逛，那些卖海鲜、蔬菜、水果、小百货和各色小吃的摊贩，满满当当地排列在狭窄的街面上和骑楼下，看得她们眼花缭乱。不过，这天阿秀在八市摔了一跤，自认倒霉的她说这恐怕是最后一次逛街了。不幸言中，从这之后，阿秀便躺在了床上，几个月起不来，下床还得要坐轮椅。维娜天天坐在她身边，说些以前的事，似乎总也说不完。

## 第14章 骑楼

### 6

半年后的一天，丽抗推着阿秀到院子里晒太阳，维娜陪她聊天。聊完天，阿秀坚持要回陪楼上去。她对维娜说，你说我为什么要睡在陪楼里才感到踏实？维娜笑说，感情深了嘛。阿秀朝四周看了看，说，我喜欢这楼这房。人的生生死死都有缘由，维娜，哪天我走了，我就一个请求。

维娜问，什么啊，你说？

阿秀一个字一个字地说，把我埋在鼓浪屿。

维娜点头，也把脸贴过去，在阿秀的耳边说，放心，这个请求不难。阿秀含着笑看着维娜说，你总是不老，还是这么好看，跟年轻时一样。维娜也笑了，你不也一样嘛，我俩都没老，还是年轻时的样子。阿秀笑，跟女孩子一样，哦，我想听那首《少女的祈祷》，弹给我听听。

阿秀抓住维娜的手说，我俩一辈子都分不开的。

维娜湿润了眼睛说，所以啊，你不能抛下我不管，一个人先走。咱俩拉钩。阿秀这时把小指头伸出来，和维娜的小指拉在了一起。

随后，阿秀恍若在说梦话一般，维娜啊，你好好过日子，我不陪你了啊。维娜急忙说，阿秀，你得陪我，你得一直陪我，你陪了我们这么多年，你不舍得的，是吗？你住到主楼来，跟我住一个房间。

阿秀摇头，我住陪楼最好，我就不愿意离开这楼，多少年了，都有感情了。听，二龙的声音，他在叫我哩，我得去了，二龙，二龙……

阿秀的声音细如游丝，随着她最后的气息下沉，随着她的眼睛慢慢闭上，维娜打了个激灵。她想哭却没有掉下眼泪，她有些慌乱，有些害怕，有些不知所措地看着熟睡的阿秀。如同琴弦突然断了，余音还在萦绕。她不肯相信阿秀走了，好像在她的心里，阿秀会永远陪伴自己，从来没有想过她也会离开，她怎么可以先行而去，不可以的。维娜拼命地摇晃阿秀，但是她不肯醒来。维娜用尽全力慢慢地把阿秀抱到了床上，然后给她洗脸，给她涂口红，换上淡绿色的上衣。维娜久久地看着她，给她弹琴。

## 第15章 空楼

### 1

阿秀的离去，似乎让陪楼失去了主心骨，在维娜看来，陪楼是为阿秀建的，主人不在了，房子便成了空壳。尽管还有后来的花匠和厨子住在里面，但维娜总感觉那里没有生机。每每走到楼下，她望了几眼便折回去，不再上楼，一路摇头叹息着走开。

已经几年了，阿秀原来那间房一直不准住人，这让家里人十分不解。一天，丽抗和她先生向荣带来一个中年妇女进门，维娜坐在院子里晒太阳，见一个陌生人进来，她敏感地问道，她谁啊？

妈，给家里请的，她是左姐。丽抗示意那女的坐下来。

谁让你们请的？我没说要请人啊。维娜脸上明显写着不高兴。

向荣忙回道，妈，是我请的。这位左姐是我同事介绍的，不会太贵的。我是看到小红要外出打工不来了，您少不了人照顾啊。

小红，小红会做什么事啊，她是来享福的，她早应该走了，我才不稀罕她。维娜板着脸说道，让那左姐很难为情，丽抗道，左姐会做事，放心。维娜又说，会做事，那会不会做人啊？她原来是做什么的？维娜这些话让左姐站也不是坐也不是了。丽抗也觉得难为情，她认为妈今天做得有些不妥，话说得太直，但又不能和她计较，便试探地问，先让左姐试试吧，您看她住哪间？

维娜看了一眼左姐，年纪五十大几，微胖，神态平和，便拉了她的手说，委屈你一下，住楼下杂屋吧。

妈，您这是什么意思啊？杂屋住不得人，楼上不是有空房吗？丽抗叫了起来。

怎么住不得啊，以前阿秀、二龙不都住过嘛，楼上的空房我是给阿秀

## 第15章 空楼

留着的，肯定不能住。维娜严肃起来，似乎容不得别人更改她的决定。

向荣在心里说了一句，真是怪了。但嘴上却说，妈，我看都行。

我看不行。丽抗也很坚决。

维娜慢慢站起来，走了几步挥挥手道，那就不请了，有些事我也能做。

左姐其实听说陪楼房间不吉利，死过人，不住更好，宁可住杂屋。便开口说，阿姨放心，我住哪都行。这么好的房子就是睡在地板上都舒服。

维娜怔怔地看了左姐一眼，点点头说，说得没错，愿意就留下吧。

说完便起身要回房去，左姐灵活地去扶她，俩人走到客厅门前，维娜又回过头叮嘱道，记得啊，阿秀的房间，要留着，除非我不在了，就随你们。

向荣不由得感叹了一句，妈对秀姑的感情真是不一般啊。

丽抗说，其实我能理解，但就是觉得妈自从秀姑死了之后，她好像变了许多。

这左姐开始几天还能让维娜满意，没事陪她说说话，晒晒太阳，但过了一个月，维娜不耐烦了。她嫌她不爱家里的花草，从来不懂得给花浇水，不主动做事。

左姐不明白她的意思。维娜说，不是我挑你啊，你应该知道花花草草是有生命的，养了它就要对它好，这跟人一样，我看你一天到晚板着脸，难怪它们没精神，阿秀可不这样。左姐便问，阿秀是谁？维娜叹着气说，阿秀你是学不来的。唉，地瓜种花也不是这个样子。

左姐在家里只待了三个月，便被辞退了。接下来又换了一个钟点工，更是让维娜费心，钟点工一天要打两份工，做完便走，一句话都不说，维娜说她根本不用心，做的饭菜潦草马虎，搞卫生也不干净。最后这钟点工还跟维娜吵了起来，说她是挑刺的监工，是糊涂了的老朽。气得维娜病了一场。丽抗没有办法，请了假在家侍候，维娜说，不要请人了，没有一个中意的。反正你也快退休了，家务就你来做。

丽抗道，房子这么大，我一个人怎么忙得过来。维娜不解地问，那时候阿秀怎么忙得过来，她还要带孩子、做饭、洗衣、打水、养花，比你们这些懒鬼勤快得多。丽抗也被说得不耐烦了，她回驳道，一年四季就是阿秀阿秀，好像这家里没有她就不行了，真是老眼光老思想。

维娜也不甘示弱，现在的人啊就是比不上，一个个都变成什么样了。

## 2

　　维娜在这栋老别墅里住了大半辈子,感情太深了,要她搬走如同和亲人分别一样,难舍难分。

　　前两年,丽抗要接维娜到对面厦门的新房子去住,维娜死活不肯,丽抗费尽心机,软硬兼施,威胁利诱,都没能把她说动。最后还是龙隆出面解决了这个对于全家人来说的大难题。龙隆是一家房地产公司老总,他说他盖的房子得让娜姑去撑撑人气,龙隆还接着搬出另一套理论,鼓浪屿没有车,全是步行,出门买东西也不方便,游客又多,熟人也没几个了。

　　这话倒说到维娜心里去了,她睁大她那双有几分洋气的眼睛说,龙隆你说得是,现在啊出门遇不上一个熟人了。你妈在的时候,我俩还可以说说话,唉,那就依了你,上你家看看。不过,我这可是看你妈的面子,说好了,就几天。

　　龙隆笑着说,老人是最好的风水,是上等的风水。您去我那儿住,我那儿风水就好上加好。维娜抿嘴一笑,富态的脸上掠过一丝开怀。

　　龙隆接着说,娜姑啊,保准您去了不想回来,房子大,家里热闹。这话却让维娜马上又不高兴了,一边摆手一边说,房子大,能大过我家的这老洋房吗?有院子吗?院子里有树吗?有主楼陪楼吗?现在的房子都跟笼子似的,唉,比不得的。

　　对于维娜来说,哪里都比不上鼓浪屿。鼓浪屿是她一生的情感所在地,她一辈子还真的都没离开过这里,最远的地方便是到对面的厦门走走,维娜跟所有老鼓浪屿人一样,从来都只说自己是鼓浪屿人,不说是厦门人。她对自己是鼓浪屿人的那份自豪,是绝对坚定的,她对鼓浪屿的依恋已经到了无以复加的地步,谁也没法阻止。其实鼓浪屿是厦门的一部分,隔海相望,说话似乎都能听见。而在维娜看来,鼓浪屿与厦门是两回事,尽管坐轮船只要几分钟就到了对面,维娜仍然觉得离开了鼓浪屿就是到了另一个世界。

　　临搬家时,丽抗生怕维娜反悔,早早地来到她房间帮她收拾东西,维娜指着丽抗说,停下,我还没走哩,急什么。这些东西我要回来用的,都

## 第15章 空楼

不带走,在厦门住,东西你再去买。

搬家那天,维娜是净身出户的,连一条手帕都不带,好像是出去串个门就回来。丽抗奈何不得她,便依了她,连换洗衣服都没带。

刚进龙隆的新房,维娜还是好奇地打量了一番,高层二十八楼,大阳台,复式楼,装修无比豪华,但她却没什么反应,在她看来这里与凤海堂根本不能相比。真应了那句话,金窝银窝不如自己的草窝。何况,凤海堂是永远不变的金窝。

龙隆说待久了就惯了。维娜才不这么认为,她的道理是,多久才算久,要一辈子才算,她都在鼓浪屿住了一辈子了,那才是真正的习惯。尽管家里天天有人陪她,但她仍然像个客人一样,处处不随便。动不动就是一句,我还是回鼓浪屿吧。家里人都不让。

这天,丽抗不耐烦了,说,妈,那里没人了,一个人去干吗?太清静,又没人照顾,来去又不方便,游客又多,一天到晚吵死了。

维娜瞪着眼回道,丽抗,你说这话可不对啊,你是在鼓浪屿出生长大的,住了那么久,应该有感情的,现在难道还嫌弃那里不成?

丽抗干脆说了实话,那时候鼓浪屿很安静,让人向往,现在呢变味了啊,人又多,挤得很,商业味太浓,像个大卖场,不是从前的样子了,我不喜欢。维娜以强硬的口气说,你不喜欢为何强加于我,我喜欢的地方为何不让我留下?我身体还好,不需要你们照顾。我告诉你,如果你秀姑在,肯定陪我住在鼓浪屿,哪里都不会去。只可惜,她不在了,扔下我不管了。说着说着维娜的眼睛里泪水直打转。

每次和维娜争论后,丽抗便对女儿小屿说,你外婆越老脾气越大。动不动还哭,跟小孩子一样。小屿便道,就依了外婆吧,都这把年纪了。丽抗不肯,说,说得轻松,谁来照顾她,一个老人住一栋房子,我们能放心吗?万一有个三长两短,谁负责,请人又请不好,都换过八个保姆了,她谁都不如意,就只认秀姑,只对秀姑称心。

在龙隆家只待了半个月维娜就嚷着要回去。但因为那几天天气预报说厦门有台风,轮船停开。维娜很无奈,她想,台风要来,老天不让我回家,待在这里要多久啊?等了好些天台风都没来。但丽抗骗她说,台风先去别的地方转转,肯定还要回来的。维娜生气了,我才不信你的鬼话。龙隆趁机说,台风不走,轮船就开不了,娜姑,您就安心在这待着,哪里都不要去,什么都不要想。

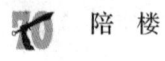

维娜后来不怎么嚷嚷了，虽然天天问轮船几时开。家里人都骗她哄她，她明知道大家是在哄她，但基本上无力反抗，无奈地接受了暂且不能回鼓浪屿的事实。后来丽抗把维娜接到了家里去住。因为血压高的缘故，身体一直不适，维娜这才懒得再提回去的事，也就在厦门住了两年。

### 3

两年对于维娜来说，似乎和二十年一样，她说她早已经闷得慌，再不回去看看会死掉的。于是，八十八岁的维娜又回到了鼓浪屿。

凤海堂门前有一棵年老的大榕树，大榕树上拖了一地的胡须，长长的直直的，几乎占满了大半个门，就像个深沉的老学究，藏着不一般的学问，极有神秘感。进入院子，首先入眼的是一棵高过阳台的玉兰树，一丝妖娆，几分妩媚，花草香气袭人。不仅有树，还有各种各样的说不上名的花花草草，以及一些千姿百态的盆栽。宽敞的庭园中央设有水池假山，左前方有休憩观景的两亭一榭，曲径相通，幽雅得体。

几年没住人，沉寂的凤海堂院子早已爬满了青苔，荒草丛生，院中的池子早已干枯，小亭子也已颓废，不时呈现出一种荒凉来。但院子里的玉兰树漏下来的阳光滴在维娜的脸上，让人看到了她和这院子先前的生机。房间里有些冷，并不是因为冬天的缘故，而是因为房子里很久没有人住，格外地冷清。

这时一只不知从哪窜出来的猫突然出现在院子里。它盯着几位看了一会儿，然后懒懒地蹲在维娜的脚跟前。维娜见了，眯眼而笑，啊，这不是花花吗？我的花花送出去又跑回来了。瞧瞧，猫都知道回家，还不许我回来。

维娜认定这只猫是花花生的小猫，说长得很像它妈。小花猫已经蜷缩在墙边绒绒的草坪上晒太阳，温暖的阳光照得猫毛发亮。维娜走过去拍它的头，抚平有点散乱的背毛，花花突然翻身，抱住维娜的手，两只后脚还使劲地蹬了她几下，然后松开，咪咪几声，又去晒它的太阳了。

说到猫，鼓浪屿又被称为"猫岛"，全世界也许就是鼓浪屿的猫最多了，因为交通工具很少，所以很适合猫居住，于是它们便毫无忌惮地散布在街道的各个角落。当年凤海堂一直养着一只叫花花的猫，平时也是宠惯

## 第15章 空楼

了,花花白天睡晚上睡,非常悠闲自由。花花从不怕人,喜欢在路旁安静地坐着,或者在院子里睡着,仿佛它是这个凤海堂的主人。

快,扫扫,把房子扫干净,我还是要搬回来住。维娜说这话是认真的,坚定的口气令所有人都不敢再哄骗她。

丽抗和丽战扶着维娜上了陪楼阶梯,她艰难地动着腿,慢慢地挪进了阿秀的房间,坐定后,细细打量着房里的床、椅子、箱子,还用手摸了摸箱子上面的灰尘。维娜喃喃地说,阿秀在这里住的时间长,一辈子啊,这屋里都是她的味道。那时候,阿秀每年都到二龙坟上烧香,大年三十还去给他送灯,直到她八十岁那年去世,她没去,她说她要去陪二龙了,临终前交代我,把她埋在鼓浪屿。唉,这岛太小,哪里还有她的地方,坟场都挤满了人,就把她葬到厦门了。我死后也要去厦门的,向子豪也埋在那里。毕竟啊厦门不远,就在对面,我们随时可以回来。

说完维娜这时盯着一只旧箱子说,那是阿秀的箱子,给我,打开吧,打开。丽战把箱子打开了,里面装着阿秀年轻时穿过的旗袍、二龙的一顶破帽子,还有她手织的一条镂花的长围巾。维娜摸着这些旧物说,这条围巾,是阿秀给二龙织的,可惜没织完,二龙就离开了她,唉。

丽战这时翻动着箱子说,妈,这里面还有你和秀姑的照片哩。

维娜拿了相片,一脸皱纹舒展开来说,那时候多年轻啊,阿秀生得好看,她总是夸我长得漂亮,你看她,这眼睛,这脸蛋,多清秀,啧啧,有人说我和她很像,是不是?

丽抗丽战看着相片说,你们两个感情真是好,难得,没想到秀姑的一生这样平淡而又传奇,不过,有些遗憾,幸福太短暂。维娜自言自语道,短暂却让她回味了一生,她说够了,知足了。这一辈子无论发生什么事,阿秀的内心都是坚定平和的。她啊,就是死心眼地一直待在陪楼里,从来都没有离开过,没有想过改变身份,也没有什么要求。她安分守己,知足而乐,待人真诚,为人友善,我佩服她,也时常想念她。直到现在,我也没有觉得阿秀离开了我,她只是先到天堂里等我。维娜欣慰地说。

从陪楼下来,维娜嚷着要去主楼她的房间。丽抗担心她的腿走不动,便说,算了,改天再来吧。维娜的脸色一下变了,她指着楼上说,上面,上面有我的钢琴。

丽战扶住她说,走走走,我们上去,钢琴在上面哩。维娜这才缓和语气说,是啊,钢琴在上面,我得看看去。

几个人几乎是把维娜抬到主楼上去的。当她走到钢琴前,脸上立刻红润起来,喃喃地说,这琴原本不是我的最爱,可惜那台老琴被红卫兵砸了,这是向子豪家的钢琴,它也陪伴了我几十年。小屿,你弹给我听听。

小屿坐在了钢琴前,弹了一曲《童年的回忆》。

维娜说,琴音还跟从前一样,不错,让我也试试,都两年没弹了。维娜佝偻着身子,把刻满五线谱似的双手放在琴键上,然后,轻轻按响琴键。琴声慢慢散开,在空空的房子里飞舞,穿越。她弹的是那首她和阿香都爱唱的闽南歌《望春风》:独夜无伴守灯下,冷风对面吹。十七八岁未出嫁,见著少年家。果然标致面肉白,谁家人子弟?想要问伊惊呆势,心内弹琵琶。想要郎君作尪婿,意爱在心里。等待何时君来采,青春花当开。听见外面有人来,开门该看觅。月娘笑阮憨大呆,被风骗不知。

维娜沉浸于歌中的意境中,弹着弹着,突然双手离开琴键,轻轻地唱出了声。

唱完后维娜开始深情地回忆她小时候诗意的生活。她说道,小时候,我最记得夏天的夜晚,走在鼓浪屿小路上,那些从住家窗口里逸出来的琴声,钢琴、小提琴、大提琴混合的旋律,真是美妙动人,我总是放慢脚步驻足聆听。有时候在家做作业,耳边也全是各种音乐在缭绕啊。

# 尾　声

　　为了弥补外婆对音乐的眷恋，我决定就在凤海堂举办一次音乐沙龙。

　　我向新老鼓浪屿音乐爱好者发出了邀请，其中有我在音乐学院的同学、朋友，更多是不相识的鼓浪屿迷、音乐爱好者，像外婆这样年过八旬的老鼓浪屿人也来了，国内国外的朋友都有。大家一起聚集，用不同的形式演绎对音乐的热爱。

　　这天，外婆坐在他们中间，被音乐包围着，她一直保持一种浅浅的笑容，醉在琴声里，醉在温暖的回忆中。沙龙结束前，外婆情不自禁地站起来，我担心地扶住她，问她需要什么，外婆点点头，对我说，我得弹一曲，得弹一曲。客厅和院子里坐着的客人鼓起热烈的掌声，让外婆更加兴致勃勃。只见她优雅地坐在钢琴前，先是闭目凝思，然后一双满是皱褶的手放在琴键上，她的眼神开始定格。瞬间，行云流水般的琴声从她手指间溢出，似乎催开了满屋的花香。整个凤海堂沸腾了，外婆连弹了好几曲，她把柴可夫斯基、海顿、莫扎特、贝多芬等世界古典音乐大师的作品都一一展示，这时我脸上满是无法掩饰的感动的泪水。

　　有一天外婆把隆舅舅叫到了跟前。隆舅舅站在外婆面前，非常恭敬地问，您找我有事？外婆看着隆舅舅好半天才说，龙隆，凤海堂不能空着，要住人，不然会发霉。家里人不去住，都要离开鼓浪屿，我呢，年纪大了，不能住了。你看着办吧，改造也成，租出去也行，就是不能卖。还有，陪楼不能动。

　　龙隆明白了外婆的意思，想了想说，知道了，我来运作，您老放心。不多久龙隆就拿出了方案，把外婆和阿秀共同住过的凤海堂重新装修，变成了特色的家庭旅馆。只有陪楼没有动，阿秀的房间还跟以前一模一样。

　　外婆知道后，满意地点头，龙隆这孩子就是懂我的意思，我应该去陪阿秀去了。

外婆离世之后，龙隆在厦门买了墓地，把祖外婆、外婆、外公、秀姑奶奶、二龙全都合葬在了一起。这年清明节，我陪隆舅舅来到墓地，在他们的碑前，隆舅舅给他们每人献上了一束花。

而转过身，凤海堂却是变样了，变成了"怀念"家庭旅馆，廊道没有了，变成了一间间单身公寓；壁炉没有了，变成了一堵堵隔音墙；法式百叶窗没有了，变成了一扇扇铝合金窗。花园也成了露天咖啡厅。阳台上还可以放电影。不过院子里的玉兰树还在，凉亭还在，最主要的是陪楼还在。那些如烟的往事还在。

这个曾经有过羞辱和伤痛，有过荣耀与挫折，有过美丽与宁静的小岛，消失的或者留下的，都成为了不变的记忆。

鼓浪屿的迷人之处就在于，不随流水即随风。外婆常这么说。她是鼓浪屿的女儿，这座小岛用小资的情调养育了她，呵护了她。同样，外婆也用美妙的音乐回馈了鼓浪屿。外婆生长在这个美丽洋气的小岛上，是她前世修来的福分。我时常这么想，外婆不生长在这里又生长在哪里？像她这样有小资情调气质脱俗的女人就应该生活在鼓浪屿才对。但是现在外婆走了，到了另一个天堂。

我时常会把外婆的鼓浪屿，外婆和阿秀的故事渗入到我的音乐里。这回从德国回到鼓浪屿，主要是受邀参加音乐会演出。鼓浪屿音乐厅经常举办国内外专业和业余音乐家、乐团的专场演出。音乐周已成常态，每个季节推出不同的音乐主题，这次我参加的是德国音乐周，还有一场在厦门的庆典音乐会。音乐会上，我演奏了《望春风》和《四季》，那是外婆和阿秀共同用一生演绎过的琴声，是她们共同诠释的命运之声。

隆舅舅观看了我的演出，他让我为凤海堂为陪楼写一首曲子。我默默地点头，陪他一同来到陪楼前。我问他有没有打算让陪楼变样，在我看来，神秘的陪楼没有了往日的神秘。

"怀念"鼓浪屿家庭旅馆开张第一天，就举办了音乐沙龙。这天我站在院子中间，拉响小提琴，脑子里闪现出外婆和阿秀年轻时亲切的笑容。

怀念的思绪再次把我带到了她们的故事里，那些久远的岁月是无数音符串联起的惆怅。

我想念外婆，也想念从前的鼓浪屿。

我也是鼓浪屿的女儿啊。

成熟的鼓浪屿，依然清新，魅力十足，虽然她的黄金时代过去了，但

# 尾 声

它永远都是中西交融最早的窗口。我以为，这座岛，对于我，是一份坚定的沉醉，是放不下的情愫。

走之前，我在外婆和秀外婆的坟前，拉了那首《望春风》，琴声穿越时空，她俩一定听见了我无法掩饰的怀念与悲伤。

阿秀这个住在陪楼里的女人，她的情感与我们龙家发生了千丝万缕的联系，她的世界里装着龙家人的故事。那些如烟的往事里，还能依稀看到她的容颜。

陪楼已空，尽是怀想……

2012 年第一稿

2014 年 10 月改毕于厦门

图书在版编目（CIP）数据

陪楼 / 袁雅琴 著. -- 北京：作家出版社，2015.8
（纪念世界反法西斯战争暨中国人民抗日战争胜利70周年原创长篇小说丛书）
ISBN 978-7-5063-7857-4

Ⅰ. ①陪⋯ Ⅱ. ①袁⋯ Ⅲ. ①长篇小说 – 中国 – 当代
Ⅳ. ①I247.5

中国版本图书馆CIP数据核字（2015）第042546号

# 陪　楼

**作　　者：** 袁雅琴
**责任编辑：** 邢宝丹
**装帧设计：** 曹全弘
**出版发行：** 作家出版社
**社　　址：** 北京农展馆南里10号　　**邮　编：** 100125
**电话传真：** 86-10-65930756（出版发行部）
　　　　　　86-10-65004079（总编室）
　　　　　　86-10-65015116（邮购部）
**E-mail:zuojia@zuojia.net.cn**
**http://www.haozuojia.com**（作家在线）
**印　　刷：** 中煤涿州制图印刷厂北京分厂
**成品尺寸：** 152×230
**字　　数：** 300千
**印　　张：** 18.75
**版　　次：** 2015年8月第1版
**印　　次：** 2015年8月第1次印刷
**ISBN 978-7-5063-7857-4**
**定　　价：** 30.00元

作家版图书，版权所有，侵权必究。
作家版图书，印装错误可随时退换。